流動と混在の上海文学

都市文化と方言における新たな「地域性」

賈海涛 著

ひつじ書房

目次

凡例

1　作品名、刊行物名、論文名、単著名などは原題のまとした。中国語原題について、漢字体は常用漢字など一般に日本の書籍で使用される字体を用い、後ろに丸括弧で日本語訳をつけた。

2　中国語原文を引用した箇所について、原文における方言の修正と使用を考察する場合には、訳文とともに中国語原文を本文にも引用した。原文に方言語彙などが含まれるが、直接考察しない場合には、中国語原文を注釈に入れた。原文は全て常用漢字など一般に日本の書籍で使用される字体を用いた。

3　原文の日本語訳は、基本的には筆者による。日本語訳があるものはそれを参照し、原文の文学言語の特性を分析するために、訳語の修正や補足を行った場合もある。

4　中国語の方言を表現する際、以下の基準に従う。共通語に比較的近い「北方方言」については、「〇〇方言／〇〇官話」（例：蘇北方言、江淮官話）と表記し、共通語から比較的離れている「南方方言」については、「〇〇語」（例：上海語／滬語、呉語）と表記した。

5　引用文中で（※）としているのは、引用者の注釈である。

6　注釈における引用文の改行は、／／で示した。

7　注釈中の詳しい書誌データは各章の初出時のみ記載し、以降は著者名前掲書・文、書誌名（副題省略）、頁数という形で記載した。

8　「　」内でさらに括弧が必要な場合（例えば引用文中の引用、著作名の表記など）は、二重括弧『　』を用いた。

序章　上海文学における新たな「地域性」の構想

文化大革命が終息した後、上海は一九八〇年代の経済低迷期を経て、鄧小平による「南巡講話」[1]と「浦東開発・開放」[2]戦略を機に、市場経済とグローバリゼーションが推進され、一九九〇年代以降、高度経済成長期に突入した。国家資本主義主導のもと、大規模な再開発の波が押し寄せた上海中心部では、スラムが解体され、インフラ再整備に伴い老朽化した建築物は軒並み建て替えられた。都市の空間構造は大きく変貌し、住民の居住環境と生活水準は飛躍的に向上することとなる。

同時に、再開発による中心部のジェントリフィケーション（都市の富裕化）が各地で進行し、歴史的に形成された特色ある上海の街並みや日常風景は、次々と世界のどこにでもある高層住宅街や商業施設の風景に取って代わられた。こうした変化により、上海では人口流入や住宅価格の高騰といった問題が深刻化する。開発に伴い既存の街並みに住む住民は強制的に移住させられ、その結果、各地域の言語・文化・習慣などが次第に失われ、普遍性を追求する都市化の中、相容れない要素として、公の議論の対象からも外れていった。

この変化に対する反動として、上海の地域性を再考・再評価する風潮が現れ、上海の歴史や文化を題材とする都市文学が盛況を呈するようになった。本書ではそうした例として、上海の典型的な住宅様式「弄堂《ロンタン》」[3]を舞台にした作家・王安憶[4]の長編小説『長恨歌』（一九九五年）、一九三〇年代の「オールド上海」の文化を紹介した程乃珊[5]のコラム「上海詞典」(二〇〇一〜二〇〇三年)、上海語を小説に取り入れることを試みた金宇澄[6]『繁花』(二〇一二年)や夏商[7]『東岸紀事』(二〇一二年)などの作品を紹介する。これらの作品を通じて、「地域性」というキーワードを主軸に、一九九〇年代以降の上海文学では、どのような全体像が浮かび上がってくるのであろうか。

本書の分析対象である「上海文学」とは、以下の二つの条件のいずれか、または両方を兼ね備えた作品と定義できる。(一)上海に定住した経験を持ち、上海語を熟知した作家による作品、(二)上海を舞台にした作品。本書では、そうした上海文学の中で蓄積されてきた「地域性」とその表象、つまり文化記号の構築、移住者像、現実的な言語環境などの外的な文脈と、語りのスタイル、文体や文学言語などの内的要素との相互作用という検討領域を設定する。

なお、本章の第二節で詳細に述べるが、本書で提起する「地域性」とは、均質化を志向する「近代」によって汚染された不純物を削ぎ落とし、歴史的な蓄積に基づいた純粋な「本質」の追求を目指すものではない。むしろ、本質的・静的な概念ではなく、個別性と普遍性が競合する中で生成されてきた概念である。このため、本書ではこのような独自の概念を「新たな」という限定語を付け、括弧付き「地域性」で表記している。この新たな「地域性」の構築が、近代文学・言語の原理的探求を意識しつつ、「文学」という制度的な構造に新たな可能性を示唆すると考えられる。

第一節　上海における「近代」の両面性

さて、一九九〇年代中期以降の上海文学の背景を明らかにするために、序章では、後の各章で扱う上海の歴史的背景・空間格差・言語状況などの理解の助けとなるよう、一九九〇年代までの近代上海の歴史を概観する。ただし、本書は上海史の研究ではないため、この歴史を概観するにあたり、上海の「近代」における多様な側面を主軸に、簡略化して紹介する。

一般に上海に関して、多くの人がまず思い浮かべるのは、黄浦江の東岸にそびえ立つ高層ビル群と、西岸に立ち並ぶ西洋建築群であろう。東西両岸の開発が行われた次の二つの時代は、上海がグローバル市場へと開かれ、急速に都市化が進み、近代化が加速した時期でもある。西岸は「外灘」を代表とする一八四〇年代から一九四〇年代にかけての旧租界時代の行政および経済の中心地であり、東岸は一九九〇年代「浦東開発・開放」戦略により開発された陸家嘴金融貿易区である。それぞれ時代の異なる両岸の都市開発が融合した結果が現在の上海であり、そこには壮大な都市景観が広がっている。

しかし、この二つの時代に挟まれた毛沢東時代とその後の「潜伏期」も見逃すわけにはいかない。この時期の上海は、社会主義改造による私有制から公有制への変革を経験し、経済と文化は閉鎖的な状況に置かれたが、その一方で、社会格差が緩和された側面もある。この激しい時代の変遷の中で、上海では、政治権力の交代が行われ、その歴史には二種類の「近代」が存在する。

まず、第一の「近代」とは、一九四九年以前の植民地体制におけるグローバリゼーションを含む「近代」である。これは西欧に起源を持ち、今日に至るまで西欧的な価値体系、すなわち政治上の民主化と自由主義、経済上の産業革命と科学実証主義などの諸観念を支え、一定の普遍性を備えたものだと考えられてきた。一八四〇年代以降、帝国・資本主義の支配下に置かれた上海は、否応なしに「近代」に巻き込まれ、近代産業や文化が勃興する一方で、帝国列強による主権侵害や人種的・階級的分極化などが原因となった民族問題や社会問題に悩まされた。

一方、第二の「近代」とは、一九四九年の中華人民共和国成立以降、社会の不平等の根源を、資本主義とその象徴たる都市であるとし、「反都市主義」[8]を掲げた特殊中国的な「近代」である。これはマルクス主義に起源を持ち、「新中国」の新たなナショナリズムと社会主義を基本原則とし、旧租界時代の上海で芽生え、資本主義と帝国主義によってもたらされた不平等を克服するため、民族解放・社会の階級革命が目指された。

一九四九年以降、共産党政権は、階級闘争の視点から都市と農村の対立を強調し、その間の不平等解消を旗印として高く掲げた。植民地統治と国民党政権下における最大の経済都市であった上海は、打倒すべき資本主義の病巣と見なされ、自由な発展を政治権力によって制限されることになった。

以上のように、上海は歴史的に、この両面性を持つ二種類の「近代」に翻弄され、激しく変化せざるを得なかった。上海が経験した、帝国主義時代の国境を越え、世界秩序への統合が志向された第一の「近代」と、ナショナリズムを基本原理に民族・地域ごとの国民国家への自立を目指す第二の「近代」との競合と協調は、上海の歴史はもちろん、上海文学のナラティブとそれに対する解釈に対しても独特な影を落としてきたのである。

一・一　グローバルな「近代」に翻弄された上海

上海は、一八四〇年から一八四二年までのアヘン戦争終結後、イギリスを皮切りにフランスやアメリカによる植民地支配で開港し、「租界」（区切られた特別な居留地）の設置を契機に近代化が始まった。開港後、イギリス租界・アメリカ租界（一八六三年に両者の合併により「共同租界」となる）、そしてフランス租界が相次いで設置され、これに中国官憲の支配する「華界」を合わせ、上海には異なる性格を持つ三つの空間が形成された[9]（図0.1を参照）。租界の面積は、当初は1・22平方キロメートルだったが、その後拡大を続け、最盛期には32・82平方キロメートル（東京都板橋区に相当）に及んだ。租界の人口は、日中戦争直前の一九三六年には約一七〇万人に達し、うち外国人は七万人を超えていた。

比較文化学者のアクバー・アバースが指摘したように、異なる租界がそれぞれ独自の治外法権の領域と管理機

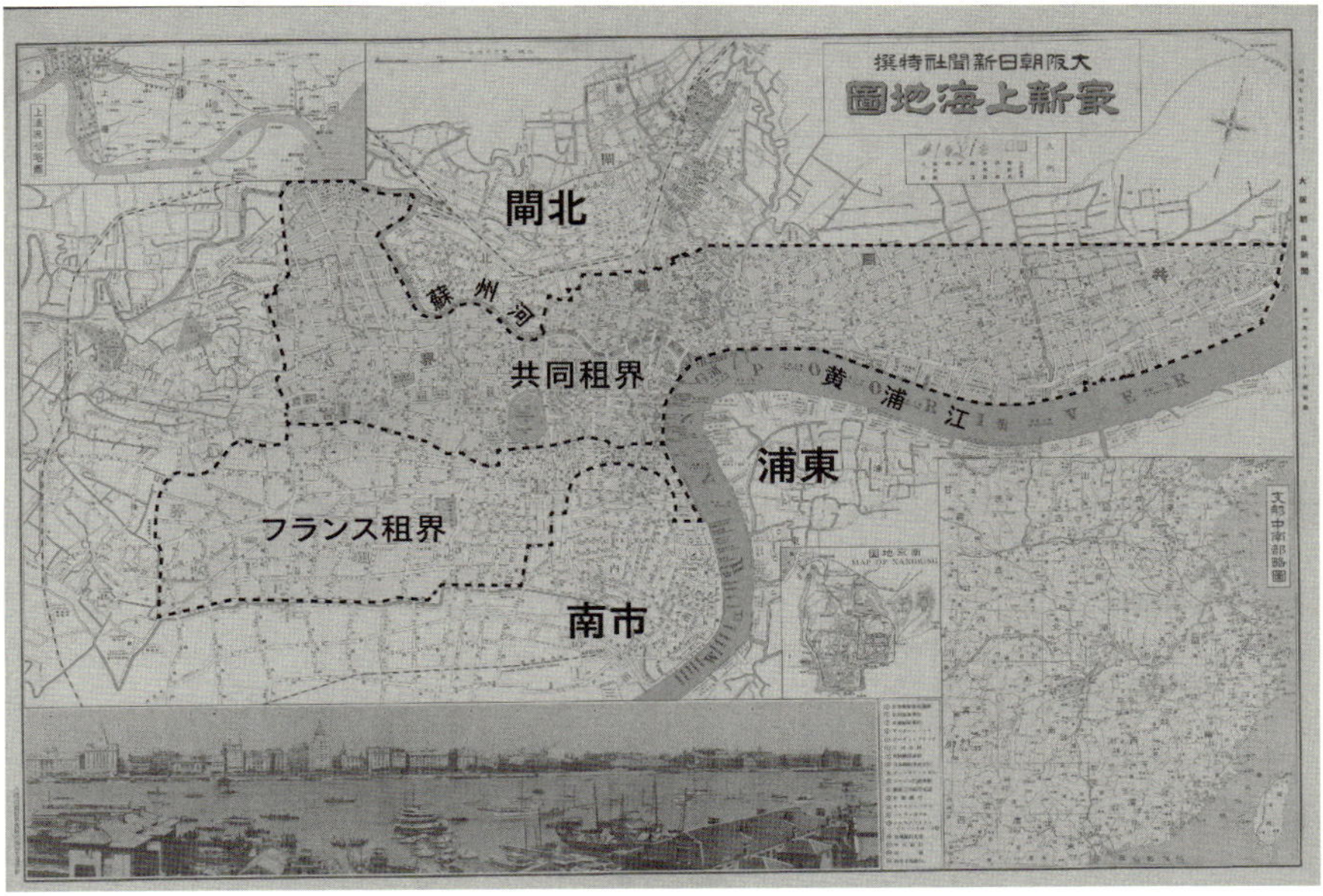

図 0.1　上海租界図
（出典：「大阪朝日新聞 附録」昭和七年三月五日を元に書き入れ）

関を持っていたため、都市の内部統制や市政管理などについて、多くの担当者間でしばしば交渉しなければならなかった。ただし、上海は決して無秩序が横行する都市ではなく、むしろ多元的であり、かつ多くの異なる為政者によって支配されていた都市と位置づけられている。[10]

そのため、上海は「異なる権力下にある条約港」という特性を持ち、植民地支配と被支配が主導する世界秩序の下にあった。この秩序は「さまざまな社会的状況や地域間の結びつきの様式が、地球全体に網の目状にはりめぐらされるように拡張していく」[11]中、近代化の過程で全地域を均質化させようとする力を持っていた。

かつて上海は小規模な漁業従事者が暮らす「小さな漁村」であり、その名残は上海語の正式名称である「滬《フ》語」、上海の別称である「滬」の字（「漁民の用いる木製の漁具」を意味する）に残っている。「小さな漁村」であった上海は、遠く離れた近代的な「西洋」の世界市場と結びつきを深めることで急速に変貌し、経済的・文化的に新たな一体化を遂げた。これは、上海の近代化が植民地支配によってグローバル化が進められたことと同義である。

しかし、かつての上海を「小さな漁村」であったとする民間伝承やメディアの主題、そして西洋で長く流行ったそれらの言説に疑問を投げかける興味深い見解が存在する。上海史学者のマリー＝クレール・ベルジェールは、西洋人が長年にわたって想像してきたものと異なり、一九世紀半ばの上海は、貧しい漁村ではなく、人口は二〇万人前後に達し、中国の各沿岸部、さらには日本や東アジア諸地域に至る交易船を受け入れる地域的な市場をはじめとした国際港としてすでに活況を呈しており、上海は行政管理における比較的重要な中心地であったと指摘する。[12]

つまり、近代における上海誕生に関する一般的な言説は、前提としてコスモポリタンかつ進歩主義的なイデオロギーに基づく次のような神話《ミトロジー》に満ちている。それは「開港によってこそ上海は前近代的な『小さな漁村』や、『眠れる獅子』と言われた中国の広大な後背地から脱却し、一躍世界都市へと成長を遂げた」とするものである。つまり、上海は前近代的な中国から脱却したことで、はじめて孤島の如く「近代」へと発展したという神話である。

このような「たがいに異質なもろもろの社会的実践にかかわりあい、それらを象徴的に統合しようとする」[13]神話の役割をはたしているのは、文化記号論的な意味での「書く《エクリチュール》」という実践である。書くという行為は、ド・セルトーによれば、基本的に次のプロセスで構築される。「世界の曖昧さをきれいにぬぐいとられた場所」、すなわち「小さな漁村」のような近代的に再編成されていなかった空白のページ上で「生産主義的な理性」により「もうひとつの『世界』の人工物を構成してゆく」テクストが「西欧近代の基礎的で一般化したユートピア」[14]として構築されるのである。上海の内部における、人為的に分断された「租界」という世界の他者性を示す「近代の窓口」こそが、まさにそうしたユートピア的な性格を帯びた「孤島」といえよう。

一九二〇年代から一九三〇年代にかけて、上海は旧租界時代の「黄金期」を迎え、東アジアの金融・貿易・文化活動の中心地として栄えるとともに、「東洋のパリ」や「魔都」と称されるようになった。外国人居留地である租界エリアでは、摩天楼・百貨店・珈琲館・ダンスホールなどの近代的な公共施設が次々と建設され、華やかで享楽的な生活が展開された。一方で、国内の戦乱などにより各地域から人々の流入が増大し、特に租界の外部、中国官憲の支配下に置かれた「華界」では、インフラの不備や住宅不足、労働条件悪化などの社会問題が深刻化していた。このように、租界の内部と、外部である「華界」を境に、歴然とした貧富の差に基づく社会問題が共存しており、これが今日に至るまで上海都市の空間格差に深く影響を及ぼしている。この点について、本書のコラム2ではさらに詳細に紹介しているので、そちらも参照されたい。

また、上海は政治活動の中心地であり、国民党と共産党の対立と競争が次第に深まっていった。共産党は労働運動を通じて多くの左翼知識人と労働者の支持を集め、その基盤と影響力を拡大した。一方、蔣介石が率いる国民党は共産党の勢力拡大を恐れ、上海の労働組合や政治団体を厳しく弾圧した。両党は市内でのデモ、ストライキ、暗殺などを通じて互いに抗争し続けた。

一九三一年の満州事変の勃発を受け、翌一九三二年には上海でも戦端が開かれた。日本による中国侵略が進む中、抗日運動が燃え上がっていた上海では、帝国主義や軍事拡張に対抗するナショナリズムが強まった。黄金期の上海では、華やかで活気に満ちた経済・文化活動が展開された一方で、複雑な政治情勢による、緊張と不安が続いていた。

そうした政治的な緊張が深刻化すると同時に、グローバルな近代の黄金期を謳歌する一九三〇年代の上海における、中国の作家・知識人たちは、どのようにこれらの状況と向き合い、創作活動を展開していたのだろうか。

中国現代文学の研究者である陳思和によれば、上海文学の代名詞である「海派文学」には二つの系譜があるとされる。すなわち「モダニズム的な系譜」と「左翼批判的な系譜」である。ここでいう「海派」とは、上海文化や文学を指す別称として定着している。その名のとおり、複数の川の流れを受け入れて全てを融合する海であるかのように、多様な文化に対する寛容さと包括的な姿勢を示している。[15]

「モダニズム的な系譜」は、上海の植民地経験に由来する歴史的かつ文化的な特性に依拠し、複雑に入り組んだ近代的な都市像を描出する傾向にある。例として、頽廃的かつ享楽的な雰囲気を基調に、都市感覚を鋭敏に描いた「新感覚派」や、一般市民の好みに応じて連載された通俗小説などが挙げられる。それに対し、「左翼批判的な系譜」は、左翼的な立場から近代化された階級都市の社会問題を暴露しようとする傾向（例えば、共産党の基盤となる左翼作家連盟）を持っている。両者の相違は、創作の対象ではなく、創作の姿勢にある。前者は民衆の苦難を描き、後者は近代都市の繁栄と堕落を描写する中で、それぞれの作家たちの執筆姿勢は異なっている。陳思和は、両者のこの対立構造による弁証法的関係の形成は、上海文化のパラドックスを反映していると述べている。[16]

一・二　特殊中国的な「近代」に翻弄された上海

近代都市としての上海は、国民国家と国境を越えたグローバリゼーションの隙間で生き続ける都市であった。グローバルな近代がもたらした上海の優位性は、常に「眠れる獅子」と呼ばれた中国の弱体化が条件であり、輝かしさと汚濁が併存するその発展は、持続不可能であるとされた。[17] 鈴木将久によれば、「実際に、上海の租界で模索された近代の経験が、中国の全土に広がることはなかった。後に中国全体が統一されたとき、基盤となったのは、毛沢東が中国農村に見出した別の種類の近代性であった」[18]とされる。その中国農村を基盤とした別種の「近代」とは、「反都市主義」に支持された特殊中国的な「近代」といえるだろう。

一九四九年に中華人民共和国が成立した後のしばらくは、中国共産党の指導のもとで、中国は社会主義革命と新たな発展の時代を迎えるも、上海はこれまでの植民地体制におけるグローバルな近代の歴史から完全に断絶された。革命の野望は、ド・セルトーの言葉を借用すると、まず帝国主義列強の支配した上海の旧租界が象徴する国家の侮辱的過去を白紙化し「その白紙のうえに固有のシステムとしてみずからを書いてゆき」、そして「みずからが製造するもののモデルにのっとって歴史を新しくつくりかえる」[19]ことである。このような「歴史の断絶」とは、修辞的にいえば、社会のあらゆる領域において「自己批判」を行い「革命」という形で進歩的で近代的な観念に翻弄される状態になることであった。

毛沢東時代の上海は、国家の近代化を支える工業生産の中心地に降格され、ブルジョア的で腐敗した過去への自己批判あるいは贖罪が求められた。このような上海に対する道徳的な非難と不信感は、共産党のイデオロギーに強く根付いた「反都市」の遺伝子と深く結びついている。

一九二一年に上海のフランス租界で秘密裏に結成された共産党は、当初、ソ連のマルクス主義と革命路線に従い、都市を中心に革命を起こす方針を採用していた。しかし、上海を含む多くの都市内の武装蜂起が失敗した後、共産党は広大な農村に革命の根拠地を置き、「農村地域から都市を包囲する」という戦略に転換した。そして、国民党の支配する中心都市から遠く離れた地域で活動を展開し、内戦を経て最終的に政権を掌握した。そのため、長きにわたって共産党の革命運動は農村地域での経験に基づき限定されていた。このような共産党の都市に対する革命姿勢に関しては、次の指摘が重要である。

革命家たちは、反革命的な都市を包囲・占領する革命戦略によって、都市に対する強い反感を抱いていた。一九四九年以前、都市は保守主義の陣地、国民党のとりで、帝国主義勢力の中心、そして社会の不平等、思想の退廃、道徳的腐敗を生み出す温床と見なされていた。一九四九年において彼らは解放者であり、都市に進入する占領者でもあった。革命の勝利に貢献しなかった都市の住民に対し、同情と強い疑念が交錯していた。長期にわたる革命の経験から、革命家たちは革命的な農村と保守的な都市を厳格に区別しており、この二分法は毛沢東主義の思想に強く根付いている。[20]

そうした背景の中、共産党は都市の資本を利用して国家建設や産業化を進める一方で、「党と政府が都市的定住を惹起するような機関を完全に監督下に」置き、「都市の活動が完全に政治権力の統制下に置かれる」[21]という方針を掲げた。その結果、近代的な生活様式を新鮮と捉える新感覚派が描いたダンスホール・珈琲店・百貨店などの消費空間や、作家・張愛玲が描いた上海の多彩な服装をはじめとする日常的な物質性が、資本主義的な生活習慣として批判されるようになった。

藤田弘夫によると、共産党は「都市の無秩序や混乱、そこから生み出される文化を頽廃的だとして嫌悪し資本主義的な病理」[22]を除去し、都市と農村との不均等な発展を解消するために、都市の無秩序な膨張を抑えようとした。都市の病理を克服するため、まず、都市と農村を分割管理する戸籍制度が導入され、公民の居住と移動の自由が制限された。次に、一九五〇年代後半から始まった「上山下郷運動」の動員により、都市の知識人や青年層が内陸や辺境へ半強制的に移住・下放させられた。その結果、中国国内で最も経済力を持つ都市である上海から約一二〇万人が追放されてしまい、中国の都市化率は一九五八年から一九七八年までの二〇年間で16・2％から17・9％という、わずか1・7％の上昇にとどまったとされている。[23]

本書で取り上げる上海作家の多くも内陸や辺境へ下放された経験を持ち、王安憶は東部内陸の安徽省へ、夏商は南西部辺境の雲南省、金宇澄は北東部辺境の黒竜江省へと送られ、それぞれ数年間を農村で過ごした。この一時的に上海から離れた経験により、上海の作家たちが他の重層的な地域的言語や下放者と接触し刺激され、その後の創作活動における着想を得る契機ともなった。

上海を舞台にした毛沢東時代の都市文学はわずかであるが、それらは反都市の価値基準に照らして書かれたものがほとんどである。その内容は、上海の資本主義的な「旧」都市の道徳的な堕落を非難し、過去の歴史を否定する。そして党が指導し、国家が主導する工業化促進の経済計画を賛美し、新たな都市像の構築を目指すものであった。研究者・張鴻声によると、当時の作品は、工場や集合住宅である「工人新村」などの工業空間を舞台にし、技術革新を社会進歩と捉え、産業労働者を先進的な代表として扱う特徴があった。[24]

「工人新村」とは、この時期に上海の旧租界エリアの外部にて建設が進められた公営集合住宅である。労働者階級の住宅不足解消を目的とし、田園都市の理念とソ連の集団農場の構造を参考に建設され、その住宅様式は複数の世帯が公共のキッチンと衛生施設を共有する構造であった。

後の章で論じる文学者・蔡翔は[25]「工人新村」について、一九九四年のエッセイ「城市辺縁」（都市の周縁）で次のように回想している。

> 私たちが引っ越してきた時、新村はすでに大きな規模を有していた。一九五〇年代に、この新村（※中国で最初に建設された「工人新村」である、上海の西北部に位置する「曹楊新村」を指す）は上海で話題となり、画報にも掲載され、一時期かなり脚光を浴びていた。
>
> 新村は広く美しかった。外壁は赤色で、青色や黄色のものもあった。部屋の中には赤いフローリングが敷かれていた。壁は真っ白に塗られ、水洗トイレもあった。一九六〇年代にはガスも率先して使うことができた。当時、私たちは生活に満足しており、共産主義に関する想像力はここまでで十分だと思われていた。[26]

「工人新村」という住宅様式は、社会主義・共産主義の理想の象徴であり、重要な政治的意味を持っていた。[27]例えば、一九五八年に出版された周而復の長編小説『上海的早晨』（上海の朝）の中で、滬江紡績工場の労働者・湯阿英は、政治的背景や態度、経済状況、勤務実績などを基準に工場の生活委員会によって審査選定された結果、「工人新村」への入居許可という栄誉を得る。つまり、「工人新村」とは人民と工場という生産空間への直結を意味しており、社会主義的工業化の任務達成を目的とする公的生活が、市民の私生活に深く浸透していたことがわかる。

社会主義の象徴である「工人新村」が都市の周縁部で次々と建設されていく中で、資金不足などを理由に市街地中心部のスラム街や旧租界時代の集合住宅「弄堂」は開発対象から大量に取り残されていった。こうした状況は一九九〇年代まで続き、二〇世紀末の上海市街地、特に旧租界エリアの外観は一九四九年以前とほとんど変化がなかった。[28] 上海中心部の大規模な再開発が一九九〇年代以降にまで先送りされていた背景には、このような政治的事情が多分に関係していたのである。

「改革開放」の初期である一九八〇年代、経済低迷期を迎えていた上海では、この時期を「潜伏期」または「沈黙期」と呼んでいる。先述したマリー＝クレール・ベルジェールによると、一九七〇年代末、復権を求めた鄧小平は、毛沢東主義の継承を掲げる政敵「四人組」との権力闘争の中で、これら勢力によって上海政府に配属された幹部に対し疑念を抱き、上海で改革開放を推進することに抵抗を示した。その代わりとして、広東省や福建省が改革対象地として選定され開発計画が実行された。その結果、改革開放初期の約一〇年間、改革措置が実施された他省に比べ、上海の経済は停滞したままで、外資誘致などの経済政策の恩恵を享受することができなかった。この状況は、一九九〇年代初頭に「浦東開発・開放」が始まることで遂に変化する。[29]

一・三　世紀末の「上海ノスタルジア」

前節では、上海が両面性を持つ「近代」に翻弄されてきた歴史を辿った。この二分法的な図式は、整理のために簡略化されたものであり、実際には両者が複雑に絡み合い、併存と葛藤が混在している。さりとて、上海が複数の近代的言説によって価値秩序が再編成された都市であることは明らかである。

本節では、二〇世紀末の上海に焦点を当てる。当時の上海は、「ポスト革命」「市場経済」「グローバリゼーション」を特徴とする時代を迎えていた。ここでは「近代」の両面性が、その時代においてどのように競合し、協調していったのかを検討する。この状況を明らかにするためには、一九九〇年代に起こった一九三〇年代の旧租界時代の「黄金期」である「オールド上海」を懐古するブーム（以下、「上海ノスタルジア」と称する）を考察する必要がある。このブームは、上海文学に新たな方向性をもたらすとともに、後の各章で分析の対象となるあらゆる作品が、このブームに対し、ある形で受け継ぐか、または批判するかという同じコンテクストに位置づけられている。

世紀末の中国は、「反都市主義」を掲げる社会主義革命を乗り越え、「革命に別れを告げる」（告別革命）時代を迎えた。「上海ノスタルジア」は、共産党政権誕生以来、約三〇年間中断・隠蔽されてきた、かつての旧租界時代のグローバル化の歴史を取り上げることで、すでに時代遅れとなった今日の上海が、再び世界都市へと復活する可能性を示唆した文化現象である。「上海ノスタルジア」は当時の上海文学において、かつてのブルジョア生活様式として批判された多様な文化記号を再び取り込み、虚構の物語を介さずに、叙述者による直接的な解説や、辞書に収録される項目のような形で紹介を行う作品が数多く見られる。

特に「珈琲文化」に関する文化記号は、その典型的な例である。上海史学者のハンチャオ・ルー（盧漢超）によると、「コーヒーかお茶かの選択は、個人的な好みだけでなく、進歩主義と保守主義の対立を反映した生活様式として認識されていた。一九九〇年代に入ると、珈琲店が再び登場し、その商業的な意義とともに文化的な意義でも重要視されるようになった」[30]と説明している。[31]

第一章で詳述するが、陳丹燕をはじめとする作家が執筆したレトロな上海に関するエッセイには、レトロな珈琲館を訪ね、その場所で起こった逸話を記述するもので枚挙にいとまがないほどである。それらの珈琲店は、旧フランス租界の並木道に位置し、ヨーロッパ風の家具と内装で飾られ「時代珈琲館」「一九三一珈琲館」といった懐古感を強調する店名が付けられた。そこには、レトロな物品として旧式の絵入りカレンダー（月份牌）やポスター、絵画、手書きの結婚証明書などが展示されていた。それらのレトロな場所や物品は、あたかもポスト・コロニアル時代におけるノスタルジックなコラージュを創り出すかのようであり、革命時代に支配的であった反都市主義に対する反論として、上海の旧租界時代の過去を今日の上海に甦らせ、再び世界都市として繁栄した姿を取り戻すことに希望を託している。

このように上海の復活を思い描く「上海ノスタルジア」だが、研究者の史書美は、その懐古趣味を「植民地的ノスタルジア」であると以下のように指摘する。

上海ノスタルジアの対象は、ある程度まで半植民地主義の文化製品であり、これは中国共産党の反帝国主義のアジェンダによって拒絶された政治的、社会的、文化的形態であった。皮肉にも、この過去への懐古は、植民者によるものではなく、被植民者による「植民地的ノスタルジア」といえるかもしれない。これは、党の文化的孤立主義とイデオロギーの硬直性によって、おそらく中国でのみ可能な特異な文化現象である。[32]

ここでいう「文化的孤立主義」とは、反都市主義に基づき、第一の「近代」に蓄積され、西洋の影響と見なされたものが「資本主義の毒」として非難され、自由な文化交流が制限された過去を指していると考えられる。つまり、「上海ノスタルジア」は、前文で整理した二種類の「近代」に対する「対抗的言説」[33]を考慮に入れなければ理解することができないのである。

「上海ノスタルジア」という世紀末の文化的現象の特異性については、次の章で具体的に論証するが、まずはその特徴を二つのキーポイントで整理しておく。

一つ目のポイントは、「上海ノスタルジア」が反都市主義を相対化する点である。つまり、上述した文化記号は、旧租界時代の「グローバルな近代」を象徴するものとして、過去三〇年にわたって反都市主義によって否定されてきた、いわゆる資本主義的な要素を含んでいる。これらの文化記号を歴史的トラウマから脱文脈化し、懐古的に再登場させることは、反都市主義に抵抗する立場、すなわち国民国家への「対抗的言説」として読み取れるだろう。

二つ目のポイントは、表面的には一つ目と矛盾するように見えるかもしれないが、「上海ノスタルジア」が政治的に正当化された現象として捉えられる点である。それは当時の市場経済や商業・消費文化と容易に結合し、「最優先課題となっている経済発展を推進させるために用いられる」手段として利用された。これにより「国家の改革開放政策とグローバルな近代化の呼びかけに合致している」[34]とされ、当時、「上海ノスタルジア」は諸手を挙げて歓迎された。これらの二つの側面を組み合わせて考えると、「上海ノスタルジア」には新しい時代に迎合する側面もあれば、反省的な側面も見られるといえるだろう。

しかし、当時の多くの知識人や研究者から寄せられた批判のほとんどは、その二つ目のポイントに依拠したものばかりである。つまり「上海ノスタルジア」は市場経済への転換に乗じ、商業・消費文化に迎合するために作られたものであり、「オールド上海」をレトロな魅力で満たされた対象として描くことで、歴史を単純化して塗り替えたものに過ぎないという点に集中している。

その代表的な批判者として、中国現代文学の研究者・王暁明がいる。彼は「上海ノスタルジア」への批判を契機に、都市のカルチュラル・スタディーズの領域に足を踏み入れる。「上海ノスタルジア」とはいったい何かについて、彼は二〇〇二年の論文「従『淮海路』到『梅家橋』——従王安憶小説創作的転変談起」(邦訳「上海はイデオロギーの夢を見るか?——王安憶の小説創作の変化から」)において次のように指摘している。

今日の上海は全力を挙げて「国際大都市」という像を作り上げようとしている。何がなんでも「栄光」の歴史をその基礎に据えたいのだ。この都市の人々は上から下まで、今日の上海が目指すのは過去の繁栄だと、心底信じて、あるいは意識的に信じようとしている。オールド上海の暗い歴史をふたたび持ち出して、わざわざ興を醒ますことはないのだ。

（中略）

新たなイデオロギーは、上海の現状も将来もほぼ完璧に説明してみせる。歴史を単純化し塗り替える方法で、この叙述に新たな一節をつけ加えることも、論理にかなった自然な成り行きなので。[35]

この論文は、旧租界エリア以外の場所、すなわち「外部」に目を向けた王安憶の二〇〇〇年の長編小説『富萍』（第二章で詳述）を起点に、世紀末の思想状況と結びつけて論じられており、「上海ノスタルジア」文学に対する相当な影響力を持つ。王暁明は、新たなイデオロギーとなった「上海ノスタルジア」とは対照的な位置づけとして『富萍』に積極的な評価を与えると同時に、「上海ノスタルジア」が「国家と資本が錯綜し、合わさって目の細かな網を張り巡らしている」[36]時代に際して、歴史を単純化し塗り替えるものであると厳しく批判している。

また、王安憶の短文「尋找上海」（上海を探す）では、「美しく印刷された大量のオールド上海の物語から『見いだせるのは流行だけで、上海ではない』[37]」と述べられているが、王暁明は、さらに次のように強調している。

もしそうだとすれば、――流行のものに対する懐疑や批判、流行から排除された詩情への敏感さ、メジャーなものの圧力に抗して挙げられた声への共鳴――そうしたものを通して、わたしたちと本物の世界

――「上海」――を隔てている流行の「殻」を突き破ることこそ、新しい時代における文学創作の新たな意味なのではないだろうか。

今日、もし文学が、「現在の流れ」とは異なる趣味や判断力や想像を生み出せないなら、そして流行が社会に描いてみせる輪郭より広い精神的視野を提供することができないのなら、確かに文学の価値はかなり疑わしい。[38]

王暁明のこうした批判と新たな文学創作への志向は、「上海ノスタルジア」と「本物の上海」の対比に基づいている。この対比は、表象と実在という二項対立で捉えられる。「上海ノスタルジア」は、単なるグローバリゼーションの消費文化や国家主導の発展主義によって形作られた表面的な「殻」と見なされ、大量複製が可能で均質的な製品として認識された。この「殻」によって「本物の上海」、すなわち上海が本来持つ独自の地域性が覆い隠され、明確に見えなくなってしまったとされている。王暁明は、この「殻」を批判し、その表層を透過して「本物の上海」を探求することこそが、新しい上海文学が追求すべき方向だと主張している。

では、そのような地域性をどこに探せばいいのだろうか。例えば、「オールド上海の物語はつねに二〇年代から三〇年代に事件が起こるが[39]」、それに代わり、グローバルな近代を排除した反都市主義が支配した一九五〇年代や一九六〇年代の事件から地域性を探すのはどうだろうか。それとも、「オールド上海の物語はいつもまっすぐ摩天楼やバーや庭園のある洋館の応接間に読者を案内する[40]」が、それに代わり、旧租界エリアの「外部」にある労働者の集合住宅やスラム街において地域性を探すのはどうだろうか。

このような問いや提案は無限に続けることができるだろう。というのも、上海の多層的な歴史や空間には、未だ注意を向けられていない「空白」が常に存在すると考えられるからである。これらの「空白」とは、真っ白な紙のように何も書かれていないわけではない。上述のように、「自己批判」を行うこと＝「革命あるいは改革」

は、過去を繰り返し選択的に白紙化して、新しいイデオロギーを構築する進歩的かつ近代的な観念である。新しいイデオロギーによって疎外される「歴史の残滓」の部分こそが、常に「空白」と認識されている。そのため、新しいイデオロギーと対立する地域性は、おのずと主流の言説に包摂されていない「空白」を再発見する場となる、すなわち「(真の)上海を探す」手段と位置づけられているのである。

このような「歴史の残滓＝空白」の再発見を前提とするのが、特定地域において独自性が存在するという考え方である。この考え方は、一九九〇年代以降、「上海ノスタルジア」とほぼ同時期に流行していた地域文学研究において徹底されているといえよう。

第二節　新たな「地域性」を模索する

二・一　地域文学研究における「本質としての地域性」

一九九〇年代以降、中国では地域文学研究が盛んになった。一九九七年に出版された張懐久・劉崇義編著『呉地方言小説』(題名の「呉地」とは、蘇州や上海を含む呉語圏を指す)は、この流れを反映している。この本は一八九四年に発表された韓邦慶による『海上花列伝』をはじめとする清末民初の呉語小説を概観している。その「余論」では、呉語小説が文学史や文学研究において十分に重視されてこなかった現状を反省しつつ、「現在のいわゆる『郷土文学』は主に北方から生まれたものであることから、北方方言には独自の優位性がある。しかし、方言小説の伝統を持つ呉語地域において、新たな『郷土文学』の発展は可能なのか」[41]と問いかけている。

しかし、この本で扱われた呉語小説は、主に旧租界時代に上海の出版メディアで発表され、都市の読者を対象とし、近代化の衝撃を受けた都市とその周縁を舞台にした作品である。そのため、新たな「郷土文学」というよりは、新たな「都市文学」のさらなる発展こそが期待されるべきではなかろうか。この見解の裏には、「呉地」の地域性を「郷土性」と同一視し、呉語を「郷土の言語」の一つと見なし、呉語小説を「郷土文学」の一部とする、「地域性＝郷土性」という暗黙の了解が潜んでいる。

このような暗黙の了解に基づいた地域性を主軸とする文学研究は、都市に存在する地域言語とそれを取り入れた文学テクストを見過ごしてしまうおそれがあるだろう。この点について、趙園が『地之子：郷村小説与農民文化』（大地の子：郷村小説と農民文化）において行った都市の言語に関する指摘が示唆的である。

近代都市は郷土と比べて、より活発な言語的創造力を持っている。実際の生活では、都市の言語（都市の利点を生かしたもの）が郷土に文化的に浸透するプロセスが頻繁に起こっている。都市と郷土の間に高い壁が存在していた近代の場合でも、上記のプロセスがすでに起こっていたと思われる（五四新文学は都市に移住した農民や「阿Q」のような都市の言語に対する新奇な感覚を描いている）。ただし、五四新文学に反映されているのは、むしろ郷土の口語や方言が知識人（都市人）にとって魅力があるということである。この一点だけを考えると、郷土文化が都市に浸透する、「逆流」ともいえる状況にあるようにみえる。都市を描いた作品は、長期間にわたって古い都市（例えば古い北京）の描写に焦点を当てており、そこで作者が表現しているのは古い文化への愛着であり、都市における言語創造の活発さは十分に反映されていなかった。[42]

ここで趙園が指摘したのは、中国における五四新文学の発生後、近代化／都市化が伝統的な郷土に浸透する中で、都市に住む知識人は、遠くの郷土の言語に関心を持っていたものの、そのような知識人を取り巻く身近な言語環境には注意を払っていなかったということである。

都市の言語環境を見過ごしていたのは、五四期の知識人が主に地方出身であり、海外留学後に中国に帰国し、当時の出版や学問の中心地であった上海や北京で活躍した背景には、「郷土から都市へ」という個人的体験に関連している。これは、それ以降の中国現代文学の題材選びや美的嗜好、文学観念に顕著な影響を与えている。特に地域や地域性に関する観念では、「郷土」を基盤とする文化的優位性が見られるのである。

中国現代文学史における地域性といえば、次のような文学史的事象が思い起こされる。五四期以降、民間の伝説・歌謡・昔話を収集して民間の知的資源として受け入れる「民間文学運動」、一九三〇年代の「大衆文芸」論争を経て、延安時期以降の共産党文芸政策として策定された「民族形式」、一九八〇年代の民族や民間文化を形成する根拠を追究する「尋根文学」(ルーツ探し文学)、一九九〇年代における脱イデオロギー言説の構想を基礎とする「民間の立場」といった事象が挙げられる。

ここではそうした文学観念をあえて詳細に確認することはしないが、一言でいえば、地域性や地域言語に関する分析は、往々にして一定の純粋性を保持しているが、徐々に近代性や近代的な都市に蚕食されてゆく「郷土」という大きな括りに限定されている。近代都市としての上海に対しても、おのずと農村や民間に対抗する立場に置かれるという前提のもとに考えられがちである。

第一節で触れたように、上海はポスト・コロニアルな他者性を備えた世界都市であると同時に、左翼革命の発祥地でもある。そのため、コスモポリタン的な側面とナショナリズム的な側面が交錯している。そのパラドックスが文学創作に投影され、陳思和が述べた「海派文学」の「モダニズム的な系譜」と「左翼批判的な系譜」が形成されている。

しかし、「海派文学」の「モダニズム的な系譜」は、都市を貶める毛沢東時代のイデオロギーに支配された文学史からは、完全に排除されてきた。余談であるが、一九五〇年代以降に上海から香港に移住した「ディアスポラ知識人」は、香港のモダニズム文学や懐古ブームに影響を与えた。[43] このことは、「海派文学」が上海以外の地域で受け継がれ、脱地域化される側面を示している。

中国本土における「海派文学」の再評価は、流派研究の事例としてよく挙げられる新感覚派の「再発見」が行われた一九八〇年代頃から始まった。偶然にも、この時期に「上海ノスタルジア」が話題となり、同時に、「海派文学」の研究がその最盛期を迎えていた。「海派文学」に関する重要な研究としては、呉福輝『都市漩流中的海派小説』（一九九七年）、許道明『海派文学論』（一九九九年）、李今『海派小説与現代都市文化』（二〇〇一年）、解志熙『摩登与現代』（二〇〇六年）、楊揚『海派文学』（二〇〇八年）、張勇『摩登主義』（二〇一五年）などがあり、「海派文学」に関する研究の系譜が確立された。

その過程で、「海派文学」の範囲は一九二〇〜一九三〇年代の新感覚派を中心とするモダニズム作家から、徐々に同時期の上海に関連する全ての文学活動に拡大し、最終的には今日の上海作家まで含むようになった。これに伴い、歴史学と社会学の知見を活用し、文学とメディア、消費文化、ジェンダー、都市空間の諸関係に焦点を当て、そこから透視される都市像を比較し、相違を生むそれぞれの言説や、認識方法上の特徴を明らかにする方法が一般的となった。この中で、上海文学は、西洋文明の受容・市場イデオロギーの支配・大衆メディアの発達など、近代都市システムの構成要素を反映した文化表象として捉えられるようになった。具体的には、文学テクストから無数の断片的な要素（例えば、空間記号としてのダンスホール、消費記号としての広告など）を抽出し、それらを近代都市のシンボルとして捉え、文学をその近代性の反映として解釈することが一般的に行われている。

一九九〇年代以降、大衆文化と研究活動の相互作用により、「海派」という地域ブランドが、上海文化／文学の別称として定着している。さらに、「海派文学」が切り拓いた研究パラダイムは、地域文学の代表例として中国の他地域の文学研究に広く浸透している。例えば、上記の呉福輝『都市漩流中的海派小説』をはじめとする「二〇世紀中国文学与区域文化的研究」叢書[44]は、上海を代表する海派文学に加え、江蘇・湖南・山東・東北地方・チベットなどの地域およびそれらの地域に基づく文学流派を全九冊の叢書で網羅している。

それに続き、あたかも国民国家が画定する各行政区／地域の「地図の空白」を埋めるかのように、歴史学・社会学・文化人類学・民俗学などの学際的な方法論を用いて、地域文学に関する研究著作が数多く出版されるようになった。この点において、地域文学研究は、坂井洋史が批判した中国文学史研究における「填補空白」（研究上の空白を埋める）言説と親和性を示している。つまり、国民国家の各地域について、無数の断片的な事実をかき集める中で、「未知の断片を求めての自己拡張、如何にして断片の総和に有効な解釈を与えるか」[45]、その総和の有効性を優先的に考えるアプローチは、これまでに発見されていない本質を求める地域性の原理を前提とした地域文学研究にほかならない。

地域文学の研究では、「海派文学」を皮切りに、大量の研究成果が積み重ねられたにもかかわらず、議論のアプローチが型にはまり、地域性の認識もパターン化されているという問題が浮上している。

中国現代文学研究者の高橋俊は二〇一八年の論文「文学研究にとって〈場〉とはなにか――中国の地域文学研究について――」において、この問題の急所を見定めて次のように述べている。

地域文学は上記に整理した「海派文学」の研究の「延長線上に自らの研究を位置づけつつ、『しかし我らが街〇〇における文学はほとんど研究されてこなかった』として自らの研究の意義を掲げる。そして当地の『地域性』とされるものをいくつか規定した上で、『地域性が表している作家・小説』を列挙していく」[46]という議論におけるパターン化されたアプローチを指摘している。要するに、これまで未研究の、ある地域で共有される地域性を深掘りし、その影響を作家や作品にどのように反映させるかを明らかにする、という方向に帰結するパターンである。

ここで重要なのは、それらの地域文学の研究はいったいどのように地域性というキーワードを認識し規定しているのか、という問題である。この問題を解明するために、異なる時期の三つの例を考察する。引用0.1は、流派研究の先駆的な学者とされる厳家炎が執筆した「二〇世紀中国文学与区域文化的研究」叢書の序文（一九九五年）からの引用である。引用0.2は高橋俊の論説でも引用された、河南省を代表とする中原文化の研究論著（二〇一五年）の序文からである。引用0.3は都市と作家の関係を述べる論文（二〇二二年）からである。引用0.1と0.3は地域文学研究の普遍的な原則と一般論を示し、引用0.2はその一般論を特定の地域に適用した事例として捉えることができる。

0.1　地域が文学に及ぼす影響は総合的なものであり、決して地形や気候などの自然条件だけでなく、歴史的に形成された人文的環境の多様な要因も含まれる。たとえば、その地域ならではの歴史、民族関係、人口移動、教育状況、風俗や民情、言語や方言などである。その上、時代が進むにつれ、人文的な要因が果たす役割はますます大きくなる。（中略）二〇世紀の中国文学にとって、地域文化は時に潜在的、時に顕著であり、全体的に非常に深い影響を与えている。それは、作家の性質や気概・美的な趣・芸術的な考え方と作品に書かれた個人的体験・芸術の様式・表現手法に影響を与えるとともに、特定の文学流派や作家集団を育成してきた。[47]

0.2　地域とは物質と精神の融合した空間であり、中原というこの特殊な地域は特殊な中原の風情や心情を育み、また特殊な中原の精神気質を生み出した。河南作家が中原文化の影響を深く受けていることはいうまでもなく、中原の大地の山河の地形、風土や人情であれ、あるいは人文思想、政治制度、民間戯曲であれ、みな特殊な文化記憶として彼らの頭に深く刻まれ、また彼らの創作に投影されているのだ。[48]

0.3　「我が都市」（我城）という言葉の意味は複雑ではない。それは作家と彼が生活し、描写している都市との融合であり、分離することが難しい依存関係を表している。地元出身者または長期間都市に住んでいる作家にとって、「我が都市」は彼らの最も重要な生活空間であり、ここには地形や景色、歴史の源流、人々の独特な気質や嗜好、集合的記憶、一瞬で消えてしまう感性的な印象、そして都市の内外に漂うもやもやした雰囲気などが「我が都市」を不可欠な要素に構成し、作家の心に消えない刻印を残し、作品のテクストに様々な形で現れる。[49]

これら三つの引用は、地域性が内包する「自然的要素＝物質」と「人文的要素＝精神」を列挙し、それらの要素が作家に与える影響を重要視すべきであることを述べている。もし、引用0.2で挙げた具体的な地域名を他の地域名に置き換えたとしても、そのような論じ方に違和感なく適用できるのではないだろうか。そこから、これらの論説には発表年に二〇年以上の時間差があるにもかかわらず、全体的な考え方には大きな変化がないことが見て取れる。

その考え方では、まず地域性がその地域ならではの作家や作品に先立つ所与の存在として、ほぼ全ての側面に浸透していると規定されている。次に、作家はその地域の出身者であるため、それらの地域知や集合的記憶を自然に共有し、無条件に受け入れることが可能であるとされている。これは、地域性が人間の社会的活動に先立つものとして、作家の文学活動に直接影響を与えるとする二段階の論じ方である。

しかし、この論じ方にはいくつかの懸念点がある。

（一）地域性そのものを特定の地域と他の地域との差異を引き出す様々な要素に限定し、これらがその地域の本質的な特性として固定されるため、本質主義に陥る可能性があること。

（二）固定された地域性から「影響を受けて文学が生み出される、という単純な反映論に陥る可能性」[50]がある。そのため、作家はある地域に隷属する存在として、その地域の本質的な特性を自然に共有し、一体化されていると見なされがちであること。

（三）学際的な研究の蓄積を援用しながらも、地域性を反映する文学テクストの外部にある要素への過度な注目が結果として、地域的言語を一定の形で取り入れつつ、文学の根幹をなす文学言語への注目がかえって疎かにされてしまう傾向があること。

これらの問題は、地域性を地域ならではの特色として矮小化した理解に起因している。そのため、本書では地域文学における地域性の本質的な理解、すなわち「本質としての地域性」と称される従来の考え方を回避し、これらの問題点に対して、地域性に関する新たな構想を提案する。これを新たな「地域性」と称し、基本的に鉤括弧を付して用いる形で試みる。

二・二　新たな「地域性」の構想

従来、地域性はA地とB地の比較、つまり他地域との差異を基に水平的な関係で構築されがちだったが、垂直的な関係の中で再検討する必要もあるのではないだろうか。一般論として、「地域性」とは、近代化によって統合された国民国家で生まれる均質的な知・言語意識・価値秩序とは対極にある、特定の地域的リソースを基盤として文脈化された個別性を指している。

「近代」に翻弄された上海は、地域差を均質化しようと企てる「植民地―グローバル」体制や国民国家といった「大きな物語《ナラティヴ》」の隙間に自らの位置づけを見出すことができなかったものの、それらに対する疑問と反省的な問いかけはしばしば見られる。この姿勢は、均質化を図る「近代」との関係の中で、「地域性」をダイナミックに捉え続ける行為を支えているといえる。

無論、「地域性」は前述した自然条件や社会・歴史的な要素の影響を受けているが、その中身は固定的で安定したカテゴリーに収まるものではなく、むしろ、それは「大きな物語」との力関係によって絶えず変化し、均質的な知的体系に対して、不断に変容しながら抵抗的な特徴を明らかにしていく動的なものと見なせるのではないだろうか。

「地域性」が安定した中身を持たないという認識を踏まえるならば、文化記号や集合的記憶・アイデンティティの自覚、ひいては地域的な言語も安定しているとはいえないことになるだろう。加えて、同じ地域内でも国家機関が人為的に画定する行政区によって、しばしば分割され、均一なコミュニティや集団が存在するのではなく、むしろ混成的な要素によって特徴づけられている。

　後に紹介する第一章と第二章の事例を通じて見られるように、上海は多民族・多国籍・多地域からの人々が共存する都市であり、重層的な地域空間が交差する中で、異なるコミュニティや集団、言語・方言が混在しているため、安定した単一的なアイデンティティが維持されるとは限らないことが示されている。こうした背景から、「本質としての地域性」に基づく集合的記憶やアイデンティティ意識が実際に存在するかという疑問が生じる。同じカテゴリーに属するという諸意識が局所的に存在している場合でも、そのカテゴリーに抵抗する声や言説が現れる可能性もある。

　ただし、本書は上海の地元の人々や移住者の社会的実態を明らかにするための文化人類学の研究ではなく、上海文学がどのようにそれぞれの集合的記憶やアイデンティティを想起し語るのか、またその想起のされ方や語り方の中で新たな「地域性」のあり方を考察する文学研究であり、これらの問いに事実をもって答えることを目的とはしていない。

　文学研究において「地域性」の構築は、言語と語りに外在する物理的あるいは社会的実体ではなく、基本的に文学言語と語り、文体によって形作られるものと考えられる。言い換えれば、何を語るかよりも、どのように語られるのかが重要である。

　しかし、これまでの研究はしばしば、「地域性＝地域ならではの特色」という思考軸に沿って、具体的な事象と地域的特色を直結させ、文学作品の中で言及されるそれらの事象を地域性の反映として単純に結論づける傾向が見られる。

例えば、王安憶の『長恨歌』における「弄堂」の描写を抽出し、この住宅様式を上海の地域的特色の反映と位置づけたり、旧フランス租界などのポスト・コロニアルな風景をもう一つの地域特色の反映として扱うなど、型にはまった論述が採用されている。

張旭東は二〇〇二年の論文「上海的意象：城市偶像批判与現代性神話的消解」（上海のイメージ：都市文化記号に対する批判と近代的神話の解消）で、このような論述のアプローチが常に個別の事象を網羅する「唯名論」に陥る傾向があることを指摘し、問題提起している。

私の見解では、上海の近代性を批判的に分析するための鍵は、近代都市の特徴を羅列することにあるのではない。外観から見てモダンな上海を表層的に叙述することにこだわると、しばしばよく熟慮していない「唯名論」に陥る傾向がある。意識的であろうが無意識的であろうが、建築、ファッション、エンターテインメント、文学様式などといった一連のデータや記号を用い、上海が普遍的な近代都市の印象に適合しているかどうかを検証することである。[51]

このように、文学のテクストに外在する具体的な事象のみに注目すると、そうした「唯名論」への傾倒をもたらす恐れがある。それらの具体的な事象を基に世界中の近代都市をあるべき姿に当てはめることは本書で分析する小説の中で散見される。その危険性を解消するために、本書では新たな「地域性」をいかに語るのか、都市をどのように見るのかという文学言語と語り方のレベルの分析に重点を置く。

では、本書で使用する「文学言語」とは何を指すのかについて、まずはこの用語の様々な解釈を概観し、絞り込んでおく必要がある。この用語に関しては、一般論としての文学理論[52]はもちろん、中国の白話文運動や「近代言語」の構築をめぐる各時期の議論においても、様々な見解が示されている。具体的な議論はここでは展開しないが、西洋の音声中心主義の影響を主軸に、白話文運動以降の文学言語観に関する郜元宝の整理を参考にしてまとめる。

中国の伝統的な言語観では、「言語／言＝パロール」と「文字／文＝エクリチュール」は分離不可能な統一体とされ、両者間に優劣や主従、本質と非本質の差は存在しなかった。しかし、近代以降、西洋の言語観の輸入に伴い、この伝統的な言語観はデリダの称した「音声中心主義」に基づいた言語観へと変化した。

この変化の中で、近代の中国知識人は西洋の言語観を取り入れ、母語を反省的に捉え直すことで、中国が文明として立ち遅れていると痛感していた。当時の知識人たちは、「言文分離」の文言と難解な漢字が庶民大衆から離れた貴族階層に限られたものであり階級社会を象徴していると考え、「文字に汚染されていない人間＝庶民大衆」が日常的に使用する言葉こそ、封建主義の陳腐な思想に汚染されていない自然に生きた言語であるとした。そのため、文学で用いられる言葉の近代化は、話し言葉《パロール》や語る主体と書き言葉や文字との間で、より直接的で透明な関係に到達することを目指している[53]。

特に一九三〇年代、左翼知識人の瞿秋白が提唱した「大衆語」は、方言や俗語を含む大衆が日々話している言葉で読み書きすることで、「言語・文字の最終的統一」と「地域や社会の言語的偏差」[54]の解消を目的とするものであった。その後、一九四〇年代末に展開された方言文学論争で提案された「純粋な方言文学」も、「大衆語」論の延長として位置づけられている。この運動では、大衆の言葉を直接文字化し、識字者による公共の場での音読を経由して、識字能力のない労働者階級が聞いて直ちに意味を把握できる、意思疎通を目的とする透明な文学言語が要請された。

しかし、村田雄二郎は、一九三〇～四〇年代に行われた「方言や民族語の擁護、方言文字の策定といった共産党の言語政策は、むしろ国家統合の一環として構想されたことを忘れてはならない」[55]と指摘している。共和国成立以降、一九五〇年代において共産党の歴史的使命は、それまでの国家統合や政権奪取から、新興の社会主義国家の建設に移行した。民族主義が駆動する国民国家的言説とソ連のマルクス主義の革命理論を基盤とした階級的言説との間には、両立しがたい矛盾が生まれた。この矛盾は言語／方言のレベルに顕在化し、康凌の見解を援用すれば、「国民国家言説は『民族共通語』の形成と普及を要請する。階級的言説は『人民の言語』としての方言（つまり互いに異なるが、平等な価値がある）を重要視することを要請する」とされ、民族共通語と方言との分岐の裏には、「国民国家的言説と階級的言説の衝突がある」[56]ことを示している。

その両言説の矛盾を調整しようとする試みに関し、建国直後にはスターリン言語学の影響も見られる。一九五〇年代に「マルクス主義と言語学の諸問題」をはじめとするスターリン言語学に関する重要な論文が中国で翻訳され、その中心的な主張が文学言語をめぐる議論を引き起こした。スターリンは、（一）言語は上部構造ではなく、階級性を持たないこと、（二）方言や通用語は全人民的言語の分枝であって、それに従属することであると主張している。[57]

一九五六年には、全人民的な共通語としての「普通話」が制定され、それに適した文学言語の使用が議論された。言語学者の高名凱による「魯迅与現代漢語文学言語」（魯迅と現代中国語の文学言語）や「対〝文学言語〟概念的了解」[58]（「文学言語」概念に対する理解）などの文章では、文学言語は「狭義」と「広義」に分類される。狭義では、文学作品に用いられる特定の言語様式やスタイルを指す。一方、広義では、全人民的言語を基にした一般の書記言語を指す。これらは対立するものではなく、芸術的に加工された書記言語の一形態として統合的に理解することができる。このように、文学言語の土台は、音声言語である方言との直接的な関係から、均一の語彙と文法の体系を求めた全人民的な言語の最高形態としての共通語へと転換することになった。

二・三 「文学言語」から見る新たな「地域性」

本書で考察する「文学言語」は、主に文学テクストに取り込まれ、書写された言語を指すが、以上のような共通語の普及を目指すあらゆる場面で使用された書記言語とも、固有の自律性がある文学的な言語とも等価ではない。

本書が提示することになる新たな「地域性」の概念とも関連しているが、ここで用いる「文学言語」とは、書記言語の制度性や「言語的均質化」に反省・抵抗し、方言の音声・音韻面を捨象して方言語彙や構文を文学テクストに取り入れる際の表記や文体としての言語のことである。言語の音声を排除して「文学言語」と「書記言語」の間に等号を引くという「近代文学」観念の規定性[59]を意識すべきであるとはいえ、本書の分析対象となる文学テクストが主に書写された「目の文学」[60]であるため、口頭で伝達され、耳で聴くことで完結する音声としての「文学言語」は直接考察する対象とはしない。

このような「文学言語」の定義に基づけば、本書における「方言」は方言学の考察対象となる音声言語である方言とは異なり、書記言語の制度性や「言語的均質化」の要請により規定され、文学テクストに取り入れられて文字化・書写化したものである。通常、そうした書き言葉としての「方言」は括弧付きで表記されるべきであるが[61]、次の理由で本書では「方言」という語を基本的に括弧なしで用いることにする。

（一）用語の使用頻度が非常に高いこと。

（二）作品中で描写される言語環境などが方言の音声面も含むため、社会言語学の知見を参照する必要があること。

（三）作家が方言を表記する際、その音声面も考慮しなければならないため、方言表記は作家が音声を文字に変換する内面的過程を反映していると考えられること。

そして、必要に応じて、方言語彙・方言使用・方言表記や方言の構文など、書き言葉としての方言の具体的な側面を特定することとする。

文学研究における新たな「地域性」は、文学言語を基盤とするものである。そのため、上海の言語状況と上海作家の言語使用について概観しておく必要がある。

上海の言語状況についても、旧租界時代から現在に至るまで急激な変化を見せている。旧租界時代の上海は「五方雑処」の都市と呼ばれ、多地域からの移住者や文化が入り交じり、混在していた。官話、上海語や各地域の方言（中国語の共通語と方言について、詳細はコラム1を参照）はもちろん、多国籍の外国人が操る外国語、そして外国語と地域言語が混ざり合ったピジン語（例えば、「洋涇浜英語」[62]）など、様々な言語が使用されていた。当時の上海の言語状況は、「多言語変種使い分け《ポリグロシア》」社会と呼ぶことができるだろう。

一九五〇年代に普通話が共通語として定められて以降、上海では行政など公的な場面では規範的な言語として普通話が使用されるようになった。一九九〇年代以降は、人口の地域的な移動、教育やメディアの場における方言禁止・普通話促進政策、そして二〇〇〇年の「国家通用語言文字法」[63]施行など、普通話の一元化が進むにつれて、上海における言語の使い分けのバランスは徐々に崩れていった。

社会言語学の研究では、改革開放、特に浦東新区が設立された一九九〇年代以降の三〇年間で、上海の言語状況は著しい変化を遂げたとされている。かつて様々な場面で使用されていた上海語は全体的な使用率が普通話よりも低くなり、世代が若いほどその傾向が顕著になっている。[64]つまり、普通話の影響を受けて、上海では「多言語変種使い分け」社会から共通語の単一言語社会へと転換が進んでいる。郜元宝は、「上海が国際化するにつれ、上海語の地位が低下し、『話すだけで書かない』ことや、『音はあるが文字に残らない』などの現象が徐々に目立つようになってきた」[65]と指摘している。このように、上海はもはや言語上「均質的な都市」になりつつあるともいえよう。

本書では、「上海作家」を研究対象とするが、第一章で論じる一部の新進作家を除き、基本的に前述した「多言語変種使い分け」社会から単一言語社会への変化過程を経験した、一九五〇年代から一九七〇年代に生まれの上海語を熟知している作家を指す。

しかし、郜元宝が指摘しているように、長年にわたって、豊富な言語経験を持つ上海作家は、その経験を反映した個性的な文学言語を生み出すどころか、地域言語を使用する意識自体が薄れてきている。他地域の作家、特に北方方言の作家は作品に方言を取り入れることを好むのに対し、上海作家は「言語的には特徴がほとんどないように思える」[66]と見なされている。その結果、上海作家あるいはより広い南方方言の地域出身の作家は、地域言語から離脱し、規範的な言語に可能な限り近づかざるを得ない状況に置かれている。これらの作家たちは、言語の近代化を進める五四期の知識人が直面した「言文分離」の問題に、再び陥ってしまったのである。

> 近代文学における規範化された言語のメカニズムにおいてこそ、上海（南方）作家は自分を制約する言語戦略をとっている。つまり、彼らは創作過程において、意識的または無意識的に、母語である上海語を規範に適合する普通話に翻訳しているのである。この翻訳のプロセスはほとんど内面的で自動的に行われ、書面には表れない。[67]

ただし、このような状況は単に上海作家が「地域言語を使用する意識が薄れた」ためだけではない。もともと安定した表記系統を持たず、上海語を文字化して用いる場面が限定されているため、それを文学言語に取り入れることが困難であるという側面もある。

そうした地域言語から規範化された言語に変換したり、そのままでは変換できない表現がある場合は別の表現に意訳したりする作業が必要となる。その作業は、同じ言語内での言い換え、すなわち言語学者・ヤーコブソンがいう「言語内翻訳」と呼ぶことができる。上海作家の創作とともに、言語内翻訳という付加的な活動が頭の中で絶え間なく行われているはずである。

しかし、上記のような上海作家の「言語的には特徴がほとんどない」状況は、近年、方言を取り入れる作品が大量に現れたことで変容しつつある。その代表作の一つが、第四章で取り上げる金宇澄の長編小説『繁花』(二〇一二年)である。第四章にて詳述するが、『繁花』の初稿は二〇一一年、上海の地域情報を中心とした電子掲示板「弄堂網」にて投稿されたものである。その自由に上海語で交流することができるインターネット上の言論空間こそが、上海語を文字化して用いる場面を切り拓き、作家は言語内翻訳を通さずとも上海語を直接入力することで創作を行うことが可能となった。

後に、『繁花』は難しい方言を平易な言葉に置き換えたり、方言と普通話を融合させたりするなど、文学言語において改訂や修正が繰り返し行われ、複数の版が出版されている。それらの版を照らし合わせながら読むことで、方言と普通話の間の書き換え・修正の痕跡を追跡することが可能である。さらに『繁花』のみならず、夏商の長編小説『東岸紀事』(二〇一二年)や任暁雯の短編小説集『浮生二十一章』(二〇一九年)なども同じく、版の改訂とともに文学言語における方言の修正を行っており、異なる版を比較して読むことができる。

もちろん、言語内翻訳という内面的な活動を追跡することは決して等価ではなく、しかも追跡自体がありえないが、ただし、版の比較を通じて、「特定の版には表れない」言語内翻訳の痕跡を把握することが可能であることを意味する。したがって、第三章と第四章ではそれらの作品を取り上げ、上海作家の文学言語における修正＝言語内翻訳を明確に整理した上で、文学言語の意識や、方言使用を試みる実態、および文学言語を基盤とする新たな「地域性」の可能性について考察する。

第三節　本書の構成

以上、上海開港以降の歴史的経緯、および各時代に支配的であった「近代」に関するイデオロギーを整理してきた。さらに、「本質としての地域性」を超え、また「近代」の均質化に抵抗するカテゴリーとしての新たな「地域性」の構想を提起した。

そして、一九九〇年代に再び世界都市と位置づけられた上海は、植民地支配の屈辱や反都市の言説を払拭した上で、上海の歴史的リソースを活用し、多様性と混種性を基にして新たな「地域性」を再考するようになった。後の各章で取り上げる諸事例はそのような「地域性」を問い直す一環として認識することができる。各作家や作品は、各々のコンテクストや展開、そしてそれぞれの「地域性」に関する発想を示唆しているが、本書が追求するのは、それらが内包している共通の方向性（局所的に共通する点であるかもしれないが）はどこに向かっているかを明らかにすることにある。

本書は序章と終章を除くと四章に内容が分けられている。また、背景情報を補足するため、序章から第三章の直後に四つのコラムを設けている。それぞれのコラムでは、「中国語の共通語と方言」「旧租界による上海の空間格差」「『蘇北』差別の源流」「『繁花』とその周辺」について紹介しており、各章の本文と対照的に読むことができる。以下は、各章の内容を要約する。

前半の第一章と第二章は、「上海ノスタルジア」と「蘇北叙述」という上海の旧租界エリアである「内部」と、それ以外の周縁部である「外部」に相応する対抗的言説に注目する。第一章「『地域性』を再考する『上海ノスタルジア』」では、一九九〇年代中後期の「上海ノスタルジア」を題材とする文学作品を分析する。まず、言葉・建築・空間・人間などの都市に関する文化記号の蓄積が乏しい世紀末の上海文学が、いかにそれらの記号を復活させて新しい意味を付与していったのかについて検討する。次に、上海の「外部」に目を向けた短編小説集『城市地図』における前期作品と、均質的な空間を上海の未来像に結びつける『城市地図』における後期作品を検討する。

第二章「上海文化論的言説としての『蘇北叙述』」では、江蘇省の揚子江以北地方「蘇北」からの出身者が上海に移住して形成した同郷コミュニティにおける歴史、方言、移民像や生活空間などの諸方面を題材とする文学的な叙述、すなわち一九九〇年代中後期からの「蘇北叙述」を分析対象とする。「蘇北叙述」が、どのように移住者のアイデンティティや集合的記憶、職業像と言語使用を文学テクストに取り入れて表象しているのかを明らかにしたい。また、「蘇北叙述」はいかに上海従来の「内部」と「外部」の図式を超えてその間の競合や融合を示すのか、その中から新たな「地域性」を見出す可能性があるのだろうか、という点を検討する。

後半の第三章と第四章は、上海文学の方言使用に注目する。第三章「方言修正による『叙言分離体』の浮上」では、上海出身の作家・夏商の長編小説『東岸紀事』の改訂事例を中心に、作品の版本間の字句の異同を比較して、改訂過程における規範的言語と方言の間の置き換えに関する修正を緻密に整理する上で、作品の方言使用、表記、話法、規範的言語と方言との融合、叙述文と会話文の配置といった文体的特徴を分析する。また、そうした文体的特徴や意識はいかに「近代」が規定した「言語的均質化」から影響を受けるのかについて考察する。

第四章「『繁花』初稿の誕生と方言使用」では、近年、上海文学において方言使用の完成度が最も高い金宇澄『繁花』の「初稿」を検討対象とする。まず、「初稿」が掲載された電子掲示板「弄堂網」の特徴や文化的な雰囲気について検討し、作者の投稿契機と執筆意識を考察する。次に、掲示板内では「初稿」における方言表記をめぐる議論から、金宇澄の言語意識と『繁花』の方言修正について検討する。それによって、言語的均質化に抵抗する文学言語がいかに生成されたのか、という問いを明らかにする。

終章「新たな『地域性』の可能性へ向けて」では本書の内容を振り返るとともに、全体を総括して本書の残された課題、および今後の研究課題を展望していく。

註

［1］中国の最高指導者だった鄧小平が一九九二年初頭に湖北省・広東省・上海など同国南部地域を視察した際、各地で改革開放の加速を呼びかけた講話を指す。天安門事件以降低迷していた同国の経済はこれをきっかけに活性化し、市場経済化・グローバル化が進んだ（『デジタル大辞泉』小学館「南巡講話」項目を参照）。

［2］「浦東」とは、上海を東西に分ける黄浦江の東側を指し、西側の「浦西」は上海の旧市街地として知られている。浦東は孫文の『建国方略』（一九一七〜一九二〇年）では、浦東の開発がすでに構想されていたが、戦争や財政上の困難により長らく実現に至らず、都市化があまり進んでいなかった。

　一九八〇年代の半ばに、ようやく浦東の開発が再注目され、汪道涵市長をはじめとする政策立案者たちによって計画が再び立てられた。一九九〇年に浦東新区の開発は国家プロジェクトとして正式に認可され、外国資本に有利な投資条件を示しつつ、土地使用権の有償譲渡を行い、工場誘致・ビル建設・インフラ整備が進められた。これらの政策は外資に大きく依存する形で進行し、浦東はその後の三〇年で、上海、さらには中国全体の対外開放のエンジンとしての役割を果たしている（岩間一弘・金野純・朱珉・髙綱博文『上海：都市生活の現代史』風響社、二〇一二年、二七一〜二七五頁を参照）。

［3］里弄とも呼ばれるこれらの建物は、江南地方の建築様式を基にしつつ、西洋風の装飾が施された集合住宅である。

［4］王安憶（一九五四年〜）作家。上海作家協会主席、復旦大学中文系教授。南京で生まれ、上海で育つ。代表作に『小鮑荘』（一九八五年）、『長恨歌』（一九九五年）、『富萍』（二〇〇〇年）、『天香』（二〇〇九年）他（序章で言及する作家の詳しい情報については、当該作家の具体的な作品を分析する章末注で紹介する）。

［5］程乃珊（一九四六〜二〇一三年）作家。上海で生まれ、幼少期は香港で過ごす。代表作に『藍屋』（一九八三年）、『窮街』（一九九四年）他。

［6］金宇澄（一九五二年〜）作家。文芸誌『上海文学』編集者。上海生まれ。代表作に『洗牌年代』（二〇〇六年）、『繁花』（二〇一二年）他。

［7］夏商（一九六九年〜）作家。上海生まれ。代表作に『乞児流浪記』（二〇〇九年）、『東岸紀事』（二〇一二年）他。

［8］「反都市」という用語はもともと、都市の発展段階の一つとして、治安や住環境などの社会的要因で都市の中心部や郊外から人口が流出していく「反都市」の段階を指している（横浜国立大学都市科学部編『都市科学事典』春風社、二〇二一年、一一六〜一一七頁を参照）。本書で言及される「反都市」は、一・一節で論じるように、マルクス主義的な階級分析の視点から、都市化に伴う都市問題を資本主義の病理として捉え、都市の拡張を抑止するため、都市と農村の「二元的戸籍制度」を設けて自由の移動を制限する一連の言説を指している。

［9］ここでは、榎本泰子の『上海』における租界の形成に関する論述を参照し、租界時代の上海の異なる空間を簡潔に紹介する。一八四五年、最初の土地に関する条約に基づいて、黄浦江西岸の一角にイギリス租界が設置された。その後、アメリカ租界が一八四八年イギリス租界の北側、蘇州河を挟んだ対岸の地域に、フランス租界が一八四九年イギリス租界の南側、上海の旧県城の周りを取り囲む地域に設置された。

一八六三年にイギリス租界とアメリカ租界は合併し、「共同租界」を作った。共同租界もフランス租界も、その後何度かの拡張を繰り返し、西方面（黄浦江から離れる方向）へと広がっていく。黄浦江に近いほどオフィスや銀行などのビジネス機能が集中し、周辺に南京路といった繁華街も形成された。黄浦江から離れるほど閑静な住宅地となり、特にフランス租界西部には広い庭のある邸宅が建ち並んだ。

租界の外側にあって、南市や閘北といった中国官憲の支配が及ぶ地域を「華界」と呼んだ。つまり、上海には共同租界、フランス租界、そして華界という、三つの異なる政治権力による支配地域があったことになる（詳しくは、榎本泰子『上海――多国籍都市の百年』中央公論新社、二〇〇九年、四〜一八頁を参照のこと）。

［10］Abbas, M. A. (M. Ackbar), *Cosmopolitan De-scriptions: Shanghai and Hong Kong*, Public Culture 12, no. 3 (2000) : 774.

［11］アンソニー・ギデンズ、松尾精文・小幡正敏訳『近代とはいかなる時代か？――モダニティの帰結』而立書房、一九九三年、八五頁。

［12］Marie-Claire Bergère, translated by Janet Lloyd, *Shanghai: China's Gateway to Modernity*, Stanford University Press, 2009, 第一章を参照。

［13］ミシェル・ド・セルトー、山田登世子訳『日常的実践のポイエティーク』筑摩書房、二〇二一年、三一九頁。

［14］ミシェル・ド・セルトー前掲書『日常的実践のポイエティーク』、三二〇〜三二二頁。

〔15〕近代都市としての上海が、多様な文化に対する寛容性を有することは、上海のもう一つの別称「上海灘」にも見られる。ハンチャオ・ルーによると、伝統的な「城」とは異なり、「灘」は陸と海を結びつける中間層であり、開かれて外に向かって広がるという意味を含んでいる。そのため、「灘」は上海の開放性を示唆している（LuHanchao, *Nostalgia for the Future: The Resurgence of an Alienated Culture in China*, Pacific Affairs 75 (2002) : 180）。
〔16〕陳思和『海派与当代上海文学』復旦大学出版社、二〇二一年、四五～四八頁。
〔17〕Abbas, M. A. (M. Ackbar), op. cit., 775.
〔18〕鈴木将久『上海モダニズム』中国文庫、二〇一二年、八頁。
〔19〕ミシェル・ド・セルトー前掲書『日常的実践のポイエティーク』、三二三頁。
〔20〕Maurice J. Meisner, *Mao's China and After: A History of the People's Republic*, Free Press, 1999 : 155-156.
〔21〕藤田弘夫「都鄙のユートピア：都市主義と『反』都市主義」、『慶応義塾大学大学院社会学研究科紀要』第五五号、二〇〇二年、一五頁。
〔22〕藤田弘夫前掲文「都鄙のユートピア：都市主義と『反』都市主義」、一五～一六頁。
〔23〕中国人口学会著、田雪原・王国強編、法政大学大学院エイジング総合研究所訳『中国の人的資源――豊かさと持続可能性への挑戦』法政大学出版局、二〇〇八年。
〔24〕張鴻声『城市現代性的另一種表述――中国当代城市文学研究（一九四九～一九七六）』北京大学出版社、二〇一四年、四一～四二頁。
〔25〕蔡翔（一九五三年～）批評家、文学研究者。上海大学中文系教授。著書に『神聖回憶』（一九九八年）、『革命／叙述：中国社会主義文学―文化想像（一九四九～一九六六）』他。
〔26〕蔡翔『神聖回憶』東方出版中心、一九九八年、二七七頁。
〔27〕周而復（一九一四～二〇〇四年）作家。南京生まれ。本名は周祖式。一九三八年上海光華大学英文学部卒業。上海の資本主義企業の社会主義改造を主題とした四部作『上海的早晨』（一九五八～一九八〇年）。
〔28〕羅崗「空間的生産与空間的転移――上海工人新村与社会主義城市経験」、『華東師範大学（哲学社会科学版）』二〇〇七年第六号、九三～九四頁。

［29］Marie-Claire Bergère, translated by Janet Lloyd, op. cit., 2009、十四章第一節を参照。

［30］LuHanchao, op. cit., 175.

［31］陳丹燕（一九五八年〜）作家。北京生まれ、八歳の時に上海へ移る。一九八二年、華東師範大学中文系を卒業、雑誌編集者となる。代表作に「上海三部作」「外灘三部作」他。

［32］Shu-mei Shih, *The Lure of the Modern: Writing Modernism in Semicolonial China, 1917~1937*, University of California Press (2001) :viii~ix
［33］Shu-mei Shih, op. cit., viii.

［34］LuHanchao, op. cit., 173.

［35］王暁明、千野拓政・中村みどり訳「上海はイデオロギーの夢を見るか？――王安憶の小説創作の変化から」、『接続』第三号、二〇〇三年、五四頁。

［36］王暁明、千野拓政・中村みどり訳前掲文「上海はイデオロギーの夢を見るか？」、五六頁。

［37］王暁明、千野拓政・中村みどり訳前掲文「上海はイデオロギーの夢を見るか？」、五七頁。

［38］王暁明、千野拓政・中村みどり訳前掲文「上海はイデオロギーの夢を見るか？」、五七頁。

［39］王暁明、千野拓政・中村みどり訳前掲文「上海はイデオロギーの夢を見るか？」、五九頁。

［40］王暁明、千野拓政・中村みどり訳前掲文「上海はイデオロギーの夢を見るか？」、五九頁。

［41］張懐久・劉崇義編著『呉地方言小説』南京大学出版社、一九九七年、一五八〜一五九頁。

［42］趙園『地之子：郷村小説与農民文化』北京大学出版社、二〇〇七年、一五一頁。

［43］李欧梵、毛尖訳『上海摩登――種新都市文化在中国（一九三〇〜一九四五）』浙江大学出版社、二〇一七年、四〇一〜四〇九頁。

［44］地域文学と近い用語として、「地方文学」や「区域文学」などがある。本書ではそれらの全てを「地域文学」に統一する。

［45］坂井洋史『懺悔と越境――中国現代文学史研究』汲古書院、二〇〇五年、五頁。

［46］高橋俊「文学研究にとって〈場〉とはなにか――中国の地域文学研究について――」、『高知大國文』第四九巻、二〇一

八年、二六～二七頁。

［47］厳家炎「二〇世紀中国文学与区域文化的研究」総序、『理論与創作』一九九五年第一期。

［48］高橋俊前掲文「文学研究にとって〈場〉とはなにか――中国の地域文学研究について――」、二七頁。

［49］王宏図『我城』叙事模態新変的潜力」、『探索与争鳴』二〇二一年第十号、一七頁。

［50］高橋俊前掲文「文学研究にとって〈場〉とはなにか――中国の地域文学研究について――」、三〇頁。

［51］張旭東「上海的意象：城市偶像批判与現代性神話的消解」、『文学評論』二〇〇二年第五号、九三頁。

［52］例えば、言語活動の両極を「辞書的言語／科学的言語」と「詩的言語／文学的言語」に分類したヤーコブソンやロラン・バルトが主張した記号論的な見解がある。前者は、辞書的に定められ、規範化された「文字どおりの意味」を可能な限り忠実に反映し、言語の外部にある対象物を指示する機能によって意味伝達を目的とするものである。

それに対して、後者は文字どおりの意味ではなく、意味伝達の機能が抑制され、言葉がいかに呈示されるのか、という形式面に価値が置かれるものである。つまり、記号論的な見解は、文学言語には、他の言語様式と明確に区別され、他の言語様式に置き換えることができない固有の自律性が存在することを強調している。この見解は、文学言語の狭義の意味に属しているといえる（土田知則・神郡悦子・伊藤直哉『現代文学理論――テクスト・読み・世界』（新曜社、一九九六年）とロラン・バルト、保苅瑞穂訳『批評と真実』（みすず書房、二〇〇六年）を参照）。

また、バフチンは自律性を強調した狭義的な文学言語の概念は小説の言葉に適用しえないと考え、「小説の文体は、諸文体の結合の中に存在するのであり、小説の言語とは〈諸言語〉の体系なのである」（『小説の言葉』平凡社、一九九六年、一五頁）と述べている。その体系には、「作者の直線的な文学・芸術的叙述」や「様々な形式の口頭での日常的物語り」の他、哲学的・科学的議論、民俗学的記述、議事報告といった「文語によっているが芸術外的な作者の発話」や「主人公たちの文体論的に個性化された発話」（一四～一五頁）なども含まれている。すなわち、小説の言語は、固有の自律性を持つわけではなく、「言葉遣いの社会的多様性や、ある場合には多言語の併用や、また個々の声たちの多様性が芸術的に組織されたものである」（16頁）。バフチンの見解は、実際、文学言語、少なくとも小説で使用された文学言語が自律性を持つことを否認しているのである。

［53］詳細は郜元宝の『漢語別史――中国新文学的語言問題』（復旦大学出版社、二〇一八年）の上編第五章を参照。

［54］村田雄二郎「『文白』の彼方に――近代中国における国語問題」、『思想』一九九五年七月号、二六頁。

［55］村田雄二郎前掲文「『文白』の彼方に」、二六頁。

［56］康凌「方言如何成為問題？――方言文学討論中的地方、国家与階級（一九五〇～一九六一）」、『現代中文学刊』二〇一五年第二期。

［57］田中克彦『「スターリン言語学」精読』岩波書店、二〇〇〇年、一八四～二二〇頁。

［58］高名凱・姚殷芳・殷徳厚『魯迅与現代漢語文学言語』文字改革出版社、一九五七年。高名凱「対〝文学言語〟概念的了解」、北京大学中国語言文学系言語学・漢語教研室編『〝文学言語〟問題討論集』文字改革出版社、一九五七年、八～一六頁。

［59］「近代文学」観念について、坂井洋史の指摘がある。「私は、『文学言語』と『書記言語』の間に等号を引くのは、『文学』をいかに定義するかという問題に対する、ある特定の立場、観念の表現だと考える。となれば、別の立場、観念とは何か。私が想像するのは、例えば説書、詩朗誦、ある種の戯曲、あるいは山歌のような民謡、太鼓詞や快板詞のような民間芸能といった、それを書写し、大量に印刷され、販売されたテクストを、後から個人が鑑賞するのではなく、口頭で発声された音声を、多くの人間が同時に同じ場所で、耳から聴くことで完結する言語芸術なども『文学』の一つの『形式』であるとする立場、観念である。こういった形式を『文学』の範囲から排除するのは、書写されたテクストを、近代社会を支える制度としてのメディアを通じて入手し、それを個人が密室で黙読するものこそ『文学』であるとする文学観であり、即ち所謂『近代文学』観念である」（坂井洋史前掲書『懺悔と越境』、四四三頁）。

［60］平田昌司は論文「目の文学革命・耳の文学革命――一九二〇年代中国における聴覚メディアと『国語』の実験」（『中國文學報』第五八巻、一九九九年）において、地域を超えた不特定多数の聴衆に向ける聴覚メディアを通して、国語規範が制度化された過程を考察した。この論文では、「目の文学革命」は、活字メディアを伝播の主たる手立てとし、「音」を無視して「字」の共通性を強調する言語と文体の創造と位置づける。それに対して、「耳の文学革命」は国語教育を推進するための音声規範の統合、および近代演劇理論の体系受容、ラジオ放送、トーキー映画作成といった聴覚メディアを媒体とするものである。

［61］本書の方言使用の分析に示唆を与えたのは、宮崎靖士の論説「日本近代文学における〈方言〉使用の類型学――近代小

説の語りの形式面との関わりから」（『日本近代文学会北海道支部会報』第五号、二〇〇四年）である。この論説において、方言という言葉には基本的に山括弧を付して用いている。

その理由について、「文学作品の中に呼び込まれた表象としての方言を研究の一次資料とするからである。そのような立場は、確かに話しことばとしての方言や、従来の方言研究の成果との一定の対応を参照するものではあるが、しかし書きことばの制度性や個々の作品内容の要請等からの規定をより強くうける文体・表象としての〈方言〉という検討領域を設定」（三八頁）すると述べている。このような話し言葉または書き言葉としての方言の区分は、本書では確かに参考になったが、本文で述べた理由から、本書では方言という言葉を括弧なしで用いることにする。

〔62〕「洋涇浜」とは、もともと上海の共同租界と華界の境界線であった小川のことである。「洋涇浜英語」とは、当初、その境界線の周辺で使われていた、方言や外国語が混じり合った言葉のことである。現在では、上海語において訛の強い英語を指す意味で定着している。

〔63〕「中華人民共和国国家通用語言文字法」中国政府オフィシャルサイト、二〇〇五年八月三十一日（URL：http://www.gov.cn/ziliao/flfg/2005-08/31/content_27920.htm　最終確認日：二〇二三年六月二十七日）。

〔64〕二〇一〇年のサンプル調査によると、上海市民の言語使用に関して、普通話は55％、上海語は30％、英語は7％、その他の言語が8％であった。詳細は、San Duanmu, Yingyue Zhang, Yan Dong, et al. *A Study of Language Choices and Language Use by Residents of Shanghai*, Global Chinese, vol. 2, no. 2, 2016。

〔65〕郜元宝前掲書『漢語別史』、二三七頁。

〔66〕郜元宝前掲書『漢語別史』、二三五頁。例えば、多作な上海作家の王安憶は「方言の消失は長期的には避けられない」と考えている。王安憶によると、創作の実践においては、「普通話の文構造から脱却し、方言の大きなリソースを利用することを努める」一方、「伝達上の問題から、私たちは一部分しか使用できず、全てを使用することはできない。私たちは南方方言を活用するために努力する」と述べている。ここから、王安憶は方言の使用に関して慎重な姿勢を示していることがわかる。この引用は全国人民代表大会代表として王安憶がメディア「上観新聞」のインタビューを受けた際の発言が出典である（陳抒怡「代表王安憶：我不担憂上海的文化地位」、「上観新聞」二〇一八年三月一一日、URL：https://www.shobserver.com/wx/detail.do?id=82291&userAuth=1&t=1523059220000。最終確認日：二〇二三年六

月二七日)。

［67］ 郜元宝前掲書『漢語別史』、二四三頁。

コラム１

中国語の共通語と方言

中国語に関する議論でしばしば言及される特徴の一つとして、多様な方言を内部に含み、方言間の分岐が非常に大きい点が挙げられる。中国国内で異なる方言話者が、そのまま自らの方言で会話を行った場合、発音や語彙に違いがありすぎて相互に理解することはできない。こうした中国の方言はしばしば大きなグループに大別されるが、その中でも広く認識される分類が「七大方言区画」である。この分類では、中国語を「北方方言」と南方の六大方言に大別し、方言間の違いは文法や統辞的形態ではなく音声レベルで顕著である。

図「中国語の方言地図」において、破線以北に模様がある地域が政官界や上流社会で主に用いられる言語を意味する「官話」、すなわち「北方方言」であり、現代中国語共通語（普通話）の基礎とされている。その内部は、さらに東北方言、西北方言、西南方言とに細分化され、北方方言は長江以北および西南部の広範な地域にわたり使用されて

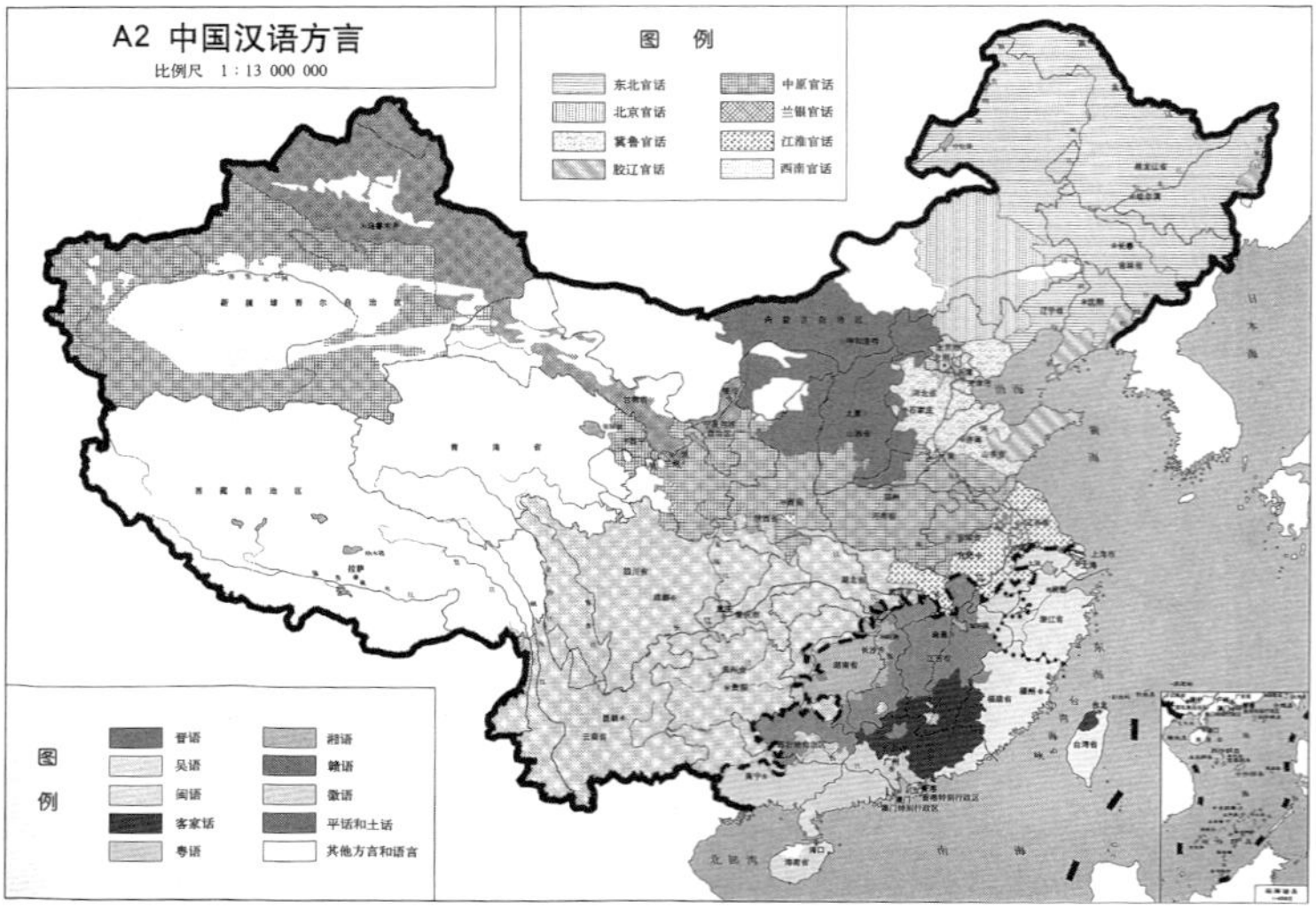

中国語の方言地図
出典：中国社会科学院語言研究所等編『中国語言地図集（漢語方言巻）』商務印書館、二〇一二年、A2頁（破線と点線は引用者によるものである）

いることがわかる。

破線以南の地域で使用される方言が「南方方言」であり、呉語（点線で囲まれた地域）、広東語、閩語、贛語、湘語、客家語などに分けられる。本書で特に注目する呉語は、「呉方言」とも呼ばれ、江蘇省南部・上海市・浙江省全域で使用され、さらに安徽省南部・江西省東部・福建省西北部の一部にまで使用地域が及ぶが、主に蘇州・上海・温州地域で使用される方言は「呉方言」を代表する方言と見なされている（日本中国語学会編前掲書『中国語学辞典』、「呉語」項目を参照）。

北方方言に比べて南方方言は、その方言内部に大きな差異を持つことが特徴である。同じ南方区画内であっても発音の違いが顕著で、互いの言葉が理解できないケースも少なくない。このような状況から、南方方言のうち広東語などの方言を独立した言語として個別に扱うべきだとする学説も存在する。

南方方言で特に興味深い点は、多くの南方方言に歴史的に古風な音韻特徴が部分的に保存されていることである。これは南方方言地域が古代から多様な言語要素を内包してきたことを示し、地域ごとに複雑な歴史的経緯を持つことの証左である。

例えば、広東語や閩語などの南方方言には、現代中国の普通話では失われた声調である「入声」が保持されている。「入声」とは、古代中国語の四声（平声・上声・去声・入声）のうち、かつて詩韻や韻書で使用された -p, -t, -k の短く詰まった音調である。日本語の漢字音において語尾に「フ」「ク」「ツ」「キ」「チ」が付くものは、多くが入声に由来しているとされる。例えば、「客（キャク）」は[-k]で終わるため、入声に属する漢字である。広東語や閩南語などの方言において入声が保持されていることにより、これらの方言の発音と日本語の漢字音には多くの共通点が存在する。

中国で方言を取り入れた白話文学、特に白話小説の歴史は古く、宋代にまで遡ることができる。当時、庶民の間で流行した「話本」と呼ばれる読み物は、講談師が聴衆の前で語った物語を書き起こしたもので、当時の口語や様々な方言が生き生きと反映されている。

明清時代になると出版文化が発展し、知識人階級にも次第に庶民文化が浸透した。この流れを受けて、白話（口語）で書かれた章回小説が次々と世に出回ることになる。章回小説は、話本による読み聞かせの伝統を受け継ぐ形を取り、白話で書かれたため、幅広い読者層に親しまれた。方言は、登場人物の出身地や社会階層を表現し、個性豊かな人物像を描くために効果的に使用された。また、庶民が実際に使っていた言葉をそのまま取り入れることで、物語はリアリティを持ち、読者の共感へとつながっていった。

近代以前の中国において、白話文学は庶民間で広く親しまれていたが、エリート層からは俗世間の娯楽作品と軽視され、高尚な文学とは認められていなかった。厳格な格律に従って作られた古典詩や文言文で書かれた文章こそが真の文学だと考えていたのである。

しかし、一九世紀後半に至り、列強の侵食によって中国は危機的な状況に陥ることとなる。自国の教育や文化が他国に大きく後れを取っていることを痛感したエリート層は、これまで重視した文言文に基づく伝統文化や知識体系では近代化に対応できないことに気づき始めた。そして、国民教育を普及させるためには、大衆が理解しやすい白話文を使用し啓蒙活動を行う必要があると考えるようになり、清末から一九一〇年代にかけて、白話文の普及を掲げた新文化運動が中国全土に広がる。このとき活躍した現代白話文学の先駆者である魯迅や郁達夫などは、日本に留学した際に目撃した言文一致運動の影響を受け、帰国後、文学者へと転向し大いに筆をふるった。

ただし、近代の白話文学は、必ずしも各地域の話し言葉をそのまま反映した文章ではない。白話文学は近代的な「白話」の普及を通じて、統一された言語共同体を築くという政治的な目的を意図したものである。したがって、新文化運動以降に提唱された「白話」は、基本的に政治の中心地である北京の方言が主に使用され、北方方言は、新しい文学言語のみならず、共通語として中国全土に認識され南方方言よりも高い地位を獲得した。一方で、南方出身の作家は慣れない「白話」を使用して作品を創作せざるを得なくなってしまう。

本書第三章でも取り上げるように、文学研究者の郜元宝は中国語における方言間の秩序を、以下のような「二層構造」であると説明している。

中国の音声言語1：「国語」から「普通話」へと昇格する際に、各地域の言語差が少ないことで重用された「北方方言」

中国の音声言語2：共通語に採用されず従来の地位に甘んじる「南方方言」（郜元宝前掲書『漢語別史』、二四六

頁）

郜元宝は、中国語の言語状況を、共通語（普通話）と方言の対立として捉えるのではなく、むしろ各方言内における言語的ヒエラルキー、特に南北方言間のヒエラルキーの存在を指摘している。

現在、中華人民共和国の共通語である「普通話」は北京語の音声を標準音とし、北方方言を基礎として定められたものである。そのため、普通話との親疎関係から方言間の秩序が形成されている。北方方言は規範化された共通語である普通話と発音が比較的近いため、言語的な優位性を維持する。一方、南方方言は普通話との差異が大きく、場合によっては意思疎通も困難なほどであるため、普通話普及政策や移動人口の増加といった社会的な変化の中で、多くの南方方言が衰退と消滅の危機に瀕しているのである。

第一章　「地域性」を再考する「上海ノスタルジア」

はじめに

序章で述べたように、計画経済体制に別れを告げた一九九〇年代、上海は世界都市を目指すべく、国家開発戦略により中国国内において新たな位置づけを獲得した。この時期以降、上海文学では、かつての植民地・旧租界時代の文化的資源を借用し、社会主義体制以前の国際色豊かな上海を追想する作品が数多く登場する。

それらの作品は都市の中間層を作品の主題とし、かつて上海で繰り広げられた消費文化や日常生活を個人や家族の私的な経験、および断片的な思い出として描写し話題となった。上海の人々は、新たな国際都市への変貌への期待を、かつて世界に冠たる都市として名を馳せた一九三〇年代の植民地・旧租界時代の栄光になぞらえて想起したのである。本章の研究対象は、こうした一九九〇年代末からのグローバル化に伴う発展と過去の「オールド上海」の歴史像が結びつき、世界都市への未来予想図を想定するという文化的現象であり、当時この流行は「上海ノスタルジア」と呼ばれていた。

「上海ノスタルジア」に関連する文学作品の考察に踏み込む前に、まず「ノスタルジア」とは何を意味するのか確認し、また他の地域における同様の文化的現象としての「ノスタルジア」を概観する。

「ノスタルジア」という語は、戦地の兵士に蔓延する極度のホームシックを指す言葉に由来し、一八世紀以降に登場する。辞書には「異郷にいて、故郷を懐かしむ気持ち。また、過ぎ去った時代を懐かしむ気持ち。郷愁。ノスタルジー」[1]とあり、『現代漢語詞典（第七版）』では「過去の出来事や行き来した人々を懐かしむこと」[2]と具体的に定義されている。抽象的に「ノスタルジア」を定義するならば、「〈いま・ここ〉にある『現実』とは異なる位相にある『理想』や『夢』や『虚構』との関係において、自分たちの生を位置づけ、意味づけていた。そのような〈他の時間〉や〈他の空間〉を失われた故郷や起原として懐かしむ感情がノスタルジア」[3]という説明もなされている。

今日、「ノスタルジア」が語られる際、文化的現象や文化論的言説として捉えられることが一般的である。「ノスタルジア」とは「自ら経験した出来事に対してはもちろんのこと、断片的だったり虚構的だったりする記号やイメージにすら、人がノスタルジックな感情を喚起されることがあるからである」[4]という特徴を活かし、過ぎ去った時代や空間に対して抱かれる共通的な感情のみならず、大衆文化や文芸作品などに見られる「ノスタルジアの商品化されたり産業化されたり」[5]した文化的現象や文化記号へと意味が拡張しているのである。

日本における文化的現象としての「ノスタルジア」の例を挙げると、二〇〇〇年以降に顕著となる「昭和ノスタルジア」がある。メディア文化研究者の日高勝之によると、東京タワーを昭和レトロな文化記号として取り上げた山崎貴監督の映画『ＡＬＷＡＹＳ 三丁目の夕日』（二〇〇五年）は、一九五八年（昭和三三年）の東京を舞台とし、戦後の高度経済成長期を懐古するブームを牽引した。映画の成功を受けた後、昭和の代表的な社会的イベント、事件、ライフスタイル、流行、芸能などを紹介する週刊誌が相次いで刊行されている。[6]「昭和ノスタルジア」をめぐる言説は「希望を失われたとする二一世紀の現在と比して、当時は希望に溢れていたがゆえに憧憬の対象」とするものであり「当時と現在との間で鋭角的な敵対性が構成され、現在がネガティブなものとされる一方で、当時がポジティブなものとしてヘゲモニー化」[7]する特徴がある。

また、ポスト社会主義期の中東欧諸国でも、社会主義期の過ぎ去った「他の時間」の記憶が再び想起され語られる。菅原祥は二〇一八年の著書『ユートピアの記憶と今――映画・都市・ポスト社会主義』において、ポーランドの社会主義時代に建設された製鉄都市、クラクフ市・ノヴァ・フータ地区を研究対象に、ポスト社会主義期の住民たちが過去の記憶をどのように語るのかをインタビューに基づいて検討し、次のような見解を示している。

多くの住民たちが抱いている「ノスタルジア」のようなものは、決して単なる無意味な懐古などではない。むしろ逆に、これらの住民たちの意識の中において、こうした過去の記憶は、現在のポーランドにおける様々な問題を積極的に批判し、捉え返すためのリソースとして機能している。[8]

この「ノスタルジア」に関する指摘を参考とするならば、ノスタルジアは単なる懐古趣味ではなく、現実への対抗として肯定的に捉え直していくことが可能になるといえよう。ポスト社会主義期の秩序として君臨する新自由主義と消費文化一辺倒の現実に対して、過去の記憶に基づく語りは、現実への対抗的言説へと転換できるのである。「ノスタルジア」は「他の時間・空間」との情緒的つながり、つまりは過去の記憶と経験を郷愁するだけではなく、新たな創造へ向けた手段として現実の支配的な歴史言説や社会問題に対抗する言説を生み出す可能性を持つのである。

比較文学者スヴェトラーナ・ボイムは「ノスタルジア」を考察し、「喪失された故郷や地域を復旧しようと試みる『回復的ノスタルジア』」と「過去に反省的・批判的な姿勢を持つ『反省的ノスタルジア』」との二つに分類する。[9]クラクフ市・ノヴァ・フータ地区の住民たちが語った「ノスタルジア」とは、過去を通じて現実に批判的志向を導くノスタルジアであり、ボイムが定義する「反省的ノスタルジア」に連なるものといえよう。

一方で、次に考察を加える二〇〇〇年代初頭に注目された上海のランドマークに関する議論を中心に交わされた。「上海ノスタルジア」をめぐる様々な言説は「回復的ノスタルジア」に該当する。「回復的ノスタルジア」は、ややもすれば「われわれの共同体」への強調や「過激なナショナリズムと親和性が高い」[10]といった特徴により国家の主流言説によって利用されがちであるが、このような「ノスタルジア」の概念規定を前提としつつ、懐古ブームの空間的な表象としての「新天地」再開発プロジェクトをめぐる議論の考察を通じて「上海ノスタルジア」に関する言説のありようを明らかにする。

〇・一　「新天地」をめぐる議論

一九九〇年代以降の上海は「再都市化」の時代を迎えた。ここでの再都市化とは、単なる都市論における動向[11]を指すのではなく、一九四九年の中華人民共和国成立以降、社会主義体制の基本原則として掲げられた反都市主義によって、都市としての発展を断ち切られた上海が再び発展の軌道に乗る段階を指している。序章で言及したように、その「再都市化」の時代において、上海に「新しいイデオロギー」が誕生したと王暁明は指摘している。それは発展主義のイデオロギーであり、再開発を機に新たな世界都市「上海」に相応しいイメージを全力で作り上げようとするものであった。それに伴い、上海中心部では国有地の使用権譲渡と資本投資の誘致により、大規模な再開発が加速することになる。老朽化した「弄堂」の町やスラム街では強制的な立ち退きが実施され、住民たちの利益や各場所の辿った歴史を省みることのない都市化に対し、非難の声が相次いだ。

一般論として、近代化とはすなわちグローバリゼーションを志向するものであり、地域的・場所的な差異を抹消し、均質的な空間を生み出す傾向がある。つまり、近代化によって生み出される都市空間の生産モデルは、商品＝土地の交換価値に基づいており、効率的な資本価値の再生産を可能とするために、同一の空間形態が繰り返し複製され、最終的には地域的な差異を喪失した均質的な空間が氾濫することになる。

そのため、上海の再開発プロジェクトによって生み出される千篇一律の均質的な空間について、様々な論争が展開されることになる。これらの論争は、都市計画学に関する技術的専門の見地から提起するものもあれば、カルチュラル・スタディーズによる批判的な視点から上海の独自文化の再考を試みようとするものもある。しかしながら、歴史の断絶を経た世紀末の上海の再都市化は、このような一般論的な都市化に関する論説よりも、さらに複雑な側面を持っていた。

これらの側面を明らかにするために、上海の旧フランス租界に建設された「新天地」に関する再開発プロジェクト（図1.1と1.2）をめぐる議論に注目する。この事例から、「上海ノスタルジア」の空間的な表象としての「新天地」プロジェクトは「本質としての地域性」の保持やグローバルな消費文化への迎合、あるいは国家意志の実行といった単一の解釈に収まらない多面性や混合性を持つことがわかる。

二〇〇〇年に開業した「新天地」は、香港の瑞安集団によってデザインされ、旧フランス租界の中心地に位置する商業施設であり、上海の伝統的住宅様式である中洋折衷型の「石庫門」を現代の仕様に合わせてリノベーションしたものである。この施設の施工にあたり「整旧如旧」というスローガンが掲げられ、「オールド上海」のレトロな雰囲気を再現するために、老朽化した石庫門の市街地は修復されるも、同時に新たな商業用途に対応できるよう建設された。

しかし「新天地」の建設は新たな商業施設の登場として世間の注目を集めるだけでなく、政治・文化的側面からも評価される。特に中国共産党の設立会議として一九二一年開かれた第一次全国代表大会の会場である「一大会址」が「新天地」の敷地内であることが指摘された。共産党の革命聖地と、グローバルな資本主義により商業施設が間近に共存する光景は皮肉なものでもある。

こうした再開発による上海の一連の変化は、この「新天地」の開業をきっかけとし、文壇を中心に「昨今流行

図 1.1　「新天地」の市街地

図 1.2　「新天地」の鳥瞰図

する『上海ノスタルジア』の企図は、歴史を単純化して塗り替えようとする試みである」と、批判的な議論が展開されるようになる。その中の一つが、上海を拠点とする文芸誌、『上海文学』二〇〇四年一〇月号の特集である。この「当代語境中的上海『新天地』」(今日のコンテクストにおける上海「新天地」)と題された特集では、カルチュラル・スタディーズを専門とする学者である王暁明・羅小茗・張軍・呉志峰ら学者による批評が掲載された。

誌面において王暁明らは、国境を越える資本とそれがもたらす消費文化、国家の「新しいイデオロギー」、そして地域の特色という三つのレベルから、「新天地」を厳しく批判している。

一つ目は、消費文化、すなわち資本主義に関する批判である。「新天地」は「アメリカ式の近代的な景観[12]」であり「資本の手による『文化的ブランド』に過ぎず、その主な機能は周辺の地価を高めることにあり」「批判にせよ賛成にせよ、知名度の蓄積とともに全てを資本の収益に置き換える[13]」と評した。約言すれば「新天地」は、徹底的に資本主義の論理によって商業化される商品であり、欲望を再生産する消費記号に過ぎないと指摘する。

二つ目は、国家の「新しいイデオロギー」に対する批判である。「一大会址」が敷地内に位置するため「新天地」は「国家と資本の共謀」、すなわち国家の発展主義による産物であると非難されている。具体的にいえば、「国家/革命」と「資本/消費」という互いに異質な記号を並置することで、都市を貶す遺伝子を持つ従来の革命叙述の中に、新たな記号内容《シニフィエ》を賦与する。つまり、「都市の日常生活への包容、物質的な享楽への寛容、および美しい未来への憧れ[14]」といった言説の転換を目指す取り組みである。そうなると、国家/革命が約束した新しい未来像と、資本/消費が作り出す未来像とが、これまでとは異なり同一視されることとなると指摘する。

三つ目は、均質的な空間に対する批判である。「新天地」の開発によって、ヴァナキュラー建築である石庫門の市街地が、中身が空洞化した均質的な空間に書き替えられ、地域の特色が見えなくなってしまった。王暁明によると「昔の石庫門は、今では孤立した装飾的な記号や添え物に変わっている。歴史的な街並みの喪失とともに、多様な記憶も消えてしまい、新しい都市空間の生産には、逆らえない拡張する論理がある」[15]と指摘している。つまり「新天地」が復旧の志向を標榜するとはいえ、実際は資本主義と都市化が要請する空間の再編成によって、地元のコミュニティや記憶が排除されていると断じた。

以上の三点からなる批判は、序章で説明したように、国境を越える秩序（グローバリゼーション・資本・消費文化など）、国民国家および地域の間に競合と協調が絶えず潜んでいることが理解できよう。知識人たちは、都市の近代化が地域の特色を均質化することに批判的な姿勢を示している。

こうした上海の都市文化現象に着目した特集の作成は、一九九〇年代以降の中国におけるカルチュラル・スタディーズの勃興と『上海文学』の「文化的転向」とも関連している。[16]その後、「上海ノスタルジア」に関する批判は文芸作品の発表にとどまらず、上海の急速な再都市化に伴うグローバル化と消費社会がもたらす社会文化的な課題への是正に積極的に取り組むこととなる。

しかし、王暁明らが行った一連の批判を全てそのままに同意することはできない。一つ目の「新天地」とそれに関する懐古的な情緒や文化的な消費を、単なる資本拡張の結果として見なし、さらに「上海ノスタルジア」そのものを安易に否定する批判は、単純すぎると言わざるを得ない。

二つ目で指摘する中国で進められる都市化のいわゆる「資本活動」は、決して新自由主義的な体制による市場の自由競争を目指したものではない。その一連の批判者たちが評した「国家と資本の共謀」という双方を直結させた批判は、両者を同等の存在であるかのごとく錯覚させてしまう問題がある。中国における都市再開発の実際は、新自由主義ではなく国家が資本に介入、あるいはそれを誘致することで、国有土地を効率的に利用し、財政上の利益を求める「国家資本主義」の動きに他ならない。

三つ目の「新天地」に関連する活動が国家により主導されることから、石庫門を懐かしむ風潮を全て、いわゆる「新しいイデオロギー」や消費文化に帰結させて、全面的に否定することは行き過ぎであろう。このような否定は「上海ノスタルジア」が、長きにわたって都市を貶める国家の言説に抵抗し続けた声をも包摂していることを見落としてしまう可能性があるだろう。

王暁明らの批判とは異なり、カルチュラル・スタディーズ学者の潘律は、二〇一三年に刊行された論文「重読上海的懐旧政治：記憶、現代性与都市空間」(上海のノスタルジアポリティクスの再考：記憶、モダニティと都市空間) において石庫門を事例とし、「上海ノスタルジア」の反省的・批判的側面を分析している。

そもそも石庫門とは旧租界時代、移住者の急増などによる住宅不足を緩和するために大量に建てられた中洋折衷型の住宅のことを指す。石庫門を連ねて構成された路地である「弄堂」[17] (以下は鍵括弧省略) はイギリスのテラスハウスの構造を借用しつつ、内部は江南地域の伝統的様式を継承している。二〇世紀初頭の上海において、石庫門は衛生設備や換気照明システムなどが他の住宅様式に比べ整備されており、地域の特性に応じて作られた最新の近代的な建築様式であった。

しかし、毛沢東時代に至ると、反都市主義の一環として、上海周辺に建設された、労働者向けの集合住宅「工人新村」が新しい社会の先進的住宅様式として重視されるようになり、旧時代の石庫門建築および弄堂エリアは資本主義と植民地主義の残滓であり、弊害と見なされ、住民の持続的な増加に対し、適切な維持管理や修繕が行われず放置されてしまう。その結果、弄堂の生活環境が著しく損なわれて荒廃し、スラムと化してしまうのである。世紀末に至り、かつて近代的住宅様式として羨望された石庫門や弄堂は、もはや上海の再都市化に適応することができず、解体せざるを得なくなったのである。

潘律はこうした石庫門および弄堂の辿った顚末を前提とし「石庫門の解体は、決して『新天地』を代表とする都市の再開発ではなく、三〇年にわたる反都市主義の結果である」[18] と評した。

それどころか「新天地」による空間の均質化こそが都市の文化記号としての「石庫門」の老朽化したイメージを払拭し、新たな未来像を与えることで、かつての住民たちの日常的な記憶を再び活性化させ、さらには反都市主義によって抑圧された様々な上海の文化記号をノスタルジアによって回復することができると指摘したのである。

潘律によると「上海ノスタルジア」とはグローバル化による近代化が上海で再現されることを宣告する一方で、ノスタルジアを基盤とすることで反都市主義へ対抗し、ようやく上海は地域の独自性を取り戻したと評価したのである。[19]前述したボイムの分類に即していえば、「上海ノスタルジア」は、「オールド上海」の文化記号とそれを基にする記憶を復旧しようと試みる「回復的ノスタルジア」という側面があれば、社会主義体制における反都市主義に代表される画一化した言説に疑問を投げかけ、過去を再解釈する後者の「反省的ノスタルジア」という側面もあると予想されるのではないか。

このように文化的現象としての「上海ノスタルジア」を考察する際、歴史のナラティブやメディア表象史、上海の文化史などの多様な視点から分析することが可能であり、また「上海ノスタルジア」は文学のみならずドラマ・映画・アート、ひいては建築や都市計画にまで多岐にわたりその影響を受けた表現様式が存在する。しかし本章では、あくまでも「上海ノスタルジア」を題材とした文学作品と、それに関連する文学・文芸批評に焦点を絞って検討する。

その理由として、本章の目的が「上海文学」の枠組みを構成する一要素としての「地域性」に関する言説として「上海ノスタルジア」という文化的現象が果たした重要な役割と、その新たな可能性を議論することにほかならない。「上海ノスタルジア」とは何か、そして「上海ノスタルジア」に関連して表象されるあらゆる分野、領域を全て視界に収めて、網羅的に整理することではない。

そもそも「上海ノスタルジア」は、後に分析する王安憶の長編小説『長恨歌』と陳丹燕のエッセイがその火付け役とされている。これら文学のナラティブを通じて、時代遅れの印象が刻まれた「弄堂」や洋館といった、かつての上海のシンボルが再び注目され、新たな歴史的・文化的意味が付与されていったのである。

以上の背景を踏まえ、本章では次の二点を検討する。一つ目は、言葉・建築・空間・人間などの都市に関する文化記号の蓄積が乏しい二〇世紀末の上海文学が、いかにそれらの記号を復活させ、新しい意味を付与したのかについて検討する。二つ目は、二〇〇二年『上海文学』の責任編集者である金宇澄が編集した、複数の作者による個別の作品を集めた作品集『城市地図』を分析し、この小説集において描写された上海の周縁部＝「外部」に注目した前期作品と、再開発による均質的な空間の誕生を上海の未来像に結びつけた『城市地図』における後期作品に関する検討である。

第一節　文化記号をめぐる「辞書」の作成

一・一　「解説」による「辞書」の作成

一九九五年以降「上海ノスタルジア」の文学は、小説やエッセイ集、さらには文芸誌や新聞における特集などで広く親しまれるようになった。これらの作品では、カフェやバー、老洋房（洋館）[20]など、「オールド上海」の象徴とされる文化記号が数多く登場した。作家たちはレトロな店や建物を訪れ、そこで出会った人々の話を通じて過去を訪ねながら、かつての様子を物語に織り込んでいる。文学研究者の陳惠芬は「上海ノスタルジア」を題材にした作品は、その特徴として現在から過去へと時間を遡る回想が主流であり、失われた歴史の華やかな光景を追い求める傾向があると指摘している[21]。

「上海ノスタルジア」文学では、「エッセイ」[22]が特に際立ったジャンルとなり、当時のいわゆる「エッセイ熱《ブーム》」を形成している。小説であっても、多かれ少なかれエッセイの書き方を取り入れる傾向がしばしば見られる。特に、作家の王安憶[23]による長編小説『長恨歌』の冒頭部分は、その独特なエッセイ調の文章で広く注目された。

王安憶の代表作とされる『長恨歌』は、一九九五年に文芸誌『鐘山』[24]で連載された後、一般読者のみならず学術界からも称賛され、二〇〇〇年に第五回茅盾文学賞を受賞した。

ここで『長恨歌』のあらすじを簡単に紹介しよう。[25]この小説は一九四〇年代から一九八〇年代にかけての上海を舞台に展開し、旧租界エリアの弄堂出身の女性・王琦瑶の生涯が描かれる。物語は一九四〇年代末、若き日の王琦瑶が「上海淑媛」なる賞を思いがけなく受賞し、そのことがきっかけで国民党の要人である李主任と出会い、彼の愛人となることから物語は始まる。しかしその後、李主任は飛行機事故で亡くなり、王琦瑶には彼の遺産である金塊が遺された。

一九五〇年代の毛沢東時代、王琦瑶は上海の弄堂で在宅看護師として働き始める。彼女は近所に住む元資本家夫人やその甥の康明遜らと親しくなる。やがて、康明遜と密かに恋仲となり彼女は妊娠するが、康明遜は父親としての責任を果たさずに彼女のもとを去ってしまう。

文化大革命期を乗り越えた後の一九八〇年代、時代が変わることで、かつての上海を懐古する気運が高まる中、「上海淑媛」として褒めそやされた彼女の過去が再び人々に注目される。ある日、王琦瑶は娘の友人を通じて若者たちのパーティーに招待され、そこで「オールド上海」に憧れる若者たちの中にいた「老克勒《ラオクールー》」[26]と呼ばれる男性と恋愛関係になるも程なくして二人は別れる。小説のクライマックスでは、王琦瑶の持つ金塊を狙う強盗に遭遇する。強盗は彼女の知る若い友人の一人であり、彼女は口論の末に殺害されてしまう。

『長恨歌』は旧租界時代、毛沢東時代、そして改革開放時代という三つの時代を背景にして展開される。作品中の登場人物たちは、激動する政治による苦難の生活に耐えながら「オールド上海」の価値観や生活様式を必死に保ち続けている。特に文革後の政治的緊張が緩和された一九八〇年代の思想解放と、それに伴う過去の栄光への回帰が可能になった世上の変化が積極的に語られたことにこの作品の特徴がある。この小説は、過去の記憶を想起させると同時に、現在ではなく過去の華麗な光景を追い求める点に物語の主題が置かれている。このテーマは、陳丹燕のエッセイ集『上海メモラビリア』や程乃珊のコラム「上海詞典」などの「文化エッセイ」においても共通し、このことは次節一・二で詳述する。

改めて『長恨歌』の第一章に焦点を当て、その特徴的な物語りを考察する。中国現代文学研究者・許子東は作品解説で、第一章は「一万字近くあるも、登場人物が存在せず、筋もなく、物語もない。あるのは、ただ都市の風景を巨視的な視点から徐々に近づき眺めることだけである」[27]と評している。許子東が指摘したとおり、この章では、作中人物が登場することなく、物語も展開されない。代わりに、「弄堂」「流言」「閨閣」「鴿子《ハト》」「王琦瑶」と題される五つの節から成り立つ。これらは後の物語の展開から比較的独立したものであり、前文で紹介した主軸となる物語の分離した形で提示される。各節は個別のエッセイ作品と見なすこともできる。具体的には、どのようなエッセイ風の書き方であるか、まずは「弄堂」節における都市を眺める場面を通じて確認する。

> 高いところに立って上海の街を眺めると、弄堂の景観がすばらしい。それは、この都市の背景のようなものだ。建物と街路が点と線になって、浮き出して見える。まさに中国画の皴法という画法で、空白を埋め尽くしている。日が暮れて明かりが灯るころ、これらの点と線はみな光を帯びる。この光の背後にある暗闇の大きな塊が、上海の弄堂なのだ。[28]

文章では、まず高所から上海都市部の全景を俯瞰しつつ、弄堂へと焦点を当てようとするのだが、弄堂は輝く街のはざまにある「光の背後にある暗闇の大きな塊」でしかない。住宅不足解消のため二〇世紀初頭に大量に建てられた弄堂は、近代的建築様式の最先端であった。しかし、一九九〇年代に至りかつての華やかな姿はどこにもなく、もはや時代遅れの象徴でしかないことがわかる。

しかし、姿かたちは変われども「弄堂」の奥底には、時代を越えた変わらぬ日常が続いている。

(傍線は引用者によるもの)

流言は、つねに醜い。低俗な下心に由来しているので、卑しさに甘んじているところがある。下水溝の水のように、使用済みで薄汚れている。流言は正面切って語ることができず、裏でこっそり伝えるしかない。責任感がなく、結果を引き受けようとしない。勝手気ままで、流れに身を任せている。流言は推敲を経ていない。誰も流言に推敲を加えようとは思わないだろう。言語のゴミのようなものだが、ときにはゴミの中から本物が見つかる場合もある。[29]

原文:流言総是鄙陋的。它有着粗俗的内心,它難免是自甘下賤的。它是陰溝里的水,被人使用過,汚染過的。它是理不直気不壮,隻能背地里嘁嘁喳喳的那種。它是没有責任感,不承担後果的,所以它便有些随心所欲,如水漫流。它均是経不起推敲,也没人有心去推敲的。它有些像言語的垃圾,不過,垃圾里有時也可淘出真貨色的。

ここでは、連綿して「○○とは〜である〔是〜的〕」という、やや強い断定を表す構文を用い、流言の本質とは何かを作者が語っている。この文章では、流言が巷間に流布するさまが、老朽化した弄堂に喩えられ、流言と都市のテクストが密接に関係することがわかる。居住密度が高く、隣近所が密集する上海の弄堂は内部が人工的に仕切られてはいるが、その遮音性は低い。そのため、隣近所で交わされる話や世間の噂といった情報は立ちどころに広まってしまうのである。

結果として、「○○とは〜である」の構文から導かれる「流言」に関する解説は普遍的な本質を抽象的に語るものではなく、むしろ上海の弄堂という具体的かつ特定の文脈に基づき、辞書的に一般化された解釈とは異なる説明を提示する作業といえる。ここでは、抽象的な「流言」が、例えば「下水溝の汚染された水」や「言語のゴミ」といった複数の具体的なイメージと結びつけられ、より実在的に描かれている。

このように『長恨歌』の第一章は、巨視的に都市を見渡すテクストである「弄堂」から、そこに住む人々の微視的な人間関係の表れである「流言」まで、人物や物語を介在させることなく展開される。そして、主人公「王琦瑶」の名前がはじめて登場するのは、ようやく五番目の「王琦瑶」節に至ってのことである。

> 王琦瑶は典型的な上海の弄堂のお嬢さんである。毎朝、花柄の学生カバンを提げて、裏門を押し開けて出てくるのが王琦瑶だ。午後、隣の家の蓄音機に合わせて『四季の調べ』を口ずさむのも王琦瑶だし、友だちと一緒に映画館へビビアン・リー主演の『風と共に去りぬ』を見に行くのはみんな王琦瑶、写真館へ行ってスナップ写真を撮る仲良しの二人はどちらも王琦瑶だ。脇部屋や中二階には、必ず王琦瑶がすわっている。[30]
>
> 原文：王琦瑶是典型的上海弄堂的女兒。毎天早上，後弄的門一響，提着花書包出来的，就是王琦瑶：下午，跟着隔壁留声機哼唱《四季歌》的，就是王琦瑶：結伴到電影院看費雯麗主演的《乱世佳人》，是一群王琦瑶：到照相館去拍小照的，則是両個特別要好的王琦瑶。毎間偏廂房或者亭子間里，幾乎都坐着一箇個王琦瑶。

ここで登場する「王琦瑶」という名前は、特定の人物としての王琦瑶を指すのではなく「都市の換喩《メトニミー》」[31]として「上海の弄堂なら誰もが目にすることができる典型的な上海弄堂の女の子であり、上海の雰囲気」[32]であり、『上海』を人格化した存在」[33]なのである。つまり、「王琦瑶」は何百もの日常生活の具象的な場面で活動する女性として描かれ、それらの個々の女性像から集約されて形作られた、ある意味、抽象的で集合的な上海弄堂の女性像そのものなのである。この集合的な「王琦瑶」とは、弄堂という都市部の様々な特徴が結集した上海文化の一つの象徴である。

小説の第二章に進み、ようやく物語が始まるが、「王琦瑶」という典型的な上海弄堂の若い女性像に関する解説は継続する。次の引用は、一九四〇年代末に、映画スタジオのカメラテストを受ける少女・王琦瑶のシーンの描写に、挿入される叙述者の解説である。

（傍線は引用者によるもの）

監督はレンズを通して、自分の失敗に気づいた。王琦瑶の美しさは、芸術的な美しさではなかった。日常的な美しさであり、客間で内輪の人たちに見せるものだ。生活の匂いがしている美しさである。彼女には、ブームを巻き起こすような美しさはない。融通のきかない美しさなのだ。彼女の美しさには、詩的なムードが乏しい。むしろ、誠実で真面目な美しさだった。彼女の美しさは、ドラマチックなものではなく、生活感にあふれている。道を歩いているときに人の注目を集め、写真館のショーウインドーに飾られるような美しさなのだ。レンズを通して見ると、普通すぎる。[34]

原文：導演在鏡頭里已経覚察到自己的失誤，王琦瑶的美不是那種文芸性的美，她的美是有些家常的，是在客堂間里供自己人欣賞的，是過日子的情調。她不是興風作浪的美，是拘泥不開的美。她的美里缺少点詩意，却是忠誠老実的。她的美不是戯劇性的，而是生活化，是走在馬路上有人注目，照相館櫥窓里的美。従開麦拉里看起来，便過于平淡了。

ありがちな人物描写の形容とは異なり、引用文からわかるよう、王琦瑶の顔立ちや表情、動作、服装などの具体的な描写が一切行われていない。その代わりに、ここで語られたのは、ただ一人レンズを通じて眺めることで彼女の美の本質を理解した監督の視点であり、同時に叙述者が監督の視点を通じて王琦瑶の容姿について解説を行っているのである。つまり、ここでの「王琦瑶」に関する解説は表立った叙述者の価値判断がはっきりと示され、一般化した上海弄堂の女性像が解説されているのだ。しかも、ここで語られる「美」の表象は辞書的な「美」の解説文とは異なり、王琦瑶が表す「美」、すなわち都市の文化記号としての典型的な上海弄堂の娘が備える「美」とは何かに関する包括的な説明である。

その上、構文的な特徴を見てみると、「〇〇は〜である〔是〜的〕」と似た表現が多く、ここでは「〇〇ではなく、〇〇である〔不是〇〇，（而）是〇〇〕」という並列の複文が頻出している。この構文は、前項で「美」と関連する一般的な印象を否定しつつ、後項において弄堂の娘が持つ独特の「美」を肯定する。言い換えれば、前項の辞書的な意味、すなわち人々が美に関して想像し得る一般的な認識や既知の事柄を否定し、改めて表立った叙述者が直接、ためらうことなく、疑う余地もない口調で「王琦瑶」の「美」を語ることで、「王琦瑶」に対する新たな意味や補助的な解説が加えられているのである。それによって、ためらいもなく、疑う余地もないような叙述者の口調が形成されている。

肯定と否定をもって事物を形容する「〇〇は〜である」「〇〇ではなく、〇〇である」という構文は作中において数え切れないほど使用され、王安憶独自の文体ともいえるだろう。許子東は、この文体を「評論叙述体」と称し、「叙述者による評論と叙述が交錯している文体である」としている。

許子東はこの「評論叙述体」の特徴として、次の三点を指摘する。

（一）作中人物の会話や行動、またその外見や心理に対する描写を目的とせず、作中人物の有り様を叙述者が直接語る形式として使用されること。

（二）叙述者による客観的視点を通じることで、作中人物が陥る心理的葛藤を際立たせること。

（三）まず抽象的な観念を用いて語り始め、次第に具体的な事象によって言及されていくのだが、その間には反復・排比[35]などの修辞法が多用されること。[36]

筆者は、許子東の指摘を踏まえつつ、王安憶が得意とするこの文体をナラトロジーにおける、より一般化した用語を用い「解説《コメンタリー》」と呼称する。『物語論辞典』によれば「解説」とは「作者の介入」「存在者（物）の確認や記述」「事象の報告を越えた叙述者の干渉」であるとし、「叙述者は、物語の諸要素の意義や意味を説明したり、価値判断を示したり、登場人物の世界を越える世界に言及したり、場合によっては、自らの語りそのものに解説を加えたりする」語り行為を指すと定義している。[37]

シーモア・チャットマンは「解説」について『物語学辞典』における説明よりも、さらに詳細な定義・分類を行っている。彼は「解説」とは「叙述者の付帯的意味と反響する」発話行為であると位置づける。また「解説」とは、物語内容を形成する諸要素を公然と説明する「解釈」であり、同時に道徳やその他の価値に基づく意見を表明する「判断」でもあるとし、さらには普遍的真実や現実の歴史的事実を「一般化」して言及する行為であると指摘している。[38] このように「解説」が兼ね備える定義は多岐にわたるが、本書で分析する文学テクストにおける「解説」はいずれかの一つの定義が当てはまるのではなく、複数の定義が同時に当てはまるものが多数であるため、それら複数の定義が統合されたものとして、以後「解説」（以下鉤括弧省略）という用語を使用する。

本章の分析対象に即していえば、解説とは叙述者が物語の場所・言葉・抽象的な観念などの諸要素を、都市に関する文化記号として抽出して歴史的事実に基づいて説明し、その説明に対する叙述者の価値判断を示す語り行為を指す。叙述者による解説、特に方言語彙をめぐる解説が多用されることは、王安憶のみならず、他の上海作家にも見られる傾向であり、これについては後の章で触れることとする。

では、叙述者による解説はいかなる機能を果たしているのであろうか。批評家・南帆は、文体論と都市文学との関連から、重要な示唆を与えてくれる。

これらのエッセイ風の文章において、抒情と分析が交錯する際、「○○是〜的（○○は〜である）」という類の構文がしばしば見られる。この構文は都市の記号に対して独自の意味を与え、その意味は記号に対し、強制的に結びつけられる場合もある。このような構文が使用される背景には、対象とされる都市に文学が馴染んでいないことを示唆している。[39]

「○○是〜的（○○は〜である）」という構文が、一般的に「○○」という先行する既知の出来事や項目に解説や補足説明を行う際に用いられる。[40]南帆は『長恨歌』においてこの構文が頻用されることに対し、一九九〇年代の中国文学は「都市に馴染みがない」とまで、やや飛躍した見解を述べている。

「○○是〜的（○○は〜である）」という構文の頻用は、これまでに引用した作中の文章を踏まえるならば、「上海の近代的住宅様式である『弄堂』とは何か」「そこに暮らす人々はいかなる典型像を持つのか」「新たな再開発により弄堂に持ち込まれる生活様式とは何か」といった、都市／上海に関する歴史や知識が、この構文によって解説され、補足的に説明されていることがわかる。この構文の頻用は「都市」という具体的なコンテクストに即して、その文化記号を再認識し、都市のテクストを集約した「辞書」を作り出そうとする試みであると考えられる。

そもそも上海が象徴する都市としての文化記号は、一九四九年以降の反都市主義により、資本主義的な病理として改造、または除去され、毛沢東時代の読者にとっては嫌悪感を抱く象徴であり、文芸様式の舞台から徐々に遠ざかってきたものである。例えば、一九五八年に出版された周而復の長編小説『上海的早晨』で描かれた上海の物質的な日常生活の場面、洋館や旧租界エリアの街並みは、私有財産による近代化が生み出した腐敗の産物であり、資本主義的欲望にまみれた文化記号として批判され、改造の対象とされていた。

その改造の目的とは、社会主義国家としての工業化を促進し、計画経済に基づく生産を実行するための工業都市へと転換するためであった。例えば、沈浮が監督し、一九五九年に上映されたプロパガンダ映画『万紫千紅総是春』では、一九五〇年代後半からの工業製品増産を目指す大躍進運動を背景に、上海の弄堂に住む主婦たちは、共産党の呼びかけに応じ、党指導下の公的保育施設に子供を預け、日中、弄堂内の生産グループの労働者として従事する姿が肯定的に描かれている。この映画は当時の反都市主義が、上海の私生活の隅々にまでいかに浸透していたのかがよくわかる。国家の生産政策や保育政策は、弄堂という最もミクロな生活空間における人々すら逃すことなく工業化目標に動員し、上海は徹底して改造されたのである。

このような作品例は枚挙にいとまがない。しかし、反都市主義の題材として上海を舞台にした作品は、その実、都市の生産的側面しか表象されておらず、非生産的なものは全て排除されていた。このような状況が長期間にわたり続いた結果、都市文学はあくまでも傍流として「露呈できない他者」に過ぎず、都市文化に対する理解と解読に欠けているとされたのである。[41]このことについて松村志乃の『王安憶論』においても同様に、「共産党政権成立以後、文学者が労働者・農民・兵士のための文学を書くことを求められたのはよく知られている（中略）近代化に伴い変貌する都市を問題化したという意味での都市小説は、『当代文学』（※一九四九年以降の文学）においてほとんど書かれてこなかった」[42]と指摘している。

以上のような背景を根拠とし、南帆は一九九〇年代の中国文学を「都市に馴染みがない」と言及したと考えられる。つまり、一九九〇年代に出版された『長恨歌』が直面しなければならなかった課題は、都市／上海を扱う知識の蓄積が乏しい文学界と、都市／上海に馴染みのない読者であった。その点を理解すると、叙述者の介在による解説が必要とされた理由は明らかとなるだろう。つまり、解説が行われることにより、「都市上海」の文化記号に馴染みのない文学界や読者に対して、反都市主義によって改造、または隠蔽されていた「上海」を、再び文学のテクストの前景に引き出してくることが可能になったのである。当然ながら『長恨歌』はその唯一の例ではなく、次に考察する「文化エッセイ」も類似する役割を果たしたと考えられよう。

一・二　文化記号を修復する「辞書」――陳丹燕の「文化エッセイ」

王安憶が著した『長恨歌』では、特に第一章において上海に対する新しい視点や文化記号が提示され、それに適応する独自の文体が創り出された。この作品は「上海ノスタルジア」の基点を形成する重要な役割を果たしている。「上海ノスタルジア」の特徴である「オールド上海」の文化記号を取り入れた作品は『長恨歌』が出版された同時代「文化エッセイ」[43]と称され、当時の文壇で流行するジャンルであった。

この流行を代表する作家・陳丹燕は広範な読者層から支持を受け、「文化エッセイ」を自身の創作活動の中心に据えていた。特に、彼女の「上海三部作」、すなわちエッセイ集『上海的風花雪月』（一九九八年）、伝記『上海的金枝玉叶』（一九九九年）、伝記『上海的紅顔遺事』（二〇〇〇年）は特に影響力がある。第一部『上海的風花雪月』は日本では『上海メモラビリア』（二〇〇三年、草思社）として翻訳された。このエッセイ集で、陳丹燕は「珈琲」「房屋」「街路」「庶民」「肖像」といったテーマを取り上げている。これらは当時新興する都市で、彼女が現地での歴史探訪や関係者とのインタビューを通じて発見した、新しい中間層の生活様式を象徴する文化記号であり、作中ではこれらの文化記号を中心に物語が展開されている。

この作品の成功を受け、陳丹燕はメディアから「小資教母」とも呼ばれている。ここでの「小資」とは「小資産階級」の略語であり、彼女は「上海ノスタルジア」の主人公として、当時の上海の流行を象徴する「小資産階級」の生活様式を作中に取り込む代表人物、すなわち「プチ・ブルジョワの教母」と呼ばれる文壇の寵児であった。『上海的風花雪月』の邦訳である『上海メモラビリア』の訳者あとがきでは「中国では長いあいだ『小資』は革命の対象として打倒されないまでも、誉められた存在ではなかった。中国共産党の支持階級と見なされる貧しい労働者や農民と比べると肩身の狭い存在で、何か事があるたびに批判の眼差しが向けられた。しかし、いまや上海などの大都市では、『小資』が名誉回復し、春光爛漫の満開期を迎えようとしている」[45]と説明されている。

陳丹燕の「文化エッセイ」において、「小資」の趣味や美意識が特に色濃く反映されているテーマの一つが「珈琲文化」である。序章で触れたように、珈琲を飲むことは単なる個人の嗜好や趣味にとどまらず、ナショナリズムや共同体との親和性を重視する「伝統」的価値観からの解放、そして文化的孤立主義に囚われずに西洋文化を積極的に取り入れようとする開放的なコスモポリタニズムの象徴とされた。この観点から、陳丹燕の二つの作品を具体的に検討する。

まず、エッセイ「一九三一年を追憶するカフェ」では、上海の過去と現在をつなぎ、旧租界時代の欧風アパルトマンに位置するレトロなカフェの光景が描かれている。このカフェでは、一九三〇年代の有名女優、周璇の美しい歌声が流れ、チャイナドレスを着たホールスタッフが出迎える。メニューはコーヒーやケーキのほか、オールド上海風ソルトソーダ、一九三一年式のホットチョコレート、そして簡単な日本料理がある。店内の古風な雰囲気は、古い絵画、バイエル薬品のポスター、結婚証明書と写真、古いアメリカ製ラジオ、朴訥な壁掛け電話などで描かれている。

叙述者はそれらの「上海の一九三一年が残した欠片」を見つめながら、「街にはネオンが輝き、活気があふれ、建設ラッシュの上海は世界規模の大都市となった」[46]ことを詠嘆する。また、カフェでの昼下がりには、「こうしたノスタルジーをかきたて、またそうしたノスタルジーがしっくりとくる。そして、なぜ六十年前に生まれなかったのかと口惜しい気持ちにさせる」[47]雰囲気があると記されている。「一九三一年に対するノスタルジーは、若者のものである。彼らは乱世を生き抜いたひとつひとつの欠片をつなぎ、逝ってしまった時代を再構築しようとしている」[48]と叙述者は語る。過去三〇年間にわたる反都市主義の洗礼により上海の歴史は断絶し、こうしたかつての上海の文化記号は消え失せてしまったこと。そして現在、この「文化エッセイ」によってこれらの文化記号の再解釈が試みられ、多国籍・多文化である世界都市としての上海の姿を多様に映し出そうとしている。

次に、エッセイ「時代珈琲館の昼下がり」では、旧租界エリアにある淮海中路に位置する時代珈琲館を舞台に、地元市民が日常を過ごす様子が描かれている。この珈琲館は「上海人が友達に会ったり、商談をする場」として機能しており、通りに面したガラス窓越しに、上海市民はのんびりと日々の生活を楽しんでいる。この珈琲館を通じて、叙述者は上海市民の暮らしについて、次のように解説する。

> 上海市民には、たいていふたつの生活がある。ひとつは大通り側の生活。わずかな乱れもないほど身なりに気を配り、何不自由なく誇らしげで幸せそうに暮らしている（中略）もう一つの生活は里弄（※すなわち「弄堂」）の自宅にある。ふだん着のまま頭には派手なカーラーを巻き、プラタナスの枝にかけたカーペットをきびきびとはたいて、掃除機じゃさっぱりしないのよね、と思っている（中略）上海市民の本当の生活はガラス窓とアメリカ製の真鍮時計の振り子の背後にある。[49]

珈琲館で過ごす時間は、ビジネス商談のためのリビングとして利用されることが多い。市民たちは里弄／弄堂で過ごした「少年時代に培った知恵」を活かし、「人と会うときはお気に入りのカフェを使ったほうが、なんとか面子を保てる程度の事務所を借りるより、はるかに安上がりだと心得ている」[50]。そのため、時代珈琲館はいわば「淮海路裏の里弄のリビング」[51]とも称され、「小資」とラベルを付けられた文化的趣味を迎合する場所を超え、ビジネス機能を分担する社会空間として一般市民の日常生活を支える役割を果たしている。

以上のカフェを題材とするエッセイから、「文化エッセイ」の典型的な展開が浮かび上がる。レトロな場所を訪ね、目に映える具体的な場面をディテール豊かに描写し、そこから連想される上海の歴史や人物、文化的な特質を反映する「乱世を生き抜いたひとつひとつの欠片」を拾い集め、組み合わせることで、上海に関する独自の「辞書」を創り出しているのである。

カフェのみならず、この「辞書」には、作家・張愛玲のアパルトマン、ホームシックの白系ロシア人が一時的に避難したフランス街、毛沢東時代の政治運動で辛酸を舐め尽くした知識人・王元化と張可夫妻など、「五十年前に上海の路上で見ていた風景と同じよう[52]」な事象が数多く収録されている。

このような陳丹燕の「文化エッセイ」（一・三節で論じる程乃珊の「文化エッセイ」も含め）は発表当時、一部の識者から批判を集めた。それらの批判は、主に次の二点に集約される。一つ目は、「文化エッセイ」が旧租界エリアの「外部」に位置する上海の周縁部や社会の下層民衆を意図的に無視し、一九九〇年代以降の再都市化がもたらした社会的矛盾の正当化を試みているという批判である。この類の批判については、続く第三節および第二章で再び触れることとする。

二つ目の批判は、「上海ノスタルジア」という懐古的なカルチャーのナラティブの氾濫は資本主義や消費文化との親和性が強く、旧租界時代における屈辱の歴史と記憶の忘却につながるというものである。例として、陳斯拉は「内部」と「外部」という二項対立的な視点から、「一九九〇年代の消費主義文化の中で『上海ノスタルジア』は賑わいや流行を追求し、大衆の消費意識に迎合して『ネオンライトの下』の上海というにぎやかなイメージをひたすらに描写し、『ネオンライトの外の世界』――貧困・苦境・混乱に満ちた上海を無視している[53]」と指摘する。

同様に、朱晶・曠新年は「上海ノスタルジア」を「苦渋に満ちた『上海租界』の記憶を、消費主義のファッション、誇り高い文化記号や知的なリソースに置き換えるもの[54]」と位置づけ、王暁明は「辛い過去にはできるだけ触れず、派手で羽振りのいい事件は意識的に声を高くして、詳細に語る[55]」ものとして批判している。このような批判は「上海ノスタルジア」における時代の語りと歴史のナラティブとの対抗性を浮き彫りにしている。

しかし「文化エッセイ」を資本主義と消費文化が共謀し、歴史の忘却を導く可能性があるとする認識は、中国の国民国家としての歴史的トラウマに基づいた仮説的な推論にとどまらず、前述した「新天地」へ向けられた批判と類似した論述パターンに属すると考えられる。実際、このような批判こそが「上海ノスタルジア」のナラティブが持つ反省的・批判的な側面を意図的に見落としているのではなかろうか。

「オールド上海」の懐古的な風潮を利用してビジネス活動を展開することと、「文化エッセイ」が消費文化を反映した記号を借用することで過去の記憶を喚起し再構築する試みは、そもそも全く異なる次元の問題である。両者はいわば、上海の再都市化という木の幹から分かれた二つの異なる枝である。共通点としては、同時代に発生した上海の再都市化というコンテクストの幹から養分を吸収し成長し続けるのである。スヴェトラーナ・ボイムが指摘しているとおり、異なる種類のノスタルジアが同じ記憶のタイムラインや文化記号を用いることができるとはいえ、それによって語られるストーリーは別個のものである。[56]「文化エッセイ」の作家が必ずしもビジネス上の動機から執筆したとする批判は憶測に過ぎない。

再び「文化エッセイ」で称揚された文化記号の例を検討するならば、上海市民にとっての珈琲館の役割や、弄堂の生活と珈琲館との結節点を描写することは、「乱世を生き抜いた」日常的な記憶や慣習を反映する文化記号を復活させるための試みであると考えられるのだ。また、それらの描写は、道徳的かつ病理的に批判される階級的な価値体系を覆すストラテジーとして捉えられる。それは「絶対的な真実を再現することではなく、歴史と時間の流れに対する思考に焦点を当てている」[57]という「反省的ノスタルジア」の特徴を備えている。さらに「白紙」というメタファーを用いることにより、「文化エッセイ」は革命時代に「白紙」へと塗り替えられた都市の文化記号を、本来は豊富であった「辞書」の項目へ再び追加するための手段として機能しているのではないか。

このことを陳丹燕は『上海メモラビリア』の改訂版の序で次のように述べている。「私の物語では、街路や建物は都市という登場人物の外見であり、住民の物語は都市という登場人物の細部であり、歴史はその内面にある。『上海三部作』は実際には一冊の本であり、この本の名前は『上海』という都市そのものにほかならない」[58]。つまり、登場人物であれ、建物や街であれ、全てはある巨大な都市像を充填する細部であり、都市自体が『長恨歌』の主人公である「王琦瑶」像と同じく、一種の集合的な人物像として想定されているのである。

一・三　文化記号を修復する「辞書」――程乃珊の「文化エッセイ」

陳丹燕の「時代珈琲館の昼下がり」が最初に掲載された文芸誌『上海文学』は一九九〇年代中期以降、都市文化や都市文学の台頭に合わせて、上海の文化記号を紹介する特集やコラムが数多く企画され、上海作家による「文化エッセイ」を掲載するための重要な場であった。この背景の中、本節で論じる作家・程乃珊[59]のコラム「上海詞典」が二〇〇一年から二〇〇三年にかけて連載され、世間から注目を集めた。

「上海詞典」では、上海に関する文化記号を辞書風に列挙し、それらの記号にまつわる物語を通じて、上海の文化・歴史を交えて詳しく解説している。最初に掲載された号の「編者の言葉」では、このコラムの目的として「今号から程乃珊が『上海詞典』を連載開始します。選ばれた言葉の多くは、『オールド上海』で流行し、使用された言葉です。彼女の筆によって、当時の世相に我々を連れ戻し、言葉を通じて百年前の上海を魅力的に再現します[60]」と説明されている。

この「編者の言葉」からもうかがえるように、「上海詞典」では、選定された文化記号を解説しながら、上海の歴史を辿ることを目的としていたことが理解できる。以下、「上海詞典」に登場する文化記号を表1.1に整理する。

ここでは、コラムで第一回に掲載されたエッセイ「『阿飛』正伝」を対象とし、程乃珊「上海詞典」の叙述様式を説明する。そもそもこのエッセイ名はウォン・カーウァイ監督の映画『阿飛正伝』（邦題『欲望の翼』）に倣ったものであり、題名からもわかるとおりオマージュである。本文では、まず叙述者が「阿飛《アッフィー》」という言葉の語源や歴史を深掘りして説明する。

表 1.1　程乃珊のコラム「上海詞典」の作品リスト

年・号	題名	概要
2001年7月号 2001年8月号	「阿飛」正伝（上） 「阿飛」正伝（下）	英語 figure の音訳に由来する上海語「阿飛」とそれに代表される男性のファッション文化を紹介する。
2001年9月号	上海灘上「老克勒」	旧租界時代の「老克勒」、すなわちモダンで洒落た新興ホワイトカラーの男性を指す上海語（前述の注釈26にも記載）。「老克勒」の人物像、生活様式や美意識を紹介し、1949年以降、どのように暮らしていたのかを描いている。
2001年10月号	ARROW先生	1930年代、アメリカのシャツブランドARROWを好んだ上海の新興ホワイトカラーの歴史を描いている。
2001年11月号	洋盤上海開洋葷	「洋盤」とは都会の世情に疎い人を指す上海語。このエッセイは、1945年の終戦直後、田舎出身の華僑のアメリカ兵・ジミー・チョンが上海に滞在時、享楽に満ちた生活を送る物語を描いている。
2001年12月号	後門	「後門」とは「弄堂」の裏門を指す。裏門は人目を避けて素早く「弄堂」を出入りするための場所であると同時に、そこでは家族との別離など、住人たちの人生の移り変わりが起きる場所である。
2002年1月号	緑屋情縁	ハンガリー人建築家ヒューデックの設計により1938年に建てられた旧呉同文住宅は、緑色の外観で「緑屋」とも呼ばれていた。このエッセイでは顔料販売をする呉同文の家族史と「緑屋」の歴史を遡る。
2002年2月号	白相	「白相」は遊びを意味する上海語。町の散策、百貨店、ダンスホール、音楽など上海のレジャー文化を下町住人とエリート層向けのサロン式に分けてそれぞれの変遷を辿る。
2002年3月号	都市夜的馬蹄声	上海と香港のナイトクラブ文化。中国のナイトクラブやダンスホールが上海で芽生えた。一方、香港は都会のレジャー文化の発展と普及が上海より遅れていたが、1950年代初頭には上海の娯楽産業と香港の植民地文化が融合することで、香港のナイトクラブ文化が繁栄する様子が描かれている。
2002年4月号 2002年5月号 2002年7月号 2002年9月号 2002年11月号	上海Baby今昔画像之一 上海Baby今昔画像之二 弾性女孩 ── 上海Baby之三 天涯歌女 ── 上海Baby之四 上海名媛 ── 上海Baby系列之五	Babyは女性に対する親しげな呼称。「上海Baby」と題名に入る五つのエッセイは、民国期における上海の上流社会の女性像と彼女らの人生経歴を描いたものである。

2002年6月号	上海人和ABC	上海人の英語勉強の歴史を振り返る。西洋文化が深く浸透していた上海では、英語は個人的な修養や身分の象徴と見なされる時期があった。1950年代以降、政治情勢が変化しロシア語教育が推進されたが、上海人の英語への見方を変えるまでには至らなかった。1990年代の懐古ブームとともに英語学習ブームも起きている。
2002年8月号	灰姑娘的都市版 —— 少奶奶	「少奶奶」とは、若奥様に対する召使が用いた呼称である。彼女たちは通常、裕福な家庭に育ち、西洋近代的な志向を持つ上海の実業家に嫁ぎ、モダンなアパートメントで暮らしていた。当時、将来「少奶奶」になることは、上海の多くの女性の夢であった。
2002年10月号	上海保姆	上海の家政婦は最も早い段階の職業婦人に属す。伝統的社会における侍女と異なり、家政婦は近代的労働市場における雇用契約を基にした職業である。このエッセイは上海の家政婦の歴史・出身地や性質を描いている。
2002年12月号 2003年1月号 2003年3月号	瑞芝村（一） 李名煬的香港伝奇 —— 瑞芝村（二） 永遠的等待 —— 瑞芝村（三）	上海の共同租界にある胶州路を中心に、道路沿いの万国葬儀場の近くに位置した、ホワイトカラーや「老克勒」が集まった弄堂「瑞芝村」と、その「瑞芝村」の住民である聖ヨハネ大学で教鞭を執る李名煬や商人出身の姚氏一家を紹介している。
2003年2月号	太太万歳	20世紀初頭二種類の「上海奥様」の実態、すなわち職業婦人と専業主婦、それぞれの性質を語っている。
2003年4月号	上海煞女	「煞」とは、その人の姿や言動が、見る人にさわやかな印象を与えるさまを示す意味で用いられる上海語である。このエッセイはいくつかの女性像を通じて上海の女性が「煞」の性質を持つことが語られている。
2003年5月号 2003年6月号 2003年8月号	太平花園 太平花園（二） 太平花園的猶太人 —— 太平花園（三）	「瑞芝村」シリーズと同じ構成であり、共同租界にある西摩路を中心に、そこにある食料品市場、「太平花園」というテラスハウス、および「太平花園」に住んでいたユダヤ人を紹介している。
2003年9月号	上海灘的金拉鏈襻頭	上海の繁華街である南京西路を中心に、そこに住むユダヤ人、老舗珈琲館「凱司令」、家具ブランド「Arts & Craft」の旗艦店などを紹介している。
2003年10月号	辛家花園	「戸仙」（家の守り神）という上海語を紹介した後、新閘路1048号に住んでいた中国の微生物学者「程慕頤」（作者程乃珊のお爺さんのお兄さん）の人生の軌跡をたどる。

「阿飛」という語は、上海語における比較的新しいピジン語で、その誕生は一九四五年の「第二次世界大戦」の勝利後に遡る。「阿飛」はアメリカ英語のピジン語で、当時、多数の連合国のアメリカ兵が上海に滞在していた際に、彼らの持ち込んだガム、クライムブランドのミルクパウダー、コカコーラと共に上海の街に流入した。OK、ファッション（発嚗）、ショー（秀）、クール（酷）などと同様に、阿「フィギュア（飛《フィー》）」は数多くのアメリカ式ピジン語の一つである。今日、これらのアメリカ式口語は再び流行している。「フィギュア」とは「形が整っている、姿が良い、人々の中で目立つ」である。昔の上海では、欧米人の学生や多くのホワイトカラーが、会話の中で英語を挟むのを好んでいた。「ある氏のフィギュアが特に良い！」（ある氏が非常に注目される！）というように使用されていた。[61]

続いて、この言葉が象徴する当時の男性ファッション文化が紹介されている。このファッション文化は戦後のアメリカ文化と海派文化が融合した結果であり、一九四〇年代末に上海から香港に移住した者たちによって持ち込まれ、香港の文化的な繁栄を牽引した。しかし、反都市主義が叫ばれるようになった上海では一時期ファッション文化そのものが抑圧されてしまうが、一九八〇年代の改革開放により再び活気を取り戻した。

「『阿飛』正伝」の展開と表1.1の作品リストから見られるように、程乃珊のコラム「上海詞典」は、大まかに次のような種類の文化記号が含まれている。一つ目は、最も基本的なレベルである、地域的な言葉についての解説である。例えば、モダンな品位を持つ「老克勒」、さわやかな性質を表す「煞」、遊びの意味を持つ「白相」などが挙げられる。これらの言葉は方言語彙（上海語）として認識されることもあるが、外国語の訳語から生まれたピジン語や、共通語として普及した特別な意味を持つ俗語、さらに社会的集団や文化を示す代名詞として使用される語など、様々な地域的／文化的な言葉としても捉えることができる。

二つ目は、特定の文化を共有する人々を指す言葉である。「老克勒」的な美意識を求めてARROWのシャツを身につけるホワイトカラー層や、「煞」という性質を持つ上海のオフィスワーカー、「白相」＝レジャー文化を享受する新興市民層などが挙げられる。特に、程乃珊「上海詞典」は、これまであまり注目されていなかった、「オールド上海」のホワイトカラーと、家政婦や若い主婦などの女性像に焦点を当て、彼女らの生活の一端を浮き彫りにしている。

三つ目は、特定の社会的な集団や文化を集中的に体現する場所の固有名詞である。この種類は、陳丹燕の「文化エッセイ」と似たアプローチを取っており、特定の場所を実際に訪問することで、その雰囲気や場面を描写し、その場所に関わる人々との交流を通じて、それぞれの人生経験を伝えることである。このように、程乃珊は特定の固有名詞を起点として、背後にある社会的集団や文化的な広がりを浮き彫りにし、それらを取り巻く場所を記録することで、多層的な創作スタイルを確立したのである。

「上海詞典」の連載終了後、二〇〇三年一一月号から二〇〇四年八月号まで『上海文学』にてコラム「上海先生」が連載され、「オールド上海」の男性ファッション文化が取り上げられている。その後、程乃珊はこれまでの連載をもとに整理・追記し、エッセイ集『上海Lady』（二〇〇三年）、『上海Taste』（二〇〇八年）などを出版する。これらのエッセイ集は、陳丹燕の「上海三部作」と並ぶ、上海の都市文化記号の集合体を形成する「辞書」といえるものであろう。

以上、一・一節から一・三節にかけて、上海文学が直面した言葉・建築・空間・人間などの都市に関する文化記号の蓄積が乏しいとされる現状に対し、上海作家たちが「上海ノスタルジア」という懐古ブームを通じて、これまで語られることのなかった、ひいては語ることを憚られた都市の文化記号を復活させたことを明らかにした。

本章では、これらの文化記号を文学テクストに取り入れるアプローチを、鍵括弧で括られた「辞書」の編纂作業に喩えている。通常の辞書とは特定の選定基準に基づき、言葉の規範的な読み方・表記や意味を中立的に記述し、体系的に配列した実用書である。このような辞書は可能な限り偏狭な態度や感情を排し、基本語を中心に使用頻度などを考慮しながら、多岐にわたる専門用語を同心円状に配列する。つまり、理想的な「辞書」は偏狭な排他性を抑制し、いくら混種的であっても、ありとあらゆる項目を平等に取り扱うべきものである。

ここでいう都市に関連する文化記号を集めた「辞書」とは、一般的な辞書とは異なるが、一方的な価値観を排除し、多様性を反映する点において共通している。前田愛は都市の記号学的な対応関係を論じる際に、ミシェル・ビュトールによる「辞書」に関する見解を引用している。ビュトールは「私たちの社会でもっとも重要かつ不可欠な書物は、参照する書物、辞書のタイプの書物である」と述べ、続いて「そうした書物は二〇世紀文明の特徴です。どんな都会も、どんな近代国家も、電話帳というあの本質的な物体、検討されることあまりにすくないあの不朽の著作が欠けていたら存続しえないでありましょう[62]」と論じている。

前田愛が指摘する都市の膨大な記号を集約する辞書のタイプの書物は、タウン情報誌に例えられる。タウン情報誌といった書物を媒介に作り出されるテクストとしての「都市」は、現実の都市空間に内包されながら、「みるときくに集約される欲望の記号の束がカタログに編成されている都市[63]」である。電話帳やタウン情報誌のように、記号をカタログとして集約した書物は、分野別と項目の性質別に整理・配列する辞書のタイプのテクストに分類することができる。

一九九〇年代の上海文学において、文化記号を解説する叙述者、および多種多様な記号の解説を集約する「辞書」が誕生した理由は、上海の再開発を機に都市を新たに解釈し直す必要があったからである。王安憶『長恨歌』と「文化エッセイ」を含む「上海ノスタルジア」は、単に「文学史に再登場した都市[64]」としての文学にとどまらず、都市を不可視化していた従来の言説とせめぎ合いながら、偏狭な価値基準がもたらす「本質としての地域性」を疑問視し、都市に関する新たな都市論的言説を創出するテクスト群として位置づけることができる。それらは、言葉・記号とその文化的意味を収録した都市の「辞書」を編纂したものといえる。

この「辞書」タイプのテクスト群に基づく「上海」は、都市空間を訪ねた実経験を言語化したテクスト、また文学的な加工や歴史的な想像が介入することで、「現実の都市空間と虚の都市空間とが相互に浸透しあう界面であり、その集合は言語の次元に変換された都市、いわば『言語の街々』」[65]でもある。しかし、多くの先行研究では、「文化エッセイ」は作者の個人的体験と瞬間的な感受性に依存する抒情的なエッセイと位置づけられてしまっている。すなわち主観的な想像力に依拠するあまりに、客観的な歴史的根拠が不足するものと軽視されているのである。これは、上海に関する文化記号の欠如という事実、および「上海ノスタルジア」が従来の価値基準との対話を模索する「反省的ノスタルジア」の側面を持つことを見落としている結果であると言わざるを得ない。

第二節 「外部」と「内部」の対話

二・一 都市を見る視点の再考

上述したように、一九九〇年代中期以降の『上海文学』誌では、上海の地域色を鮮明に表現する作品を収録した特集やコラムが数多く企画された。特に「城市地図」という短編小説の連続特集は異例の企画といえよう。このコラムは二〇〇〇年から二〇〇三年にかけて連載され、上海市内を舞台にした小説が収録されている。興味深いことに「城市地図」の企画には、程乃珊ほどの有名作家は参加せず、無名の新人作家が二〇人中過半数以上を占めていた。また「城市地図」を誌面に掲載するにあたり、担当作家はそれぞれの作品舞台の所在地を自筆の地図に示し、必ず読者に紹介することが要求された。このコラムは、当時の『上海文学』責任編集者であった金宇澄[66]によって企画された。彼はコラムの創刊号の「編者の言葉」にて、その企画意図を次のように述べている。

コラム「城市地図」は、まず上海からはじめる。通り一遍の話や時代の嗜好に迎合した話をするのではなく、地域ごとに叙述し、「地図」の形で展開していく。[67]

ここで言及された「通り一遍の話」（泛泛之談）と「時代の嗜好に迎合した話」（時尚之論）は、前述した「上海ノスタルジア」文学を指していると考えられる。流行する「上海ノスタルジア」への異議を含んだ「城市地図」は、二〇〇二年にコラムとして連載された最初の二〇作品をまとめ、同名の単行本が文匯出版社から出版された。次頁の表1.2では、単行本『城市地図』に収録された作品をあらすじとともに紹介する。

『城市地図』出版の翌年、『上海文学』の副編集長であった蔡翔[68]は、論文「城市書写以及書写的『禁言之物』――関于『城市地図』的文本分析和社会批評」（『城市地図』にみる都市の表象と語られないもの――テクスト分析と社会批評を通して）で、『城市地図』と「上海ノスタルジア」の関係を上海の「外部」と「内部」に喩えて次のように指摘している。

ノスタルジアがナショナル・アレゴリーとして、最も普遍的な物語の背景とされる時、上海の歴史の半分はばさりと切り捨てられるか、あるいは主流な言説の『外部』へと追いやられてしまう。いわゆる『外部』とは、労働者、スラム街、社会の下層階級などを含むものである。[69]

この文脈での「外部」とは、旧租界エリアに属さず、ポスト・コロニアルな性格を持たない、より「本質とし

表 1.2　単行本『城市地図』の作品リスト

作者	作品名	あらすじ
程小瑩	楊樹浦	主人公の男性が自身の青春時代を回想する。1970年代の上海楊樹浦を舞台に、かつて存在した工場、師匠との思い出など、楊樹浦の変化と人々の営みが語られる。
弥紅	褪色的宮殿	外祖父が若い頃に携わった租界の外側、北東部の新しい市街地計画「大上海計画」の遺産をめぐる。
丁麗英	来吧、一個人的童年	姉妹が幼少期の思い出の地をめぐり、記憶と現実のずれや、変わり果てた街並みに戸惑いながらも、過去の記憶が呼び覚まさていくさまを描く物語。
殷慧芬	虹口軼事	上海虹口に住む少女慧芬と父親の人生を通じて、愛と成長、そして地域社会の変遷が語られる。
李其綱	浜北人	蘇州河南岸の豪邸に住む少女に一目惚してしまった、北岸のスラム街に住む少年の物語。
沈嘉禄	美食街	かつて「美食街」と呼ばれた上海の雲南南路の歴史と、そこで働く労働者たち、酔っ払いの喧騒、そして忘れられない狂女との物語。
于是	仙霞・水城	上海の仙霞路と水城路を舞台に、語り手と阿Mayの交流を描いた物語。二人は夜の街をぶらつき、コンビニやバーで時間を過ごす中、互いの人生観や夢を語り合う。
孔明珠	生于四川北路	四川北路で生まれ育った「妹」の視点から、当時の上海の庶民生活、文化、価値観を描写した物語。四川北路の地域特有文化や、そこに住む人々の気質が語られる。
走走	当警車撞向崗亭	都市の喧騒と日常生活の中で出会い、ともに成長し変化していく恋愛の物語。
楊青青	白菜找朋友	「白菜」と呼ばれる主人公が、名前でからかわれた経験を通じて強い個性を形成し、友人や恋人との交流を経て自分の居場所を見つける成長物語。
草木	茂名紀事	上海の茂名南路を舞台に、オフィスレディである李瀾の日常が描かれる。夫がドイツに留学中、彼女は冬虫という男性との出会いと別れを通じ、孤独や葛藤、そして新たな人生の第一歩を経験する。
蕭萍	桂林路100号或行走的米脂	米脂は上海の大学に通う女の子。彼女は上海に溶け込もうと努力する一方で、故郷への愛着と葛藤が語られる。
羊羽	此岸・彼岸	林建国と姚卫东という二人の少年の視点から、上海という都市の変遷が描写される。

向軒	宿命里的女人	日本人と結婚した上海女性の異文化結婚生活を中心に、周囲の人間との葛藤を通じて自己を見つめ直し、新たな人生を切り拓く成長が描かれる。
張旻	成長地	文化大革命期の上海郊外・嘉定に暮らす少年の視点から、当時の社会状況、子供たちの生活、両親不在の中での弟との生活、周囲の子供たちとの交流を通じた成長が描かれる。
南妮	恍惚之地	南京東路周辺を舞台に、ある若い女性「私」の視点から、友人との交流、過去の思い出、都市変化が描写される。
史学東	一週半	蔡子は、東京からやってきた友人・小麦と上海の街をめぐる。懐かしい場所をめぐるたびによみがえる蔡子の思い出が語られる。
于田儿	遺忘之後	音楽好きで自由奔放な中年男性が、フランス人の婚約者とパリへ移住する前夜に、よりにもよって以前付き合っていた少女「西瓜」と上海のダンスホールで再会してしまう。
何明	刹那含永劫	張曼は同級生・烏蘭の自殺を目撃し、その衝撃で恋人と別れてしまう。その後、烏蘭のマンションへ赴いた際、烏蘭の恋人・連朴と出会い互いに惹かれ合うも、彼は失踪する。烏蘭の死から逃れるように、張曼もまた上海を去る。
小沐	外公的保安坊	漆漆は同じ会社の既婚男性、楊碧と外公の家で密会を続けている。二人は惹かれ合うが、楊碧は家庭を捨てることができず、ついに漆漆は彼と別れることを決意する。

ての地域性」を帯びる場所と、そこに住む人々を指す。過去の「オールド上海」の栄光を懐かしむノスタルジックな視点から見れば、旧租界エリアの「外部」とは都会気質に欠け、グローバルな生活情景とも無縁とされる。そのため、「外部」は「時代の嗜好」に迎合した「上海ノスタルジア」によって注目に値しない文化記号とされてしまったのである。

金宇澄も『城市地図』のあとがきに、蘇州河[70]と旧租界エリアのランドマーク、すなわち「外部」と「内部」の対立軸を次のように示している。「上海はこの川（※蘇州河）と切り離せない関係にある。いわゆるDD'S珈琲館（※旧フランス租界にあるレトロな珈琲館）と霞飛路（※植民地時代のフランス租界の主要道路。現在の淮海路）について言えば、私の記憶とこの本がより真実であり、上海の独特な雰囲気と味わいがより感じられると信じている[71]」。DD'S珈琲館は上述した陳丹燕の「文化エッセイ」にも登場する、一九三〇年代の上海フランス租界の霞飛路に実在した珈琲館である。この珈琲館や霞飛路といった想像で描かれる旧租界エリアのランドマークよりも、蘇州河対岸の華やかな「内部」と対極に位置する「外部」にこそ現実の上海の実像を求めようとする視点は、外部がまさに「本質としての地域性」を反映しているとする蔡翔の見解と似ている。

序章で言及したとおり、「外部」と「内部」という空間配置の形成は、上海の都市空間が三つの異なる政治権力による租界の設置で分割され、それぞれ異なる性格を持つことに由来している。この配置には、国家と国境を越えるコスモポリタニズムとの葛藤が投影されている。

では『城市地図』はどのようにノスタルジックな情緒を超え、上海の「外部」に焦点を当てるのだろうか。そのためにはまず、金宇澄の「編者の言葉」の引用において鍵括弧で括られている「地図」という言葉に注目しなければならない。彼は、「地図」が都市を俯瞰する視点から製作されることに疑問を投げかける。『城市地図』単行本のまえがきでは、標準化された地図が地形を俯瞰的に把握するパノラマ的眺望について、金宇澄は次のように問題視する。

一般的な都市地図をざっと見ると、妙な感覚を抱くかもしれない。それは完全に静かで厳かな、信頼できる理性的な表情をしている。クモの巣のような道路を主要に構成され、それを見ると読者はしばしば無意識のうちに何かを探し求めずにはいられなくなる。これは一瞬の条件反射である。(中略)
これは興味深い話題である。地図は単調であり、妄想家や好奇心旺盛な人々にとって、通常のガイドマップでは彼らを十分に満足させることができないのである。そのため海外のホテルでは、高倍率の望遠鏡を設置し、客室から都市のあらゆる場所を細部まで観察できるようにしている。これは非常に賢明な方法であるが、よく考えてみると、やむを得ないことであると言えるだろう。[72]

コンクリート、鉄、ガラスで構成された均質的な高層ビルが次々とそびえ立つ景観は、都市の近代性を誇示する記号として機能している。一九九〇年代以降、都市化が進展する中国では、都市の権力者であれ、都市文明を享受する一般市民であれ、「進歩的な都市＝高層ビル」という固定観念に強く囚われていると考えられる。高層ビルに設置された高倍率の望遠鏡を通じて、歩行者や車の流れと街路が織りなすテクストを遥か上から一望する開放感は、自らをあたかも都市というテクストの作者《かみ》であるかのように感じさせ、都市全体を把握・支配する錯覚をもたらす。

しかし、都市のパノラマ的な眺望は、一見して都市像をグローバルスタンダードに適合する均質的な空間として定着させてしまう。その結果として、日常生活の細部が無意識のうちに覆い隠されてしまうのである。ミシェル・ド・セルトーは、「パノラマ的都市とは、『理論的な』(すなわち視覚的な)シミュラークル、要するに、実践を忘れ無視してはじめてできあがる一幅の絵なのである」[73]と述べている。標準化された地図であれ、パノラマ的な眺望であれ、複製のシミュラークルであれ、そのような幾何学的空間が目指すのは、想像上の透明な全体像である。ド・セルトーはさらにその全体像から「逃れてしまう異者性」が存在し、その「周囲にぼんやりと浮かびあがる外縁、その周縁をわずかにはみでるもの」がまさに「とぎれとぎれの軌跡の断片と、空間の変容とからなる多種多様な物語」[74]であると指摘している。つまり、これらの物語は、都市の全体的な表象から排除され、進歩主義的なイデオロギーに取り込まれない周縁に位置する存在である。

都市の物語を作り出すための前提として、まず都市をどのように見るかという視点の再考は、都市に関わる文化記号の蓄積を追求する一九九〇年代以降の上海文学において重要なテーマとなっている。例えば、第一節で分析した王安憶『長恨歌』の冒頭における鳥瞰的視点からの描写は、社会主義国家の基本原則とされた反都市主義により、除外された文化記号としての「弄堂」に焦点を当てている。都市の背景と化し「都市の光の後ろに」隠された弄堂を、文化的なシンボルとして再評価しようとする試みが行われた。王安憶の作品では、時代の変動に際しても変わることのない内なる日常の在り処を探求しようとする思考軸が確立されており、これが『長恨歌』や本書の第二章で論じられる『富萍』などで徹底されている。これらの作品は、注目されることのない都市の細部にこそ視点を向けることを前提としている。

『城市地図』は単に都市を新たな視点で捉え直そうとする編集方針だけにとどまらず、収録された作品の多様性にも興味深い特徴がある。この作品集には、編集者が想定する「外部」を取り上げた作品が含まれているが、一方で編集方針から逸脱し、グローバルで均質的な空間を舞台にした作品も存在する。言い換えれば、約二年間にわたり「集団的な創作」を収録した『城市地図』は、上海出身のベテラン作家による前期掲載作品と、仕事の都合上などで上海に滞在する若手新人作家による後期掲載作品に大別される（以下、それぞれを「前期作品」と「後期作品」と称する）。両者の間には作風はもちろんのこと、都市を見る視点においても顕著な差異があり、一つの作品集に異質な小説が収録されることにこそ、従来の「外部」と「内部」という固定観念が上海という都市にどのように関わっているのかを示唆している。この点について、前期作品と後期作品の具体例を通じて考察する。

二・二 「外部」に注目する前期作品

『城市地図』の一作目である程小螢[75]の「楊樹浦」は、一九七〇年代の楊浦区の工場で働く女性労働者の日常を描写している。作中に挟んだ手書き地図（図1.3）は、作者自身が描いたものであり、上海市街の輪郭をシンプルな線でスケッチしている。この地図では、市街地が右上と左下に分かれており、その間で道が切断され、右上が上海の北東部、左下が南西部を指し、それぞれが「内部」と「外部」として示している。

作中で特に目を引くのは、地図上で北東部に位置する「楊樹浦路」の描写であり、「上海の楊浦の終わりまで

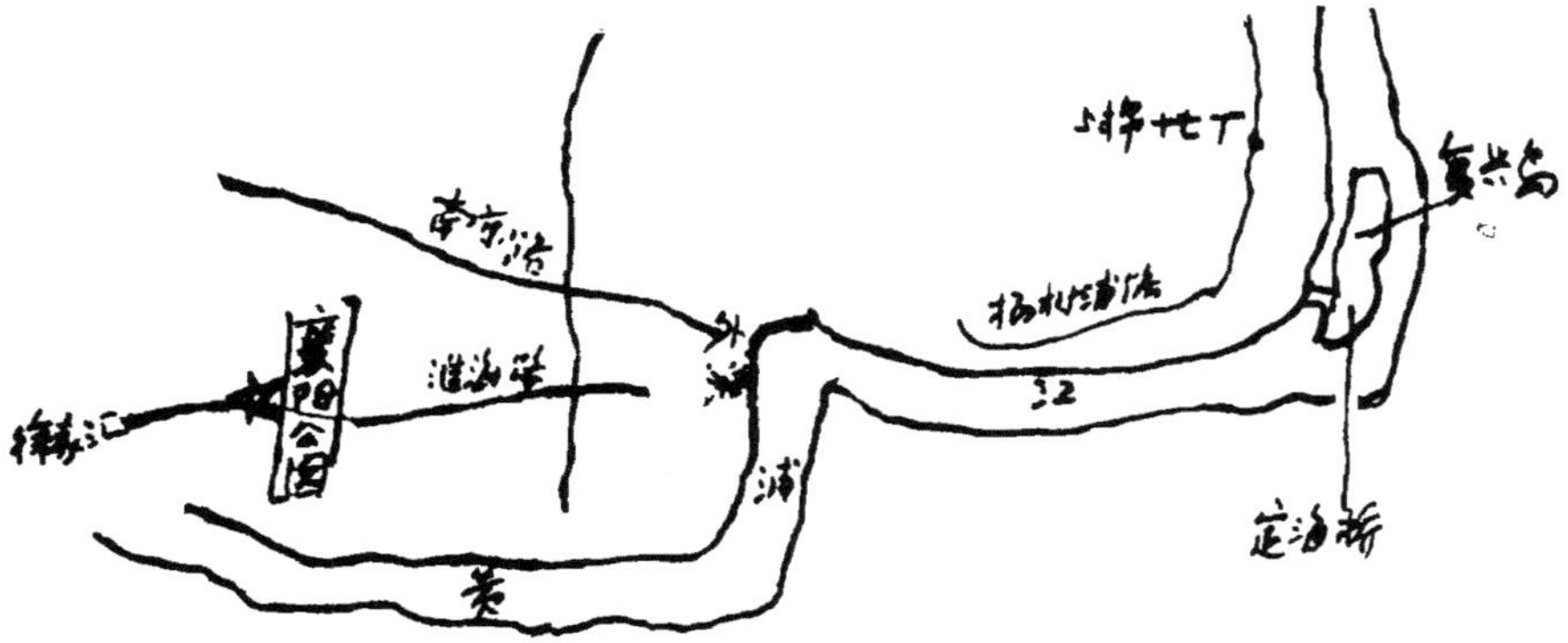

図 1.3　小説「楊樹浦」の手書き地図（出典：『城市地図』、四頁）

続いている。アスファルトがつぎはぎだらけで、常に重い荷物を積んだトラックが走っている[76]」と記されている。この道路は、西から東へと延び、上海中心部から工業地帯の心臓部である楊浦区を結んでいる。

程小蛍の「楊樹浦」をより理解するためには、その歴史と経緯を把握しておかなければならない。上海北東部に位置する楊樹浦地区／楊浦区は、後述する北西部の蘇州河沿岸地区とともに、民国期に日系の紡績工場が密集し、労働者階級が居住したエリアである。「楊樹浦」を工業地帯として有名にしたきっかけは、一九三六年、劇作家の夏衍[77]が発表したルポルタージュ『包身工』である。この作品は、現地調査を基に上海の日系紡績工場で働く女子労働者の過酷な生活を記録している。この作品で取り上げられた「包身工」という労働者は、主に貧困層出身の女性が（特に後文で紹介する「蘇北」地域の出身者が多い）家族の借金返済や生計を支えるため、仲介者によって工場に「売られた」形で就労する状況を指す。これらの女性は低賃金で長期の労働契約を結ばされ、厳格な管理のもとで雇用主の集合寮に住み込みで働かされた。このように植民者や資本家が労働者を搾取する実態を暴露した『包身工』は、一九四九年の新中国成立後、啓蒙的価値を見出され、遂には国語の教科書にまで採用されている。こうして工業地帯「楊樹浦」のイメージは世代を超えて定着した。

このことを前提に程小蛍の「楊樹浦」を考察する。この作品では、一九六〇年代の「上海国棉第十七工場」を舞台に労働者たちの生活が描かれている。この工場は、かつて日系の紡績工場であったという歴史を持つ。しかし、この小説で描かれる労働者は、従来の工場労働者のイメージとは大きく異なっている。それは資本家に搾取され過酷な労働を強いられる犠牲者ではなく、また毛沢東時代に礼賛された集団主義的な英雄でもない。労働者たちは、規則だった工場生活に縛られながらも、心中ではロマンチックなデートを夢見る等身大の若者として描かれている。特に印象的なのは、工場の若い男女が都心の公園へ遊びに行くのだが、その行きの道中「外部」である工場地帯から都心の「内部」へとバスが進むにつれ、彼らの心境が変化していく様子が象徴的に描かれている。

二人は二台のバスを乗り継いで襄陽公園に向かっていた。（中略）女性は座っており、無関心な顔をしていた。本当の愛情はまだ芽生えないようで、まだ時間は早く、目的地にも着いていなかった。（中略）襄陽公園に近づくと、女性は心の中で男性に少しずつ近づけるようになっていった。何かが彼らの間を行き来している。それは苦々しさか、あるいは喜びかもしれない。最後に彼らは喜びに包まれ、その中に没頭していた。[78]

この引用からも明らかなように、女性たちは綺麗に装い、普段の女工姿とは異なる自分へと変わる。そして何よりもロマンチックな時間を楽しむため、知人たちの目の届かない、遠く離れた場所へと足を運ぶ必要があるのだ。

ここで言及される襄陽公園とは旧フランス租界に位置し、労働者階級の居住地である「外部」から隔絶した「内部」の象徴である。周辺のブールバールを模した大通りと、道沿いに植えられた街路樹からは、今でもフランス的な雰囲気が漂っている。程乃珊は襄陽公園を次のように説明する。「上海では、あの文化大革命時代のさなかでも、『ファッション』が消え失わせることはなかった。当時のファッションとは、裏陽公園であり、公園を中心として上海の他の地域へと広がっていた[79]ということである。

「裏陽公園に近づく」という移動《モビリティ》は、単なる物理的な距離の推移を意味するのではない。都市の「外部」から「内部」へと移動する過程は、彼女たちが家族や工場の制約から解放される過程を象徴している。「裏陽公園に近づく」ことで心をときめかせる彼女たちの姿は、イデオロギーや社会的な役割に縛られることなく、自身の感情や願望を自由に表現し生活を謳歌する新しい女性像を提示しているのである。

『城市地図』の五作目である李其綱[80]による「浜北人」は「楊樹浦」と類似した場所の移動が描かれている。この小説の詳細な解説と分析は第二章で再び取り上げることとし、ここでは主に場所の移動が象徴するエピソードを紹介する。

「浜北人」の主人公である燕青は、蘇州河の北側にあるスラム街で育った人物である。一九六九年の夏のある日、「浜南」（蘇州河の南岸）の旧租界の象徴である外白渡橋近く[81]の洋館に暮らす少女が、「浜北」のスラム街に住む夏おじさんを訪ねて来た。夏おじさんは「浜北」の数少ない知識人の一人であり、彼女はその姪である。

スラム街育ちの燕青にとって外白渡橋は「我々が銀座やマンハッタンを想像している[82]」かの如く、自分とは縁もゆかりもない彼方の場所であった。しかし、赤いショートパンツを履いた彼女の姿を目にした瞬間、燕青はひと目で恋に落ちてしまう。彼女のことが忘れられない燕青はスラム街を抜け出し仲間とともに彼女を探しに行くことを決意する。外白渡橋に辿り着いた彼は橋の上によじ登り、高台から彼女の姿を目の届く限り探し求めたが、ついに彼女の姿は見つからなかった。代わりに、彼の目に映ったのは次のようなパノラマである。

　彼らはどんどん上っていき、とうとうてっぺんまで這い上った。なんて高いんだ。北には二〇階建てのブロードウェイ・マンションが見える。西には四川路橋、浙江路橋、西蔵路橋が魚の骨のようにきちんとそろって並んでいるのが見える。南には和平飯店、つまり昔日のサッスーンビルの緑色の三角屋根が見える。[83]東には黄浦江やそこに浮かぶタンカー、客船、サンパン、モーターボートや陸家嘴への渡し船などが見える。[84]

黄浦江の両岸からの眺望には、旧租界時代のランドマークが映る（イメージとして図1.4）。狭苦しいスラム街に住む燕青は、曲がりくねった路地を歩く者である。彼の日常は可視性が途切れがちな空間をいかに巧みに使いこなすことにある。ド・セルトーが「かれら歩行者たちの身体は、自分たちが読めないままに書きつづっている都市という『テクスト』の活字の太さと細さに沿って動いてゆく[85]」と指摘しているように、歩く者は透明な全体像から逸脱し、断片的な軌跡しか捉えることができない。しかし、外白渡橋に「這い上る」という行為は、燕青に歩く者から見る者へと視点を変える機会を与え、都市の明晰なテクストを読む新たな身体性を獲得することへとつながる。

高いトラスのてっぺんから身を躍らせた（中略）のびのびとした泳ぎで、彼の体のまわりから浪が絶え間なく生まれては消える。まるで地面を進む鋤が泥の波を跳ね上げるように。[86]

彼の泳ぐ姿を見守る叙述者の「私」は自然と、ある言葉を連想する。それは、「耕」という性行為を意味する地域的なスラングである。この「耕」という字には「性行為の動作と稲作労働の動作が重ねられるのは、豊作と子宝に恵まれることへの予祝であり、それは『浜北人』が江蘇省北部（※つまり、次の章で述べる「蘇北」。詳細はコラム3）の農村で暮らしていたとき以来の言葉である[87]」との説明が当てはまる。燕青が探す少女が川の近くに住んでいることから、川は少女のメタファーであると見なすと、彼が橋から飛び込み川で泳ぐことは「耕」

図 1.4　一九三〇年代の外白渡橋上空からの鳥瞰図

という性行為を連想させ、性的欲望を暗示していると解釈することができる。

川へ身を投じて泳ぐ行為は、「耕」というスラングを小説内の文脈に当てはめて、身体的な動きに変換したものである。徳間佳信には、「耕」という排他性を帯びた蘇北方言の語彙やスラングが「農村を離れても使われているのは、それが『浜北人』のルーツを表す共同性の核心にあるからだろう」[88]と分析している。つまり、この語はスラム街に暮らす「浜北人」たる燕青の一種の安定したアイデンティティを示す標識と見なすことができる。

このように、主人公が「外部」に暮らす人間であることを「耕」の字が読者に強く印象づけるとする分析が先行研究によって指摘されている。一方でさらに掘り下げていくと、ここでは燕青が「外部」としてのルーツやアイデンティティを表明しているのではなく、むしろ燕青が自ら所属する「外部」移住者コミュニティから独立した身体を獲得したことを示唆していると解釈できるのではなかろうか。そもそも彼が同郷の排他的なコミュニティから離脱し、旧租界エリアに象徴されるポスト・コロニアルなランドマークへ向かう行動や、「浜北」から「浜南」への移動は、作者の言葉を借りれば「遠征」といえる。この「遠征」が意味するものは何か。

主人公の移住者の共同体に従属する身体が「遠征」という行為を通じて、かつてないほど高い位置から都市を眺める視点を得ることで、滔々と流れる川で「耕」を行う、すなわち「少女」が住む「内部」を象徴的に征服したことに他ならない。この身体は一連の独特な行動によって、地縁に基づくコミュニティの共同性を相対化し、流動的で個人的な身体へと変化することを示唆している。そのため、ここでは「浜北人」という安定したルーツの明示よりも、「少女」との思いがけない出会いとそれに伴う場所の移動によって、アイデンティティと身体性の揺らぎを経験したと解釈することが適切であろう。

「浜北人」と同じようにアイデンティティの揺らぎを伴う場所の移動が見られるのは『城市地図』の八作目である孔明珠[89]「生于四川北路」(四川北路で生まれた)である。この小説は、一九五〇年代から一九七〇年代にかけて虹口区にある四川北路の日常生活を舞台に、そこに住む「妹」と呼ばれる主人公が上海の異なる場所で感じる自身のアイデンティティの揺らぎを描き出している。

四川北路はかつて日本人居留地であったことから日本式の建築やライフスタイルが色濃く残り、計画経済時代であっても商業の活気が感じられる場所である。小説に描かれる四川北路には広東省出身者が多く集まり、通りには価格が安いながら品質の良い店が並んでいる。

「妹」は上海の西区（正式な行政区名ではなく、おおよそ旧フランス租界の西部に位置する）で働いている。しかし、彼女は「四川北路に戻ってきて、店から騒がしい声が聞こえると、イライラして落ち着かず、頭痛などの症状が出る」[90]ようになってしまう。この症状は、これまで気にも留めなかった四川北路の日常から離れた西区へ移動し、そこで営まれる上流の生活を知ってしまったために引き起こされたものである。西区で出会う人々——お洒落でエレガントな女性、プーシキンの詩を愛読するボーイフレンド、そして洋館に住む義母——との交流は、西区の洗練されたライフスタイルと四川北路のそれとの間に生じるギャップを顕にし、その結果、彼女の内面的な調和が崩れてしまう。

具体的なエピソードを紹介すると、ある日、「妹」がプーシキンを愛読する彼氏と「オールド上海」の風情漂うカフェに行くのだが、彼女はマドラーの使い方を知らなかった。西区で過ごす日々の中、暗黙に要求される淑女の振る舞いができないことに彼女は息苦しさを感じ、時には病んでしまうことさえある。西区での経験は新鮮さと楽しさをもたらしたものの、「自分はただの過客にすぎなかった。考え方を変えることはかなり難しい」[91]と「妹」は徐々に自覚する。しかし、西区を知って以来、四川北路の日常生活に満足することはできない。結局、彼女は西区に馴染もうと悪戦苦闘するが、洗練された生活とそれに付随するマナーに馴染めず、ますます自信を失ってしまうのである。

以上、『城市地図』に収録された、いわゆる「外部」に目を向けたとされる三つの作品例を分析した。「楊樹浦」で働く工場労働者、「蘇州河」北岸のスラム街、「四川北路」の日常生活を描写することで、編集者の金宇澄が意図したように流行の「上海ノスタルジア」文学が描く華やかな上海の都市像からはかけ離れ、「外部」という異質な上海の文化記号が日の目を浴びることとなった。

しかし、これらの多様で複雑な側面を呈する「外部」は、単純に安定感や帰属感の拠り所として捉えることはできない。むしろ「外部」から「内部」への移動にまつわるエピソードを通じて、空間がせめぎ合い、「外部」に身を置く人々が「内部」に対して抱く憧れや劣等感などの複雑な心境、さらに両者の格差がもたらすアイデンティティや価値観の揺らぎが描かれていることを理解しなければならない。これら上海「外部」から「内部」への移動は、異なる場所性や価値観が遭遇することで、双方が対話する新たな機会を創出しているのである。この遭遇と対話こそが真価を発揮するのであり、従来の「外部」と「内部」がそれぞれ内包する異なる文化記号の群れを比較し、競合させたあげく、外部こそがより上海の「本質としての地域性」を持つとする見解には疑問を投げかけざるを得ない。

二・三 「均質的な空間」をつくる後期作品

以上、金宇澄が企図する編集方針に沿って制作された『城市地図』の「外部」を舞台にした作品を分析してきたが、このコラムは作品投稿を呼びかけたことで、上述したように前期の上海出身のプロ作家による依頼小説に代わり、後期は新進作家による投稿小説が多数掲載されることとなった。この結果、後期作品は最終的に、編集者の編集方針――「DD'S珈琲館と霞飛路」が象徴する旧租界エリアとグローバルな「内部」を想像する作品ではなく、「外部＝地域性」に根ざしたものを賞賛する――にそぐわない、世紀末の均質的でグローバルな空間を舞台にした作品が多くを占めるようになってしまっている。なぜ、このようなテーマと空間設定の転換が生じてしまったのか、前期作品と後期作品の相違を検討し、『城市地図』編集方針転向の理由を次の作品例によって明らかにする。

『城市地図』の一八作目である于田儿の「遺忘之後」(忘却の後)は、一九九〇年代の旧フランス租界、BON AMYというカフェが象徴的な舞台として登場する。主人公の「私」はフランスでの滞在経験があり、パリと非常に似た雰囲気を持つカフェを「私」は行きつけにしている。BON AMYは「フランス人が営むカフェで、中国語の看板がない[92]」異国情緒を醸し出す場所として描かれている。ここには多くの外国人が集まり、東洋で暮らす人々にとって遥か遠い西洋の代替地として機能している。

一方、『城市地図』の一四作目である向軒の「宿命里的女人」(宿命に縛られた女性)では、一九九〇年代に華山路付近のカフェで日本人の夫を持つ主人公「女人」の姿が描かれている。彼女はカフェの窓越しに見える繁華街にそびえ立つ高級マンションの景色が「あそこの景色は東京の西新宿のどこかに似ている[93]」と感じる一方で、街の喧噪を横目に華山路を横切る歩行者の姿を見た時、彼女は「上海は結局上海だ、ハードウェアは国際的である一方で、しつけはまだまだね[94]」と心の中でつぶやくのである。

このように物語においてカフェという文化記号がそれぞれに登場するが、海外経験を持つ人物が主人公として起用されることにより、その機能は変容している。先に紹介した前期作品「生于四川北路」でのカフェは、上海に暮らす人間の個々の価値観の揺らぎを映し出す舞台として機能していたが、後期作品でのカフェは他の世界都市と類似した消費や文化体験を提供する均質的な空間へと変貌してしまい、グローバルな異国情緒を喚起しつつ、またその空間が如何にグローバルな基準を満たしているかを比較する場所となっている。

このようなカフェの描写の変化は、小説におけるコンビニエンスストア(以下、「コンビニ」)の描かれ方と似ている。コンビニは一九九〇年代以降上海に大挙して進出し、標準化された生活様式の肯定的象徴として認識されるようになり、当時の小説に多く登場している。『城市地図』の一一作目である草木の「茂名紀事」(茂名通りの物語）では、男女の主人公がコミュニケーションアプリで知り合い、コンビニで待ち合わせてはじめて対面し、そして二人がコンビニの前で話し合う様子が描かれている。この作品ではコンビニが、インターネットという国境を超えたグローバルなネットワークのつながりを現実世界に置き換えた場として象徴しているのである。

また、七作目の于是による「仙霞・水城」[95]での、主人公の阿Mayは小さなバーを経営しながら日本留学の準備をしているのだが、題名であり舞台として登場する仙霞路または水城路の周辺は、「上海訛りがほとんど聞こえてこない」[96]場所として説明されている。ここは中国の各地からの移住者や在住日本人が多く集まる地域だからである。ここには多くの日系のコンビニが出店し、「ローソンの店舗が急増し、多くの人々の夜の生活を支え、元気づけ、そして照らし出されるようになった。ローソンはいつでもコンドームや食べ物を購入でき、雑誌を読んで時間を過ごせる場所として、日本からの蛍光灯の明かりが上海の人々に投影されている」[97]と述べられている。ここでのコンビニ・ローソンの「明かり」は、主人公によって目標とする留学先、日本の「明かり」として認識されている。つまり主人公はローソンの「明かり」を通じて日本や世界を「透視」しているのであり、コンビニは主人公にとって自らの夢や希望を確認する場所である。そんな主人公はコンビニを含む、ありとあらゆる二四時間営業の店がお気に入りであり「上海の夜の生活には、二四時間営業の店が必要で、どんどん増えてほしい」[98]と心底願っている。

しかし、陳恵芬の分析によれば、カフェやコンビニなどの消費空間は、社交の場や生活の利便性、そして「想像上の安心感」を提供する一方で、その場所に深い共感を抱くことは難しいとされている。[99]これらの場所は、どこにも属していない「孤独」や「異邦人感」を常に漂わせ、伝統的な家族やコミュニティからの隔たりを感じさせる。こうした消費場所に常に出入りする多様な個人たちは、伝統的な家族やネットワークから切り離された様々な孤人となってしまい、それぞれは改めて「家」や「場所」への感情的な絆を求めて問い直していくのである。

この点において、後期作品は『城市地図』の前期作品とはかなり異なる傾向が見られる。前期作品では、歴史的な経験を語る叙述者たちはしばしば「都市の案内人」としての役割を担い、歴史的な背景や文化的な違いに根ざした場所を舞台に物語が展開され、読者に対して様々な上海各地域の解説を行っていた。これまで先に紹介したように、女性労働者が憧れる「襄陽公園」や、移住者の視点で描かれた「浜北」、そして庶民の日常生活が織りなされる「四川北路」などが舞台として選択され、物語の展開とともに叙述者が地域の情報を解説している。前期作品ではこれらの地域の独自性や場所間の文化的な対比（「楊樹浦と襄陽公園」、「浜北と浜南」や「四川北路と西区」など）を通じて、登場人物のアイデンティティの揺らぎが表現されていた。

一方で、後期作品では異なるアプローチが見られるようになる。前期作品とは対照的に、家族から伝承された記憶や地域的ネットワークから切り離された、「個人」の世界を中心とした物語が展開されている。こうした「個人」にとって、上海とは一見すると快適な独身生活を享受することができる理想の都市であるかのように見えるのだが、実際はその他の世界都市と何ら変わりなく、そこで暮らす個人は無色透明の存在に過ぎない。

その結果、後期作品は揃って似たような結末を迎える。「遺忘之後」では、フランス風のカフェを愛する「私」は最終的に上海を離れ、フランス人の彼女とともにパリでの生活を選ぶ。「茂名紀事」の主人公は、外資系企業の転勤命令に従い小説の主な舞台である茂名南路を離れ、上海の新しいビジネス街である浦東へと移り住むことを決意する。一方、「仙霞・水城」では、「私」は阿Mayに別れを告げた後、すでに日本にいる阿Mayのことを思い出し、「このような移住者たちや、日本にいる阿Mayも、それぞれに自分の夢を実現するために奮闘している」と懐かしく思いながらも、この仙霞・水城周辺は本来「空港へと続く道路がある。誰も長く滞在することはできないんだ」[100]という自らも含め、地域全ての人間異邦人として描写している。これらの物語は、都市空間における一時性と個人の移動性を強調し、伝統的な「家」や「場所」への帰属感に対する疑問を投げかけている。

前述したように、後期作品は、仕事の都合上で一時的に上海に滞在した経験を持つ新進作家による創作が多い。それ故に、再都市化により中心部で大規模な再開発が進む上海を、均質化された世界都市へと変貌しつつある空間として描いている。そうした視点から見ると上海に暮らす人々とは、移住者やマイノリティであり、もちろんその中には作家自身も含まれている。「『ネイション』という社会の内側にこそ、国家の枠におさまらないグローバルな世界がはっきりと可視的なかたちをとって、身近なかたちで現われ出てきていることは明白である」[101]とバーバは語っており、この状況は、まさしく従来の二項対立――国家と地域、中心と周縁、内部と外部、地元の人々と移住者との間――を超えた複雑な構造の形成を指摘している。この変化は、移住者やマイノリティが住む「内部」の空間を通じてグローバルな影響下での文化的および社会的ダイナミクスを、我々にとってより身近に感じさせるものとなっている。

後期作品では、コンビニ、カフェ、バー、空港、商業施設など、世界中どこでも見かけるような「均質的な空間」が舞台となり、そこを行き来する流動的な「個人」が描かれている。これらの空間が織りなす上海の風景は、一九九〇年代以降に新進作家たちが実際に目にしてきた上海の現実を反映しているのかもしれない。

これらの作品に登場するのは、多国籍企業で働く人々であり、海外出張時には空港・ホテル・バーやコンビニなどの均質的な空間を利用している。また、固定の居住地を持たずに世界中を飛び回るグローバルな生活を送る彼らにとって、上海はグローバル化を如実に反映する鏡映し出す透明なスクリーンのような存在である。

歴史的に形成された上海の街並みや言語などとは、無縁の存在は、抵抗感なく均質的な空間を受け入れ、急速に変化する人口流動の中で、地縁や血縁から解放された流動的な「個人」となる。このようなアイデンティティや歴史を兼ね備えない均質的な空間と流動的な「個人」は、当然上海の「内部」と「外部」という歴史的に形成され、固有の地域性の存在を前提とした従来の空間的ヒエラルキーを無効化するポテンシャルを備えた存在として考えることができる。

まとめ

本章では、一九九〇年代以降の上海の再都市化に伴う文化的現象「上海ノスタルジア」と、それを題材とする文学作品についての分析を行い、次の三点を明らかにした。

まず、「上海ノスタルジア」に対する従来の「国家の『新しいイデオロギー』や資本主義の消費文化に奉仕する文化製品に過ぎない」とする批判が一面的であるという点である。本章では「上海ノスタルジア」が単なる懐古趣味とは異なる、「反省的ノスタルジア」の側面を持つことを明らかにした。

さらに、第一節では『長恨歌』の冒頭をはじめ、陳丹燕と程乃珊の「文化エッセイ」を例とし、都市／上海を文学がどのように捉え、表現したかを分析し、これらの作家たちがいかに都市／上海の知の蓄積に貢献したかを浮き彫りにした。長年の社会主義体制の代償として都市に関する知の蓄積が不足する中、上海作家はエッセイ風の文体を駆使し、文化記号に解説を加えることで、多種多様な歴史の断片に関する解説を集約し、上海に関する「辞書」の文化記号を積み上げているのである。その過程は、新中国の国家基本原則であった反都市主義に遮蔽されていた上海とは何かを問い直し、文学のテクストに再び織り込む試みとして理解されるべきである。

次に、二一世紀初頭に、「上海ノスタルジア」が徐々に主流の言説となる中で、その言説から排除された上海「外部」に属する文化記号に関心を寄せる文学活動が同時に展開されていたことは注目に値する。その代表例が、『上海文学』誌の特集から生まれた短編小説集『城市地図』である。ただし、「外部」に関する文化記号から「本質としての地域性」を見出そうとした試みは成功していない。むしろ、『城市地図』では、「外部」と「内部」における分けられた空間に暮らす人々の葛藤や、両者の格差によって生じるアイデンティティと価値観の揺らぎが描かれたことに目を向けるべきである。

上海の「地域性」における「外部」と「内部」は相互作用によって、その「地域性」に対する認識は常に競合している。それは従来の安定した「本質としての地域性」の枠組みには収めることができない複雑さであり、同時に豊かさを示しているのである。また、再都市化が今なお進む上海において、もはや「外部」と「内部」という従来の単純な二項対立の図式をもって上海を語ることはできない。このことは、今後も混種的で流動的な部分が都市において増幅し続けることを示唆するものであると指摘した。この二項対立の図式に当てはめることのできない曖昧な部分は、『城市地図』に登場する近代都市の均質的な空間を抵抗なく受け入れるコミュニティの存在や、家族を含む共同体を相対化し、流動的な「個人」の存在を描くことで、それらが「孤独感」や「異邦人感」を抱え、いわゆる「本質としての地域性」から一定の距離を保つ存在であることを示している。

上海を再発見するという志向に基づく「上海ノスタルジア」は、そのきっかけとして「反都市主義」という、都市を病理的に抑制しようとした抑える国家の支配的な言説に対する「対抗的言説《カウンターディスコース》」として改めて見直さなければならない。留意すべきは「上海ノスタルジア」の「対抗的言説」は、国家だけでなく、上海そのものに対しても向けられていることである。よって「上海ノスタルジア」とは、同時に上海における「地域性」を反省的に問い直す装置として展開された文学活動でもある。

最後に左翼的知識人を中心に行われた「上海ノスタルジア」への批判について言及する。その人々はグローバル化・都市化が急進する中で、貧困に苦しむ下層や労働者階級を題材とし、同時にこうした階級の多くが集居する上海の「外部」を小説の舞台とすることで「地域性」を描写しようとした。

この「上海ノスタルジア」に対する左翼的批判の視座には、矛盾した構造が一つに内包されていることを指摘しなければならない。本来、労働者階級への支持とは「地域性」にとらわれない世界秩序の構築、すなわち普遍的な世界市民的共同体の達成を理想とするはずである。だが、その一方で唯一無二の「本質としての地域性」の価値を「外部」に見出そうとする姿勢には、むしろ狭隘な地域主義や民族主義が含まれている。これまでに紹介した「外部」から「内部」への移動の物語は、階級や国境にとらわれない普遍的な人間性を志向する視点から捉えることができる。しかし、主人公たちが帰属すべき場所として「外部」を選択するか、もしくはどちらも選択できず葛藤を続ける結末には、常に「地域性」への追求が念頭に置かれている。

こうした「上海ノスタルジア」とそれに対する批判の文脈には、国境を越えた普遍的な世界秩序の構築を目指す一方で、国民国家が堅持しようとする独自性や、階級内での平等主義に根ざした発言権の争奪と競合が潜んでいることを示している。つまり、両者は「近代」の両面性によりもたらされた産物なのである。

本章の考察によって、「内・外部」という枠組みに収斂することができない「中間地帯」において、従来の「本質としての地域性」観念とは異なる新たな「地域性」の可能性が示唆されているとの仮説が得られた。この仮説をさらに具体的に論証するために、次章では、「上海ノスタルジア」を離れ、上海の歴史や文化論的言説において長い間注目されてこなかった上海の「蘇北」地方からの移住者に焦点を当てる。上海はそもそも多地域からの人々が雑居し、重層的な地域空間が交差する中で形成される近代都市であるため、移住者の集合的記憶やアイデンティティ、職業像や言語使用などの諸方面からの言説が複合した形が上海文学では表現される。その中には、本章で幾度となく見てきたあの「外部」と「内部」の競合が読者諸氏と再び相対することになる。

註

[1]「ノスタルジア【nostalgia】」、『デジタル大辞泉』、JapanKnowledge。

[2] 中国社会科学院言語研究所詞典編輯室編『現代漢語詞典（第七版）』商務印書館、二〇一六年、「懐旧」項目。

[3] 若林幹夫『ノスタルジアとユートピア』岩波書店、二〇二二年、二三頁。

[4] 若林幹夫前掲書『ノスタルジアとユートピア』、四九頁。

[5] 若林幹夫前掲書『ノスタルジアとユートピア』、四九頁。

[6] 日高勝之『昭和ノスタルジアとは何か――記憶とラディカル・デモクラシーのメディア学』世界思想社、二〇一四年、

一三頁。

［7］日高勝之前掲書『昭和ノスタルジアとは何か』、四二九〜四三〇頁。

［8］菅原祥『ユートピアの記憶と今――映画・都市・ポスト社会主義』京都大学学術出版会、二〇一八年、二三二頁。

［9］Svetlana Boym, *The future of nostalgia*, Basic Books, 2001: 49-55.

［10］菅原祥「団地ノスタルジアのゆくえ――安部公房と柴崎友香の作品を手がかりとして」、『京都産業大学論集（社会科学系列）』第三六号、二〇一九年、七九頁。

［11］人口流出により空洞化した中心都市に人口が再集中してくる「再都市化」の段階を指す（横浜国立大学都市科学部編『都市科学事典』春風社、二〇二一年、一一六〜一一七頁を参照）。

［12］張軍「我們為什麼選択『新天地』」、『上海文学』二〇〇四年一〇月号、六〇頁。

［13］呉志峰「没有『石庫門』，仍有『新天地』」、『上海文学』二〇〇四年一〇月号、六二頁。

［14］羅小茗「怎様的『新』，怎様的『旧』」、『上海文学』二〇〇四年一〇月号、五九頁。

［15］王暁明「新空間的問号」、『上海文学』二〇〇四年一〇月号、五九頁。

［16］一九九〇年代以降、急速な都市化と近代化の推進に伴い、知識人と学術界は、一九八〇年代の省察、不安定な社会に対する困惑、苦痛と表現の場を失ったことに対する挫折感から抜け出しはじめた。そして、「市民社会」「消費社会」という新しい時代がもたらした限りない可能性と挑戦を迎え入れた。その中で、「都市文化と社会」は『上海文学』が取り組む重要な課題となっていた。

一方、国営出版事業に属する中国の文芸誌は、政府からの財政支援を失い、巨大な大衆文化市場に放り込まれたプレッシャーと、以前から存在していた中国作家協会による創作集団の弱体化に直面していた。『上海文学』も例外ではなく、出版計画を調整して新たな体制への立て直しを図り、新しい読者を開拓していった。同時に、市場化と都市化の発展に適応できる作家たちを養成し、社会的課題に取り組み、批判的な姿勢を維持することで、文芸と文化との動向を追い続ける刊行物として活動していた。これらは一九九〇年代末以来、『上海文学』の編集方針となり、上記の「新天地」をめぐる議論や、以下の文化特集はその編集方針の反映といえる。

［17］「石庫門」は建物、「弄堂」はその建物が並んだ路地という使い分けがあるが、実際には混用されることが多いため、本

書ではその両者を等価に扱っている。

［18］潘律「重読上海的懐旧政治：記憶、現代性与都市空間」、『文化研究』第一五号、二〇一三年、一八九～一九〇頁。

［19］潘律前掲文「重読上海的懐旧政治」、一九〇頁。

［20］「老洋房」とは建築学上、厳密な定義を持たない語であるが、一般には上海開港後、旧租界エリアに建てられた西洋風や混合式の戸建て住宅を指す。これらの建物の中には、現在、歴史的建造物として指定されるものもあれば、商業施設として再利用されるものもある。

［21］陳惠芬「『文学上海』与城市文化身份建構」、『文学評論』二〇〇三年第三号。

［22］近年流行っているノンフィクションやオーラル・ヒストリーなどに比べ、従来の文学ジャンルであるエッセイや小説といった分類法は、やや古典的といえるかもしれない。本書では、エッセイや小説という用語は、具体的な作品をエッセイか小説かを分類するためではなく、文体的特徴を説明するための区分として用いることにする。

［23］王安憶、一九五四年南京に生まれ、上海で育つ。一九八〇年代に作家としてデビューし、現在も活躍し続ける、中国文学界を代表する上海出身の作家である。中篇『小鮑荘』（一九八五年）は、「ルーツ探し文学」（中国伝統文化に根ざした文学創作）の成果として高い評価を得た。九〇年代以降は、長年暮らしてきた上海の市民生活を描く作品に定評がある。作品は主に『長恨歌』（一九九六年）、『天香』（二〇一一年）、『考工記』（二〇一八年）など。現在は中国作家協会副主席を務めるほか、復旦大学中文系教授である。

［24］茅盾文学賞は一九八一年に設立された中国作家の茅盾を記念して作られた文学賞であり、「中国における長編小説の最高賞」である。中国作家協会が主催し、長編小説を対象に四年ごとに受賞作が発表される。

［25］『長恨歌』のあらすじについて、松村志乃「王安憶の『上海』：『長恨歌』を中心に」、『中国研究月報』二〇一一年一一月号、三五～三六頁を参考にした。

［26］「老克勒」とは上海語における、西洋風の身なりや生活様式を好み、所得が高く十分な知識や教養を持つハイカラな中高年の男性を指す言葉である。「克勒《クールー》」は（white-）collarを略した音訳に由来するという説がある（北辞郎「老克勒」項目を参照。URL：http://www.ctrans.org/search.php?word=%E8%80%81%E5%85%8B%E5%8B%92&opts=ex。最終確認日：二〇二三年六月二四日）。

[27] 許子東『重読二十世紀中国小説』（香港）商務印書館、二〇二一年、四九一頁。
[28] 王安憶、飯塚容訳『長恨歌』アストラハウス、二〇二三年、一二頁。
[29] 王安憶、飯塚容訳前掲書『長恨歌』、二〇頁。
[30] 王安憶、飯塚容訳前掲書『長恨歌』、三七頁。
[31] 劉怡「王安憶の描く上海——『長恨歌』を中心に」、『人文学報』第三三一号、二〇〇二年、一五五頁。
[32] 杉江叔子「王安憶『長恨歌』：ユゴー『ノートル＝ダム・ド・パリ』の影響を中心として」、『多元文化』第三号、二〇〇六年。
[33] 松村志乃『王安憶論——ある上海女性作家の精神史』中国書店、二〇一六年、一一二頁。
[34] 王安憶、飯塚容訳前掲書『長恨歌』、五九頁。
[35] 「排比」とは、構造が似通い、意味が密接に関連し、語気がそろった三つ以上の句または文を並列する修辞法（『中日辞典（第三版）』小学館、二〇一六年、「排比」項目）。
[36] 許子東前掲書『重読二十世紀中国小説』、二〇二一年、四九一〜四九二頁。
[37] ジェラルド・プリンス、遠藤健一訳『物語論辞典』松柏社、一九九一年、二八頁。
[38] シーモア・チャットマン、玉井暲訳『ストーリーとディスコース——小説と映画における物語構造』水声社、二〇二一年、二八四〜二八五頁。
[39] 南帆「城市的肖像——読王安憶的『長恨歌』」、張新穎・金理編『王安憶研究資料』天津人民出版社、二〇〇九年、四九〇頁。
[40] 橋本陽介『中国語における「流水文」の研究』東方書店、二〇二〇年、二三八〜二三九頁。
[41] 陳暁明『無法終結的現代性』北京大学出版社、二〇一八年、第三章を参照。
[42] 松村志乃前掲書『王安憶論』、一〇八〜一〇九頁。
[43] ここでの「文化エッセイ」は、中国現代文学史で定義される「文化エッセイ」とは少し異なる。中国現代文学史で定義される「文化エッセイ」は、余秋雨のエッセイ集『文化苦旅』（一九九二年）に代表されるように、中国古代の文化や人文的な景観を題材とし、そこに内包される歴史的・文化的な精神を探究するエッセイを指す（於可訓「近十年『文化

散文』創作評述」（『文芸評論』二〇〇三年三月号）を参照）。本書で使用する「文化エッセイ」は、上海の文化記号を取り上げ、それに関する歴史や物語を語る文章を指す。

〔44〕陳丹燕、一九五八年北京生まれ、八歳の時に上海へ移る。一九八二年、華東師範大学中文系を卒業後、雑誌編集者となる。一九八四年から児童文学、青春文学作品を中心に発表し、青春文学の第一世代作家となる。一九九〇年代以降は、上海を題材とするノンフィクションの執筆を中心とする「ノスタルジア文学作家」として名高い。著書に「上海三部作」「外灘三部作」の他、近年に発表された『陳丹燕的上海』（二〇二〇年）などがある。

〔45〕陳丹燕、莫邦富・廣江祥子訳『上海メモラビリア』草思社、二〇〇三年、二六五〜二六六頁。

〔46〕陳丹燕、莫邦富・廣江祥子訳前掲書『上海メモラビリア』、一七頁。

〔47〕陳丹燕、莫邦富・廣江祥子訳前掲書『上海メモラビリア』、一八頁。

〔48〕陳丹燕、莫邦富・廣江祥子訳前掲書『上海メモラビリア』、一九頁。

〔49〕陳丹燕、莫邦富・廣江祥子訳前掲書『上海メモラビリア』、一〇〜一一頁。

〔50〕陳丹燕、莫邦富・廣江祥子訳前掲書『上海メモラビリア』、一二頁。

〔51〕陳丹燕、莫邦富・廣江祥子訳前掲書『上海メモラビリア』、一四頁。

〔52〕陳丹燕、莫邦富・廣江祥子訳前掲書『上海メモラビリア』、五六頁。

〔53〕陳斯拉「論文学中『上海懐旧』的本質与特性」、『文芸争鳴』二〇一五年第七号、一五〇頁。

〔54〕朱晶・曠新年「九十年代的『上海懐旧』」、『読書』二〇一〇年第四号、一四七頁。

〔55〕王暁明、千野拓政・中村みどり訳前掲文「上海はイデオロギーの夢を見るか？」、五四頁。

〔56〕Svetlana Boym, op. cit. 49.

〔57〕Svetlana Boym, op. cit. 49.

〔58〕陳丹燕『上海的風花雪月』上海文芸出版社、二〇一五年、序の二頁。

〔59〕程乃珊（一九四六〜二〇一三年）、上海作家。祖父は民国期の上海の銀行家。一九四九年一家で香港に渡り、幼少期を香港で過ごす。一九五六年両親とともに上海に戻り、上海の中学校に進学。さらに上海教育学院に進み、卒業後は中学校の英語の教員となる。主な著作に短編小説『窮街』、長編小説『金融家』、エッセイ集『上海探戈』などがある（福地

〔60〕桂子「程乃珊の『青い館』を読む」、『日本中国当代文学研究会会報』第九号、一九九四年、一頁を参照)。「編者的話」、『上海文学』二〇〇一年七月号。原文「自本期開始，程乃珊将為本刊開設其個人専欄〝上海詞典〞，所択語詞多為〝老上海的流行詞彙〞，作家由此入手，而把我們帯回当時的人情世態之中，而一個百年上海亦在語詞的舒展之中，再現其迷人的面目。」

〔61〕程乃珊「『阿飛』正伝(上)」、『上海文学』二〇〇一年七月号、四五頁。

〔62〕前田愛『都市空間のなかの文学』筑摩書房、一九九二年、二一一頁。

〔63〕前田愛前掲書『都市空間のなかの文学』、二一一頁。

〔64〕松村志乃前掲書『王安憶論』、一〇八頁。

〔65〕前田愛前掲書『都市空間のなかの文学』、二一四頁。

〔66〕金宇澄、一九五二年上海生まれ。文化大革命中の一九六九年には「知識青年」として黒龍江省の農場に下放され、同地で労働に従事。一九七六年末にようやく上海へ戻ると、組立工や文化宮職員として働いた。一九八五年から小説の執筆を始め、デビュー作『失落的河流』は文芸誌『萌芽』にて掲載された。その後、文芸誌『上海文学』の編集者に二〇一二年に長編小説『繁花』(第四章で論じる)を出版。小説家としての活動を再開し脚光を浴びた。二〇一五年に『繁花』は中国文学界で最も権威ある茅盾文学賞を受賞。その特異な創作経歴および『繁花』の影響力により、「小説界の潜伏者」と称されている。金宇澄の伝記的事実については、銭文亮、金宇澄「向偉大的城市致敬——金宇澄訪談録」(『当代文壇』二〇一七年第三、四期)が詳しい。

〔67〕「編者的話」、『上海文学』二〇〇〇年七月号。

〔68〕蔡翔、一九五三年上海生まれ。江蘇省泰県出身。一九八〇年上海師範大学中文系卒業。一九七〇年より安徽省固鎮県の楊廟公社へ農業労働者として下放される。その後、上海の三輪鋳造工場、上海長新染織工学校の教師を経て、文芸誌『上海文学』編集者・副編集長などを歴任。二〇〇二年より上海大学中文系教授。専門は中国現当代文学。著書に『神聖回憶』(一九九八年)、『革命/叙述：中国社会主義文学—文化想象(一九四九～一九六六)』(二〇一〇年)など。

〔69〕蔡翔「城市書写以及書写的『禁言之物』——関于『城市地図』的文本分析和社会批評」、『当代文学与文化批評書系・蔡翔巻』北京師範大学出版社、二〇一〇年、二三六頁。

［70］蘇州河、呉淞江ともいう。上海では蘇州河と呼ばれる。江蘇省南東部の蘇州を東に流れ、外白渡橋を抜けて黄浦江へと至る。内陸水路として経済的後背地と上海とを結ぶ、揚子江三角州の東西幹線交通路の一つである（『日本大百科全書』小学館の「呉淞江」項目を参照）。

［71］金宇澄「後記」、『城市地図』文匯出版社、二〇〇二年、頁数なし。

［72］金宇澄「写在前面的話」、前掲書『城市地図』、頁数なし。

［73］ミシェル・ド・セルトー前掲書『日常的実践のポイエティーク』、二三五頁。

［74］ミシェル・ド・セルトー前掲書『日常的実践のポイエティーク』、二三六～二三七頁。

［75］程小螢（一九五六年～）作家。上海生まれ。雑誌『海上文壇』編集者、副編集長歴任。代表作に長編小説『温情細節』（二〇〇二年）、散文集『声色上海』（二〇〇四年）、ノンフィクション『張文宏医生』（二〇二一年）など。

［76］程小瑩「楊樹浦」、前掲書『城市地図』、四～五頁。

［77］夏衍（一九〇〇～一九九五）劇作家。浙江杭州出身。一九二〇年公費で日本留学、福岡明治専門学校で学んだ。この間、文学創作や翻訳を始める一方、積極的に日本労働者運動や左翼文芸運動に参加した。帰国後、共産党に加入、上海芸術劇社を組織した。左翼作家聯盟では執行委員を務める。代表作に上海の庶民生活を描いた『上海屋檐下』（上海の屋根の下、一九三六年）など。人民共和国成立後は、迫害を受けた文化大革命期を除き、演劇界・映画界の重鎮として要職を歴任した（夏衍『夏衍全集（第十六巻）』浙江文芸出版社、二〇〇五年を参照）。

［78］程小瑩「楊樹浦」、前掲書『城市地図』、四～五頁。

［79］程乃珊『上海Color』生活・読書・新知三聯書店、二〇一八年、エッセイ「貴族之血」を参照。

［80］李其綱、一九五四年生まれ。上海出身。一九八二年華東師範大学中文系卒業。現文芸誌『萌芽』の副編集長。「新概念作文大賽」の総幹事。著書に長編小説『股潮』、短編小説集『浮雲蒼狗』などがある。

［81］外白渡橋は、蘇州河が黄浦江に注ぐ河口に架かり、上海ではじめて鉄鋼のみで造られた橋である。百年前の姿を保つ独特なデザインにより、歴史の変遷を示す「目印」となっている。

［82］李其綱「浜北人」、前掲書『城市地図』、六六頁（日本語訳は「日本中国当代文学研究会」の精読会訳「浜北人」（『日本中国当代文学研究会会報』第三五号）によるもの、以下同）。

〔83〕陸家嘴は、バンドと黄浦江を隔てた東岸に位置する場所。一九九〇年代以降、上海のオフィス街となった。
〔84〕李其綱「浜北人」、前掲書『城市地図』、七〇〜七一頁。
〔85〕ミシェル・ド・セルトー前掲書『日常的実践のポイエティーク』、二三六頁。
〔86〕李其綱「浜北人」、前掲書『城市地図』、七一頁（邦訳は日本中国当代文学研究会精読会前掲文、七六〜七七頁）。
〔87〕徳間佳信「李其綱『浜北人』をめぐって——精読会における議論から」、『日本中国当代文学研究会会報』第三五号、二〇二一年、八四頁。
〔88〕徳間佳信前掲文「李其綱『浜北人』をめぐって」、八四頁。
〔89〕孔明珠、一九五四年上海生まれ。本籍は浙江省の桐郷。おじ（父親の姉妹の夫）は作家・茅盾である。華東師範大学中文系卒業。出版社で十年間働いた後、一九九〇年日本に二年ほど滞在経験がある。雑誌『交際與口才』責任編集長、『上海紀實』副編集長を歴任。代表作に『井荻居酒屋』（二〇二二年）他。現在、「孔娘子」というグルメ・エッセイを中心とするウィチャット公式アカウントも運営している。
〔90〕孔明珠「生于四川北路」、前掲書『城市地図』、一二二頁。
〔91〕孔明珠「生于四川北路」、前掲書『城市地図』、一二六頁。
〔92〕于田儿「遺忘之後」、前掲書『城市地図』、二九五頁。
〔93〕向軒「宿命里的女人」、前掲書『城市地図』、二三〇頁。
〔94〕向軒「宿命里的女人」、前掲書『城市地図』、二三〇頁。
〔95〕仙霞路と水城路の周辺は、虹橋空港に近く、上海の西部に位置している。一九九八年に日本領事館の移転をきっかけに、日系企業やそこで働く日本人が集まり始め、上海の日本人街と言ってもよい。
〔96〕于是「仙霞・水城」、前掲書『城市地図』、九五頁。
〔97〕于是「仙霞・水城」、前掲書『城市地図』、九六頁。
〔98〕于是「仙霞・水城」、前掲書『城市地図』、九六頁。
〔99〕陳恵芬『想象上海的N種方法』上海人民出版社、二〇〇六年、二〇七頁。
〔100〕于是「仙霞・水城」、前掲書『城市地図』、一〇九頁。

［101］ホミ・K・バーバ、磯前順一・ダニエル・ガリモア訳『ナラティヴの権利――戸惑いの生へ向けて』みすず書房、二〇〇九年、一五五頁。

コラム2

旧租界による上海の空間格差——「上只角」と「下只角」

上海の空間構成において、「上只角」と「下只角」は正式な行政区分ではないものの、地元住民にとっては非常に影響力のある地域格差を示す表現である。どちらも上海語で発音すると、他の地方ではほぼ理解することができない上海の地域特有の言葉である。両者の関係を東京の「山の手」と「下町」や横浜の「関内」と「関外」にたとえることができるが、上海の「上只角」と「下只角」はそれらよりもさらに明確な社会格差を意味している。

本書で紹介する小説の中で、「上只角」と「下只角」についての場面を引用すると、それぞれ次のように記載されている。

二人で屋根に上ると、屋根瓦が温かかった。盧湾区の半分が見えている。目の前が香山路、その東に復興公

租界の拡張

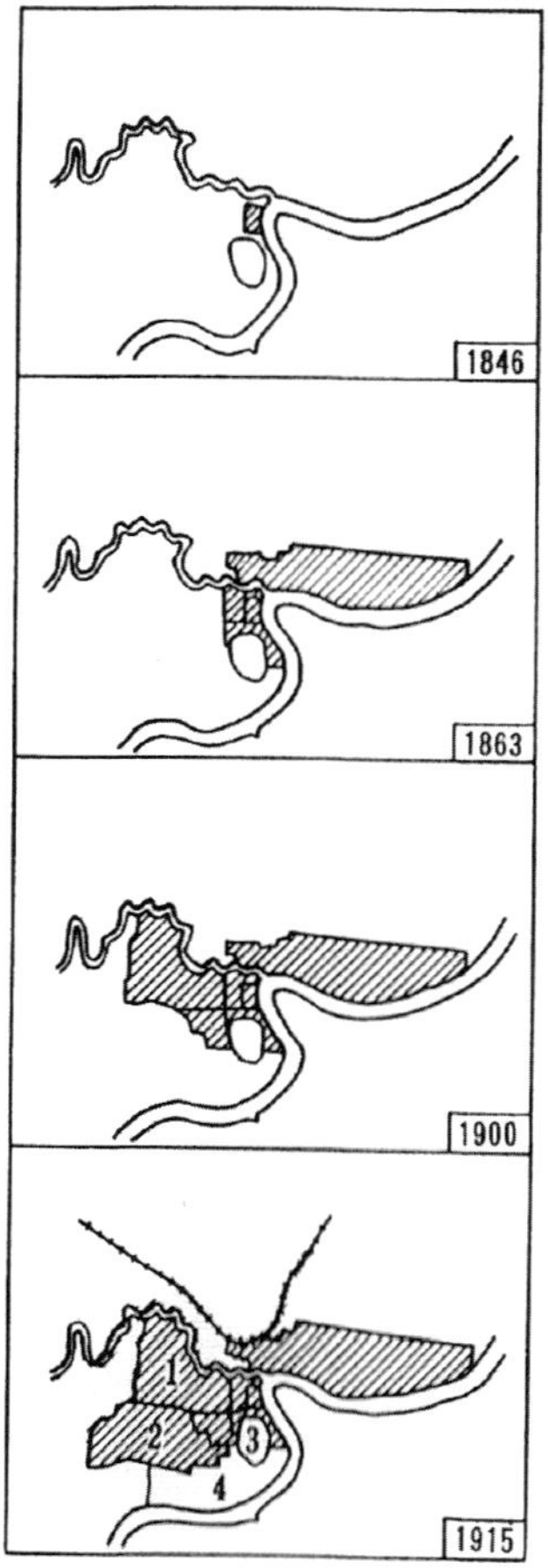

1　共同租界
2　フランス租界
3　県城
4　南市

上海「租界の拡張」
（出典：高橋孝助、古厩忠夫『上海史：巨大都市の形成と人々の営み』東方書店、一九九五年、二〇頁）

園があり、公園から少し北に目をやると祖父の住む洋館、その西向かいに皋蘭路のニコライ聖堂がある。三十年代にロシア人が建てたもので、ソビエト政権に処刑された皇帝ニコライ二世を記念したものだという。（金宇澄、浦元里花訳『繁花』早川書房、二〇二二年、上巻三七頁）

「上只角」と呼ばれる地区は、旧租界時代からの遺産が色濃く残る場所である。その通りには洋館や教会が数多く並び、美しい公園と並木道が広がっている。これらの景色の中には、洗練された喫茶店・洋食店が連なり、都会的な雰囲気を醸し出している。

一方で、「下只角」はまるで別の世界のように語られる。

無数に並ぶ低く黒っぽい民家を通り過ぎ、蘇州河や聳え立つ煙突、浅黒い顔をした道行く人の傍を過ぎると中山北路。そこまで来ると、香料工場の匂いが鼻をつき、酸化鉄を原料にした顔料工場の真っ赤な埃が舞い始める。広大な田畑、農家、柳、キュウリの棚、ナス畑、モロコシが周囲に植えられた枝豆畑、掘り返された荒れはてた墓……。（金宇澄、浦元里花訳前掲書『繁花』、上巻三四〇頁）

工業地帯とスラム街が隣接し合う中で、少し郊外に目を転じると、田畑や農家が見られる。また、労働者を対象とする集団住宅も広がっている。これが「下只角」の風景である。

先の引用文は、長編小説『繁花』の一節で、主人公・阿宝と彼の幼馴染が家の屋根にのぼる場面である。彼は裕福な資本家の家庭に生まれ、かつて「上只角」の洋館に住んでいた。しかし、文化大革命で家財が没収され、「下只角」の公営住宅へと強制的に移住させられる。新しい住まいへの移動中に車内から眺めた光景が、後の引用文で描かれる。これら二つの場面にこそ、「上只角」と「下只角」に存在する地域格差が鮮明に示されている。

では、「上只角」と「下只角」という空間構成は、どのように形成されたのか。それを説明するには、租界の歴史を辿る必要がある。

この区分ができた経緯は、南京条約による上海開港後の一八四五年に公布された「第一回土地章程」に遡ることができる。この章程では、黄浦江に面した開港前の県城北側地域をイギリス人居留地、すなわち「租界」と定めた。この最初の租界地域は、後にヨーロッパ様式の建物が立ち並び、銀行や外資系企業、各国の領事館などが密集するバンド地区や、南京路を中心に大手デパートが集まり、路面電車が走る代表的な繁華街として発展する。

租界誕生後、イギリス租界とアメリカ租界が合併した共同租界が形成され、フランス租界もその後設置される。これにより、租界は徐々に黄浦江の北岸下流方面と蘇州河の南岸上流方面、つまり上海の西部方向へと大きく拡張されていく。また、並行して租界の範囲外に不法に建設された道路は「越界築路」と呼ばれ、道路一帯の地域も租界に組み込まれていき、租界周辺の市街地化が進んでいった。

一八六〇年代、太平天国の乱の拡大により大量の難民が外国人によって独占されていた租界に流入し、様々な国・地域の人が混住する「華洋雑居」の状態が形成される。これを受けて、租界当局は新たな土地章程を公布し、租界の最大管理機関である工部局の権限をさらに強化するとともに、行政、司法、財務など市政に関する諸機関を設置するなど、租界内の自主管理体系を確立した。これにより、租界内の自治警察による管理のもと、欧米資本を受け入れた医療や教育、公共サービスなどのインフラ整備や、商業・文化施設の開発が進み、近代都市的な生活基盤が築かれ、まるで「独立国」のように租界は機能することとなる。この租界内の「上只角」に当たる地域は、厳密な地理的範囲は定まっていないが、蘇州河南岸の租界地域、特に引用文で描写されたフランス租界を指すと一般に理解されることが多い。

外国人の管理する租界に対して、中国政府の管理下に置かれ、主に中国人が居住していた地域は、通常「華界」と呼ばれている。華界は租界のような法的な意味での行政範囲ではないが、主に共同租界とフランス租界に挟まれた旧県城と蘇州河北岸の閘北一帯を指している。二〇世紀に入ると、蘇州河沿岸の華界でも鉄道や道路の整備により市街地化が進み、工場が建設されていく。特に一八九八年の淞滬鉄道と一九〇八年の滬宁鉄道の開通により、閘北は上海と中国内陸地を結ぶ人口流入の重要な結節点となった。

一九一一年の辛亥革命前後には、閘北は新興の工商業地区として機能しており、その繁栄は租界と比肩するほどであった。この時の華界は、租界の拡張を抑止するとともに、革命戦争の防衛最前線および、戦闘地域と租界を隔離するための緩衝地帯としても機能した。動乱のさなか一種の特殊な政治空白が存在した上海華界地区には全国から労働者階級と左翼知識人が集い、共産党や関連する労働組織の地下活動が盛んに行われるなど、ナショナリズム的な革命活動の色彩が強いコミュニティが形成されていた。

また、租界よりも地価が安く、水陸交通が便利なため、外国資本に対抗し民族資本家集団がこの華界地区での工場誘致や、商店開設を積極的に行い、紡績業や食品加工業をはじめとする工場が蘇州河沿岸に立ち並び、商務印書館や当時アジア最大級であった東方図書館などの文化施設も続々と建造された。

しかし、華界の運命を逆転させたのは、二度にわたる上海事変(淞沪戦争)の勃発である。一九三二年の第一次上海事変では、閘北一帯が日本軍の砲爆撃と空襲により廃墟と化し、商務印書館や東方図書館を含む多くの商業・文化施設が焼失する悲劇に見舞われた。戦争は、広範な排日運動を触発するも、その後の一九三七年の第二次上海事変では、三ヶ月にわたる日本軍の進攻と虐行により閘北は再び壊滅的な被害を受け、多くの人が住む場所を失い、難民となった。その影響で、一部の難民や資金は、未だ戦火が及ばない租界へと流入する。二度の上海事変の結果、華界はかつての繁栄を失い、難民と困窮者が密集するスラム街地域と見なされるようになってしまう。こうして「下只角」に対する暗いイメージが徐々に定着していったのである。

太平洋戦争の勃発後、一九四三年に上海租界は撤廃されたが、一九四五年の戦争終結後も百年にわたる租界と華界、そして「上只角」と「下只角」という空間構成は、現代に至ってもなおその影響を色濃く残している。特に一九四九年の中華人民共和国成立後も、多くの政府機関が旧租界地域の建物の使用を継続し、南京路や淮海路などの繁華街は引き続き繁栄し、「上只角」は上海の政治・商業の中心地としてその地位を維持し続けている。一方で「下只角」は長年にわたり、相変わらず工場地帯としての役割を担うこととなる。一つ異なることとして、その周辺には労働者向けの「工人新村」と呼ばれる集合住宅が数多く建設された。

一九九〇年代以降、「上只角」と「下只角」はともに大規模な再開発が行われ、市街地の様相は劇的に変化した。旧租界時代からの欧風建築は歴史的建造物として保護され、修繕が続けられている。これらの建物が織りなすオールド上海の街並みは今でも観光地として人気を博している。教育や医療の環境に関しても「上只角」は「下只角」に比べて格段に充実しており、住宅価格にも明らかな差がある。

さらに、中国各地域からの移住者が多く集まる上海に

た。

は、本書第二章でも取り上げたように、商業活動に従事する江南地域出身者と肉体労働を担う揚子江北岸出身の「蘇北人」との間に長年にわたる社会的差別が存在する。「下只角」には「蘇北人」が多く住むため、「下只角」に対する差別と「蘇北人」差別は密接に絡み合っている。

コラム冒頭で触れたように、上海の空間構成は東京の「山の手」と「下町」関係よりも一層鮮明である。東京の場合、その空間構成は地形的な要素に大きく依存しているが、上海の場合は地形以上の人文的、歴史的背景から影響を受けている。この背景には、市内の地理的・社会的構造が深く根ざしており、都市の顔ぶれを形作る重要な要素となっている。

今日、「上只角」と「下只角」という表現は、地域差別の問題上や経済発展、人口流入の影響を受けてその意味は徐々に変化している。いずれ使用されることはなくなり、歴史の片隅に追いやられる日が来るのかもしれない。しかしながら、空間構成に起因する社会格差は依然として存在するため、現実のこうした問題を含めて短期間で忘却することは困難である。そのため、直接的な使用を避けるため、上海の知識人による表記を借用し、本書では「内部」と「外部」という比較的婉曲的な表現を用いることにし

第二章　上海文化論的言説としての「蘇北叙述」

はじめに

序章で述べたとおり、一八四三年の開港以降、上海は中国の商業と文化の中心地として発展した。江南地域はもちろん、中国全土、さらには世界中から移住者や文化が集まり、重層的に交差する地域空間の中で、混成的かつ流動的な世界都市としての性格を形成していった。その中で、江蘇省の揚子江以北に位置する「蘇北」（図2.1参照）からの移住者は、上海の総人口の約二割を占めており[1]、重要な構成部分となっている。

一九九〇年代以降、「上海ノスタルジア」という文化現象の中で、上海にいる蘇北からの移住者の歴史・方言・職業像・生活空間とアイデンティティは、上海の都市化に伴う階級格差など、社会問題を扱う作品群の題材となっている。これらの作品群は、海派文学における「左翼批判的な方向」の延長線上にあるとされている。本章では、これら蘇北移住者に関する文学的な叙述を「蘇北叙述」と命名する。

本章の前提を明らかにするために、まず上海の文化的系譜において「蘇北」とは何を意味するのかを確認しておく。上海文化の巨視的な背景について、羅崗・許紀霖などは二〇一一年の著書『城市的記憶』において次のように述べている。

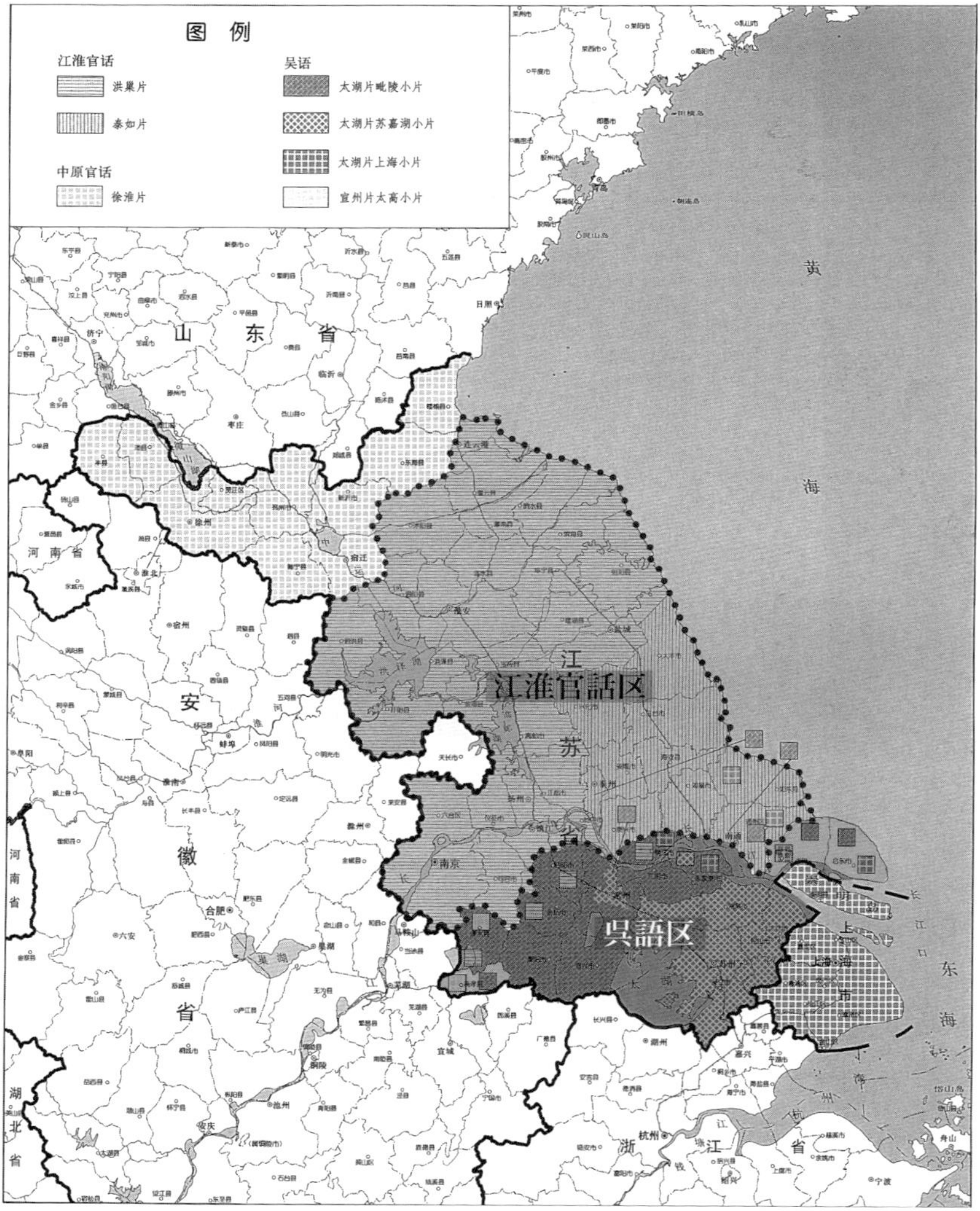

図 2.1　江蘇省と上海市の方言地図
出典：中国社会科学院語言研究所等編『中国語言地図集（漢語方言巻）』商務印書館、二〇一二年、B2-11 頁（点線で囲まれた地域では江淮官話が話され、ダークグレーの地域では呉語が話される江蘇省の範囲を示している。点線や色付け、方言区分の説明は引用者によるものである。）

江南文化が残した二つの伝統（※考証を重視する理性的伝統とロマンチックな才子佳人的伝統）は、近代以降に導入された二つの西洋宗教（※プロテスタント的伝統とカトリック―ラテン文化的伝統）と不思議な形で適応・統合された。考証学派の理性的伝統はプロテスタント文化と結合し、上海の人々がもつ独特の理性、世俗性と実務精神を形成した。一方、才子佳人のロマンチックな伝統はカトリック文化と化学反応を起こし、上海人の性格である生活の繊細さへのこだわり、芸術を楽しみ、日常生活を美化するといった態度を形成した。[2]

このような文化系譜学的な分析は、実証的な検証に耐えうるものではないにもかかわらず、上海の文化的系譜には、伝統的な江南文化と近代的な西洋文化、という二つの主軸があることが強調されている。そして、この種の文化論的な考え方は、序章で言及した「海派文化／文学」における共通の認識となっている。しかし、蘇北出身者は上海の移住者全体の中で、無視できない割合を占めているにもかかわらず、海派文化の主流言説を共有しておらず、一種の「歴史的無名状態」とでもいえる存在となっている。

ここでひとまず、蘇北から上海へ流れ着いた移住者の歴史を簡単に整理しておきたい。二〇世紀初頭以降、上海開港や一八九五年の「下関条約」の発効とともに蘇州河沿岸部には外国資本によって工場が相次いで建設され、化学工業と穀物加工を中心とする工業地帯が形成された。工場労働力の不足を背景に、度重なる天災や飢饉、戦争を経験した蘇北出身の難民や貧民が家族を連れて上海に移住した。移住者たちは葦の筵で屋根を覆ったぼろぼろの船に乗って、揚子江を渡り、江南の運河を経由し、上海の蘇州河沿岸に流れ着いたのである。

特に本章で取り上げる「蘇州河西段」[3]（以下「西段」と略称。本節で取り上げる作品に登場する「西段」周辺の地名を図2.2の地図に示す）地域は、上海と内陸を結ぶ工業地帯の要路となり、その周辺には同郷の絆を軸に多

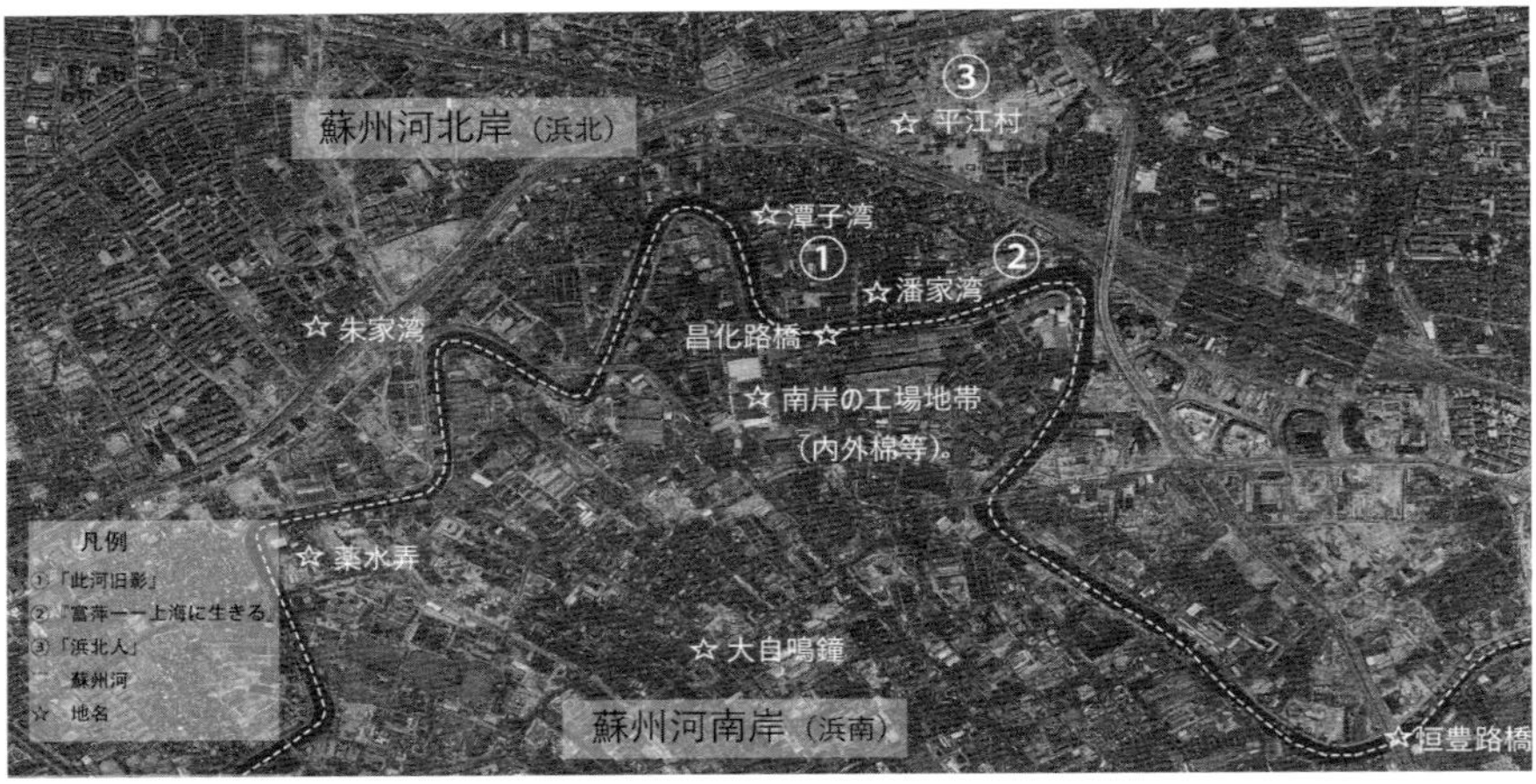

図 2.2　蘇州河西段界隈の地図
(ベースマップは、天地図・上海地理情報データベースによる一九九四年の衛星画像)

くの蘇北移住者が集住していた。百年にわたり、上海における近代工業発展の歴史に立ち会い続けた「西段」だが、河川の湾曲部には過密住宅・汚染・貧困などの様々な問題が集中し、上海の最大かつ最古の「三湾一弄（潭子湾、潘家湾、朱家湾、薬水弄の総称）」と称されるスラム街が形成された。

　こうしたスラム街に住む蘇北移住者の多くは社会的・経済的地位が低い状態からスタートするほかなく、同郷者の紹介を通じて、工場労働者、人力車夫や家政婦などの肉体労働やサービス業に従事していた。低賃金の彼・彼女らが十分な住まいを得ることは難しく、水上で生活する移住者も少なくなかった。

　移住者は同郷者の紹介で職を得ることが一般的であり、上海の移住者はその出身地と職業に明確な関連性が見られる。例えば、南通から移住してお湯を売る店を営んだ移住者、料理人・理髪師・仕立屋として活動する「揚州三把刀」（すなわち包丁・剃刀・裁ち鋏の三種の刃物）と呼ばれた揚州移住者、人力車をひくことを生業とした塩城からの移住者が有名である。[4] これらの移住者は、都市周縁のスラム街に集住し[5]、出身地や経済力、上海での居住地に基づいて互いを差別し合った。

　一九四九年以降、社会主義国家の成立により、労働者階級がプロパガンダの中心に据えられ、「工人新村」の建設により

「労働模範」と讃えられた生産や技術開発に顕著な成績を収めた労働者の住宅問題を優先して改善したにもかかわらず、それ以外の大多数の人々は依然として船上や沿岸部のスラム街に住み続けざるを得なかった。一九九〇年代に入り、上海はグローバリゼーションの新段階を迎え、「西段」に代表される古い弄堂やスラム街などの蘇北移住者コミュニティは、蘇州河の整備計画と大規模な都市再開発に伴い立ち退きを求められ、「安置住宅」[6]に転居させられた。その結果、コミュニティは大きく変貌し、次第に消えてしまった。

二〇世紀の変わり目に、蘇州河沿岸の工場やスラム街の解体が進められる中で、その消えゆく風景をカメラで切り取ったのが、婁燁監督による二〇〇〇年の映画『ふたりの人魚』(原題は『蘇州河』)である。映画の冒頭の約四分間は蘇州河を走る船上から撮影され、フィルム内で二〇世紀末の蘇州河沿岸の映像とカメラマン兼叙述者である「私」の独白が、当時の都市風景の記憶の代表的な断片となっている。

私は一人でよく蘇州河に行きカメラを回す。河の流れのまま上海を西から東へ。百年分の様々な物語、記憶と都市の吐き出すゴミで河はひどく汚い。多くの人が暮らし、河で生計を立て、ここで一生を終える。それが見えてくる。長く見ていると、河はそこで暮らす人々のすべてを見せてくれる。人々の労働、友情、家族愛、孤独等。(『ふたりの人魚』字幕を参照)

この映画の断片には、粗雑な音と画像が混在している。手持ちカメラを用いた動的な主観視点のカメラワークとクローズアップを多用した手法が用いられている。この手法は、主人公の抑揚を抑えたナレーションと沿岸の人々の話し声や船のモーター音、廃工場の解体音といった一連の音風景と対になる形で調和している。映画はその後、蘇州河の社会的な文脈から逸脱し、劇中の物語に没入する形で一九九〇年代の上海を描いていくのだが、冒頭に描かれた四分間はまさしく、王安憶『長恨歌』の冒頭と類似している。比較的独立したエッセイ的な「辞書」項目のような形で、二〇世紀末のポスト社会主義時代における蘇州河沿岸の変遷を忠実に記録している。

空間の変遷と同時に、都市の各地に離散した蘇北移住者は、従来のネットワークを失い、地縁・血縁で結ばれた職業・言語共同体の崩壊がさらに進行した。それに加え、蘇北移住者の子孫は次第に上海の生活習慣や言語体系に融合していったため、もはや特定の同郷社会を見出すことができなくなった。その結果、蘇北移住者の生活空間・言語的実態・日常生活などに関する記憶保存は徐々に困難になっている。

蘇北移住者のアイデンティティが消えゆく中、文学・歴史学・社会人類学などの分野において、それが注目されるようになった。ナラティブの対象を日常生活の領域に求めたミクロ歴史学の推進や、上海文学における日常的な叙述伝統の復活が、これまで見えなかった「蘇北」を文化論的言説の場に再び引き戻したのである。

注目すべき研究として、歴史学者であるエミリ・ホニグ（韓起瀾）が著した『蘇北人在上海、一八五〇〜一九八〇』における蘇北の文化構築論が挙げられる。エミリ・ホニグによると、実際には特定の方言、行政区分、民衆文化などの基準を用いて「蘇北」という地域を明確に区切ることは困難である。むしろ、「蘇北」とは江南出身の上海居住者が想定する、方言や文化を異にする江北からの移住者の出身地である地域とエスニックである。

その一方で、植民地主義的視点は「蘇北人」への差別が確立される背景を提供した。外国資本産業の導入は、上海の後背地である江南の農村経済に多大な影響を及ぼし、揚子江南北に経済発展の不均衡を引き起こした。西洋の現代産業は、何が現代の職業と生活様式に相応しいかを定義し、これに感化された江南出身のエリート集団はしばしば外国資本の協力者となり、避難してきた蘇北人を軽視した。蘇北人は経済的地位が低く、「現代」の生活様式に溶け込むことが難しいと見なしたのである。これにより、「蘇北」は上海の移住者社会の形成において、植民地主義や江南文化が規定した価値体系との差異に基づき、人為的に想定・構築された「文化構築的な存在」と位置づけられている。[7]

「蘇北」には、例えば、フィールドワークを通じた蘇北移住者コミュニティとの交流や生活実態の観察、関係者からの話を直接記録するオーラル・ヒストリー、また地域言語の発音・文法・語彙とその使用実態を客観的に記録・調査する方言研究など、多様なアプローチが有効である。本章では、「蘇北叙述」を把握する試みとして、エミリ・ホニグのような歴史学や社会言語学の研究成果を参照しつつ、特に上海文学の枠内で扱われる表象としての「蘇北叙述」という分析領域を新たに設定する。この「蘇北叙述」において、異質な文化や言語がどのように受け入れられ、新たな「地域性」の構築がいかにして可能となるかを考察することが、本章の目的である。

ただし、本章では、「蘇北」とは何かという問いへの答えることを目的とせず、移住者コミュニティで使用される話し言葉としての方言使用実態を調査は含まれない。むしろ、本章では蘇北出身者または蘇北移住者と交流した経験を持つ上海作家による「蘇北」の叙述・想起の特徴に注目し、作家たちが書き言葉において文体としての方言をどのように表象したかを考察する。これらの考察を通じて、従来の「蘇北」という言説に象徴された「異質性」を再発見することにより、文化記号としての「蘇北」に新たな「地域性」を見出すことが可能になると考える。

「上海ノスタルジア」とほぼ同時期の一九九〇年中期以降、「蘇北叙述」が徐々に台頭し、これまで歴史的・文化的叙述から無視されていた蘇北移住者を、その生活空間、集合的記憶、職業像、言語使用などの視点から具象化していく。例えば、まず「西段」における原風景と都市改造との矛盾を表現したのが李其綱の短編小説「浜北人」(二〇〇〇年)と蔡翔のエッセイ「底層」(一九九五年)である。次に蘇北の田舎から上海に出てきた移住者のヒロインが、様々なサービス業に従事しながら都市生活で自立するまでを描いた王安憶の長編小説『富萍』(二〇〇〇年)と任暁雯の長編小説『好人宋没用』(二〇一七年)[8]がある。さらに蘇北から来た靴修理の子供を語りの視点とし、生活感あふれる上海の弄堂での日常生活と市民文化を描いた王承志の長編小説『同和里』(二〇一六年)[9]などがその典型として挙げられる。

これらの文学作品は、蘇北移住者個人の経歴を通じてコミュニティの集合的記憶を記録している。また、蘇北移住者のアイデンティティ、職業像と日常生活をより詳細に表現するために、職業像や出身地に応じた方言を多様な表記方法で文学テクストに取り入れ、移住者の言語的な混在を表象している。これらの作品は、蘇北移住者を代表とする多くの中下層市民の日常生活を前景化することで、第一章で論じた、消費主義やエリート主義などのラベルが貼られた「上海ノスタルジア」文学に対抗し、自らの文化的発言権を獲得する目的も内在しているといえる（例えば、第一節で論じる蔡翔のエッセイ「底層」）。

ところが、既存の関連研究は主に特定の作家や作品に焦点を当て、登場する移住者の人物描写の分析に終始するものがほとんどである。上海文学における「蘇北」に関するナラティブを抽出・統合し、「蘇北叙述」と名づける一つの分析対象として提起した研究は、管見の限り見あたらない。

中でも筆者に示唆を与えた先行研究の一つとして、許峰の論説「霓虹灯下的另類人群——当代文学中『蘇北人』形象塑造及其身份認同」がある。これは当代文学の中の蘇北人像を一つの括りとして捉え、整理した点が評価される。この論説は、「蘇北」に関する二つの定義、すなわち歴史学者・蔡亮が提起した行政区画に基づく「地理的な蘇北」および、エミリ・ホニグが提唱した「文化構築的な蘇北」を比較した上で、経済的な事情によって差別された「蘇北」言説の形成は上海の「内・外」の空間配置と密接に関連することを強調し、そのため「蘇北叙述」において、作中人物の住まいや移動が重要な役割を果たしていると指摘している。

しかし、この論説の問題点は、移住者のアイデンティティに言及する際、移住者たちは「上海」あるいは故郷としての「蘇北」のどちらに立脚しているのかという対立軸をめぐる人物像の分析において、アイデンティティの中間地帯や揺らぎといった混成的な側面を見過ごしていることである。また、論説の最後に「侮辱や傷害を受けた江北出身の賤民、および嫌われた下只角（※上海の「外部」）という地域、それらは蘇北人と彼らが集住落していた閘北区が当代文学においてよく見られた[10]」という結論に達するが、これは、単に歴史的事実に応じたありきたりな定説にすぎない。

移住者の文化的な混成状態に着目したものとして、葛亮の王安憶に関する研究がある。葛亮は、移住者の家政婦像の解読を通じて、彼女らの異文化接触のプロセスを人類学的な「文化変容《アカルチュレーション》」[11]の概念と関連づけ、上海の異なる移住者文化の価値体系や生存意識がどのように衝突あるいは融合し、さらには更新されていったのかを分析している。[12]「蘇北叙述」を文化的接触と流動性のレベルで考えることは筆者の問題意識と多くの共通点があり、非常に参考になる。

本章では、上海文学における「蘇北叙述」が、どのように移住者のアイデンティティや集合的記憶、職業像と言語使用を文学テクストに取り入れて表象しているのかを明らかにしたい。また、「蘇北叙述」がいかに「外部」と「内部」という対立の図式を超えて、その間の競合や融合を示しているのかを考察し、その中から新たな「地域性」を見出す可能性について検討する。

第一節　想起された集合的記憶

本節は「西段」に関する文学表象を対象とする。「蘇北叙述」に属する文学テクストが「西段」をどのような視点から捉え、文学表象に基礎づけられた「西段」の原風景と場所の記憶がどのような様相を呈しているかを探究する。

最初に「西段」で幼少期を過ごした作者による二つの作品——蔡翔のエッセイ「底層」と、第一章でも論じた李其綱の短編小説「浜北人」を分析する。

一九九〇年代末から「西段」では大規模な都市改造が推進され、スラム街には杭打機の音が響き渡り、川上の風景は開発に伴い大きく変貌を遂げる。これらの二つの作品は、そうした蘇州河沿岸の変化から刺激を受け、作家自身の記憶の奥底に残る「西段」の風景が消失していく様子に向き合っている。
現実の「西段」の変化とともに、蘇北から移住してきた自身の先祖やそのコミュニティが集住した「西段」に関する記憶がどのように作者の心中で想起されたのかを考察していく。

一・一　代弁された「共同体の声」

「西段」で暮らした蔡翔によるエッセイ「底層」では、取り壊しが進むスラム街の川岸を眺めながら記憶に残る、かつての「西段」の印象を連想する場面が次のように描かれている。

（傍線は引用者によるもの）

蘇州河の北岸に一人で立っている時、不思議な幻覚を見ることがよくある。汚れにごった河面を滑って接岸する小さな木造船。ふるさとを遠く離れ上海にやって来た一組の男女は、下船すると岸辺にむしろでバラック小屋をこしらえる。彼らが私の先祖、私の「半分の都市の住民」その先祖なのだ。

（中略）

私がとても若かった頃、私の家族は非常に老朽化した低いぼろぼろの平屋に住んでいた。風が吹くと、ドアや窓からはとても恐ろしい音がする。しばしば夜中に恐怖で目が覚めた。[13]

道路や鉄道の整備が不十分であった時代、蘇北から江南に至るまでの主な移動手段は、毛細血管のように張りめぐらされた水路であったとされる。蘇北からの移住者は、これらの水路を利用して上海へと辿り着いた。最初に移住者が目にした光景は、汚れた蘇州河、小さな木造船、バラック小屋が密集したスラム街など、後ほど論じる作品に繰り返し登場するトポスである。このトポスは、蘇北移住者の避難経歴を具象的に描いた情景であり、下層出身の作者の深層意識に「焼付いて永遠に離れなくなった、記憶のひとこま」[14]、すなわち「原風景」として存在する。たとえ移住者が先祖の運命から脱却したとしても、そのような「原風景」は、心の中で絶えずフラッシュバックして想起される。

「原風景」とは「作家たちの幼少年期の、さらに青春期の自己形成空間として深層意識の中に固着し、しかも血縁、地縁の重い人間関係も分かちがたくからみあった、作家たちの文学を無意識のうちに規定している時空間、それを象徴するイメージである」[15]とされる。

「原風景」という概念を打ち出した文芸評論家である奥野健男が活躍した一九六〇〜七〇年代の東京も、同様に大規模な都市再開発が行われていた背景を持っている。戦後日本は、焦土からの復興を経て、一九六四年の東京オリンピックや一九七〇年の大阪万博開催を契機に、加速度的に都市開発が進められた。目まぐるしく変化する都市空間において、作家は自己形成空間の変化と崩壊に日々直面せざるを得なかった。

同様に、在りし日の「西段」を「原風景」と呼ぶ理由も、自己形成空間の基礎となる風景・記憶が「西段」から消滅し、自らの原体験や原初のイメージが現実と大きく異なることを痛感したことにより、自身の内面や深層意識に焼き付いた記憶を「原風景」として再認識したからである。

「西段」の原風景を「不思議な幻覚」として語る蔡翔は、論壇からは左翼的な知識人とも評されている。かつて自身も下層の一員であったと自負する彼は、「底層」と同じエッセイ集『神聖回憶』に収録された一九九四年のエッセイ「城市辺縁」では、「上海生まれだけど、どうしても上海人らしくないと感じている」と述べ、自身を「原籍地は江蘇であり、蘇北の農民の後裔」[16]と称している。

一九七〇年代の文化大革命期、蔡翔は淮北[17]（彼のエッセイではよく「北方」と称される）地域の農村で生活し、農業に勤しんでいた。この時期、都市部での食糧不足や就職難などの問題を緩和するため、「上山下郷」と呼ばれる政治運動がピークを迎え、都市の青年層（「知識青年」または「知青」とも呼ばれる）は半ば強引に農村へ下放され、肉体労働に従事させられた。一方で、彼のエッセイでは、そんな当時の毛沢東時代を、貧しいながらも素朴な平等主義に裏打ちされた時代と懐古し、北方の農村と都市上海を対照的かつ鮮明に描写している。

私には北方に文句をいう理由がない。都市に見捨てられたとき、北方こそが私を受け入れ、そこで私は人々から粗末ながらも非常に貴重な食料をもらっていた。[18]

ここで、「都市に見捨てられた」というレトリックを用い、都市を意図的な能動者として喩えることで、反都市主義に基づいた「上山下郷運動」によって生み出された当時の不幸と傷痕を巧みに都市の問題へと還元している。同時に、北方での経験は蔡翔に、自身の知識人という身分を忘れさせ、下層民衆への共感を抱かせている。

私の人生において、北方の農村はこれまでにない衝撃を与えてくれた。貧困がもたらす様々な苦しみを体感したことで、富への憧れ自体が、下層民衆の非常に高潔な人間性であることを深く理解した。[19]

蔡翔は毛沢東時代を「詩的なおもむきと偉大なユートピア的理想」[20]に牽引された純粋な時代と評し、この時代を生き抜いた農村の下層民衆が持つ「非常に高潔な人間性」を称賛している。このような道徳的な純潔性を前提とする発想の背後には、彼の意識に焼き付いた「北方—西段」をめぐる原風景があり、また都市を嫌悪する言説が潜んでいることも見逃してはならない。

ポスト革命時代の一九九〇年代以降、都市化に伴い社会的格差が拡大する中で、蔡翔は下層民衆が裕福になることと引き換えに道徳的に堕落することを懸念するようになる。「下層民衆が豊かになることを望みつつも、豊かになったことで記憶の中にある（※純朴で正直な人柄を持つ）下層民衆が消失することを恐れている」[21]という矛盾に満ちた考え方を表現している。

第一章で論及したように、当時『上海文学』誌の編集長を務めていた蔡翔は、「オールド上海」の栄光を懐古する「上海ノスタルジア」文学への対抗として、特集「城市地図」における前期作品を高く評価している。その理由は、旧租界エリアの国際的かつ奢侈なライフスタイルばかりを反映する「上海ノスタルジア」の文学・文化的言説に無視されがちな上海の周縁部に目を向けていたからである。

さて、「城市地図」の論説より先んじて書かれたエッセイ「底層」では、すでに「西段」のスラム街や蘇北移住者をはじめとする都市周縁の社会集団に対して視線が向けられている。現実での都市改造を前にして、自身の原風景を再び描写することにより、記憶や場所の消失に対する危機意識を発信しようという意気込みが伝わってくる。このエッセイは、後に「下層叙述」の源流の一つに位置づけられ、知識人と下層民衆との関係に関する議論を引き起こした。

ここでは「下層叙述」に関する議論を詳細に確認することはしないが、蔡翔による社会下層への配慮は、蘇北移住者という「半分の都市の住民」としての立場から自らの先祖や所属していた階層や集団の声を代弁し、共有された記憶を想起することに由来しているといえる。

このような「共同体の声」は、「わたしの」「わたしの半分の都市」「わたしの先祖」「われわれの親」などの一人称（複数形）とその所有格が、全文七千字近くの中で八〇回も使用されていることに表れている。「共同体の声」を通じて、想起や叙述の権限を持つ知識人という立場を回避し、幼少期の個人的な経験だけでなく、父や祖父の世代から語り伝えられた記憶や、移住者集団の中で共有されるいわゆる「集団的深層意識」[22]に影響を及ぼす原風景を語っている。これらの原風景は、単なる過去の想起ではない。蔡翔の「不思議な幻覚」とは個人的記憶と集合的記憶が交差することによって導き出された叙述なのである。

記憶の再構成とは、「われわれの心の中だけでなく他の人びとの心にも存在する共通の所与や観念を出発点として、なされなければならない」[23]とされているが、この観点に、一人称（複数形）の頻繁な使用が記憶の想起のメカニズムにどのような機能を果たすのかについて、次の分析が示唆を与える。

〈共同体の声〉とはそうした〈われわれ〉語りである。「われわれ」とその集合的アイデンティティがそのように明瞭に表現される場合、当然のことながら他者性の問題が、すなわちそこに描写された経験や意味解釈を共有していない社会集団の問題が浮上する。[24]

つまり、一人称（複数形）の語りという「共同体の声」は、過去における移住者たちの生々しい原風景を単なる個人的経験としてではなく、集団全体が共有するものとして読み手に発信する。また、この語り方は、文学テクストにおいて想起される記憶やアイデンティティ観念を共有する社会下層の「われわれ」と、それを共有しない他者、すなわち「上海ノスタルジア」に象徴されるプチ・ブルジョワなどの文化記号を想起させる社会集団との間に境界線を引く手段ともなる。

さらに、「共同体の声」は「自らを権威化するための、また周縁に位置する作者の権限を強化するための重要な手段」[25]として機能し、「想起の一極化および単声化」をもたらす。それゆえ、一人称（複数形）の語り＝「共同体の声」は、前述した「上海ノスタルジア」が想起させる資本主義や消費文化に対して、対抗的姿勢を表明するための文学的な戦略として機能しているといえる。

一・二　「集合的記憶」をめぐる競合

しかし、下層民の象徴としての「蘇北」を想起させる戦略として「共同体の声」が常に有効であるわけではない。ここで再び、第一章で論じた『城市地図』に収録されている李其綱の短編小説「浜北人」に注目したい。この小説は、下層民衆やスラム街など都市の周縁に位置する「西段」を舞台に、上海文学・文化の主流の言説から排除されがちな上海の周縁部に焦点を当てた作品として位置づけられる。ただし、この作品は原風景への危機意識のみならず、「西段」で暮らした蘇北移住者の経験やアイデンティティの葛藤も描写している。

まず小説の冒頭で、「西段」にあるスラム街「三湾一弄」について、

三湾一弄の人々は、その多くの父祖の地は蘇北、黄河の古い川筋沿いにあった。かつて黄河が逃げ、川筋を変え、父祖の地を流れなくなったとき、黄河のその「逃げる」性質が先祖たちの血に注ぎこまれたのだろうか。二〇世紀の前半、つまり一九四九年より前、その地の人々はごっそり逃げ出した。飢饉からの逃亡と放浪だった。三湾一弄は、逃亡者や放浪者が寄り集まった土地である。[26]

と歴史的な経緯を説明している。

さらに、それらの移住者が寄り集まった場所は「物理的な空間を意味づけ、自分たちの場所に取り込もうとする営み」[27]すなわち命名する行為によってはじめて成り立つ。移住者は「浜北人」と呼ばれたが、それは自ら居住する蘇州河の北岸を「浜北」と呼んだことに由来し、南岸を「浜南」、蘇州河の支流を「大洋河」と名づけ、また呉語を操る人々を「蛮人」と蔑んだ。この名づけることと名づけられることの相互作用は、蘇北移住者同士の地域的ネットワークとアイデンティティの強化につながる。「浜南」から「浜北」のスラム街にはじめて足を踏み入れた人は、次のような体験をしている。

私たちの中学校の担任は「浜南」から来ていた。初めての家族訪問で、彼女は三湾一村の曲がりくねった路地の砂利に足を踏み入れ、二度三度と曲がるうちに方向を見失って、しまいには迷子になってしまった。「ああ、ここは『地道戦』（※日中戦争を背景に地下道で撮影された映画名、一九六五年）の地下道よりもずっと複雑なんだから」と言ったのだった。[28]

ここで想起されるスラム街での不思議な体験は、計画的に整備された近代都市の印象とは異なる。蔡翔によると、スラム街の最大の空間的特徴は「街道が整備されていない」という点であり「上海の象徴であるフランス青桐の美しい並木道が小説の舞台から退場し、広くて清潔な街道など絶対に存在しない」[29]と述べている。「三湾一弄」の曲がりくねった路地や未整備の砂利道は、スラム街を前近代的な空間であることを象徴する。迷路の如きその区域では、移住者の文化や習慣がそれぞれの地区で支配的となり、閉鎖的な社会関係がスラム街を他所とは隔絶された都市内の孤島とするのである。

小説の主軸は、「私」の幼なじみの少年「燕青」を主人公に展開される。燕青は武芸の練習に没頭し、侠気と意気込みに溢れた「三湾一弄」の典型的な若者である。その個性は、彼の先祖が蘇北から持ち込んだ気質に由来すると考えられる。この気質の表れとして、「先祖は蘇北から逃げて上海にやってきたのだが、この『逃げる』という言葉に、道中の飢えや野宿の辛さ、体を張った闘いが、どれほどたくさん含まれていることか」[30]と、戦乱により故郷を失い上海に流れついた蘇北出身者の苦難に満ちた旅路の記憶が反映されている。この苦難に満ちた「流動《モビリティ》」は、エッセイ「底層」に描かれた「不思議な幻覚」とも重なり、上の世代から語り継がれた集合的記憶として描写している。

しかし、興味深いことに、この小説では集合的記憶の単純な想起にとどまらず、異なる地域からの移住者間で「想起の抗争や想起のヘゲモニー争い」[31]が生じることにより、「共同体の声」が無効化される事態が描かれる。この競合は、物語の終盤「周縁」と題された節における会話シーンで展開され、物語のクライマックスに向かって盛り上がる。作中の時代は一九九〇年代末に至り、燕青の住む平江村が取り壊されることになる。彼はあまり順調とはいえない生活を続けながらも、よそ者として都市から排除される自身の現実に直面する。最終的に、彼は自分の不満を抑えきれず、声高に訴える。

（傍線は引用者によるもの）

燕青はちょうどスローガンを書いているところで、蟹の這うような字が地を這っていた。私は土間のゆがんだ文字スローガンを見て、とっさに何と言えばよいかわからなかった。

俺の先祖代々はずっと平江にいる。俺たちは平江の人間でなければならない！

山を移すは易し、平江村人を移すは難し！

黄浦が桃浦に行け！（※「黄浦」と「桃浦」はそれぞれ上海の中心部と周縁部に位置する地名）

「意味があるのか？」と私は聞いた。

「ないならどうだっていうんだ。裸足の奴は靴を履いてる奴を怖がるか？　尻丸出しの奴が服を着てる奴を怖がるか？どんな理由があって、俺たちをどんどん遠くへ追い払うつもりなんだ。俺たちは浜北人でさえいられないのか」[32]

このように、燕青はコミュニティに対する深い共感から、義憤に満ちた言動で、長年蓄積された不平や不満を爆発させる。彼の言葉は、「底層」と同様に「共同体の声」を通じた集合的記憶の語りとして機能しており、想定された「平江村人」として同一の記憶や経験を共有する一体感が強調され、共同体の利益を訴えるための行動という点で動機づけられている。

体される。

しかし、その「共同体の声」を代弁する語りは、次のような燕青の妻からの微妙な皮肉を含む発言によって解体される。

人の欲にはきりがないって言うけど、役所が新しい家に住まわせてくれるってのにまだ不満かい。平江人が何だってのさ、あなたに言っとくけど、平江人なんて、私はもうまっぴらなんだよ。[33]

（傍線は引用者によるもの）

この燕青と妻の会話シーンにおいて、「俺たち」「あなた」などの人称代名詞が対置されていることは、アイデンティティや集合的記憶の競合を示唆している。燕青にとって平江村は、先祖代々受け継がれた歴史的な重荷を背負った避難の地であり、自身のアイデンティティと共同体意識が芽生えた場所である。彼はその激しいスローガンの中で、「俺たち」という表現を使用し、自らを移住者集団の記憶と未来を構築する一員とするとともに、彼の妻をもその集団に当然のごとく包含させようとする。

対照的に、「あなた」と口に出した燕青の妻は、上海北西部の嘉定区出身であり、燕青とは異なる地域の出身者である。彼女は蘇北移住者が集まる平江村や浜北に対して燕青ほど強いアイデンティティを持たず、父祖から受け継がれた集合的記憶も共有していない。彼女にとって平江村は耐え難い生活環境を象徴するスラム街に過ぎず、そのため、彼女はこの「共同体の声」から自らを除外し、燕青が想起する集合的記憶と対立する立場を取っている。

メモリー・スタディーの研究者であるアストリッド・エアルは、このような「想起の抗争が文学を通して果たされる」という集合的記憶のレトリックを「闘争型モード」[34]と称し、「文学テクストにおいて闘争的な交渉がなされるのは、国民国家の次元における想起の葛藤ばかりではない。社会内部のさまざまな集団が有する過去のバージョン間でも、相互の対立が生じる」[35]と指摘している。

この論点は、特定の場所や記憶が誰に属するものなのか、すなわち記憶の想起における立場による制約性や認識の相違を浮き彫りにしている。燕青と妻の会話シーンのように、上海の重層的な地域空間において交錯する集合的記憶のバージョン間の闘争は決して珍しいことではない。こうした文脈において、「西段」という蘇北移住者が集住した場所を通じて想起される原風景と集合的記憶は、単純な「我々」としての同一化を超えるものとして捉えられるべきである。

第二節　「移動」が意味すること

前節で述べたように、「西段」に住んだ経験を持つ作者による「蘇北叙述」は、単なる個人的記憶に依拠する回想録にとどまらず、むしろ「共同体の声」を通じて蘇北という移住者コミュニティが共有する集合的記憶に訴えるものである。具体的には、父祖の世代が蘇北から上海へ移住し、最終的に「西段」という地に流れ着いたという記憶の叙述が含まれる。このような集合的記憶の想起は、一九九〇年代後期以降、上海が都市再開発や社会格差といった現実問題に直面する中で、原風景が次第に失われていく過程と密接に関連していることを確認してきた。

本節では、父祖の世代に上海に移動してきた蘇北移住者が、住居や職業を転々としながら苦労を重ね、最終的に上海に落ち着いた経験がどのように語られ、想起されているかを考察する。特に、蘇北移住者の流動的な職業像とそのアイデンティティ形成に焦点を当てる。

まず、二〇〇〇年に出版された王安憶の長編小説『富萍』を取り上げたい。この小説は、蘇北の田舎からきたヒロインの富萍が上海の様々な地域を転々としながら、生計を立てていく過程を描いている。ただし、後の章で扱う多くの作品と類似して、『富萍』の物語は、主人公が身を寄せる先々の場所で出会った様々な人々のエピソードが各所に挿入される形で進行する。これにより、物語性は整然とした連続性を持たず、断片的な出来事が一縷の望みを絶やさずに展開する。登場する人物の多くが、家政婦・修理屋・船上労働者といった、上海の方々にまで頻繁な移動を余儀なくされる職業に従事する蘇北移住者である。これらの登場人物を通じて、蘇北移住者が都市の社会経済的周縁に位置づけられている様子が浮き彫りにされる。

『富萍』における初期の舞台では、富萍は上海の淮海路にある「弄堂」で家政婦として働く「おばあちゃん」と呼ばれる人物のもとに身を寄せる。この「おばあちゃん」は長年、元資本家や共産党幹部が多く住む繁華街に位置する家庭に勤めており、新たに上海に来た富萍を支えるキャラクターである。彼女は上海と蘇北、都会と田舎の特性を兼ね備えた人物として描かれ、その両面性について以下のように解説《コメンタリー》がなされている。

(※おばあちゃんの)話す言葉はすでに変化して、完全な田舎の方言ではなかったが、それは上海語とも違う、上海語まじりの方言なのだった。歩くときは背筋を伸ばし、椅子にすわって食事や仕事をするときも正しい姿勢を保っていた。しかし、腰を曲げ足を広げてしゃがむと、とたんに田舎の女に戻る。(中略)とにかく、おばあちゃんは上海で三〇年を過ごしてきたのに、都会の女になりきれず、かと言って田舎の女にも見えない。まさに半分半分、特別な人種になっていた。道を歩けば、ひと目で家政婦とわかるのだ。[36]

「賛美と批判の入り交じった筆致」[37]すなわち人物や物事に対して混在する両面性を解説する点が、王安憶小説の特徴の一つであることは第一章ですでに論及した。本引用においては、「おばあちゃん」の両面性について、叙述者が詳細な解説を加えている。彼女の言動から、異文化との持続的な接触を通じて生じる「文化変容」が顕著に示される。この変容は、家政婦であるがゆえに雇用先の家へと移動を繰り返すことで、異なる背景の人々との接触が可能となる点において特に明確である。

一般論としていえば、家政婦という職業は、都市化の進行とともに発展し、上流階層の家庭における家事労働を市場化・商品化することによって生まれた。この職業に従事する人たちは都市内の様々な家庭を渡り歩き、多様な人々と出会う。異なる集団や階層、空間を移動する中でも、自己の同郷や職業共同体との結びつきを維持し続けるのである。さらに、家政婦は、都市の日常生活に深く関与し、都市の経験者としての主体的な眼差しと、地方からの移住者としての他者的な眼差しを併せ持つ。王安憶の言葉を借りると、まるで都市の中の「メッセンジャー」[38]のように機能している。

しかし、富萍は、彼女にいち早く結婚してほしいと願う「おばあちゃん」のもとから離れ、淮海路を後にして「西段」で船の仕事に従事する叔父・孫達亮の家族に身を寄せることになる。ゴミ運搬船で暮らす家族は、陸上の人々から「ハエをおかずにして飯を食べている」と忌避されることが多いが、船上の生活を比較的自由で楽しく移動できるものと感じている。以下の引用は、船上労働者の日常を素描する場面である。

船は蘇州河に沿って進む。漕ぎ出すと、心が晴れた。三月四月には両岸に菜の花が咲き、ひらひら蝶が舞う。春雨が何度か降ったあと、水面は透き通り、船の影を逆さまに映し出した。昼どき、あるいは夕方、船は岸辺に着き、炊事と食事が始まる。ハエは少なからずいたが、おかずにするはずはない。[39]

この描写からは、船上労働者の住み慣れた川とその岸辺の風景が伝わってくる。一旦船が岸に着くと、その居住空間が再び機能し始める。船の狭さ、不安定さ、そして劣悪な衛生環境などの問題はあるものの、その人たちの日常生活における醍醐味に大きな影響を与えることはない。船内の生活環境とは対照的に、船乗りが目にする川上の風景は、外部の世界として自由と広がりの感覚をもたらす。船が進むにつれて、風景が移り変わり、このような移動を通じて川上の風景を直接体験できるため、気分が晴れやかになるのである。

この語りは、観光客の視点ではなく、船上で生活する船乗りやその同行者の立場から川上の風景を捉えた「船乗り視点」である。この流動的なコミュニティに属する人々は、流れ作業の「『三交代制』の工場で働くことを好ましくない」[40]と思っている。川上の風景は船乗りにとって親しみやすい、自らの生活空間と一体となった風景であり、通常の岸辺や橋からの俯瞰的な視点とは異なり、観察者の身元、職業、背景に基づき、風景が含む「社会と主体的アイデンティティの形成」[41]を示唆している。

人文地理学者のイーフー・トゥアンによれば、現代社会に生きている流動的なコミュニティに属する人々、例えば路上生活者、移住労働者、船員などは、安定した場所に根ざしていないにもかかわらず、場所や故郷への愛着を追求することがあると述べている。[42]蘇北から上海へ移住した初期の労働者は、「西段」で働き口を見つけ、水上での生活を始めたが、このような流動的なコミュニティの典型な例である。

さらに叔父一家のような流動的なコミュニティにとって、船は労働の場である同時に、生活の場としても機能している。上海史学者のハンチャオ・ルーは、「蘇州河沿岸に群がった木造船の多くが、移住者コミュニティが上海に移住してきた初期の『家』として河辺に停泊していた。これは彼・彼女らが『都会人』になるための第一段階であった」[43]と指摘している。「西段」の移住者にとって、船は単なる輸送手段にとどまらず、居住空間としても極めて重要な役割を果たしているのである。

仮に淮海路の「おばあちゃん」が長期にわたり徐々に上海と一体化していく移住者を象徴する存在であるとすれば、叔父一家は未だ完全には定着していない移住者の代表例となる。しかし、小説の終盤で、富萍は安定した家政婦としての生活も、移住者の流動的なコミュニティ内の親しみやすい生活も選ばず、「梅家橋」という架空の場所で新たに根を下ろすことを決める。梅家橋の住民は肉体労働に従事しているが、人情味があり、互いに助け合って生活している。叙述者は「誠実に働いて、稼ぎを得ている。賃金はすべて、血と汗の結晶だった。だから、この煩雑で無秩序に見える生活には、着実で健康的な、自尊心あふれる力強さが隠れている」[44]と梅家橋の人々を賞賛している。この文脈において、「梅家橋」は、労働と共同体精神を通じて自立を実現しようとする移住者の象徴として機能している。

そして、小説の最後で、『富萍』がなぜ「『現実の歴史』に多く登場する淮海路や労働者居住区を脇にやり、梅家橋のような掘っ立て小屋の地区を上海の物語の主役に据えたのだろう」[45]という重要な問題が提起される。この問題については多くの議論が行われており、その中でも王暁明の解釈が特に頻繁に引用されている。王暁明によれば、『富萍』は『長恨歌』という以前の方向性から脱却し、一九九〇年代の上海において旧租界時代の歴史を単純化し、再解釈する「新たなイデオロギーが創り出すオールド上海の物語と距離を置こうとする」試みとして位置づけている。

オールド上海の物語はつねに一九二〇年代か一九三〇年代に事件が起こるが、あいにく富萍が登場するのは一九五〇年代の上海である。オールド上海の物語はいつもまっすぐ摩天楼やバーや庭園のある洋館の応接間に読者を案内するが、富萍はその勝手口にとどまり、そのあとに何も告げずに水上労働者の居住区に去ってしまう。前者の上海は外灘や霞飛路や静安寺路だが、富萍の出会う上海はほとんどが閘北や蘇州河の川岸だ。[46]

このような『富萍』の位置づけは、言うまでもなく蔡翔が「上海ノスタルジア」文学を「内部」と分類し、「蘇北叙述」をそのアンチテーゼ＝「外部」として捉える見解と一致している。この対立的な理解は、従来の研究においても頻繁に見られる。

しかし、この解釈では、富萍が「オールド上海の物語」の象徴である淮海路を離れる動機は説明可能かもしれないが、彼女がなぜ何も告げずに「西段」を去って、同じく都市の周縁に位置する梅家橋に根を下ろすのかという点について十分な解釈が行われていないのではないだろうか。

つまり、「オールド上海の物語」と距離を置こうとする意図があるならば、淮海路を離れて「西段」に落ち着くという移動の経緯で十分に表現できるはずである。それにもかかわらず、なぜ作者はあえて、さらに周縁的な場所である梅家橋を設定したのかという問題が生じる。加えて、梅家橋は「西段」と多くの共通点を持ち、両者とも共に勤勉な労働者が集まり人情に厚い周縁的なバラック地帯として描かれている。にもかかわらず、富萍が最終的に梅家橋での暮らしを選んだという点は、作者が意図的に加えた要素とも見え、その理由についてさらなる検討が必要であると考えられる。

この問題を考察する際、これまで繰り返し言及した移住者の出身地や職業とのつながりを切り離して考えることはできない。梅家橋がはじめて登場する場面で、叙述者は梅家橋と「西段」の相違について次のように語っている。

> そのバラック地区（※梅家橋）はここ（※「西段」）よりずっと狭く、住人の出身地も様々だった。江蘇の塩城、射陽、漣水（※全て蘇北の地名）の人もいれば、安徽、山東、河南（※この三つは中国の省行政区名）の人もいる。一方、こちらはほとんどが揚州、高郵、興化（※蘇北の地名）の人で、職業は水上運輸と決まっていた。それに対して、あのバラック地区にはあらゆる職業が揃っている。床屋、研屋、市場の八百屋、魚屋など。[47]

叙述者がこのように梅家橋と「西段」を比較しているのは、出身地の情報を単純に紹介するためではなく、比較を通じて富萍が「西段」を離れた理由を示唆するためである。前述したように、富萍は「おばあちゃん」から紹介された結婚相手に納得せず、淮海路を離れることを決断する。

「西段」に到着した後、婚約の事情を知らなかった叔母は、自分の甥である光明を結婚相手として紹介する。これは、富萍が「西段」から去る動機の一つと考えられる。婚姻を逃れるために他の場所へ移動したことから、富萍は「女は成人すれば嫁に行くべきだ」という伝統的な価値観に縛られず、同郷の人々同士の見合い結婚を拒否する独立した性格を持つ人物であると読み取ることができるだろう。富萍は蘇北移住者の経験や集合的記憶を共有するコミュニティに属しながらも、同郷や家族から離脱し、独自の「個人」として生活を送ることを望んでいる。

そのため、富萍は同郷が集まる「西段」を離れ、出身地や職業が多様な梅家橋に移動した。これにより、閉鎖的な同郷関係や結婚の束縛から解放され、新しいコミュニティに溶け込むことが可能になった。この解釈が成立するならば、王暁明による「オールド上海の物語と距離を置く」という位置づけを見直し、長編小説『富萍』はむしろ上海の様々な場所を転々と移動する中で、地方からの同郷集団や共同体からも距離を置き、徐々に都市に溶け込もうとする蘇北移住者の物語として捉えることができるだろう。

言い換えれば、『富萍』は、「内部」とされる「上海ノスタルジア」が注目していた「殻」を突き破ることにより「外部」を通していわゆる「上海の本質」を探求するものではない。移住者が混在するるつぼともいえる上海の中で、コミュニティや家族の共同性をも相対化しうる個人の自由を追い求め、自己の居場所を見つける過程を描いた小説であるといえる。

このような王安憶『富萍』と類似した物語の展開を有するのが、任暁雯による二〇一七年の長編小説『好人宋没用』[48]である。この小説でも、蘇北移住者が伝統的な家族や同郷集団から離脱する物語が描かれている。小説のヒロインは一九二〇年代に生まれた蘇北出身の女性・宋没用である。彼女は家族とともに「西段」のスラム街に避難してきた移住者の一人である。この「没用」という名前には、ダメなやつや無能な人という否定的なニュアンスが含まれ、彼女はその名前のとおり保守的な家族から軽蔑されながら育てられる。

彼女の母は常に「おしゃれな女性は男を誘惑するあだっぽい女だから、真似しないでよ」と言い含める。その影響を受け、宋没用は幼い頃から街で、広告看板やカレンダー、映画のポスターを目にしても一切興味を示そうとしなかった。しかし、ある日道を歩いている際に、おしゃれな女性が描かれた雑誌の広告看板に突然目を奪われてしまう。その瞬間、彼女は「目が開き、雑誌の写真を凝視し、一歩も動けなくなった」と描写されている。「おしゃれな女になりたい」という願望が芽生えながらも、「恐れも感じている」と相反する感情に悩まされる。結局、彼女は自問自答を重ね「ゴミの中で転がっている人間は、あれこれと妄想する資格はない」と決めつけ、「薬水弄（※「西段」近辺のスラム街）こそが自分の本当の居場所だ」[49]と思い至る。しかし、この時から宋没用の自己実現を求める新たな自意識と、保守的な家族からの束縛との間で葛藤が始まる。

その後、飢饉により次々と家族が亡くなり、宋没用は非常に厳しい生活が続く。特に、ハンチャオ・ルーの研究[50]に基づく人力車夫集団に関する描写が、小説の冒頭で宋没用の父親を通じて示されている。彼は生計を支えるために同郷集団を介して人力車夫として働き始めたが、ある日料金を踏み倒そうとする外国人客に遭遇し、あげく暴行されてしまい治療費がかさんでしまう。その後、父親は酒に溺れ、しまいには過度の飲酒がたたり死亡した。

頼る人のいない宋没用はスラム街を離れざるを得ず、「宋梅用」と名を変え、新しい暮らしを始める。彼女は南通出身の楊家に身を寄せ、弄堂裏でお湯を売る店（上海語では「老虎灶《ラオホウザオ》」と呼ぶ）を営む楊家の息子と結婚する。しかし、一九四九年の新中国誕生の前夜、突発的な事故で夫を失った彼女は、洋館に住む元資本家の佘《シャ》家に家政婦として雇われることになる。その後、様々な政治的な抑圧を受ける中で佘家は徐々に衰退し、宋没用は子供五人を育てながら数多くの困難に直面する。彼女の人生は、勤勉で忍耐強く、苦労を重ねた多くの蘇北移住者の女性と同様、上海で安定した生活基盤を築くために懸命に働き、比較的穏やかな生活を手に入れる過程を描いたものである。
『好人宋没用』はこれより前に書かれた『富萍』と同様に、上海に移住してきた蘇北出身の女性を主役とし、上海の各地域を転々と移動する多くの紆余曲折を経た人生を振り返っている。これらの作品には、上海の中下層社会で生きる家政婦をはじめとする、蘇北移住者の職業像が描かれている点で共通している。しかし、宋没用の物語は、富萍とは異なり、中心地から周縁地への移動ではなく、逆に「西段」のスラム街から洋館が立ち並ぶ旧租界エリアへと、逆方向に移動している。

この移動の方向性から、王暁明の解釈に従えば、「オールド上海に近づこうとする」という見解が導かれがちである。しかし、先の分析と同様に、『好人宋没用』ではヒロインが同郷集団や保守的な家族からの束縛を脱し、流動的な「個人」としてのアイデンティティを確立し、上海という移住者のるつぼの中で新しい生活を求めている点が、物語の核となっていることを見逃してはならない。

また、家政婦や船上労働者と同じく、靴修理人も蘇北移住者の多くが従事した職業である。王承志の長編小説『同和里』では、一九六〇年代から一九七〇年代の上海の典型的な弄堂である「同和里」に焦点を当て、その中で暮らす靴修理人や理髪師といった職業像から、蘇北移住者の第二、第三世代が描かれている。しかし、前述の作品群と異なり、作中の舞台は都市の周縁部のスラム街ではない。「同和里」は旧租界エリアに位置する地域であり、地元住民と蘇北移住者が世代を経て長期間にわたり混在し、近隣住民との社会的相互作用を通じて文化的な融合が進んだコミュニティとして描かれている。

その結果、「周縁部―中心部」や「地方としての蘇北―地元としての上海」といった二項対立的な図式がもたらす「都市に溶け込む」という移住者の一般的な願望は、『同和里』ではそれほど強調されていない。移住者は明確な出身地のアイデンティティを持ちながらも、「移住者のるつぼ」たるコミュニティ内で互いに役割を果たし、支え合っている。

ただし、『同和里』が地域間の文化的衝突を扱っていないわけではない。小説では、主人公である大耳の父親「小皮匠」（上海語で「靴修理人」の意）が、「同和里」という弄堂の入り口で靴修理の屋台を営む様子が描かれている。この弄堂に長く暮らす「小皮匠」一家は、蘇北からの旧移住者に属している。[51] 小説の十二章では、蘇北からの新旧移住者間に生じる競合と摩擦が描かれており、物語の展開に重要な役割を果たしている。

蘇北から上海に流入してきたばかりで、地元の暗黙のルールを知らない新参者の若い靴修理人が、小皮匠の定位置を奪おうと試みる。この二人の対立は以下の会話シーンで表現されている。


「友よ、ここに座る場所を間違えているよ。起きて、少し移動してくれ。上海はルールを守る場所であり、思い立ったら来たり座ったりできる場所ではないんだ」と小皮匠。

若者は整然と並んだ白い歯を見せて笑う。「私は五時半にここに来たから、早い者勝ちこそが、上海のルールだ。上海人は魚が好きだけど、食べたいなら魚券が必要で、魚券があっても列に並ばなければならない。ただ列に並ぶだけでは足りず、早起きして前に並ばなければならないんだ。今日は早起きしたから、この場所の商売は私がやるんだ」と若者。

小皮匠は笑って言う。「おお、なかなかお行儀がいいね。君はもう二日間、私の隣に座っていたよ。君がくしゃみやおならしかできない、口の利けない人だと思っていたが、話し出すと口がうまいね。何が早い者勝ちだ。お前が乳飲み子だった頃、私はすでにここで露天を出していた。どっちが早いと思うかい？」[52]

このエピソードは、新旧移住者の間で弄堂の入り口で屋台を出店する際の暗黙のルールをめぐる攻防・交渉を示している。交渉が行き詰まり、双方が相手を説得できない場合、靴修理に関するクイズにより勝者を決定することになる。予期せぬことに、小皮匠は相手が用意した罠にはまり、定位置を奪われそうになる。その際、広東出身の隣人であるおばさん（原文は「広東嫂嫂」。以下は「広東おばさん」と表記）が蘇北方言を操って小皮匠の妻のふりをして助けてくれ、また理髪の屋台を出店している蘇北同郷の隣人が近隣の弄堂へ助けを求める。この一連の出来事によって小皮匠は場所を奪われることを防ぎ、コミュニティは結束を強化することができた。この出来事をきっかけに、妻を亡くしていた小皮匠は広東おばさんと同棲を始めることになり、物語は転換点を迎える。

このエピソードが示唆する興味深い点は、暗黙のルールを再解釈した新移住者が、旧移住者の屋台の場所を強引に奪おうとし、その結果、先住のコミュニティメンバーの抵抗に遭遇したことである。これは新旧移住者がそれぞれの出身地に関係なく、隣人間の積極的な交流を通じて衝突を調整し、日常生活の秩序を維持する機能を果たしていることを示している。批評家の沈嘉禄は、このエピソードを「市民文化」の象徴と位置づけ、市民文化は「伝統的な道徳と公序良俗に根ざし、それによって深い内的生命力と社会的影響力を有し、日常生活の摩擦に対応する上で軽視できない重要性と実現可能性を持っている」[53]と指摘している。

エミリ・ホニグが分析したように、「蘇北」の新旧移住者は、同郷という理由だけでおのずと連帯感を共有していると一般には見なされがちであるが、実際その内部では蘇北内部の地域ごとにアイデンティティは細分化され、統一されたアイデンティティを持たず、お互いを同郷と認識していないことが多い[54]。このエピソードはそういった移住者間の多層的な関係とアイデンティティの複雑さを描き出したものではないだろうか。つまり、土着の住民と蘇北からの旧移住民が雑居するコミュニティでは、摩擦への対応を通じて連帯感や協調意識が生まれ、共通の価値観が形成されている。このような文化的な衝突は、空間の横のつながりだけ、すなわちコミュニティ内での異なる出身地をめぐるものではなく、新旧移住者という時間の縦軸によるものへと推移している。

以上、本節では、閉鎖的な社会空間に集住した移住者が統合的なアイデンティティを持っているというステレオタイプ的な認識を超え、流動的な職業像、また流動的な「個人」を追求するアイデンティティを描き出す「蘇北叙述」を分析してきた。次の節では、移住者のるつぼである上海の混在性が方言使用のレベルにおいてどのように表現されているかを考察していく。

第三節 「蘇北叙述」における言語的な混種性

社会学の研究によれば、上海人はまず方言や訛りによって蘇北人を識別することが多い。上海人から見ると蘇北方言は使用すべき言葉ではないとされるため、社会的差別を受ける蘇北人は方言の使用を家庭と自身のコミュニティ内に限定し、公共の場では上海語を使い、できるだけ蘇北訛りを隠すよう努める傾向がある。[55]

蘇北の各地域には異なる方言が存在し、「蘇北方言」と呼ばれる方言は、言語学的には存在しない（前出図2.1参照。論述の便宜上、以下は「蘇北方言」をそのまま使用する）。この包括的な通称は、「蘇北人」と同様に、移住者社会である上海の内部で構築されたものである。蘇北の諸方言の大部分は、北方方言の一つである江淮官話に属し、上海と揚子江に隔てられていた南通の一部は呉語圏に属する地域もある。

そのため、「蘇北方言」は上海が位置する江南の地で広く使われている南方方言の呉語とは異なる地域方言であり、互いに理解し合うことは容易ではない。この方言間の隔たりについて蔡翔は、「蘇北人の言語は呉語と大きく異なり、呉語の穏やかで柔らかい響きが溢れる上海において、蘇北方言は異質に見える。蘇北人はこの町の『異民族』であり、上流社会とは一生縁がない存在である」[56]と指摘している。そのため、「江南人と蘇北人の間には、外貌や人種の区別が何もない」にもかかわらず、「方言は上海における蘇北人の唯一の標識」[57]となり、両者の間に溝が生じる要因となっていると考えられている。

方言の音声が出身地を示す標識である以上、「蘇北叙述」において蘇北移住者の言語環境と言語使用の場面が多く描写されるのも自然なことである。しかし、蘇北方言は共通語の普通話にかなり近い江淮官話に属し、主な違いは音声のイントネーションにある。そのため、必ずしも言語の音声を表さない漢字の場合、話し言葉の音声の相違をできるだけそのままの形で書き言葉に移すことは不可能である。というのも、中国語には「有音無字」（音はあっても固定の表記がない）の語彙が多く存在し、漢字は「ある種の音声言語を綴り再現するもの」[58]とならない。こうした話し言葉と漢字表記の書き言葉との分離、または表記不可能な性質を文学者の商偉は「構造的な言文分離」と称している。この性質が存在するため、書き言葉のレベルにおいて蘇北方言の特徴をどのように明示・再現するかは上海作家が直面しなければならない課題となっている。

この課題に対処するため、「蘇北叙述」では主に二つの表現手法が用いられている。当然ながら、これらの手法は蘇北方言のみならず、文学テクストにおける他方言の使用と描写にも適用されているが、本章ではまず蘇北方言に関連する部分を中心に考察する。

三・一　物語における「解説される方言」

一つの手法として、方言の発話を直接引用するのではなく、代わりにストーリーの言語環境を素描するもの、または作中人物の言語使用の情報を提示するものが挙げられる。これは、第一章で述べたように、叙述者が会話文における言葉やスラングなどを、都市に関する文化記号として解釈し、価値判断を示す「解説」という語り行為に相当している。

「蘇北叙述」で特に詳細に解説されているのは、「西段」のスラム街の言語環境である。上述したように、この場所は上海の他地域と比べ比較的閉鎖的なコミュニティであり、他の方言によって囲まれて孤立した「言語島／方言島」が形成されている。例えば、金宇澄のエッセイ「此河旧影」（蘇州河の昔の様子）では、川上の船乗り視点を借りて沿岸の複雑な言語風景を素描している。

この一帯は、東の昌化路橋と潭子湾を中心に、田舎町の風情がたっぷり漂っている。岸上の人はたいてい蘇北方言に慣れ親しんでおり、その方言には淮揚地区や上海の訛りが入り混じっている。上海話に蘇北方言が交じっている——この場所には昔から蘇北の町との最も強固な絆や郷土愛が存在し、（中略）地方の訛りはここで根付き、代々受け継がれ、非常に親しまれている。（中略）潭子湾は上海の労働者運動の歴史においても有名な場所。数世代にわたる移住者が上海にはじめて上陸した地点であり、蘇北移住者の誰もが知る温かさが溢れる上海の河岸。[59]

ここで描かれる風景は、川を西へ進む「船乗り視点」から見た川上の景色と、「潭子湾」という「西段」に位置するスラム街である。この地域の風景は、感覚、経験、そして地域の歴史に根差した抽象的な風景として捉えられており、「代々」「数世代にわたる」「はじめて」といった時間的な表現を通じて、地域の集合的記憶を喚起している。これにより、この場所に対する流動的なコミュニティの意味や親密感が、言語風景を通じて感じ取れるのである。

「潭子湾」では、多様な方言が飛び交い、様々な出身地からの移住者が集まっている。つまり、「潭子湾」は一つの流動的な故郷として、富萍や宋没用のような個人や家族のそれぞれの故郷に対応している。このように場所の記憶と言語風景はここで融合し、衝突しあい、特有の移住者コミュニティや方言島を形成している。

社会言語学の研究では、方言島の形成と移住者の集住との関係について、次のような主張が定説とされている。

移民が新しい土地に到達した後、比較的狭い地域に集住し、自分たちのコミュニティを形成して外の世界との接触・交流がさほど多くなければ、その土地の人々も一般的に移民のコミュニティに介入しない。そうなると、これらの移民の方言を包囲している土着の方言と明らかな違いが存在するようになる可能性がある。移民の方言が用いられている小地域はそれを取り囲んで大きく広がっている土着の方言区の中にあっては、あたかも大海に浮かぶ孤島のようである。[60]

上海史の研究においても、蘇北移住者が集住したコミュニティの方言島に関する論説がある。一九二〇年代末から、「もし『公用語』が存在するのならば、それは上海語でなく、まさに蘇北方言になるだろう。一九八〇年代に至るまで、スラム街であった場所は依然として蘇北方言が一般的に使われていた」[61]とされている。この方言島の形成は、移住者コミュニティが外部との行き来が少ない状態を背景としている。

興味深いことに、上海作家は創作過程においてそのような社会言語学や歴史学の定説を参照しているにもかかわらず、蘇北移住者とコミュニティの外の世界との接触や移動の方に主眼を置いている。方言島に対する描写と解説は、往々にして外の世界からの登場人物がはじめてその場所に足を踏み入れた際の様子に着目することが多い。

例として、第一節の「浜北人」で分析したエピソードとして、中学校のクラス担任が家族訪問の際にスラム街で迷子になってしまう場面が挙げられる。もう一つの例は、『富萍』でヒロインの富萍が淮海路の「おばあちゃん」から離れ、叔父の孫達亮を訪ねるためにはじめてスラム街に足を踏み入れた時である。

一面のバラックは大きな網のように、つながり合っている。富萍は一人目の人に、孫達亮という男がいないかと尋ねた。その人は孫達亮を知らなかったが、二人目の人に引き合わせてくれた。二人目の人はさらに、三人目の人を紹介してくれた。彼らは自信ありげに、富萍をリレーのバトンのように引き継いでいく。いずれ目的地に着くと確信しているのだ。富萍はやむを得ず、たらい回しにされた。相手は老人だったり、婦人だったりしたが、誰もが聞きなれた故郷の言葉を話す。富萍はそれが自分の家の東の県の方言か、西の県の方言かを聞き分けることができた。おばあちゃんのような上海なまりはなかった。

富萍は道案内してくれる人のあとにつれて、狭い路地を抜けた。扉を開けたまま、食事をしている家もある。よそ者だと見ると、どんぶりを持ったまま、戸口まで出てきて尋ねた。誰に用事だ？道案内の人が名前を告げると、相手は首をかしげて少し考え、誰それに聞けと言う。そこで一緒に、その誰それを尋ねることになった。[62]

ここで描かれているのは、一九六〇年代の蘇北移住者コミュニティである。ここでは地縁の近さによる情報交換や支援が密接に行われる特性を持ち、蘇北の息吹が色濃く残っていた。一方で、「おばあちゃん」のように完全な田舎方言とも上海語とも異なる言葉を操る混成的な移住者像とは対照的に、「西段」のスラム街では、「誰もが聞きなれた故郷の言葉」が飛び交い、閉鎖的な言語環境に置かれていた移住者像が描かれている。

ここで叙述者はなぜ、「西段」の言語環境を詳述したのだろうか。それはこの場所に根付いた人情に厚いが同時に密接で閉鎖的な社会空間を示すためである。このコミュニティは、外部からの介入を受け入れにくい特性があり、内部の同郷人間だけが強固な結びつきを持つ。こうした背景の中で、外の世界から来た富萍は、一方でよそ者でありながら、他方で同郷人としてのつながりを持つ複雑な立場にある。そして、同郷関係の束縛から解放されたいと願う富萍は、最終的に「西段」を離れ、誰もが知らぬ梅家橋に住み着くという結末へと導かれる。そのため、この解説は富萍がはじめてスラム街に足を踏み入れた際に体感した異質感が効果的に伝わってくる。叙述者が描く「西段」の閉鎖的な言語環境は、ストーリーから逸脱することなく、登場人物とその空間との関係性を深く示唆しているといえる。

以上のような、移住者が集住した特定の場所における方言島・言語環境に対する描写は、叙述文における解説が多数を占めている。このように、方言を直接引用するのではなく、虚構ではない世界の中の現実的な事実（例えば、スラム街の方言島、言葉の意味の解釈など）に結びつけ、「方言」そのものをストーリーによって解説される主題や情報として扱う語りの行為を、本書では「解説される方言」と呼ぶ。その解説内容には、移住者コミュニティにおける方言が飛び交う場面への描写や解釈、方言に関する虚構ではない現実的な知識について普遍的な言及、および登場人物が操る言語情報への提示（例えば、「〇〇語で言った」というような伝達節）が含まれている。

三・二　物語における「再現される方言」

「解説される方言」に対して、もう一つの手法は、方言の語彙を作中人物の会話文中に直接引用する方法である。本書ではこれを「再現される方言」と命名している。しかし、おそらく共通語と音声が近い蘇北方言を漢字で再現することは困難であるためか、この手法が「蘇北叙述」に属する様々な作品で広く用いられているわけではない。

そのわずかな例の中でも、近年の上海文学において方言使用の完成度が非常に高いと評価されているのが、金宇澄『繁花』である。『繁花』とその方言使用については第四章で詳細に述べるが、ここでは特に作品中で蘇北方言がどのように扱われているかに焦点を当てることとする。

『繁花』では、作中人物の出身地と職業設定に応じて蘇北方言が使われている。特に、主人公のひとりである小毛《シャオ・マオ》が住む大自鳴鐘という場所は、「西段」に近く、労働者階級の地域として描かれている。小毛の家は三階建ての屋根裏部屋（図2.3）にあり、その一階には蘇北移住者が経営する床屋がある。小毛は家に帰るたびに、この床屋を通って階段を上がる必要がある。床屋では蘇北の芝居がラジオから流れており、理髪師たちは蘇北方言を使用している。次に引用される段落では、これら理髪師たちの会話として蘇北方言が用いられ、さらに理髪業界特有の隠語が解説されている。

（傍線部は邦訳『繁花』で削除され、引用者が補足した部分である[63]）

店に入ると王さんに蘇北方言で声をかけられた。

「小毛、お帰り」

「うん」

「ホレ、汚い顔、ぬぐうたる」

小毛はタオルを手にした王さんの傍らへ行き、顔を拭いてもらう。それから王さんはバリカンを調整すると、客のうなじに沿ってゆっくり刈り上げる。

「火が消えてるみたいやなぁ。湯が沸かせへんし、湯、ポット二つ分買うてきてくれへんけぇ」と李さんは蘇北方言で言った。

李さんに頼まれた小毛は竹の籠に入ったポットを提げ、隣へお湯を買いに行く。

床屋では、お湯を「温津」、椅子を「擺身子」、石けんを「発滑」、洗面器を張さんは「月亮」、女のためにお下げを結うことを「抽条子」、耳をかくことを「扳井」、耳かきやを「小青家伙」、剃刀を「青鋒」、かみそりの布を「起鋒」と呼ぶ。

ある日、小毛がお湯をポット三本分買ってきた日のこと。李さんは温かいタオルを絞り、鬚を剃るため客の顔を温めていた。

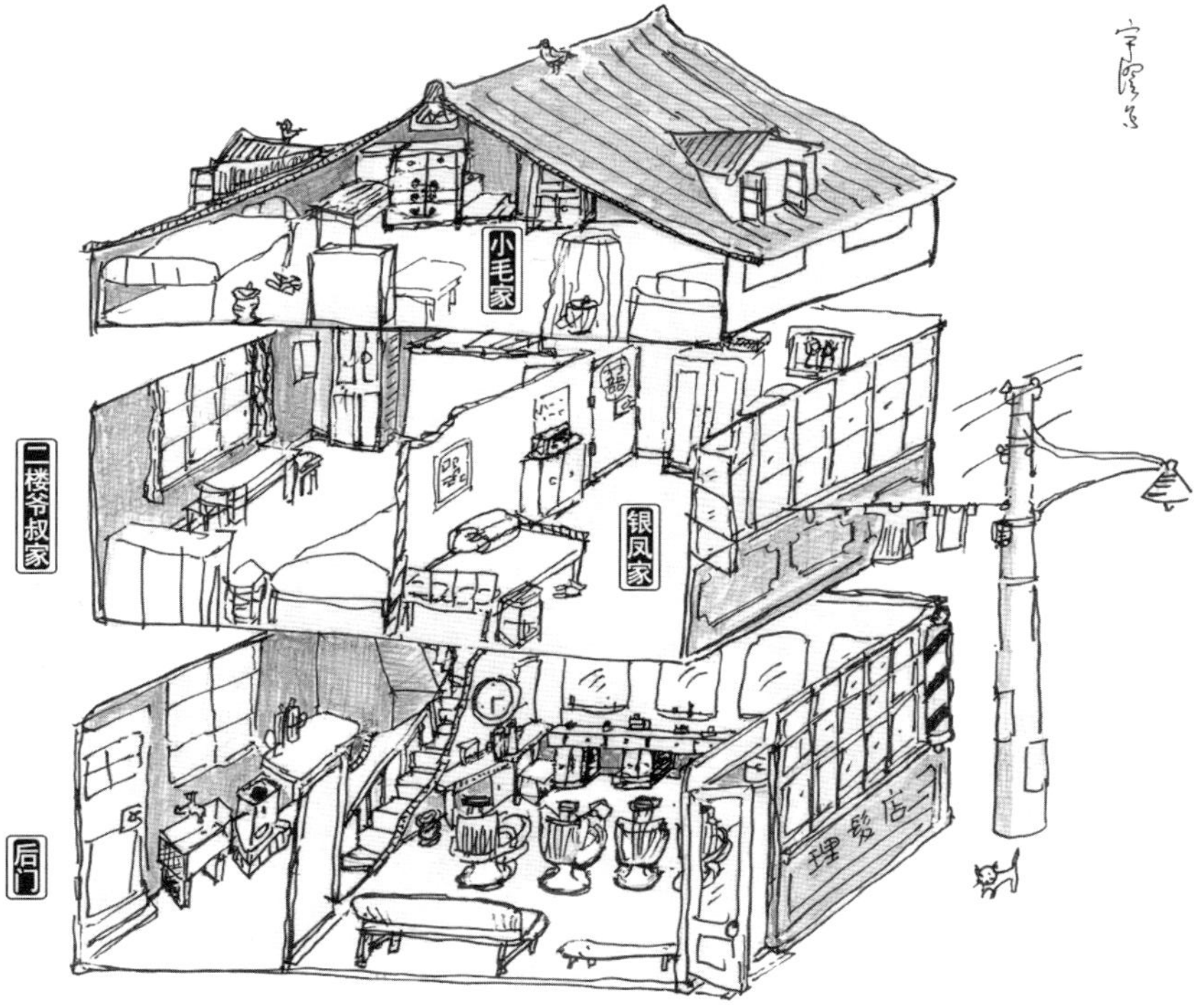

小毛の実家は典型的な昔の路地の家。庭も水洗便所もない。昔の俳優、周旋《しゅうせん》や趙丹《ちょうたん》が談笑し、鳥かごが掛けられていた、映画のセットのようなもの。1990年に登場した粉砕式トイレは、一番下に付けられた粉砕器で処理し下水に流すもの。このような路地の住人が主に購入していた。

図 2.3　三階の屋根裏部屋のイメージ図
(出典：金宇澄、浦元里花訳『繁花』、上巻五〇九頁)

張さんが蘇北方言で声をかけてきた。

「小毛、こっち来やんせ」[64]

原文：王師傅見小毛進来，講蘇北話説，家来啦。小毛説，嗯。王師傅拉過一塊毛巾説，来吵，揩下子鬼臉。小毛過去，譲王師傅揩了面孔。王師傅調節電刨，順了客人後頸，慢慢朝上推。李師傅講蘇北話説，小毛，煤球炉滅掉了，去泡両瓶〝温津〟好吧。小毛拎両隻竹殻瓶，去隔壁老虎竈。理髪店里，開水叫〝温津〟，凳子，叫〝擺身子〟，肥皂叫〝発滑〟，面盆，張師傅叫〝月亮〟，為女人打辮子，叫〝抽条子〟，挖耳朵叫〝扳井〟，挖耳家夥，就叫〝小青家夥〟，剃刀叫〝青鋒〟，剃刀布叫〝起鋒〟。記得有一天，小毛泡了三瓶熱水進来，張師傅講蘇北話説，小毛過来。小毛不響。李師傅絞一把〝来子〟，就是熱手巾，焐緊客人面孔，預備修面。張師傅説，小毛来吵。小毛説，做啥。張師傅説，過来，来。

上記の引用は、小説全体の中で蘇北方言が最も集中的に現れる場面であり、商売と居住機能を兼ね備えた三階建ての家での日常を描いている。ここでの蘇北方言の発話は、小毛と一階の理髪店の理髪師との間の親密な同郷関係を反映している。この発話場面は、「蘇北方言で言った」という伝達節、および理髪業界の隠語やスラングの解説、すなわち「解説される方言」で表現されている。加えて、会話文中に直接方言の語彙を取り入れることにより、「再現される方言」も併用されている。

方言の使用にあたり、併用が必要とされるのは、北方方言に属する蘇北方言と、同じく北方方言を基礎として作られた普通話が、実際に発音する際には区別できるものの、書写する場合にその違いが明確でないためであると考えられる。これは、「構造的な言文分離」という特性を持つ漢字によって方言語彙を文学テクストに取り入れる際の問題点でもある。上海語でも蘇北方言でも、普通話との間には、音声レベルでの差異はあっても、文法や統辞的な形態において視覚的に識別できる語彙を使用しない限り、漢字という表意文字を通じて文字化した際にその音声における差異を有効に伝達することは難しい。そのため、会話文の鉤括弧外にややくどい伝達節を付加する「解説される方言」は、方言の音声の響きを読み手に想像させることを意図している。また、書記言語として理解しやすい方言語彙を取り入れる形で、方言表記の困難を乗り越えようとする試みがなされている。

上記の蘇北方言が流れる場面に続き、小毛と、理髪師の客である同じ弄堂に住む甫さんの奥さんとの会話シーンが展開される。

（傍線部は邦訳『繁花』で削除され、引用者が補足した部分である）

「あ、甫さんの奥さん、こんにちは」

「小毛、二十四番のトロリーに乗って用足ししてきてくれへんか」と甫さんの奥さんは蘇州なまり（※呉語に属する）で言った。

「何するんですか」[65]

原文：小毛説，師太。甫師太講一口蘇白，小毛，阿会乗24路電車。小毛説，師太做啥。

この会話文では、小毛と理髪師との上海語と蘇北方言のやりとりから、小毛と甫さんの奥さんとの上海語と蘇州なまりのやりとりに急速に移行し、前出の引用と同様に人物の発話言語を明示する伝達節が挿入されている。この場面では、当時の弄堂裏のコミュニティにおいて、異なる出身の移住者が複数の方言を流暢に使い分けるコードスイッチングの実態を描き出している。

このような複数の言語／方言が混在する発話場面は、王承志『同和里』でも頻繁に表現されている。この小説では、「蘇北方言で話す」、「蘇北方言で返す」などといった伝達節を借用することで、会話文で使われる方言を示唆し、普通話や上海語・蘇北方言が混在して話される効果を生み出している。以下、作中での教師と生徒の会話からその事例を示す。

（波線は伝達節、傍線は蘇北方言の語彙）

（1）次の点呼で、私は蘇北方言で「どうしたの」と答えた。[66]

原文：下一次点名，我用蘇北話回答：〝干什呢事啊？〟

（2）この日、蔡先生はまた私の名前を指名し、私は蘇北方言で「はい、まだ生きているよ。まだ死んでないよ」と答えた。皆は大笑いした。[67]

原文：這天，蔡老師又点名点到我的名字，我用蘇北話説：〝還活着呢，還没得死翹翹呢。〟大家又大笑起来。

（3）口を開くと、広東訛の蘇北方言で「相談したいことがあるなら、まず夫を放してください」と言った。[68]

原文：一開口、是帯広東腔的蘇北話：〝有事好商量，先放开我老公。〟

（4）蘇北方言の「風邪を引く」という表現には抑揚頓挫がついているので、とてもきれいだ。[69]

原文：蘇北話〝要受寒的〟這句話抑揚頓挫，特別好聴。

以上の四つの用例は、いずれも叙述者が登場人物の発話言語を伝達節によって明示し、ひいては（3）のように複数の言語が融合し、より複雑な発話情報が伝えられている。また、用例（1）と（2）では、直接話法に伴う伝達節を介さずに、引用された会話文における語尾と統語上の差異を通じて、普通話との違いを示している。例えば、（1）の「干什呢事啊？」では、「什呢」という表現が普通話の「什麼」（どうして、なぜ）に相当する疑問代名詞であり、（2）では語尾の「呢」と文中の「還没得」[70]に蘇北方言の標識要素が現れている。これら二つの例は、主人公（＝蘇北移住者の第二世代）が授業中に先生への発話で、口調の起伏の強い蘇北方言の言葉を無意識のうちに口に出し、「私」の名前を呼んだ先生に対するイタズラの意味合いが込められ、子供らしさを効果的に表現している。

さらに、これらの言葉遊びは、社会の様々な発話場面で散見されるが、それらは二言語変種併用《ダイグロシア》の現象として位置づけられる。ここでは、学校という場が公教育における規範的言語の普及という役割を果たしている中で、普通話と地域言語である蘇北方言との雅俗の対立が浮き彫りになっている。つまり、普通話を操る先生の発話と、家庭や移住者コミュニティにおいてのみ用いられる蘇北方言を操る学生の応答が対立している。この対立を通じて、公教育の場での普通話の権威を脱構築する戦術が示唆されている。

次に、用例（3）と（4）は、会話文における文法上の差異から方言の標識要素を直接判断できる「再現される方言」とは異なり、伝達節を通じてのみ普通話と蘇北方言を視覚的に識別できる「解説される方言」である。そのため、叙述者は（4）に「蘇北方言は抑揚頓挫がついているので、とてもきれいだ」という解説を意図的に加え、方言の音声上の特徴を示している。要するに、明確な標識要素を持たない会話文中の蘇北方言を明示するために、叙述者はあえて解説を挟んで作中人物の言語的情報を伝達し、方言の響きを読み手に印象づけている。これこそが、漢字で表記されると、普通話と見分けがつかない蘇北方言を漢字で表記する際に頻繁に用いられる方法である。

この多言語環境がもたらす複雑な伝達節は、特に第二節で言及した広東おばさんという人物の会話の際に集中的に現れる。人物の呼称からわかるように、彼女は広東省の出身であるが、蘇北移住者が大勢集まっているコミュニティで暮らしている。このような生活環境の中で、彼女は時には「広東訛りを持つ蘇北方言」、時には「広東語、蘇北方言と上海語を混ぜて一気にでたらめを言う」など、複数の方言が混在した話し方を駆使する。

このような伝達節を積み重ねることにより作中では豊かな言語的な「混種性《ハイブリディティ》」が示されている。この現象は、「移民が新しい土地に至った後、土着の人々と雑居すると、方言の中に土着の方言の要素が混じることがよくある」[71]言語的現象に関連している。バフチンは小説における混種性を二つのレベルで解説している。一つは言語形式において「二つの言語・文体の特徴が混在する」小説の内的対話性のレベルであり、もう一つは「歴史的・生得的な混成物において、二つの言語だけでなく、二つの社会的言語の世界観が混淆する」社会的意味のレベルである。[72]

ここでは、伝達節という文体の標識から示された言語的混種性が、広東おばさんのアイデンティティや主人公・大耳との関係という社会的意味も示唆している。広東おばさんは「屋台の場所を奪う」エピソードを経て、男ヤモメであった靴修理人との同棲の過程で蘇北方言を上達させ、主人公・大耳の母親役を担うようになる。特に小説の終盤、十八章のある場面ではじめて、広東おばさんは純粋な蘇北方言で「私が彼（※主人公の大耳を指す）のお母さんじゃないと誰がいったの？今日から私こそが彼のお母さんだ」と宣言する。この蘇北方言での発話は、広東おばさんが幼い頃に母親を亡くした主人公への思いやりを率直に表したことを強調している。ここで、「純粋な」という修飾語の強調は、彼女が広東語や上海語を混ぜて、蘇北方言を喋るのではなく、蘇北方言の使用に徐々に慣れることで、この蘇北移住者の家庭にも少しずつ溶け込み、遂には母親に近い役割までを担うようになったことを示唆している。

これまで広東おばさんのことを「お母さん」と呼んだことがなかった主人公は、ようやく彼女を「お母さん」と呼びはじめる場面がある。「我的媽媽」（私のお母さん）という視覚的に普通話と見分けられない表現は、実際には蘇北方言における別の意味が含まれている。この語は次のように作中の二箇所に現れている。

（5）（※十章において国語の顧先生が出した作文テーマを見た時）

私はこのテーマを聞くと頭が真っ白になってしまった。それは「私のお母さん」だった。この語彙は蘇北方言では、「助けて」という意味だ。

「私の母は死んだ、どうやってこの作文を書けというのか？」[73]

原文：我一聴作文的題目就頭疼発昏了。題目是《我的媽媽》。這四個字要是用蘇北話叫出来，就是喊救命的意思。

我娘死了，我怎麼写這篇作文啊？

（6）（※小説の結末部分において、主人公の仲間の毛頭が主人公に聞く）

「広東おばさんに言いそびれた話があるって、彼女に何を言いたかったの？」と毛頭。

私は『私のお母さん』と呼びたかった」と返した。最後の文は蘇北方言で話した。そう言ったら、毛頭と私は腹を抱えて大笑いした。[74]

原文：毛頭又問：〝你説，你来不及対広東嫂嫂説句話，你想対她説什麼啊？〟

我説：〝我想叫她一声，叫她我的媽媽。〟最後四個字我是用蘇北話講的。説完，我和毛頭笑成一団。

叙述者の解説を結びつけて考えると、「私のお母さん」は二つの意味を持つ。一つは蘇北方言における感嘆詞で、「助けて」という意味が含まれること、もう一つは共通語での辞書的な意味での「母親」という意味での使用である。

引用（6）では、この二つの意味が巧妙に絡み合い、小説の終盤において一連のスリリングな紆余曲折を経た後、「私」は長い間、母親に近い役を担ってきた広東おばさんと次第に距離を縮め、広東おばさんは「私」のことを「息子」と呼び始める場面が描かれる。この文脈では、「私のお母さん」という表現が多層的な意味を持つことを示し、言語的な混種性とともに、人物間の感情的な絆の変化を反映している。

しかし、作中では、まだ愛情を素直に受け取ることができない幼い「私」が、長らく広東おばさんを自分の母親と呼べず、最後にようやく蘇北方言で彼女のことを「私のお母さん」と呼ぶ。この言葉には、幼いやんちゃな「私」が自分の感情に正直になれず、あえて蘇北方言でいたずらを含んだ意味を込めることで、心の底から湧き上がる母親の愛情への渇望を口に出す際の気恥ずかしさが示されている。このような同じ言葉に対する方言と普通話によるダブル・ミーニングは、異なる出身の移住者の言語が交錯する状況の中で家庭や集団への連帯感が深まる瞬間を象徴している。

まとめ

一九九〇年代以降、上海の多くの研究者や知識人、作家は、「蘇北」が上海文化に受け入れられなかったという長い歴史を徐々に表面化させようと試みている。本章では、上海の文化論的言説において排除された「蘇北」を叙述対象とする「蘇北叙述」の代表的な作品を分析することで、次の点が明らかになった。

まず、「蘇北叙述」では、一九九〇年代後期の変わり目、「西段」の転換期の境目に、自己形成空間の崩壊を目の当たりにした作者による、文学表象を通じた集合的記憶と現実との葛藤、そして移住者間の集合的記憶をめぐる「闘争型モード」の反映である。こうした原風景の表象は単純に昔の記憶を取り戻すだけのものでなく、都市改造や社会下層の境遇といった現実的な状況への反応として集合的記憶が再認識されるものであると指摘した。

次に、人力車夫・家政婦・靴修理人・理髪師などの職業像を作中世界に織り込むことによる、蘇北移住者の自己形成および上海の重層的な地域文化の形成に関する社会的様相の鮮明な描写である。特に、これらの職業に従事した移住者が都市の各層の人々と接触しながら、徐々に自らの同郷コミュニティの共同性を相対化し、流動的な「個人」として上海の日常生活に緩やかに溶け込んでいったことが、「蘇北叙述」に属する作品群では描かれている。

この視点は、明らかに「内部」中心の叙述から離れ、より上海の「本質としての地域性」観念に近い「外部＝蘇北叙述」という、単純化された従来の対立相で捉えられるものではなく、異なる地域を出身とする移住者たちの複雑な交流過程が描写されることにより、新たな文化接触を示すものであると解釈する。

そして「蘇北叙述」は「内部」と「外部」という図式や、地元住民と蘇北移住者という文化的衝突の図式を乗り越え、両者が新たに共通の市民文化を形成しつつ一体化していくプロセスを、異なる地域からの移住者間の提携と競合に着目するものであることを明らかにした。

さらに、「蘇北叙述」には、「解説される方言」と「再現される方言」という手法を通じて、移住者で構成される上海社会における多様な方言や言語変種が交錯する言語状況、および作中人物の発話場面におけるコードスイッチングが示されている。また、規範的な言語と地域的な言語という単純化された二項対立を超越し、蘇北移住者の言語／方言のバリエーションを文学テクストに表現している点も「蘇北叙述」の特徴として挙げられる。これらの指摘から、上海の「地域性」を浮き彫りにする文学は『上海語』で書かれ、土着の『上海人』の何らかの特性を反映すべきだ」という「本質としての地域性」観念に基づいた認識を、「蘇北叙述」は超越するものと考えられる。

まとめると「蘇北叙述」は、上海が都市近代化に伴い、独自の都市的な性格を形成する過程で、重層的な地域文化が交錯・衝突あるいは融合する歴史的な歩みを、再び振り返って語り直す文学的な試みとして位置づけることができる。この試みは、定着しつつある上海文化の中身に「蘇北」という文化記号を新たに賦与するためのものであり、従来の一方的な言説を脱構築した上で、上海の重層的な文化価値において新たな「蘇北」を位置づけることを目指している。

より重要なことは、「蘇北叙述」の本質化されがちな地域文化に関する言説の枠内において潜在する保守的かつ排他的な傾向を意識しつつも、文学叙述によって異質性を包摂することが可能な反省的かつ流動的な「地域性」を想定している点を認識することである。新たな「地域性」は、安定した構造体として捉えられる観念ではなく、多様な移住者や文化のるつぼの中で、摩擦や軋轢を生み出しながらも、互いに影響を与え合う「中間地帯」にこそ見出されるものであり、絶えず自己更新を続ける文化形式によって表象されうるとの仮説が浮上してきた。

次章からは、この仮説をさらに検証するため、文学研究の枠内における「地域性」の基盤となる文学言語に目を向け、「版本批評」の方法論を導入することで、蘇北方言という限定された対象から、方言使用のより広範な側面へと視点を転ずることにする。

註

［1］蘇北出身者が上海の人口に占める割合については、蘇北の地理的範囲が明確に限定されておらず、また過去のデータも比較的少ないため、現在に至るまで定説がない。一九九〇年代に上海社会科学院の学者・盧漢龍が行った調査によると、出身者の人口割合は、一九四九年以前は13・7％、一九九一年は17・3％である（盧漢龍『上海解放前移民』特徴研究」、『上海社会科学院学術季刊』一九九五年第一期）。

ただし、盧漢龍が調査で定義した「蘇北地方」は江蘇省の揚子江以北という範囲よりは狭く、広義的な定義で定められた蘇北の範囲で統計を取ると、その地域からの移住者が占める割合が二割以上になると考えられる。

［2］羅崗・許紀霖等『城市的記憶』上海書店出版社、二〇一一年、一二頁。

［3］蘇州河西段は、上海社会科学院歴史研究所の学者・鄭祖安が提起した用語である（鄭祖安『上海歴上的蘇州河』上海社会科学院出版社、二〇〇六年、一〇三頁を参照）。主に北新涇（図版の大きさの都合上、図2.2の地図には含まれていない）から蘇州川上の恒豊路橋にかけての地域であり、河の上流・下流といった純然たる自然地理的な用語と区別され、

一つの文化地理的概念である。西段と東段（恒豊路橋から黄浦江との合流点）は、上海の歴史的文脈において、人口・産業構造、都市風景・文化などの面で相当な差がある。

［4］移住者の出身地と職業の関連性については、エミリ・ホニグ（韓起瀾）、盧明華訳『蘇北人在上海、一八五〇〜一九八〇』（上海古籍出版社、二〇〇四年）の第四章、と盧漢超（ハンチャオ・ルー）、段錬・呉敏・子羽訳『霓虹灯外：二〇世紀初日常生活中的上海』（山西人民出版社、二〇一八年）の七三〜七四頁が詳しい。

［5］歴史学の調査によると、スラム街住民のほとんどは蘇北地方からの流民である（陳映芳編『棚戸区：記憶中的生活史』上海古籍出版社、二〇〇六年を参照）。

［6］「安置住宅」とは、新しい土地区画整理や軍事施設の建設などのために、やむを得ず土地を接収する際に、当該地域や他の地域から立ち退かされた住民に供給する住宅である（黄将来「中国の廉租住宅における居住者の居住実態に関する研究：広西省・柳州市を事例として」、『生活科学研究誌』一三巻、二〇一五年、六七頁を参照）。

［7］エミリ・ホニグ（韓起瀾）、盧明華訳『蘇北人在上海、一八五〇〜一九八〇』上海古籍出版社、二〇〇四年。佐々波智子の書評「エミリ・ホニグ『中国のエスニシティ形成――上海の蘇北人一八五〇〜一九八〇』、エリザベス・ペリー『ストライキ下の上海――中国労働者の政治』」（『中国：社会と文化』第九号、一九九四年）も参照。

［8］任暁雯、一九七八年生まれ。一九九九年デビューの上海作家。二〇一三年以降、新聞『南方週末』連載コラムを機に、歴史の大きな流れの中の小さな人物の物語に基づいた小説を書き始め、後に長編小説『好人宋没用』と短編小説集『浮生二十一章』として単行本化された。

［9］王承志、一九五〇年代生まれ。上海出身。二〇一六年初長編小説『同和里』で注目を集める。

［10］許峰「霓虹灯下的另類人群――当代文学中『蘇北人』形象塑造及其身份認同」、『文芸争鳴』二〇一四年第三期、二〇七〜二一一頁。ここでの「下只角」は上海の旧租界（すなわち「上只角」エリア）以外の庶民的な雰囲気が漂うエリアを指す。続く「閘北」は「下只角」の一部に属するかつて上海の行政区の一つであり、西段は閘北区と普陀区の間に位置している。「上只角」と「下只角」の詳細については、本書のコラム2を参照されたい。

［11］文化変容または文化の接触文化とは、異なった文化を持った集団同士が互いに持続的な直接的接触をした結果、その一方または両方の集団のもともとの文化型に変化を起こす現象を指す。祖父江孝男『文化人類学入門』中公新書、一九九九

一年、一九四〜一九五頁を参照。
〔12〕葛亮『繁華落盡見真淳：王安憶城市小説書寫研究』（香港）中華書局、二〇一九年、七九〜九六頁。
〔13〕蔡翔前掲書『神聖回憶』、三二一〜三三二頁。
〔14〕奥野健男『文学における原風景——原っぱ・洞窟の幻想』集英社、一九七二年、四四頁。
〔15〕奥野健男前掲書『文学における原風景』、四五頁。
〔16〕蔡翔前掲書『神聖回憶』、二七三頁。
〔17〕江蘇省の西側に隣接した安徽省の北部。「蘇北」の一部として捉える広義的な見方もある。
〔18〕蔡翔前掲書『神聖回憶』、一七六頁。
〔19〕蔡翔前掲書『神聖回憶』、三七頁。
〔20〕蔡翔前掲書『神聖回憶』、五三頁。
〔21〕蔡翔前掲書『神聖回憶』、四二頁。
〔22〕奥野健男前掲書『文学における原風景』、五六頁。
〔23〕M・アルヴァックス、小関藤一郎訳『集合的記憶』行路社、一九八九年、一六頁。
〔24〕アストリッド・エアル、山名淳訳『集合的記憶と想起文化——メモリー・スタディーズ入門』水声社、二〇二二年、二四五頁。
〔25〕アストリッド・エアル、山名淳訳前掲書『集合的記憶と想起文化』、二四五頁。
〔26〕李其綱「浜北人」、前掲書『城市地図』、五九〜六〇頁。
〔27〕Tim Cresswell, *Place: a Short Introduction*, Blackwell Publishing, 2004, pp. 9
〔28〕李其綱「浜北人」、前掲書『城市地図』、五九頁。
〔29〕蔡翔前掲書『当代文学与文化批評書系・蔡翔巻』、二三九頁。
〔30〕李其綱「浜北人」、前掲書『城市地図』、六四頁。
〔31〕アストリッド・エアル、山名淳訳前掲書『集合的記憶と想起文化』、二四二頁。
〔32〕李其綱「浜北人」、前掲書『城市地図』、七二〜七三頁。

〔33〕李其綱「浜北人」、前掲書『城市地図』、七三頁。
〔34〕アストリッド・エアル、山名淳訳前掲書『集合的記憶と想起文化』、二三二〜二三三頁。
〔35〕アストリッド・エアル、山名淳訳前掲書『集合的記憶と想起文化』、二四三頁。
〔36〕王安憶、飯塚容・宮入いずみ訳『富萍』勉誠出版、二〇一二年、五頁。
〔37〕王暁明、千野拓政・中村みどり訳前掲文「上海はイデオロギーの夢を見るか？」、三七頁。
〔38〕王安憶『紀実与虚構』人民文学出版社、一九九三年、三頁。
〔39〕王安憶、飯塚容・宮入いずみ訳前掲書『富萍』、一一七頁。
〔40〕王安憶、飯塚容・宮入いずみ訳前掲書『富萍』、一一七頁。
〔41〕Wendy Joy Darby, *Landscape and Identity*, Berg Publishers, 2000: 10.
〔42〕イーフー・トゥアン、山本浩訳『空間の経験』筑摩書房、一九八八年、一七頁。
〔43〕盧漢超（ハンチャオ・ルー）段錬・呉敏・子羽訳前掲書『霓虹灯外：二〇世紀初日常生活中的上海』、一一四頁。
〔44〕王安憶、飯塚容・宮入いずみ訳前掲書『富萍』、二五一〜二五二頁。
〔45〕王暁明、千野拓政・中村みどり訳前掲文「上海はイデオロギーの夢を見るか？」、四七頁。
〔46〕王暁明、千野拓政・中村みどり訳前掲文「上海はイデオロギーの夢を見るか？」、五九頁。
〔47〕王安憶、飯塚容・宮入いずみ訳前掲書『富萍』、二五〇頁。
〔48〕任暁雯『好人宋没用』北京十月文芸出版社、二〇一七年。
〔49〕任暁雯前掲書『好人宋没用』、六九〜七〇頁。
〔50〕小説の参考資料について、任暁雯前掲書『好人宋没用』、五二〇頁の付注に言及あり。盧漢超（ハンチャオ・ルー）、段錬・呉敏・子羽訳前掲書『霓虹灯外：二〇世紀初日常生活中的上海』、六六〜一〇三頁。
〔51〕ここでの新旧移住者は、歴史上の移住者世代の区分ではなく、論述の便宜上、主人公「小皮匠」一家のような上海に根付いた移住者を「旧移住者」とし、新しく流れ着いた移住者を「新移住者」と呼び分ける。
〔52〕王承志『同和里』上海文芸出版社、二〇一六年、一四七〜一四八頁。
〔53〕沈嘉禄「努力修復上海市民生態」、『老有上海味道』公式アカウント、二〇一七年一月五日、https://mp.weixin.qq.com/

s/dOcFYqKpzPl9HCMv6fPW3g（最終確認日：二〇二三年二月一四日）。

［54］エミリ・ホニグ（韓起瀾）、盧明華訳前掲書『蘇北人在上海、一八五〇～一九八〇』、七五頁。

［55］于海『上海紀事：社会空間的視角』同済大学出版社、二〇一九年、四六頁。

［56］蔡翔前掲書『神聖回憶』、二七四頁。

［57］エミリ・ホニグ（韓起瀾）、盧明華訳前掲書『蘇北人在上海、一八五〇～一九八〇』、二二二～二二三頁。

［58］商偉「言文分離与現代民族国家：『白話文』的歴史誤会及其意義」、『読書』二〇一六年一一月号。

［59］金宇澄『洗牌年代』文匯出版社、二〇一五年、四一頁。

［60］周振鶴・遊汝傑、内田慶市・沈国威監訳、岩本真理・大石敏之・瀬戸口律子・竹内誠・原瀬隆司訳『方言と中国文化』光生館、二〇一五年、四五頁。

［61］盧漢超（ハンチャオ・ルー）、段錬・呉敏・子羽訳前掲書『霓虹灯外：二〇世紀初日常生活中的上海』、一二五頁。

［62］王安憶、飯塚容・宮入いずみ訳前掲書『富萍』、一一五頁。

［63］邦訳『繁花』は日本人読者がスムーズに読めるために、会話文の伝達節や方言情報を提示する解説を削除しているところがある。本書では、邦訳『繁花』を引用する場合に、原文を踏まえた上で、削除された内容を補足することにする。

［64］金宇澄、浦元里花訳前掲書『繁花』、上巻五六頁。

［65］金宇澄、浦元里花訳前掲書『繁花』、上巻五七頁。

［66］王承志前掲書『同和里』、二二九頁。

［67］王承志前掲書『同和里』、二二九頁。

［68］王承志前掲書『同和里』、一五三頁。

［69］王承志前掲書『同和里』、二〇七頁。

［70］（2）の「還活着呢，還没得死翹翹呢」という表現は、やや嘲弄の意味で、知り合いに会って冗談を言うような挨拶にも使われ、「久しぶり、まだお元気？」という意味にも使われる。

［71］周振鶴・遊汝傑、岩本真理等訳前掲書『方言と中国文化』、四四頁。

［72］バフチン、伊東一郎訳前掲書『小説の言葉』、一八七～一八九頁。ホミ・バーバはバフチンの認識を踏まえ、「混種性」

を「あらゆる一面化した解釈を拒むような存在そのものがはらむ多義的性格を指すものであり、異なる種がそれぞれ別個に存在した上で、それが交じり合うといった多元文化主義的な理解」(ホミ・K・バーバ、磯前順一・ダニエル・ガリモア訳前掲書『ナラティヴの権利——戸惑いの生へ向けて』、一二四〜一二五頁)と意味を拡張している。本書では「混種性」に関連する用語の使用は、分析の対象によって文体的な側面と多元文化的な側面の両方を含んでいる。

〔73〕王承志前掲書『同和里』、一二九頁。

〔74〕王承志前掲書『同和里』、三一一〜三一二頁。

コラム3

「蘇北」差別の源流

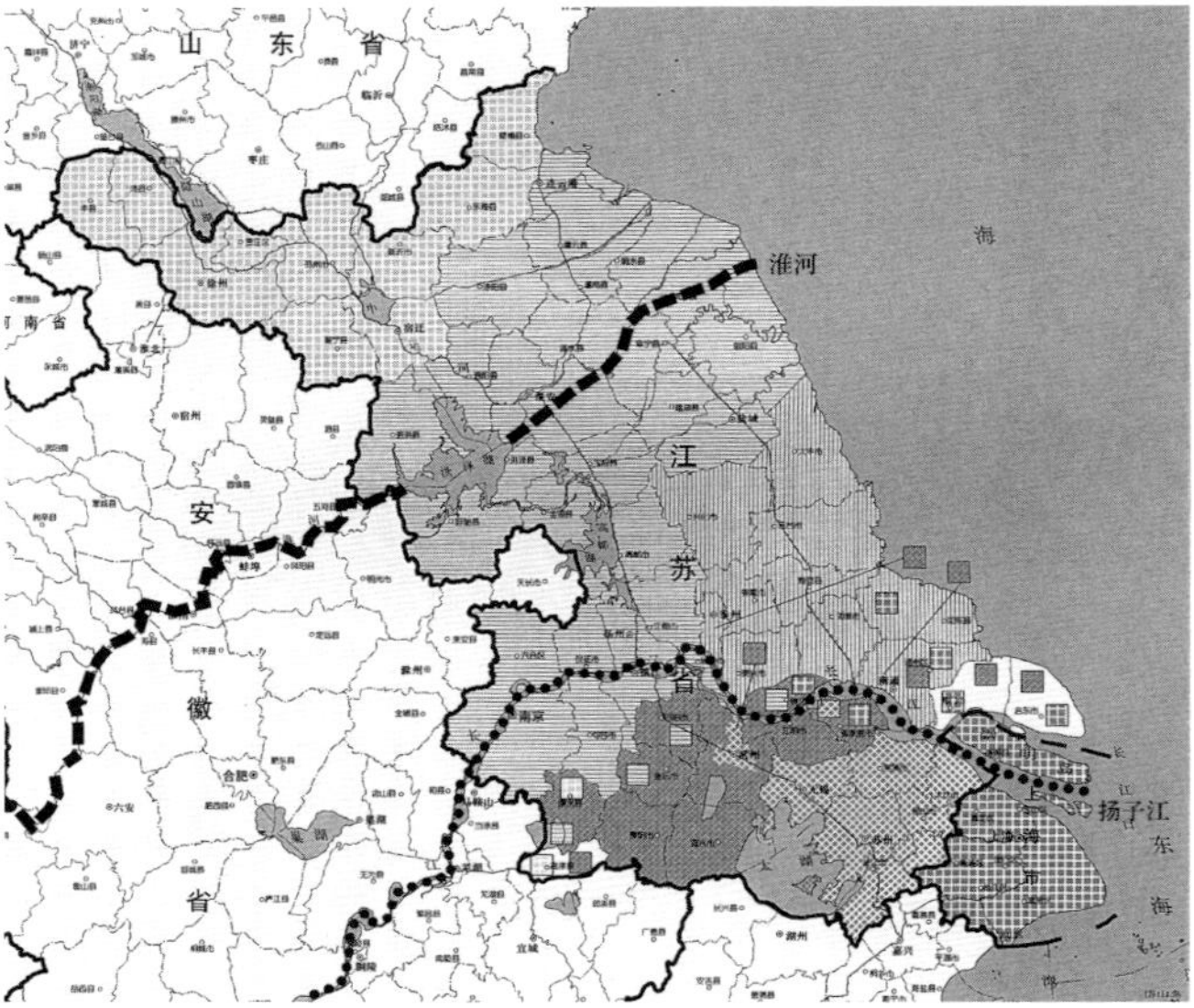

江蘇省を流れる楊子江と淮河ベースマップの出典：中国社会科学院語言研究所等編前掲書『中国語言地図集（漢語方言巻）』、B2-11頁（破線は淮河を、点線は楊子江を示している。これらの線は引用者によるものである）

蘇北とは、江蘇省の北部、楊子江より北の地域を指し、「江北」とも呼ばれる。楊子江と淮河という二大河川に挟まれたこの地では、古代より大規模な灌漑が行われ、豊富な農産物とそれを運ぶ発達した水路を誇る豊かな地域であった。

しかし、一一二八年、南宋は黄河の堤防を意図的に決壊させその流路を変えることで、北方の女真族の侵攻を防ぐことを企図した。「奪淮入海」と呼ばれるこの治水事件の結果、淮河の河道は黄河の大量の泥沙で塞がれてしまい（上の図にある「廃黄河」）、その結果、淮河流域はその後、約七百年もの間、常に黄河の氾濫に悩まされる地域となってしまった。度重なる氾濫は、農作物の収穫を激減させ、飢えに苦しんだ多くの人々が蘇北から逃れていった。

一方、黄河氾濫の影響が比較的少なかった蘇北地域の南部（揚州周辺）は、南北を結ぶ京杭大運河の舟運と塩業で栄え続けた。しかし、一八五五年に黄河が再び流路を変えたことで、京杭大運河の山東省に及ぶ水路が使用不能となり、舟運は海路中心へと推移していく。京杭大運河の衰退は、揚州や淮安など、運河沿いに栄えてきた都市の経済に致命的な打撃を与え、都市の衰退により水路・運河の整備は滞り、かつてないほど深刻な水害が頻発するようになってしまう。水害により田畑を流された多くの農民は飢饉から逃れるために南下し、楊子江以南の江南地域、特に蘇州河に沿った上海租界周辺の「華界」にある閘北に移住した。

蘇北移住者が閘北に集中した背景には次のような事情がある。上海は一八四〇年代のアヘン戦争後に開港し、新興近代都市として急速に発展する中で、揚子江以南の江蘇省と浙江省北部を中心とする江南地域も経済的な後背地として近代化が進んだ。また江南地域住民の多くが呉語を使用していたため、当時の上海の主流文化は呉語という共通言語によって結びつけられていた。こうした背景から、江南の人々は一八四三年の上海開港後、いち早く先住し、地理的・文化的優位性を活かし、上海における比較的有利な経済的地位を築くことに成功した。

不幸なことに、度重なる水害や戦乱に苦しんだ蘇北の人々は、江南人に次いだ第二の大規模移住者であり、すでに上海の既得権は江南出身者により独占されていた。蘇北からの大量の移住者により上海では江南人と蘇北人とで職を奪い合う事態が生じ、移住者の生活はかつてないほど厳しいものとなってしまう。このように対立した状況下で、先住の江南人々が後発の蘇北人に対し、敵意を抱くようになるのは無理もないことであった。

上海では、同郷人同士の地縁的結束は経済的成功に欠かせないものであった。雇用や仕入れなど、経済活動の原動力は基本的に同郷の人脈に頼って機能するからである。そのため、江南の人々は自分たちの経済的地位を守るために、蘇北の人々を徹底して排除した。それは一九二〇年代の好景気に沸く旧租界時代において顕著であり、ほぼ全ての業界で、江南人や広東人が高賃金の技術職や高級役職を独占し、蘇北人は肉体労働のような、低賃金の下級職にしか従事することが許さなかった。

特に上海の綿紡織工場の労働者が蘇北出身の女性により占められていた事実は、こうした状況の象徴である。当時の紡織工場の労働環境は劣悪で、埃だらけの作業場での勤務で健康を害することは珍しくなかった。そのため、江南は工場を敬遠したが、蘇北人にとっては、劣悪な環境であろうとも工場での労働は、貴重な収入源であった。

蘇北人への職業差別は継続し、一九四〇年代に発表された商業取締役名簿によると、名簿に記載された江蘇省および浙江省出身の二千八〇人のうち、蘇北出身者はわずか一七五人であり、これは全体の8％に過ぎなかった。またその出身者が勤務する会社の業種は、人力車会社、理髪店、銭湯、建設業などがほとんどであり、商業関係や銀行業に勤務する人はごくわずかであった。

このことは、依然として蘇北出身者の大多数が、下級職にしか従事することが認められなかったことを示している。なぜなら、蘇北出身者の多くは、災害などで故郷を追われた人々であり、十分な教育や特別な技術を得る機会がそもそもなかったからである。さらに貧困に苦しむ蘇北出身者たちには、他の移住者のように、同郷人同士で助け合う余裕は存在しない。そのため、荷揚げ人足や、人力車夫、下水道の掃除といった、過酷な仕事に就かざるを得なかった。

歴史学者のエミリ・ホニグの研究によると、当時の蘇北出身の労働者たちは、外資系工場での就業を好む傾向が見られた。その背景には、設備の充実度だけでなく、外国籍の経営者から、同胞である中国人経営者からは得られなかった敬意ある扱いを受けていたという点が大きく影響している。江南移住者とは異なり、近代に中国にやってきた外国人は蘇北人に対して偏見を持たず、蘇北（江北）に対する差別意識もなかった。そのため、蘇北出身者は外資系工場で働くことによって、ようやく公平な扱いを受けることができ、外資系工場での就業は社会的な地位向上を意味した。

しかし、一九三二年の第一次上海事変における閘北の日本軍占領と、同地での傀儡政権の樹立により、蘇北人は「日本軍の協力者」というレッテルを貼られた。この結果、蘇北人のイメージは再び大きく損なわれ、上海社会における蘇北人の地位もさらに低下した。こうした歴史的経緯により、「蘇北人」に対する偏見は上海に深く根付いていったのである。

江南移住者と蘇北移住者との間には、黒人差別のような、人種的特徴に基づく差別定義は存在しない。では、江南移住者はどのようにして蘇北移住者を見分けていたのだろうか。

その答えは、移住者の言語やアクセントにある。上海を含む江南地域では、南方方言に属する呉語を使用するのに対し、蘇北移住者は一般的に北方方言の江淮官話を使用した。しかし、正式な言語学用語である「江淮官話」と見なされず、「蘇北話」や「江北話」といった差別的な響きを持つ名称で呼ばれていた。

エミリ・ホニグの研究によると、「江北人」という言葉は、上海語では罵倒語として使われており、蘇北出身であるか否かにかかわらず、道理が通じない人や社会的地位が低い人を表す意味で使われていたとされている。また、乱暴な話し方をする人に対しては、「蘇北話を喋るのか」と非難することもあった。こうした差別意識は、上海の地域的演劇である滑稽戯にも影響を与え、おどけた役柄は必ずと言っていいほど蘇北訛りの言葉で演じられた。また、蘇北話を使う淮揚劇のような地方劇は、上海の大劇場で上演される機会がほとんど与えられなかったと指摘している。

このように、蘇北地域の文化に関わるものは、江南出身者が中心となって築き上げた上海の主流文化、すなわち海派文化から排除され続けてきたといえるだろう。

中華人民共和国建国後、戸籍制度の強化によって地域間の自由移動が制限され、蘇北から上海への移住ブームは沈静化した。また、労働者階級の社会的地位の向上なども相まって、蘇北差別は徐々に緩和されてきている。さらに、蘇北移住者の次世代は上海で生まれ育ち、上海語を流暢に話すため、言語やアクセントによって区別することができなくなり、他地域出身の上海人と同様に見なされるようになった。

しかしながら、現在でも結婚相手を探す際、相手の出身地を確認するような場合、上海では蘇北に対する差別意識が依然として根強く残っていることがうかがえる。また、罵倒語として「蘇北人」「江北人」といった表現を日常会話で耳にすることは少なくない。蘇北差別は時代とともに消失していくと考えられるが、今後はより見えにくく、ひと目では気づかない、隠れた形で存続していくと思われる。

本書、第二章で取り上げた研究書や文学作品は、こうした蘇北移住者の苦渋の歴史を明らかにし、彼・彼女らの記憶を辿ることで、より多くの人々に蘇北移住者への理解を深めてもらうための試みであるといえるだろう。

第三章　方言修正による「叙言分離体」の浮上

はじめに

前述のように、国民国家が制定した規範化された言語イデオロギーの影響下では、文学研究の枠内で「地域性」を考察する際、文学テクストにおける「方言」の扱いは避けて通れない課題である。

中国語の方言には、国民国家が制定した共通語である「普通話」との親疎関係に基づく「二層構造」が存在するとされている。この構造により、民国期の「国語」制定から共和国期の「普通話」への変遷において、共通語へと昇格する際に、各地域の差が少ないことで重用された「北方方言」と、共通語に採用されず従来の地位に甘んじ、言語の差異を地域別に色濃く残す「南方方言」の間で不平等な秩序が形成されたと指摘されている。[1]

特に、呉語（上海語や蘇州語など）を含む「南方方言」は、普通話の強制や都市化に伴う移動人口の増大により、消失や衰退の危機に直面している。これは方言間の地域偏差、すなわち南北方言に不均衡な関係を表している。

一応、中国の「国家通用語言文字法」の第十六条では、戯曲・映画やドラマなどの文芸様式での方言使用は禁止されておらず、出版や教育において必要な場合、方言使用は許可されている。この条文は方言使用を過度に制限しないという法の制定意図を示しているが、「必要な場合」に対する具体的な基準説明が欠けているため、どのような状況で方言が許可されるかが明確ではない。

この曖昧性のため、文芸作品では、「北方方言」の頻度が「南方方言」よりも圧倒的に多く使われる傾向があり、不均衡を生んでいる。[2]もし「普通話」を「モダナイゼーション」のイデオロギーを典型的に表現した、中国流のモダナイゼーションという言説の表象、つまり虚構の『近代言語』[3]と見なすならば、「南方方言」はその「近代言語」という権力構造に収斂されない、異質なものとして認識することができるだろう。

現在に至るまでも、「南方方言」の多くは固有の表記や文字を持たず、表記する際には、既存の同音字を借用しなければならない。こうした背景から、「南方方言」を「文学言語」に反映させるための文字化とその表記の習慣は、中国現代文学において歴史的な蓄積が乏しいといえる。

このように方言使用が十分に定着していない中で、上海出身の作家はどのようにして「南方方言」に属する上海語を文字化し、文学での表現を試みているのだろうか。本章および次の章では、第二章で論及した上海文学における方言使用の二つの表現手法、すなわち「解説される方言」と「再現される方言」、それにかえて両者の混在性について詳しく分析する。

また、分析対象を「蘇北叙述」に限らず、さらに広範な視点を求め、上海文学における方言叙述の動向へとシフトする。これは、夏商の長編小説『東岸紀事』、任暁雯の短編小説集『浮生二十一章』（以下『浮生』）や金宇澄の長編小説『繁花』など、上海の方言を取り入れた作品が、二〇一一年以降に多数登場していることが背景にある。これらの作品を、次に紹介する「版本批評」という分析手法を導入することで、版を重ねるごとに文体が変化する上海文学テクストにおける方言使用の実態と、その特徴をより深く考察する。

ただし、このような動向は現在も進行中であるため、本章ではこの動向を一つの完結した文学史の現象として捉えることは目的とはしない。つまり、その成立理由や、作家間および作品間での影響、すなわち同時代の共時的な諸関係の詳細な考察を目的とするのではなく、序章で触れたように、特定の作品の改版を通じて文学言語における模索の痕跡を追跡し、作品における方言使用の特徴や作家の言語意識を明らかにすることを目的とする。この過程で、それらの作品の文体の変化が「近代」という枠組みが規定する諸観念からどのような影響を受け、またどのように超克しようと試みたかを解明することを目的とする。

ここで取り上げる改版による修正の実態を把握するアプローチは、文学研究者である金宏宇が提起した近代文学における「版本批評」[4]を参考にする。古典文献学では版本の研究、すなわち書物の形態・材料・成立の過程・善本の確定などを実証的に分析するのに対し、近代文学の「版本批評」は作品の版ごとの変遷を確認した上で、作者の修正による版本間の字句の異同を整理し、その修正理由や特徴、ひいてはそれらの背後にある社会的・政治的・観念的な要請を分析することを主目的としている。上海作家の方言使用と言語意識を検証する際、金宏宇の「版本批評」という方法論の導入が、高い有効性を持つ理由として、次の二点が挙げられる。

まず、視覚的に識別が困難な方言であっても、版の比較を通じて特定できる点が一つの理由である。第二章で述べたように、中国語の共通語と方言の相違は、文法や統辞的形態よりも音声レベルで顕著である。これは、方言を表意文字である漢字を用いて表記する際、共通語との音声における差異を適切に表現できないことが原因である。

版の比較を通じて方言語彙を識別する具体例として、後述の表3.2における『東岸紀事』修正例（21）を参照する。もともとの会話文「你知道胸罩什么牌子最好？」（一番いいブラジャーのブランドを知ってる？）が、改訂版で「暁得胸罩啥牌子最好哦？」に修正されている。「知っている、理解している」という意味を表す「知道」という共通語は、上海語では「暁得《ショタ》」と表現される。ただし、「暁得」という表現は上海語に限らず、江淮官話や西南官話でも用いられ、また共通語のカジュアルな会話においても時折使用される。これらの方言で同様の意味を持つ語彙も、発音は異なるものの、漢字表記は「暁得」に統一されている。

日本語で「何、どんな」を意味する「什么（共通語）→啥（上海語）」も同様である。「啥」は共通語のみならず他の地域言語でも用いられるため、単一の版を参照するだけでは、作者がその単語を方言、または共通語としてどのように捉えたかが曖昧である。しかし、版ごとの修正を考察すれば、作者が何度も「知道→曉得」「什么→啥」という変更を加えている場合、共通語ではなく方言表記を目的としているか、あるいはその逆を目的としているかが修正の痕跡から判別することができる。

もう一つの理由は、作者が創作や修正の際にどの語を方言語彙として選び、どの語を共通語として残したかを整理することで、作者の一貫した文体と言語意識を実証的に考察できる点にある。従来の方言使用に関する研究は、主に地域独特の文化や気質を伝達する際の美的側面に注目してきたが、その分析は「本質としての地域性」が先に存在し、その地域言語は先在する地域性を表象する言語的な道具として機能するという前提に基づいている。

ただし、序章で触れたように、本書は文学テクストにおける方言使用を、「本質としての地域性」を伝える修辞的な効果ではなく、まずは小説の文体問題の一環として考察する。方言や地域言語が文字化される際、地域を超えた言語共同体の読者にも理解されやすいよう、国民国家による「言語規範」の要請に応じて文体の変形が施されることがある。この変形を通じて、通常「言語規範」によって疎外されがちな文字化された方言や地域言語が、国民国家の領域内で流通・閲読されうるテクストへと変容する。そのため「版本批評」を用いることで作品の修正実態を把握し、文学テクストにおける方言使用の文体がどのように変形したかを考察することが可能になる。

以上の理由で、本章では「版本批評」を通じて上海文学における方言使用がどのような混在的文体の活用により実現されているかを探求する。まず上海出身の作家・夏商の長編小説『東岸紀事』[5]を改訂事例として取り上げ、任暁雯の『浮生』を参照しつつ、字句の異同を整理した上でその方言使用の文体的特徴を把握する。次に方言表記の追求により研鑽された文体の特徴や言語意識について分析し、いかに「近代」が規定する諸観念から影響を受けているかを考察する。

第一節　『東岸紀事』の版本の変遷

夏商の長編小説『東岸紀事』の初出は、二〇一二年の文芸誌『収穫』である。その後二〇一三年に上海文芸出版社から単行本として初版が出版され、二〇一六年には華東師範大学出版社から改訂版が出された。この作品の題名『東岸紀事』は、「浦東での出来事を綴った記録」という意味であり、その中の「東岸」という部分は、小説の舞台である上海市内を流れる黄浦江の東岸エリア、すなわち「浦東」[6]を表現している。一方で、黄浦江の西岸エリアである「浦西」は、前章で述べた旧租界エリアや蘇州河西段など、歴史的に形成された上海の主要な市街地を指す。

『東岸紀事』は一九七〇年代初期から一九九〇年代初頭の浦東開発戦略が開始される時期までを描いた物語である。一九九一年には、浦東開発の象徴である浦東と浦西の旧南市区（現在は黄浦区）を結ぶ「南浦大橋」が竣工した。この小説では、南浦大橋の建設をはじめとする大規模インフラ整備による立ち退きや、それに対する地元住民の抵抗、移住者の都市社会への適応過程とそれに伴う方言やアクセントの分岐による社会的差別など、都市化が進む浦東で生じた社会問題が扱われている。

小説の本筋は、浦東出身で容姿端麗なヒロイン・喬喬を中心に展開される。喬喬の父親は浦西出身の公務員であるため、彼女は浦東弁（本章では上海語に属する下位方言を「〇〇弁」と称する）と浦西の市街地で話される上海語の両方を流暢に操り、幅広い人脈を持っている。後に彼女は上海師範学院に進学し、その才能と美貌により多くの男性から思いを寄せられるが、図らずも望まぬ妊娠で退学処分になってしまう。

本来ならば順調な人生を歩むはずであった彼女は、打ちひしがれ、紆余曲折の末、賭場を仕切る崴崴《ワイワイ》という不良少年の愛人に成り果てる。崴崴《ワイワイ》は浦東で育ち流暢な上海語を操るも、その名前からは南西部の辺境、雲南省の少数民族の出身を匂わせる。

落ちるところまで落ちた喬喬は惣菜店を営みつつ、細々と生活していた。しかし、そんな彼女の境遇をよそに、浦東は都市化および工業化に伴う成長期に突入し、南浦大橋の建設に伴い、喬喬は立ち退きを余儀なくされる。その結果、彼女は浦東の繁華街から遠く離れた、政府が提供する公共住宅に引っ越すはめになる。

このように本筋をまとめると、『東岸紀事』は主人公・喬喬の成長を描いた物語として、彼女が成長していく過程を中心に単線的な展開を採用しているように思われがちである。しかし、次章で分析する『繁花』と同様に、実際の物語は非線形的構造を採用している。つまり、喬喬が主要な登場人物であるにもかかわらず、彼女の物語と直接関係しないような人物の逸話や地域で伝承されている歴史（所謂「野史」）、その時代の人々の服装など、風俗に関するエピソードがストーリーの所々に挿入されている。さらに、これらのエピソードは小説の初版刊行後に増補されたもので、単独の小説として成立するほどに比較的独立した内容となっている。このように『東岸紀事』は、多層的で複雑な構造を持つ作品として位置づけられている。

出版を重ねるごとに新たに挿入された部分を分析する前に、作者・夏商へのインタビュー[7]や本のあとがきを参照し、『東岸紀事』の版本変遷を整理しておきたい。夏商はインタビューにおいて、『東岸紀事』の執筆過程について次のように述べている。

> 大体二〇〇四年に執筆を開始しましたが、その前に六里鎮という町へ写真を撮影しに行きました。今では当時の面影はすっかり消えてしまいました。浦東は一九八〇年代の末から開発が始まり、二〇〇四年までに六里鎮はほぼ解体されていました。自分で撮ったこれらの写真を見ながら、田舎の記憶について書き進め、

ゆっくりといくつかの段落を完成させました。その間にプーアル茶のビジネスも手掛けており、少し気が散ることもありましたが、前後合わせて約七年かけて、昨年（※二〇一一年）の上半期に執筆を終えました。その後、出版と発表の過程でいくつかの修正を加えました。

このように、同作が出版される七年にわたる創作期間に、上海語の叙述文で、全体の三分の二まで書き進めた「手稿」と見なされる版が存在している（以下「手稿一」）。ただ、上海語がわからない読者でもテクストをスムーズに読めるようにするため、叙述文における方言使用を大幅に削除した「手稿二」が存在する。『東岸紀事』は最初『収穫』誌の「長編小説特集号・二〇一二年春夏巻」に掲載された（以下『収穫』版」）。この版は方言使用を抑えた「手稿二」に基づき、さらに掲載誌の紙幅制限により、原稿の文字数は四六万字から二五万字へと大幅に削減されている。削減された内容は、前述のように、物語の本筋から逸れる地理・歴史・風習や人文的逸話などに関する特定地域の風俗史である。二〇一三年に上海文芸出版社から出版された『東岸紀事』の単行本（以下「初版」）は上下巻に分かれ、『収穫』版では削除された二〇万字程度の内容が新たに増補されている。

その後も、『東岸紀事』の修正作業は続く。読みやすさを保ちつつ地域色を強化することを目的として、二〇一六年の華東師範大学出版社から改訂版が出されるのだが、夏商は改訂版のあとがきで、「構成上の修正は行わなかったが、作業量は相変わらず多く、主に話し言葉や会話の趣を浮き彫りにした。初版では、他地域の読者に配慮し、彼らを惹きつけるために、上海語を一部削除したが、改訂版ではできるだけ復元し、元の味をそのまま再現するようにした」[8]と述べている。つまり、夏商は『東岸紀事』の『収穫』版と初版を世に出す際、読者の反応に及び腰であったためかもしれないが、当初は「言語規範」の要請に応じて文学テクストの方言使用に対して保守的な姿勢を示していたのである。

しかし、初版刊行後、『東岸紀事』は一般読者から批評家に至るまで「これまでの小説の全てがより注目された[9]」と述べるほど、肯定的な評価を受けることに成功した。作品の成功により、大きく裁量を得た夏商は、改訂版では自らの創作の初心に忠実であるよう心掛け、作品の独創性を優先させることにした。改訂版では、全体の筋書きの変更はなかったものの、会話文における方言語彙の使用頻度を大幅に増加させ、二〇一八年には『東岸紀事』と夏商の他の前期作品を含む「夏商小説シリーズ」が華東師範大学出版社から出版された。これは「定稿本の性質を持つ[10]」最新の版であり、改訂の程度は極めて小さいとされる。

このように、『東岸紀事』は二〇一二年『収穫』版から始まり、二〇一三年の初版、二〇一六年の改訂版による本格的な修正を経て、二〇一八年のシリーズ版に至るまで、わずか数年のうちに、作品の修正や版の改訂が繰り返し行われている。次頁の表3.1にて、『東岸紀事』の創作と版本の変遷を整理する。

表3.1が示すとおり、複数の版の中で、二回大幅な改訂が施されている。はじめに『収穫』版から初版への変更では、内容が補足された。次に初版から改訂版への修正では、特に方言使用に関する変更が加えられた。以下、これらの内容補足の特徴と方言使用の変更をそれぞれ分析する。

第二節 「解説される方言」における言語的ヒエラルキー

二・一 地域知としての解説

上述したように、『東岸紀事』は非線形的構造を採用し、主人公・喬喬を中心に物語が進行する中で、物語の本筋とは直接関連しない数多くのエピソードが挿入されている。これらのエピソードは、表3.1が示すように、基本的に『収穫』版には収録されず単行本の初版で増補されたものである。叙述文の中に特定地域の風俗に関する

表 3.1『東岸紀事』版本の変遷

年	版本（出版社）	修正に関する説明
2004 ～2011 年 （創作段階）	手稿版一 （未公開）	書き終えた部分は三分の二程であり、会話文は全て上海語
	手稿版二（未公開）	会話文を普通話に修正
2012 年	『収穫』版 （『収穫』長編小説特集号・2012 年春夏巻）	「手稿版二」に基づき 25 万字に圧縮
2013 年	初版 （上海文芸出版社）	エピソード増補により 46 万字に拡大
2016 年	改訂版 （華東師範大学出版社）	会話文を上海語に修正 （手稿版一に基づくと推測）
2018 年	シリーズ版 （華東師範大学出版社）	改訂版に基づく

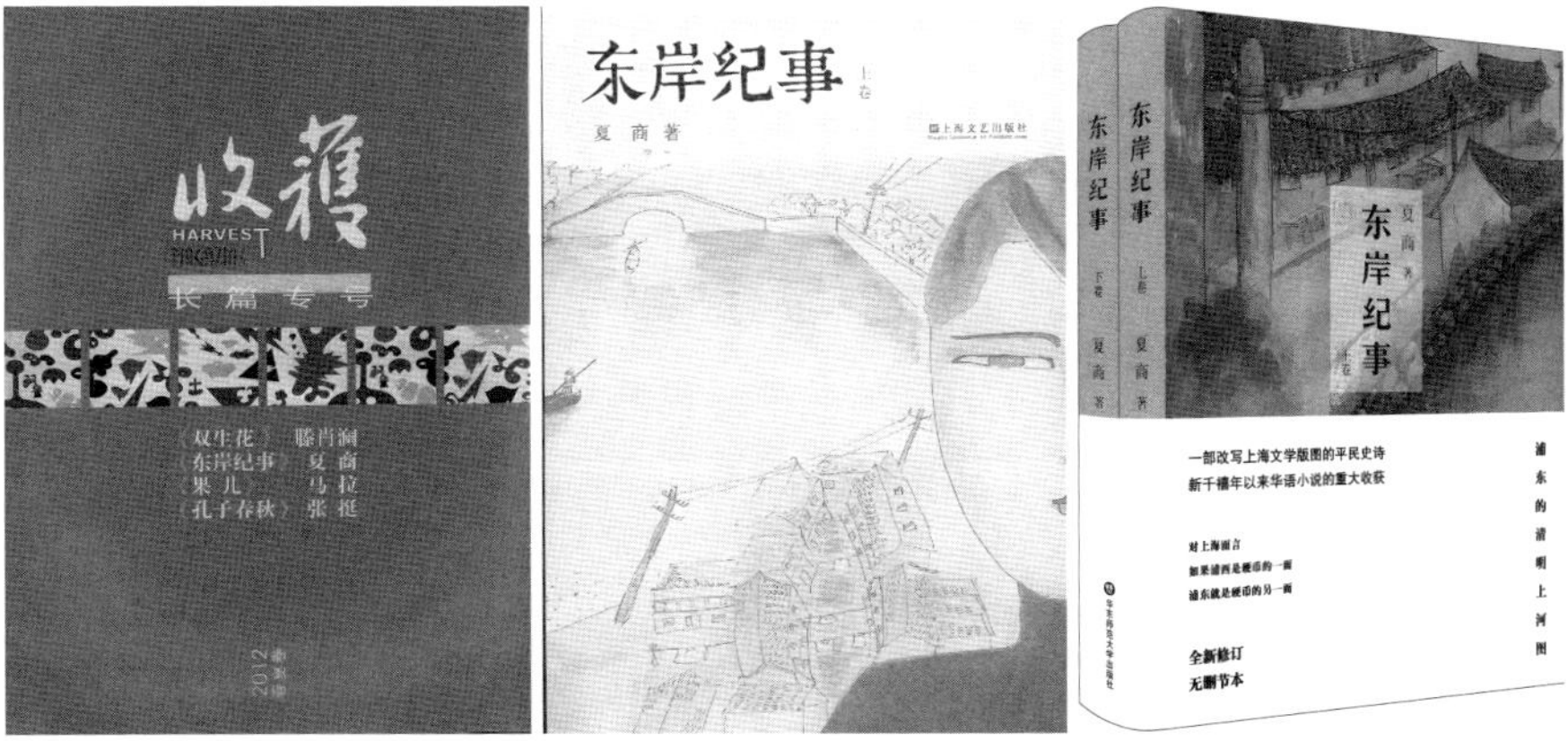

図 3.1 『東岸紀事』各版の表紙（図左から『収穫』版、初版、改訂版の順）

文化記号の解説が行われ、物語の世界とは直接関連しない「余談」のような解説がほとんどである。例として、『東岸紀事』の第一章第三節における、浦東中等教育学校の沿革を紹介する場面を見ていく。

この場面では、主人公喬喬が飲食店の窓から母校である浦東中等教育学校の教育棟を眺めつつ、高校時代を懐かしむところから始まる。その際、学校の創立者、楊斯盛の経歴が語られる。楊斯盛は清朝末期に浦東で生まれ育ち、建築プロジェクトで成功を収め、その資金で西洋式の大規模な教育施設である浦東中等教育学校を創立する。また、初代校長を務めた黄炎培は、中華人民共和国成立後、政府の要職を歴任した人物である。

浦東中等教育学校が完成した後、初代校長として招聘されたのは、後に政務院副総理を務める黄炎培であった。当時、黄炎培は広範な交友関係を持っており、彼に心服する者も多かった。教師陣には、陳独秀、郭沫若、沈雁冰、惲代英といった有名人が揃っていた。学校の全盛期には「南の浦東、北の南開」（※当時、南中国と北中国で一番優秀な中等教育学校を指す併称）と評されるほどであった。授業料は死ぬほど高く、各地の名家の子弟たちは浦西から小形の舟に乗り、貧しい地域である六里橋に渡った。革のスーツケースには重い銀貨が詰められており、上陸する際には荷役作業員の助けを借りなければならなかった。蔣介石の息子の経国、緯国、左聯の冤罪で亡くなった胡也頻、殷夫、映画監督の謝晋、小説家の馬識途もここで学んだことがある。

一九四九年以降、学校は徐々に衰退し、かつての有名教師が教鞭を執ることはなくなり、敷地面積も侵食され——隣接する六里市場がその土地を占め、白蓮川に隣接する広大な民家も、校舎や園芸が撤去された後に形成された——目立たない田舎の学校となった。学生の主体は農家の子弟へと移り変わり、校内は地元の浦東弁が飛び交うようになっていた。稀に都市部から転入してくる学生もいて、彼らは都市の暮らしを鼻に掛ける。しばしば、地元の生徒たちは、そんな彼らのファンとなり「洗練された」都市部のアクセントを真似て追従した。[11]

このように、作中人物が登場しない物語世界の時空を超えた浦東中等教育学校の沿革が解説されている。近代的な学校の発展という局所的な事象を通じて、その地域がたどった歴史が彩り豊かに語られている。これこそ、浦東という地域単位に焦点を当て、その地域に即した文化記号を取り入れつつ、規範的な言葉で書かれた解説といえる。このような、物語の途中に介在する解説は『東岸紀事』において枚挙にいとまがない。第一章で論及した言葉・建築・空間・人間などの都市に関する文化記号を再解釈する「文化エッセイ」の書き方と共通した特徴を有している。

日本文学研究者である宮崎靖士が提案した「方言」使用に関する類型学を援用すると、このような解説は「物語世界外の語り」に該当する。つまり「『事実』そのものだけを『客観的』に提示するような〝中立的〟―『事実確認的』な語りと親和的である」[12]。これらの解説は、一方的な価値基準を回避し、現実の歴史的事実を指摘する「一般化」[13]に該当する解説として、作中人物が直接登場しない物語世界外の叙述文でのみ見られ、一貫して規範的な言葉遣いが使用される。

また、『東岸紀事』では浦東の歴史に言及するだけでなく、物語世界を超えて現実世界における「方言」に関する経験的法則を提示した解説も数多く登場する。これらは、表立った叙述者による解説を通じて「方言」そのものを作中の情報や主題として扱う「解説される方言」として位置づけられる。

例として、小説の第十節では、上海語、普通話、そして広東語との関係に対する社会的認知に関する解説が語られる。この解説の背景には、一九八〇年代末という時代設定がある。この時期、広東省では深圳が経済特区として指定され急速に発展を遂げたのに対し、上海は相対的に経済停滞に陥っていた（序章で言及した一九八〇年代上海の「潜伏期」にあたる）。そうした情勢を背景に上海の経済再活性化の期待を受けて、浦東開発戦略の噂は瞬く間に広がっていたのである。

黄浦江の東岸がまもなく開発されるという噂は早くから流れており、特別行政区として開発が進められることが予想されていた。この地域は、アメリカのマンハッタンを超える賑わいを見せ、特別行政区への出入りには特別な通行証が必要とされ、また世界各地から人々が出稼ぎに来る場所になることが期待されていた。当時、上海語は香港人の話す広東語よりも人気であった。広東語の音のどこがきれいなのか、ガリガリと聞こえるだけだ。[14]

上海が再都市化を迎える前夜である一九八〇年代末、上海語はまだ日常的に広く使われていた。この時代の転換期を迎えるにあたり、浦東の経済成長が進むにつれ、上海語はいずれ広東語よりも優位性を持つと予想されていた。上海語は浦東の都市化とグローバル化を推進する国家的イデオロギーや近代化の構想に結びつけられ、進歩主義的な論理によって再編成される過程がすでに始まっていたのである。

二・二　人物像としての方言

『東岸紀事』における言語体系は、「規範的な言語＝普通話」と「方言＝上海話」という明確な区分に限らず、小説で扱われる多様な各地の方言、そして登場人物の言語アイデンティティはさらに複雑である。これは、各登場人物がいずれかの言語を使用して発話する際、作者がそれらの発話をどの言語に変換し、またはどのような方法で表記するか、という二つの言語問題が関わっている。

小説では多くの人物が登場し、浦東で暮らす幾十の家族の物語が綴られている。登場人物たちが使用する言語は大きく二つに分類される。一つ目は次の節で論じる上海語と、様々なアクセントを持つ上海の下位方言である。二つ目は、規範的な言語で表記される上海以外の方言、特に崴崴の出身地である雲南のアクセントなどが含まれる。

上海語の方言語彙は会話文に組み込まれているが、これらのアクセントの相違は音声におけるものであり、文字化される際には反映されない。そのため、解説や会話文の伝達節でその違いが明示される。例として、次の二つを引用する。引用3.1は叙述者による上海語の音声的特徴に関する解説であり、引用3.2は家出した主人公の喬喬、南匯県周浦鎮（現在は浦東新区周浦鎮）にある惣菜屋に仕事を探しに来た際、店で働くアルバイトの女性との会話である。

引用3.1

両者を比較すると、「上海閑話」（※上海語）はずっと耳に心地よいものだ。同じく「呉儂軟語」（※呉語の穏やかでやわらかい響き）であるにもかかわらず、尾音が非常に重い浦東土話よりもクールで、質感も硬い。下町の雰囲気が感じられる一方で、雅致な調子も漂う。方言として、それは明らかに未来のお洒落な特別行政区によりマッチしている。そのため、それを学ぶ浦東出身者が徐々に増えている。年配の者は既存の郷音から、どうしても改められず諦めざるを得ないが、若い世代は舌が固くなる前に口を変えることを望んでいる。実際のところ、現在「上海閑話」を流暢に話せる浦東の子どもたちは、もはや少数派ではない。[15]

引用3.2

（※川沙、六里、周家弄といった地名は、いずれも浦東に位置している）

喬喬は「私は川沙出身」と言った。

農芳は「大げさだな。口調を聞けば浦西から来た人だとすぐわかる。上海話がこんなに標準的だもの」と言った。
一瞬困惑したが、すぐに口を改めて浦東弁で「いや、違うよ、川沙弁だよ」と言った。
川沙弁は、六里のあたりの浦東弁（※六里弁）よりも郷音が重い。どちらも浦東土話だが、特に周家弄のこの辺りは都心とただ一江の隔たりで、対岸との交流が多く、少し優雅に聞こえる。[16]

引用3.1と3.2から、上海語を単に普通話と対極にある一つの括りとして認識するのではなく、上海語がさらに細分化され、方言の地理的分布から中心地点と周辺地区の間には発音とイントネーション上の差異とヒエラルキーが存在することがこの解説に述べられている。

引用3.1では、叙述者が方言間の音声を比較し解説するのだが、これは方言学に基づいた客観的な比較ではなく、物語世界の内部で「創造される作家固有の真実らしさ」を提示する一定の恣意性を有する「一般化」[17]である。この解説では、方言の音声に対する社会的認識にイデオロギー的な要素が介在していることを示している。浦東弁が使われる浦東と上海語が使われるもう一つの浦東は、それぞれ「田舎っぽく野暮ったい地域」と「国家計画が指定された未来に期待が持てる地域」という、それぞれ異なるイメージが与えられている。また、グローバル化を目指す国家計画が進展していくにつれ、次世代の子供たちは浦東弁の使用を控えようとする。言語的均質化に基づいた新たな言語的ヒエラルキーが形成されていることが述べられている。

引用3.2では、引用符付きの会話文は外見からそれぞれのアクセントを識別できない「再現される方言」にあたるが、その直後に伝達節が加えられ、方言・アクセント間の音声関係を読者に解説している。この解説により、上海語の中でも中心部のアクセントと浦東弁とが別々に存在し、浦東弁はさらに複数のアクセントに分けられることが示される。上海中心部からの距離別に方言を列挙すると、六里弁を上位に、川沙弁、周浦弁という序列が存在する。この言語的ヒエラルキーは「中心」「準周縁」「周縁」という形で、都市中心部との空間的距離に基づいて形成されている。

方言学では一般論として「方言の地理的分布上の特徴は、ある中心地点から周辺地区に拡散し、同時に周辺地区の方言が中心地点へと接近するということである。拡散と求心の相互作用が方言区を形成したのである。方言は地理的分布において次第に変化するものであるということは、方言のある特徴が中心地点から近隣の中心地点までの間において、次第に変化してゆくことを意味している」[18]。また、方言を区別する際に、地理的分布が重要な要素として用いられる。方言の形成には、方言が話される地域やその地域と隣接する地域をどのように区別するかが関連している。

しかし、方言間の価値関係は、方言と共通語間の価値関係と類似し、主に言語学の領域における基準によるものではない。それは、国民国家の権力支配と国家資本主義による都市化が民衆の社会的認知に影響を与えた結果、形成されるものである。言語間の境界線を厳密に区別するためには、デリダの言葉を借用するなら「内在的かつ構造的」な基準ではなく「外在的な基準――『量的』なもの（古さ、安定性、話し言葉の領野の統計学上の広がり）であれ、あるいは『政治―象徴的なもの』（正当性、権威、話し言葉や方言あるいは特有言語に対する『言語（＝国語）』の支配）[19]」を考慮する必要がある。上述の上海語や浦東弁の将来的な優位性は、まさに国民国家が実施する経済政策に基づく外在的な基準から予想されたものにほかならない。

さらに、このような方言間の価値関係についての解説は、小説の人物設定と人間関係にも影響を及ぼし、小説に記述された「言語は特権である」[20]という見解を具体的に反映している。これはフランスの社会学者、ピエール・ブルデューが定義する、所有者に権力や社会的地位を与える言語知識や運用能力をはじめとする「身体化された文化資本」という概念を思い起こさせるものである。『東岸紀事』では、文化資本の蓄積の差異が、アクセントの運用能力によって示されているのである。

例えば、小説の後半部では、上海の知識青年である柳道海が雲南省のシーサンパンナに下放されるエピソードが描かれている。彼はそこで崴崴の母である刀美香と出会い、数々の困難を乗り越えた末、最終的に母子二人を上海に連れ帰る。当初、刀美香は雲南方言しか話せなかったが、「中途半端な浦東弁で言う」という、第二章で論じた『同和里』と類似した発話言語の情報を示す伝達節が徐々に登場し、彼女の会話文には上海語彙が含まれるようになる。

また、息子の崴崴は言語の才に恵まれており、はじめは強い訛りがあったが、徐々に流暢な浦東弁を身につけていく。その後、彼は大手国営企業に就職することで、浦西出身の同僚たちに囲まれる中で、浦東弁が田舎くさいことに気づき、自身を周囲に適応させるため中心部の上海語を真似るようになる。方言・アクセントの変化や切り替えは、雲南出身の母子二人が、かつての蘇北移住者と同じように、都市に溶け込んでいく象徴として捉えることができるだろう。

一方、もう一人の言語の才を持つ主人公の喬喬はというと、登場人物の農芳が初対面で彼女のアクセントから出身地を推測しようと試みられるも、喬喬のアクセントは非常に「垢抜けた」ものであり、農芳は彼女が農村出身であることを見抜くことができなかった。喬喬が浦東の農村出身であることに偽りはないが、浦西出身の父親を持ち、父親と同じ国営企業で勤める周囲の隣人たちに囲まれて育ったため、上海中心部のアクセントを含む複数のアクセントを流暢に操ることができた。そのため、彼女は周囲から「上海人」、すなわち上海中心部の住民と見なされたのである。喬喬は「中学校時代から言語間の格差を感じて、上海閑話（※上海語）を意識して身につけ」[21]、上海師範学院に入学後、すぐに新しい環境に適応し、人間関係を順調に築いている。このように、複数のアクセントを使いこなす喬喬にとって、言語は人間関係の潤滑剤であり、家庭環境や地域環境を通じて身につけた特権的文化資本として機能している。

以上の例から、『東岸紀事』における「解説される方言」は、上海語において普通話との対抗的な関係の中で方言の優位性を唱えるのではなく、かえって上海語自体を細分化し、方言・アクセント間の重層的なヒエラルキーを相対化している。このような相対化によって、国民国家の権力支配と国家資本主義による都市化の影響下で形成された方言間の流動的な価値関係が描かれている。こうした観点から言語的ヒエラルキーを、相対化する姿勢を示した作家である夏商は、どのように方言語彙を作品に取り入れたのだろうか。この問題については、次節で具体的な方言修正を通じて詳細に考察する。

第三節 『東岸紀事』における方言修正

『東岸紀事』の修正の実態を明らかにするために、それぞれの版で行われた字句の修正を詳細に分析し、文学言語の改訂について検証を進める。具体的には『収穫』版、初版、改訂版の三つを対比し、修正箇所と無修正箇所を以下の二つのカテゴリーに分けて考察する。一つは文学言語の修正が行われた箇所であり、もう一つは複数の版を通じて方言語彙が保持された箇所である。

三・一 文学言語に関する修正の施された箇所

前述したように、『東岸紀事』は約四六万字の大作であり、複数の版が存在する。詳細な版間比較を行うため、準備作業として『収穫』版を底本とし、その後の初版と改訂版での修正箇所を全て対照的に検証した。しかし、本書の紙幅の制限により、具体的な修正箇所の分析は各版の第一節を例として行い、修正された箇所を視覚的にもわかりやすくするため、表3.2の形式で一覧化して提示する。

表3.2から明らかなように、『東岸紀事』における版本間の変遷は、主に初版から改訂版への過程で顕著であ

表 3.2　夏商『東岸紀事』（第一節）各版本の方言修正箇所の一覧表

（引用符付きは会話文、なしは叙述文である。下線部は改訂版で修正された方言語彙の箇所。点線部は『收穫』版もしくは初版でそのまま保持された方言語彙の箇所。波線部は方言以外の修正箇所。）

通番	『收穫』版（左側の段L・右側の段R 行数／頁数）	初版（行数／頁数）	改訂版（行数／頁数）	日本語訳
（1）	「有事找我？」（L89/29）	同『收穫』版	「有事尋我？」（6/5）	「私に何か用かしら？」
（2）	両辺擺開陣勢，他“老卵”地向対方老大叫陣単挑。（R89/32）	同『收穫』版	両辺擺開陣勢，他“老卵”地向対方老大叫陣単挑。（7/8）	両端に別れて陣取ると、彼は「乱雑に」相手を挑発し続けた。
（3）	“練我們這趟拳的，就是要長点肉。再説，阿拉喬喬也没嫌棄我。”（L90/28-29）	同『收穫』版	“練阿拉這趟拳的，就是要長点肉。再講，阿拉喬喬也没嫌棄我。”（8/5-6）	「俺たちの拳法を習うためには、筋肉をつける必要がある。それに、喬喬は俺のことを嫌うこともないんだから。」
（4）	“崴崴今天夜里請你看電影。”（L90/34）	同『收穫』版	“崴崴今朝夜里請你看電影。”（8/11）	「崴崴は今夜、あなたを映画に誘うって言ってたよ。」
（5）	“你応該清爽，我約你出来就是想睡你。”（L90/36-37）	同『收穫』版	“你応該清爽，我約你出来就是想睏你。”（8/13）	「あなたはよく知っているはずだ。誘ったのはエッチしたいからだよ。」
（6）	“等一会児我先出去，……”（L90/38-39）	同『收穫』版	“等一歇我先出去，……”（8/14）	「ちょっと待って、先に出かける、……」
（7）	“姨娘説的是真的麼？”（R90/16）	同『收穫』版	“姨娘説的是真的哦？”（9/13）	「叔母さんが言ったことは本当なの？」

(8)	“説是公主有点誇張，可也不是一点不沾辺。其実雲南土司很多，大土司是軍閥，有槍有武装，小土司就是養了幾個打手的地主，有些更小的連地主都談不上，農忙還要去地裏幹活呢。”（R90/17-20）	“説是公主有点誇張，可也不是一点不沾辺。其実雲南土司很多，大土司就是軍閥，有槍有武装，小土司就是養了幾個打手的地主，有些更小的連地主都談不上，農忙還要去地裏幹活呢。”（5/16-19）	“講是公主有点誇張，不過也不是一点不沾辺。其実雲南土司老多的，大土司就是軍閥，有槍有武装，小土司就是養了幾個打手的地主，有些更小的連地主都談不上，農忙還要去地裏做生活呢。”（9/13-16）	「お姫様と言うと少し大げさだが、まったく関係がないわけではない。実は雲南には少数民族が多く、大きな族長は軍閥で、銃を持って武装していたが、小さな族長は何人かの子分を養っている地主にすぎない。さらに小さいものは地主とも言えず、農業の繁忙期には畑で働く者さえいる。」
(9)	“那個召存信為什麼不当土司了？”（R90/21-22）	同『収穫』版	“那個召存信為啥不当土司了？”（9/17）	「あの召存信はなぜ族長にならなかったのか？」
(10)	“……你的崴就是从他那来的。”（R90/34-35）	“……你的崴就是从他那児来的。”（6/6）	“……你的崴就是从他那児来的。”（10/3）	「あなたの崴崴は彼のところからきたのだ。」
(11)	“是誰譲我裙子吃了鼻涕？”（L91/2-3）	同『収穫』版	“是啥人譲我裙子吃了鼻涕？”（10/16-17）	「私のスカートに精液をつけたのはあなたじゃない？」
(12)	魚腥的気味弄得她膩心又心疼。（L91/8）	同『収穫』版	魚腥的気味弄得她膩心死了。（10/21）	彼女は生臭い匂いで吐き気がした。
(13)	“阿姐們”歓喜死他了。（L91/46）	“阿姐们”喜歓死他了。（8/17）	“阿姐们”喜歓死他了。（12/12）	「おねえさんたち」は彼のことが死ぬほど好きだった。
(14)	×	賊忒兮兮的腔調（8/21）	賊忒兮兮的腔調（12/16）	頭のおかしい口調

(15)	“走這麼快做什麼？”（R91/16）	同『収穫』版	“走這麼快做啥？”（13/10）	「そんなに速く歩いてどうするんだ？」
(16)	“六里衛生院怎麼様？”（R91/19）	同『収穫』版	“六里衛生院哪能？”（13/12）	「六里衛生院はどうだろう？」
(17)	“等你当上衛生院院長再説吧。”（R91/20）	同『収穫』版	“等你当上衛生院院長再講好哦。”（13/14）	「あなたが保健所長になってからにしましょう。」
(18)	×	她有些後悔，吹牛就由他吹呗。（9/20-21）	她有些後悔，吹牛就由他吹好了。（13/15-16）	彼女は少し後悔した。ほらを吹くなら、彼の好きにしろ。
(19)	“你干什麼？下作坯。”（R91/29-30）	“你干什麼？下作胚。”（10/5）	“做啥？下作胚。”（13/23）	「何してるんだ？この野郎！」
(20)	×	小開拉住她小臂：“你胸罩什麼牌子。”//喬喬掙開他：“関你什麼事情。”（10/6-7）	小開拉住她小臂：“你胸罩啥牌子？”//喬喬掙开他：“关你啥事体？”（14/1-2）	小開は彼女の腕をつかんで、「ブラジャーはどんなブランドだ？」と言った//喬喬は振りほどいて「あなたには関係ない！」と言った。
(21)	喬喬罵道：“要死了，你這個下作坯。”//小開説：“你知道胸罩什麼牌子最好？……”//喬喬跑起来，一辺整理衣服一辺罵：“下作坯，幫你老孃去買吧。”（R91/33-37）	喬喬罵道：“要死了，你這個下作胚。”//小开説：“你知道胸罩什么牌子最好？……”//喬喬跑起来，一辺整理衣服一辺罵：“下作胚，幫你老孃去買一吧。”（10/9-12）	喬喬罵道：“要死了，你這隻下作胚。”//小開説：“曉得胸罩啥牌子最好哦？……”//喬喬跑起来，一辺整理衣服一辺罵：“下作胚，幫你老孃去買哦。”（14/4-7）	喬喬は「死ね！この野郎！」と罵った。//小開は「一番いいブラジャーのブランドを知ってる？……」//喬喬は走り出して、服を正しながら「この野郎！知ったこっちゃない！」と罵った。
(22)	“這個赤佬，末了還是在女人身上翻了船。”	“這個赤佬，終帰還是在女人身上翻了船。”	“這個赤佬，終帰還是在女人身上翻了船。”	「あいつ、結局女のことで痛い目を見た。」

表 3.3　夏商『東岸紀事』第二節の修正例

『収穫』版	初版	改訂版	日本語訳
他们一路掀着小螺蛳的頭撻，小螺蛳被推进角落里，耳光被抽得刮拉松脆，扑通就跪那兒了。(R92/31-32)	他们一路抽小螺蛳的頭，小螺蛳抱着脑袋，被推进角落里，耳光被抽得刮拉松脆，扑通就跪那兒了。(14/9-11)	~~他们一路抽小螺蛳的頭，~~小螺蛳抱着脑袋，被推进角落，耳光被抽得刮拉松脆，扑通就跪那兒了。(18/8-9)	彼らは途中で小螺蛳の頭を叩き続け、小螺蛳は頭を抱えて角に追いやられた。平手打ちの音がパチパチと鳴り響き、小螺蛳はポトリとその場にひざまずいた。

る。特に、作中人物の会話文の内、引用符で括られた部分に改訂が集中している。

具体的には、『東岸紀事』における文学言語の修正箇所は、主に以下の三つのカテゴリーに分けることができる。

第一に、誤植や文法上の一般的な修正である。例としては、(8)での副詞「就」の補足や(19)と(21)の「下作坯→下作胚」(品性が卑しい人)などが挙げられる。表3.2は方言に関する修正のみのリストであるため、その類の修正箇所は、作品中に数多く存在し、表3.2で記載したものはその一部にすぎない。

第二に、方言語彙から規範化された表現への置き換えである。修正数は少ないものの、修正箇所は主に叙述文に集中している。具体例として、(13)の「歓喜→喜歓」(好き)の修正が挙げられる。「〝阿姐們〟歓喜死他了」(「おねえさんたち」は彼のことが死ぬほど好きだった)という文は会話文ではなく叙述文に属し、初版では上海語の「歓喜」から普通話の「喜歓」に修正されている。

同様の修正は小説の第二節にも見られる。上の表3.3を参照されたい。『収穫』版における「掀~頭撻」という表現は、手のひらで軽く頭の後ろを叩く動作を指し、上海語の表現として叙述文で記載されている。しかし、初版でこの表現は普通話「抽~頭」に修正されている。実際の修正作業における作者の動機を確認することは難しいが、この二つの表現を比較すると、上海語の「掀~頭撻」は、大人が子供を厳しく叱ったりする時に伴う、打撃の程度が比較的弱い表現であるのに対し、普通話の「抽〜頭」は強い力で頭を打つような行動を連想させるため、文脈上のニュアンスが大きく変わる。このような違いから、打撃の程度が強い「抽〜頭」に修正すると、頭の後ろを小突くものから、ビンタを張る場合までを含むため、物語内での暴力のエスカレーションを適切に表現できないと判断され、最終的に改訂版では、この表現が削除されたと考えられる。

この削除により、登場人物「小螺螄」が、彼に罰を与えようとする二人の男に追いかけられ、頭を叩かれて、自分の頭を抱えるという一連の動作の因果関係が不明瞭になってしまった。夏商がその上海語の語彙を普通話に修正し、最終的には削除する決断をした理由は、方言使用に適合する文体に関する歴史的な背景に起因していると考えられる。この点については、次節でさらに詳しく説明する。

第三は、本章で最も注目する、規範化された表現から方言語彙への置き換えに関する修正である。具体的には夏商の『東岸紀事』における修正箇所は以下の品詞に集中する傾向が見られる。

（1）**疑問詞**では、「為什麼→為啥」（なぜ、どうして）、「干什麼→做啥」（いったいどうして、〜してどうするんだ）、「誰→啥人」（だれ）、「怎麼様→哪能」（どんなに、どうか）、「哪里→啥地方」（どこ）など。

（2）**動詞**では、「找→尋」（探す）、「説→講」（言う）、「睡→睏」（眠る、セックスする）、「知道→曉得」（知っている、理解している）、「喜歓→歓喜」（好き、好む）、「幹活→做生活」（仕事をする）など。

（3）**名詞**や代名詞では、「我們→阿拉」（私たち）、「今天→今朝」（今日）、「事情→事体」（事柄）、「話→閑話」（言葉、方言）、「家（里）→屋里廂」（家の中）、「臉→面孔」（顔）など。

（4）**形容詞**に関しては、「清楚、干淨→清爽」（はっきり、清潔な）、「不錯、好→灵」（悪くない、よい）、「厲害→結棍」（ものすごい）など。形容詞自体の改訂の他、普通話において形容詞の前に程度副詞「很」（もともとは「とても」の意味であるが、通常、文の体裁を保つための意味がない飾りとして使われている)をつける構文は、ほぼ上海語の「老＋形容詞＋(噲)」という構文に修正されている。

(5)**数量詞**では、「個→只(一個餛飩→一只餛飩)」(一個(一個のワンタン))、「会→歇(等一会兒→等一歇)」(しばらく(しばらく待って))など。

以上の品詞ごとに分類され、規範化された表現から方言語彙へ置き換えた修正例には、次のような特徴が見られる。名詞・動詞や形容詞といった単独で意味を有する「実詞」が方言に置き換えられる例が最も多いが、介詞や助詞など文法の補助として単独で意味を持たない「虚詞」についての修正は少ない。[22]例外として主に会話文で重複を避けずに多用される文末表現「哉」と「噲」が保持されている。「哉」は普通話の「吧」(だろう)に相当し、推測の意を表すことが多い。「噲」は普通話の「的」(〜のだ)に相当し、事情の説明や軽い断定の口調を示す場合に使われる。

この二つの虚詞が保持されている理由について、作者からの具体的な説明はないが、次の二つの理由が考えられる。第一に、これらは方言特有の表現であり、馴染みのない漢字を使用しているため、テクストを通して読者に方言であることを直接的に示す文体的指標となる。

第二に、これらの虚詞は文末に位置する補助的なものであり、文の理解を妨げることがないため、全体の文の流れを損なうことなく使用することができる。このように、『東岸紀事』において、これらの方言語彙が保持された理由は、テクストの理解可能性を確保しつつ、方言の特徴を保持するための戦略的な選択と考えられる。

以上の分析から『東岸紀事』のそれぞれの版本において修正された字句の「異」を比較することで、次の二点が明らかになる。第一に、文学言語における修正は、規範化された表現から方言語彙への置き換えに集中していること。第二に、方言語彙へ置き換える修正が行われる際、単独で意味を持つ「実詞」が主な対象とされていることである。

三・二　方言語彙が保持される箇所

次に、『収穫』版から改訂版にかけての字句の「同」、すなわち特定の種類の方言語彙が叙述文と会話文に関わらず一貫して保持されている点について検証していきたい。具体的には次の三つのカテゴリーがある。

（1）**罵り言葉。**表3.2の（21）の「下作坯→下作胚」（品性が卑しい人）、（22）の「赤佬」（ろくでなし）などが含まれる。

（2）**三文字か四文字、あるいはそれ以上の数の漢字からなる熟語。**一部は罵り言葉に分類可能である。これには「毛估估」（ざっと計算する）、「拆爛汚」（いい加減な仕事をしたり、責任を持たずに放置したりする状況）、「瞎話三千」（でたらめばかり言うこと）、「渾身不搭界」（一切関係がない）などが含まれる。

（3）**家族や親戚を指す呼称。**例えば「姆媽」（お母さん）、「阿爸」（お父さん）、「爺娘」（両親）、「小囡」（子供）などがある。

これらの語彙が、方言の出現率の低い『収穫』版から改訂版にかけて保持されている。その理由は、次のように考えられる。

まず、家族・親戚の呼称や罵り言葉は字形上、普通話と共通であるため、漢字の外観から方言の意味を容易に確認できる。例えば、上海語の「姆媽」と普通話の「媽媽」や、「赤佬」の「佬」が一般に人に対してネガティブな意味を持つ表現であるため、これが方言の罵り言葉であることを容易に推測できる。

さらに、罵り言葉の意味を読み手に把握させるために、叙述者が叙述文に解説を挿入することもある。例えば、以下の解説がその一例である。

（傍線、波線は引用者によるもの）

涓子は喬喬に、家を出てどこに行ったのか尋ねた。喬喬は言いたくない様子で、苦笑いして返答を避けた。それを見た涓子はそれ以上問うことはしなかった。涓子のこのような性格を、上海人は「拎得清」と呼ぶ。これは思慮分別があるという意味である。

原文：涓子問過喬喬，離家出走去了哪兒？喬喬不想説，沖她苦笑了一下，涓子就不問了。涓子這種性格，上海人叫〝拎得清〞，就是比較明事理的意思。[23]

この引用は『収穫』版には含まれず、初版と改訂版では修正されていない方言語彙の一部である。上海語の熟語「拎得清」は、小説全体で六回登場し、その最初の使用例が上記の引用である。叙述者はこの部分で「上海人」という集合的主体の規範に基づいて涓子の性格を「拎得清」と評価し、さらにこの言葉が「思慮分別があることを意味する」と解説している。このような方言語彙に対する解説は、他にも見られる。

（1）「白相相」は上海語でふざけるという意味。崴崴は浦東訛りを改めて、上海語を標準的に流暢に話すようになり、まるで生粋の浦西の人のようだ。

原文：〝白相相〞是上海話玩玩的意思。崴崴已改掉了浦東土話，上海話説得字正腔円，像一個土生土長的浦西人。[24]

（2）東三飯店にちょうど座ったところ、大光明が続けて入って来た。彼はここの「老土地」、つまり常連客である。

原文：剛在東三飯店坐下，大光明前後脚走了進来，他是這里的〞老土地〃，就是常客的意思。[25]

この解説は実際に方言語彙を注釈する機能を果たし、第二章で述べたように蘇北方言で書かれた理髪業界の隠語やスラングを解説する「解説される方言」に該当する。

また、もう一つの罵り言葉は、『東岸紀事』に繰り返し登場する南京方言（蘇北方言と同じ、北方方言の江淮官話に属している）である。

（傍線は引用者によるもの）

「ここにいる皆さんは、華東師範大学の夏雨詩社や復旦詩社を聞いたことがある方もいるかもしれませんが、決して嚼蛆詩社と混同してはいけません。夏雨詩社って女っぽい名前だし、一見して安っぽい（一虁叼棗）！ぐにゃぐにゃしたランボーを思い出させます。復旦詩社はさらに恥ずかしい、名前からして官僚的な意味が満ち溢れています。しかし『嚼蛆』は民間のもの、サブカルチャーの精神的な故郷です」。

曹寛河は話の穂を継いだ。「私たちは本物の詩を追求しています。それは決して妥協しない前衛派であり、ブレイクであり、リルケです。耐え抜くことが、すべてを意味します」。

原文：〝在座的同学可能聴説過華東師大的夏雨詩社，還有復旦詩社，千万別把嚼蛆詩社和它們混淆，夏雨詩社？嬢嬢腔的名字，一虁叼棗！譲人想起軟塌塌的蘭波。復旦詩社更可恥，名字就充満官方意味，而《嚼蛆》是民間的，是亜文化的精神家園。〃

曹寛河接岔道：〝我們追求真正的詩歌，是永不妥協的先鋒派，是布勒克，是里爾克。挺住，意味着一切。[26]〃

この引用は、一九八〇年代後期、喬喬が参加していた詩社が設立された時、その組織の代表者が、当時の大学生の間で流行していた情熱溢れる「文芸調」で詩社の目的を語る場面である。公的な場において、詩社の代表者が各地域から集まった大学の新入生に向けて「精神的な故郷」や「妥協しない前衛派」といった抽象的かつ高尚な理念を知的に語る最中に、突然「一鼈叼棗」という南京方言の罵り言葉を用い、競争相手である他大学の詩社を批判し始めたのである。この知的な規範的表現の会話文中に、唐突に登場する方言語彙の罵倒語は非常に目立つものである。

そして、方言や訛りに敏感な喬喬は、詩社の代表者の言葉を聞いた際、「彼は南京出身のようだ。アクセントは周家弄に住む南京出身のおじさんと同じで、そのおじさんも『一鼈叼棗』と言っていた」と感づく。続いて叙述者はその罵り言葉の意味を「非常に乱れていて、くだらないこと」[27]と説明する。

以上の例からわかるように、『東岸紀事』では、登場人物の出身地に応じた粗野な罵り言葉や熟語などの特定の方言語彙が『収穫』版から、そのまま保持されている。では、なぜこれらの方言語彙としての粗野な罵り言葉や熟語が用いられ続けたのだろうか。

まず、これらの語、特に罵り言葉は、標準語で表現される抽象的かつ一般的な解釈ではなく、話者の身体的直感に根ざし、瞬間的な情動を反映する具体的かつ直接的な表現である。罵り言葉の使用は「人間が嬉しい、楽しい時に笑いを我慢できないように」、日常生活の中で「ある人、ある事物、ある現象などに対して感じる不快な情動によってもたらされる」[28]ものだといえる。

次に、罵り言葉や熟語は、主に日常的な生活世界においてのみ使われ、文化的に優位性を持つ書記言語の範疇に含まれない下品な表現とされがちである。これは、意思疎通のために歴史的に形成されてきた地域的な言葉に比べ、人為的に創出され、制定された共通語は、精細かつリアルな地域知や文化記号を表現できないことに起因する。したがって、罵り言葉や熟語に含まれる複雑な情動や地域的な規範、価値秩序といった「俗」な要素を、比較的「雅」な書記言語である共通語に「言語内翻訳」をすることは困難である。

そのため、罵り言葉や熟語を文学テクストに持ち込み、解説を加える語り行為は、文化記号を集約した「辞書」の構築と等価であると考えられる。この語り行為の背後には、地域知や言葉に関して馴染みのない読者と情報共有を図ろうとする叙述者の明らかな姿である。また、版の改訂で保持される罵り言葉や熟語が、会話文に限らず叙述文にも浸透していることは、次の節で考察する「叙言分離体」と関連してくる。

第四節 「叙言分離体」の浮上

四・一 版の修正と「叙言分離体」の確立

表3.2と表3.3から、修正された箇所を分析すると、以下のような文体的特徴が明らかになる。それは、規範化された表現から方言語彙への修正が主に登場人物の会話文に限定されている一方で、叙述文は本章の第二節で述べた叙述者による解説のように、規範的な言葉遣いで一貫しているという特徴である。このように、叙述者が叙述機能を担う叙述文と、物語が展開する際の会話文で言語使用における分離に対して、筆者独自の、文学言語における「叙言分離体」という語を用いて説明する。『東岸紀事』における叙述文と会話文の使い分けを意識した文学言語の修正実態をより的確に把握するために、ここでは小説の第七節の修正例を表3.4に示す。

この引用部は、飲食店を経営する唐管教と二人の同僚が店内で会話する場面である。一同の話題は米中関係からアメリカのジャーナリストが使う中国語のアクセントに移り、最終的には新しい店員である主人公・喬喬の容

表 3.4　夏商『東岸紀事』第七節の修正例

初版	改訂版	日本語訳
来的最多的是単位里的哥們，這些多半是付銭的，開個収拠，可以報銷。他們的話題主要是犯人和女人，有時也談些単位里的事情。	来的最多的是単位里的哥們，這些多半是付銭的，開個収拠，可以報銷。他們的話題主要是犯人和女人，有時也談些単位里的事情。	最もよく来るのは同じ監獄の仲間たちで、これらのほとんどはお金を支払っていて、経費として精算できる領収書を切ってもらう。彼らの話題は主に犯罪者や女性についてで、時には部署内のことについても話す。
這天唐管教下班，帯了両名同事回店里，坐下就抱怨，“你説那美国記者脳子有病吧，我們用不用犯人干活和他有什麼関係啊。”	這天唐管教下班，帯了両名同事回店里，坐下就抱怨，“你講那美国記者脳子有病哦，阿拉用不用犯人做生活和他有啥関係啊。”	ある日、唐管教は仕事を終えて同僚二人を連れて店に戻り、座るなり不満を漏らした。「あのアメリカのジャーナリスト、頭おかしいって思わない？犯罪者を働かせることが彼に何の関係があるんだ。」
同事甲道：“就是，狗拿耗子，中国又不受美国領導，憑什麼跑来指手画脚。”	同事甲道：“就是，狗拿耗子，中国又不受美国領導，憑啥跑来指手画脚。”	同僚甲は言う。「まったくだよ。余計なおせっかいだ。中国はアメリカの指導を受けていないんだから、何様のつもりで指図されなきゃいけないんだ。」
同事乙道：“不過你還別説，那美国人的中国話説得真不錯。”	同事乙道：“不過不要講，那美国人的中国閑話説得真不錯。”	同僚乙は言う。「でも、あのアメリカ人の中国語、本当に上手だよね。」
唐管教道：“在中国待久了，你去美国十年，英語肯定也滾瓜爛熟。”	唐管教道：“在中国辰光長了，你去美国十年，英語肯定也滾瓜爛熟。”	唐管教は言う。「中国に長くいればそうなるよ。お前がアメリカに10年いたら、英語だってペラペラになるさ。」
同事甲道：“你這儿新来的那個服務員漂亮啊。”(p. 95/14–22)	同事甲道：“你店里新来的那個小姑娘漂亮嘸。”(p. 98/8–17)	同僚甲は言う。「お前のところに新しく来たあの店員、きれいだな。」

姿に注目が向けられる。

この部分は、『収穫』版には収録されず、初版で新たに増補され、改訂版では規範的な言葉遣いから方言語彙への変換が施された。修正された箇所には、例えば名詞では「話→閑話」、動詞では「説→講」、疑問詞では「什麼→啥」などがあり、これらは全て会話文に限られているが、叙述文では規範的な言葉遣いで一貫している。

特に次の三つの表現に注目したい。一つ目は、会話文にある「這儿」（ここで）は、北京方言を象徴する北方方言に多く登場する「儿化」[29]（アル化）付きの話し言葉であるが、改訂版ではより北方方言的な要素を排除した「店里」（店の中で）という表現に変換されている。

二つ目は叙述文にある「哥們」（兄弟たち）という友人間の呼び方である。これはやや北方方言に近い表現であり、改訂版ではそのまま保持されている。

三つ目は、同じ意味の言葉が異なる文脈において異なる表現で用いられている点である。「事情」（事柄）という実詞は、表3.4の引用文には登場しないが、会話文では上海語の「事体」に修正されているのに対し、叙述文では変更されていないのである。

以上のように修正された箇所と保持された箇所が、それぞれ引用符の内と外に配置されることで、『東岸紀事』における叙述文と会話文間の文体的な差異が、版の変遷とともに浮かび上がる。言い換えれば、『東岸紀事』の方言修正と規範的な言葉遣いの使用は、ほぼ引用符付きの会話文に限定された「叙言分離体」に基づくものであるといえる。

『東岸紀事』における「叙言分離体」の確立は、版の改訂を通じて実行されたものであるが、これが唯一の例ではない。第二章で詳細に検討した王承志『同和里』においても、叙述文は基本的に規範的な言葉遣いを使用し、会話文にのみ地域的な方言が散見されるが、正確に文字化できなかったり、文字の外見から識別できなかったりする場合（例えば、「助けて」の意を表す「我的媽媽」という蘇北方言の語彙）には、発話言語の情報を提示する伝達節を導入することによって、叙述文と会話文の混合を避けるスタイルが採られている。[30]

さらに、『東岸紀事』（『収穫』版）の三年前に「上海語で書かれた都市海派小説」と称された、二〇〇九年に出版された王小鷹[31]の長編小説『長街行』の文体的特徴も「叙言分離体」の典型例である。ただし、この作品は版の改訂が行われておらず、版本批評による分析ができない。ここでは、叙述文と会話文の間で文体的な差異が示されている例を以下に紹介する。

深巷浅弄に斜暉は静、閑門繁戸に梧桐は疎。

早春の夕暮れ時、靄は路地のコンクリートの亀裂、石倉門の階段脇の苔、青砖の囲い壁に絡む昨年のバラの茎から、細かく繊細に立ち上り、水墨に少し青みを加えたような色合いである。夕風が羊毛の筆のように、横に一筆、縦に一筆と引かれると、靄は徐々に広がり、一つ一つの建物を次々と覆い隠していく。[32]

原文：深巷浅弄斜暉静，閑門繁戸梧桐疎。

早春時節的黄昏，暮靄是従弄堂水泥板地的縫罅里，従石庫門台階辺的苔蘚里，従青磚囲牆上隔年薔薇花的茎蔓里，絲絲縷縷地升起来的，像兌了些水墨的花青石緑。晩風如羊毫，横一抹竪一抹，暮靄便漸次暈染開去，一分一寸地罩没了一幢楼，又罩没了一幢楼。

この小説の冒頭部分からの引用は、王安憶『長恨歌』の場合と同様に、人物の登場も物語の展開もなく、ただ弄堂の黄昏を描いた美文調の文章で構成されている。文章は修辞的な技巧に富んでおり、文法構成が漢詩の対句を模倣している点が特徴的である。はじめの二節が漢詩を模倣した対句形式であり、それに続く「薄明かり」や「夜の風」などの自然の光景が、「水墨」や「羊毛の筆」といった比喩により、典雅で洗練された静謐な情景として繊細に描写されている。

このように冒頭で修辞を駆使した光景描写の後に、作中人物である倪師太がようやく登場する。

倪師太はにっこり笑って尋ねた。「何か用事があるのかしら？あなた、焦っている様子だね。」

この倪師太の年齢は誰にも正確には分からない。彼女の銀髪が雪のように白いのを見ると、歳は、きっと七十から八十はあるように見える。しかし、その細くて柔らかい肌の銅盆のような顔を見ると、せいぜい五十と少しにしか見えないのだ。[33]

原文：倪師太笑眯眯問道：〃什麼事体啊？看你気急夯夯的。〃

這個倪師太，誰也説不准她的年齡。看她銀髪似雪，総該有七老八十歳了；可看她細皮嫩肉的銅盆臉，頂多也就五十出頭的年紀。

倪師太が登場する場面では、発話に引用符が付けられた部分でのみ「事体」（事柄）や「気急夯夯」（急いでいる様子）などの方言語彙が使用されている。対照的に、倪師太の容姿を描く叙述文では、「雪のような銀髪」や「銅盆のような顔」といった比喩的表現が豊富に用いられている。つまり、美文調を使う叙述文と、方言語彙を用いる会話文とがはっきり分かれていることから、「上海語で書かれた都市海派小説」と称される『長街行』の方言使用は、発話された部分に限定されており、「叙言分離体」を採用していることが明らかである。

これとは別に、『東岸紀事』と同様に版の改訂を通して「叙言分離体」を確立した他の作品として、任暁雯の短編小説集『浮生』が挙げられる。この短編集は、二〇一三年から二〇一七年にかけて週刊誌『南方週末』で不定期に連載され、上海の庶民の日常生活を描いた二千字程度のエピソードを基にしている。任暁雯は、大幅な修正を経てまとめられたこの作品群について、序文で次のように述べている。

初稿が完成した後、肯定的な反応に励まされ、私は執筆を続ける決意を固めた。ただし、七八篇を書き進めた後、一時筆を置くことにした。その理由は、小説の構想をわずか二千字の短編に凝縮することが惜しまれたためである。そこで方向転換を図り、短編シリーズの中の一篇を長編に改稿することにした。その結果、『好人宋没用』と題された三十五万字の長編が完成まで、ほぼ三年の時間を費やした。

（中略）

表 3.5　任暁雯『浮生』の修正例

『南方週末』版	短編集版	日本語訳
居数月，白俄老太起意去澳洲。行李衆多，兼帯両条狼狗，想譲“凱蒂”陪至香港転乗飛機。袁跟弟辦了赴港手続。張鵬生道：“你一去不回了怎辦。”袁跟弟駭異，“我為啥不回。”“別装戇。以前你樸樸素素，穿個大襟衣服，脳袋上紮塊愛国布。現在呢，衣服是緞子的，頭髪燙得七繞八彎。都腐蝕成啥様了，巴不得奔往資本主義花花世界吧。我媽早説你心思活絡，不是個過日子的。我後悔不聴老人言。”袁跟弟哭一場，推辞了白俄老太。	居数月，白俄老太起意去澳洲。行李衆多，又帯了両条狼狗，想譲“凱蒂”陪至香港転乗飛機。袁跟弟辦好赴港手続。張鵬生道：“你去了不回来怎辦。”袁跟弟駭異，“我做啥不回来。”“不要装戇。你老早子作風很樸素的，穿個大襟衣服，頭上紮塊愛国布。現在呢，衣裳是緞子的，頭髪燙得七繞八繞。腐蝕成啥様了。向往資本主義花花世界了吧。我姆媽講你心思活絡，不是個過日脚的。我後悔不聴老人言。”袁跟弟哭一場，推辞了白俄老太。（4〜5頁）	数ヵ月後、白系ロシアの老婦人はオーストラリアへ行くことを決めた。荷物が多く、さらに2匹の狼犬も連れて行くため、香港で飛行機に乗り換える際に「跟弟《ケイティ》」が同行することを望んでいた。袁跟弟は香港行きの手続きを済ませたが、張鵬生は彼女に言った。「もし戻らなかったらどうするの？」袁跟弟は驚いて「なぜ戻らないんだ？」と答えた。「馬鹿を装うな。以前は質素で、大きな衣服を着て、頭には愛国心を示す布を巻いていた。今はどうだ？服は緞子で、髪の毛はくるくるに縮れている。完全に堕落して、資本主義の華やかな世界へ飛び込むことを望んでいるんだろう。母は昔からあなたは頭が良く、ただ日々を過ごすタイプではないと言っていた。老人の言葉を聞かなかったことを後悔している。」袁跟弟は大泣きした後、白系ロシア老婦人の依頼を断った。

長編を書く過程で『浮生』に再び取り組んだ経験から、長編小説と比べて二千字の短編の中にも豊かな内容を盛り込むことが可能であることに気づいた。これは文学言語の実験場となることができる。これまでの作品では文学言語を簡潔かつ正確に使うことを心掛けてきたが、『浮生』を再執筆した後、文言や上海語を織り交ぜるようになった。この変更により、古風な言葉を駆使して時代感を生み出そうとする試みや、登場人物に地域色を持たせる試みを展開した。[34]

任暁雯は『南方週末』誌で「浮生」シリーズを数篇連載した後、本書の第二章で議論された長編小説『好人宋没用』の創作に専念した。その後、二〇一六年以降に短編小説のコラムを再開し、継続的に連載していた。この期間に、任暁雯の言語感覚は徐々に変化し、『浮生』の出版時には大幅な改訂が施された。次に、短編集の中から最初の作品「袁跟弟」を取り上げ、会話文と叙述文が交替する部分の具体例を表3.5に示し、その修正の実態を明らかにする。

ヒロインである袁跟弟は、上海の白系ロシア人家庭で家政婦として働く蘇北移住者である。この引用は、共和国成立直後の上海を舞台に、外国人が大量に流出する中での一幕を描いている。袁跟弟の雇用主は香港経由でオーストラリアへの移住を計画しており、彼女にも同行することを望んでいるが、彼女の夫である張鵬生は彼女が帰国しないことを懸念して反対する。この会話のシーンでは、二人が話し合う様子が連続し、会話文においては伝達節を基本的に省略し、改行なしで続ける書き方が採用されている。[35]

以上の版本比較から見ると、『南方週末』版では会話文は概して規範化された言葉が用いられ、ごく一部の方言語彙である「装戇」（知らないふりをする、「戇」は「ばか」の意）などが例外的に登場する。一方、短編集版では、会話文のみに限って「為啥→做啥」（どうして）、「別→不要」（〜しないで、〜な）、「以前→老早」（以前）、「媽→姆媽」（母）といった、規範的な言葉遣いから方言語彙への修正が行われており、これらの改訂は名詞や疑問詞などの品詞に及んでいる。これは『東岸紀事』における修正とも一致している。

加えて、やや古風な言葉、例えば「居数月」（数ヶ月後）、「起意」（〜考えが浮かぶ）、「駭異」（驚く）が全て叙述文に用いられている。過去の出来事を時系列に従って語ると同時に、叙述文には地層のように積み重ねられた古風な言葉が使われ、臨場感（発話の響き）を表す方言語彙を交えた会話文との間に、強い対比が見て取れる。任暁雯が述べたように、「文言や上海語を混ぜ入れること」は、版の改訂を通じて叙述文に古風な言葉を、会話文に上海語を様式分化的に取り込む「叙言分離体」を貫徹させる戦略だったのではないだろうか。

さらに、『浮生』では夏商『東岸紀事』と同様に、引用符以外に叙述文においても方言語彙が散見され、これらの語彙は特定の種類に限定されるという特徴も見られる。

（傍線は引用者によるもの）

（1）先生は一日中ぶらぶらと話し、授業時間を適当に過ごしていた。[36]

原文：老師整日里軋軋三胡，将課時随意打発過去。

（2）彭愛華は驚いて言った。「あなたは読書が多すぎて、思想が少し反動的だ。」それ以降、二人の間に距離ができた。[37]

原文：彭愛華駭然道：〝你読書太多，思想有点反動。〟自此両厢疏遠。

（3）楊敏安は徐々に元気がなくなり、一日中、本を読んでは昏昏と眠り、ぼんやりとして過ごしていた。[38]

原文：楊敏安愈発像只偎灶猫，整天价読書、昏睡、発怔。

（1）の「軋軋三胡」（無駄話をする）は上海語の熟語であり、（2）の「両厢」は『浮生』で数十回頻用され、「互いに」を表す副詞である。（3）の「偎灶猫」は叙述文で登場し、罵り言葉とまではいえないものの、意気が上がらず振るわない様子を否定的なニュアンスで表す語彙である。これらの方言語彙は、『東岸紀事』に見られるような明確な分類ではないが、主に熟語や登場人物の行動を評価する語彙に限られており特徴的である。しかし、『東岸紀事』であれ『浮生』であれ、版の改訂とともに限られた方言語彙が叙述文にまで浸透していることは事実であり、基本的な「叙言分離体」の様式分化に即して修正が施されている。

では、なぜ「叙言分離体」が広く多用されるのか、その使用は近代文学のメカニズムとどのように関連しているのか。また、上海語を母語とする作家である夏商や任暁雯は、上海語やその変種、他の地域言語を意識的に文学言語に取り入れようとしているものの、ほとんどの場合、方言の使用を会話文に限定している。この制限がなぜ必要なのかを解明するためには、一九九〇年代の上海文学における方言使用の領域から少し視点を広げ、「叙言分離体」がどのようにして形成され、近代以降の文学言語とどのように関わってきたのかを深く掘り下げて考察する必要がある。

四・二 「叙言分離体」を採用した『海上花列伝』

近代小説成立のシンボルとして、国民国家が主導した言語的な共同体を潜在的な読者として想定する中立的かつ脱地域的な叙述者の誕生。また一人称の語りの形成による「内面」の創出。登場人物の信憑性や真実味を追求する傾向などがこれまで指摘されてきた。これらの変容の基盤となったのは、白話文の確立・発展にほかならない。つまり、音声言語と書記言語とのギャップを可能な限り解消させ、より広範な読者＝国民が理解できるようにする規範化された書記言語と、それに適合する文体の変容である。また、近代小説は一般庶民を読者として想定し、旧体制の知識階級が支配した書記言語の使用を避けた。近代文学を一般庶民の読者が理解できる口語体の文で書かれたものと位置づけるならば、各地域の庶民が日常的に使用する方言をいかに近代小説に取り込むのか、まず、その取り込みに適した文体を確立することこそが重要な問題となる。

近代小説における方言使用の模範として、言文一致運動の先駆者である胡適は、清末松江出身（当時は江蘇、現在は上海に属している）の韓邦慶による一八九四年に発表された長編小説『海上花列伝』を、「蘇州語の文学の最初の傑作」[39]と高く評価した。文学史上の上海語やそれと近い蘇州語、あるいはそれらの上位方言である呉語を用いた小説は決して多いとはいえないが、『海上花列伝』はその中でも最も有名な作品であるといえよう。「韓邦慶はこの作品を執筆するに当たり、北京語で書かれた《紅楼夢》に対抗して呉語文学の樹立を目指していた」[40]

とされる。

この小説は、清末の上海租界にある花柳の巷を舞台に、若者の趙樸斎が叔父を頼りに上海に出てきた後、花柳界に耽溺し、ついには零落して人力車夫になるまでの過程を物語の主軸とし、そこで出会う各界の名士や妓女の逸話などを交錯させるという非線形的構造を採用している。[41]

この小説は、花街で遊ぶ人間を精細に描写し、当時上海花柳界の通用語と言われた蘇州語で登場人物の会話を引用している（上海および近隣地域の方言も若干混在）。そして、「呉語の方言字〝朆（不曽）〟（※かつてない）〝覅（不要）〟（※〜しない）を考案して作品中に用いるなど、注目に値する創案が見られる」[42]と評価されている。一方で、叙述文はやや文言調の混ざった官話（すなわち、北方方言をベースとする、かつて中国で官吏や知識階級に用いられていた公用語）で書かれている。つまり、『海上花列伝』における方言使用の文体も「叙言分離体」の一つである。

次の例は、小説第一回、主人公の趙樸斎がはじめて登場した時の発話である。韓邦慶の原作と、後に上海出身作家・張愛玲が一九八〇年代のはじめに規範化した言語により現代訳した版のテクストを次頁の表3.6で照らし合わせる。

この例は、叙述文はやや文言調の官話で、「道」（いう）という伝達節に続いて、蘇州語の音声を模倣した仮借字表記の補助的語彙である「虚詞」が多く取り入れられた会話が直接引用されている。このような『海上花列伝』の方言使用における「叙言分離体」は、文学言語の変革が発生した五四期の知識人によって肯定的に捉えられていた。方言使用の傑作と評価した胡適の他、五四期の詩人かつ言語学者である劉半農は、一九二五年の文章「『海上花列伝』を読む」において、「叙言分離体」に対してポジティブな評価を与えている。

この小説で使われている文体には二種類がある。ひとつは、叙述文（原文：「記事」）は普通の白話が用い

表3.6　韓邦慶『海上花列伝』の「叙言分離体」例

原版	国語版	日本語版
花也憐儂譲避不及，対面一撞，那後生撲澾地跌了一交，跌得満身淋漓的泥漿水。那後生一骨碌爬起来，拉住花也憐儂乱嚷乱罵，花也憐儂向他分説，也不聴見。当時有青布号衣中国巡捕過来査問。後生道："我叫趙樸斎，要到鹹瓜街浪去，陸里暁得個冒失鬼，奔得来跌我一交。耐看我馬褂浪爛泥，要俚賠個啘！"（韓邦慶、典耀整理『海上花列伝』人民文学出版社、1982年、3頁）	花也憐儂譲避不及，対面一撞，那後生撲塌地跌了一交，跌得満身淋漓的泥漿水。那後生一骨碌爬起来拉住花也憐儂乱嚷乱罵，花也憐儂向他分説，也不聴見。当時有青布号衣中国巡捕過来査問。後生道："我叫趙樸斎，要到鹹瓜街浪去，哪暁得這冒失鬼跑来撞我跌一交！你看我馬褂上爛泥！要他賠的！"（韓邦慶、張愛玲訳『海上花開』北京十月文芸出版社、2012年、23頁）	花也憐儂は道を避けたが間に合わず、まっ正面からぶつかってしまったので、その若者はばったりと地べたに倒れ、ひっくりかえったとたんに、全身泥まみれとなった。若者はすばやく飛び起きると、花也憐儂をつかまえて、さんざんにわめきののしり、花也憐儂が言いわけしても、耳にはいらない。そのとき黒もめんの制服を着けた巡査が、やって来てわけをたずねた。若者、「わたしは趙樸斎という者で、これから鹹瓜街へ行くところです。ところがこのあわてん坊が飛びだして来て、わたしを突き倒した。この馬褂の泥を見てくださいよ。弁償してもらわなくちゃ」（韓邦慶、太田辰夫訳『海上花列伝』平凡社、1994年、4頁）

られていること。もうひとつは、会話文（原文：「記言」）は蘇州語が用いられること。この点については、作者の思慮の深さに感服せざるを得なかった。なぜなら、まず、普通の白話は、小説およびその他の白話作品において、すでに長い間使用されており、また、すでに習慣的に用いられているため、文の構造とことばの運用において比較的に発達している。そして、その発達のため、叙述文で使うのに便利だからである。しかし、会話文と言えば、別の話となる。会話文に含まれるのは意味だけではなく、神味でもあるからである。この神味はまた二種類に分けられる。ひとつは論理的であり、もうひとつは地域的である。[43]

ここでは、「叙言分離体」に対する劉半農の積極的な姿勢がうかがえる。いわゆる「神味」は論理的な側面と地域的な側面に分類されている。劉半農は論理的な「神味」について論を展開しなかったが、文章の例から判断すると、登場人物のセリフがその性質と行為の動機に合致するかどうかに関する合理性の問題を指している。

一方で、地域的「神味」は明らかに彼がより強調したいものであった。人々は北方方言を基礎とする普通の白話で作中人物のセリフを書くことにすでに慣れてしまったため、こうした言葉で「南方出身の人々の話しぶり」を記録すれば、会話文にその地域的な特徴を合致させるべきという要求を犠牲にせざるを得ない。つまり「我々は一人一人のセリフを彼ら自身のことばで直接書かなければならないと知るべきであり、それでこそ、正確に伝えることができる」[44]のである。

劉半農の「神味」説は、当時の議論の中で孤立したものではなかった。それは、胡適のいう「方言の文学は、最も人の神理を表現できるからこそ貴重である」[45]という記述における「神理」や、趙景深のいう「呉語で書くと、話者の神態の真に迫ることができる」[46]という記述における「神態」、および張愛玲のいう「本（※国語本『海上花列伝』）の中の呉語を訳出するのは、外国語を翻訳するように、どうしても口調の神韻が失われるところがある」[47]という記述における「神韻」との間に共通性を有している。

つまり、「神味」「神理」「神態」「神韻」はいずれも人物描写の持ち味に属している。これらによって、会話文に引用された方言は、あたかも作中人物の言葉を直接記録したかのように、人の「自然な声」を語らせて人物像の真実味を醸し出すという役割が強調される。この真実味の醸成は、地域の独自性を反映すべきという現実の要請から成り立つものであると考えられる。この要請は、方言を文学テクストに持ち込む理由の一つであると、五四期以降の知識人は普遍的に認識していたことを示している。同時に、会話文における方言使用を認めることは、白話文を採用する叙述文、および文体的な差異から構成された「叙言分離体」を受け入れることを意味している。

四・三　近代的文体としての「叙言分離体」

このように文体的な差異の根源を遡ると、長い歴史的な系譜を整理することができるが、ここでは小松謙『「現実」の浮上――「せりふ」と「描写」の中国文学史』に基づいてまとめることにする。この本は、中国における高度な抽象性が要請される書記言語の体制の中、せりふや現実描写で細部をいかに写実的に表明するか工夫を重ねた結果が、後の口語体の白話文学が確立につながるとし、書記言語から白話文学が登場するまでの過程を概観している。

小松謙によれば、前近代における知識階級が使用した書記言語は、支配階級の趣味に適合する「雅」なる文語であり、しかし、文語で記された内容、すなわち「統治上の必要性に由来するもの以外には」、被支配階級＝庶民に関する記述はごくわずかであった。文語はもともと「庶民階級の生活や、世の中で日常的に生じる卑俗な出来事を記録するには向かなかったのである」[48]。中国における書記言語の基本形態は、庶民的な生気や現実描写を排除し、「文意が明快で誤解を生ずる余地も少ない」[49]ものを理想的な文体とした。

そうした背景の下で、精細な現実描写を追求する要望は抑圧されていたが、全く存在しなかったわけではなかった。そのような要望を実現するためには、書記言語の文体を調整する必要がある。具体的には、書記言語が形成された時代である戦国期や司馬遷『史記』に現れる「『せりふ』と『叙述文』の文体を基本としつつ、おそらくは民間芸能の語り口を導入することによって、かつてない精細かつリアルな表現を可能」[50]とする文体上の様式分化が生じた。その後、特に宋代以降、そのような文体上の様式分化は、文学の主流とはならなかったが、「庶民の罵詈雑言をそのまま写し取る」ことや、「生活の細部を描写しうる」[51]といったことを志向する演劇や白話小説などの「俗」とされる文学様式において多用されるようになった。

例えば、平田昌司は論文「目の文學革命・耳の文學革命」において、講唱文学における文体の様式文化を考察している。「伝統的戯曲は、会話文に『官話』を、歌詞部分に文語体と口語体の交錯する韻文を用いる[52]」と示すように、講唱文学の「曲《うた》」と「白《せりふ》」においては、具体的な叙述機能や登場人物の身分に基づいて異なる文体を採用している。

また、数多くの清末の呉語小説にも、叙述機能（例えば、内面の引用と発話の引用、直接話法と間接話法など）や登場人物の身分（例えば、妓女と嫖客）による官話と方言との文体的な混在[53]が少なくないとされる。

前述した『海上花列伝』も「叙言分離体」の歴史的な系譜を受け継いだ一例である。「叙言分離体」について、胡適は一九二六年の亜東図書館版『海上花列伝』の序で次のように触れている。胡適はこの小説を伝奇、弾詞[54]と崑曲[55]などの戯曲や講唱文学における文体的特徴と比較しながら、「蘇州方言の文学は明代から始まったが、伝奇にせよ弾詞の曲と白にせよ、いずれも方言が付属的な位置に置かれ、独立した方言文学とはならないのだ[56]」と述べている。この論説は、文学ジャンル間の方言使用に対する厳密な比較に基づいたものといえるか否かはともかく[57]、胡適が弾詞などにおける文体的な差異を意識したことは確かである。当然ながら、小説や演劇など、異なる文学様式の文体とは直接対比することはできないが、それぞれの枠組みにおける文体の様式分化が存在するという点においては共通していることが確認できるであろう。

西洋の影響を受け入れた近代以降、口語体の文である白話文と現実描写への志向の確立は、近代文学の基礎を形作る要素となった。この文体区分の創出と制度化の過程は、近代国民国家や近代小説の確立の起点として位置づけられる「言文一致」とどのような関係があるのだろうか。

まず、庶民の発話を記録する会話文と近代小説の確立の関係について、小松謙は、「各種文化における庶民の発見が近代の一つの定義たりうるとすれば、口語体の文と現実描写が近代文学を成立させる決定的な条件となったのは、当然のことであった[58]」と述べている。言い換えれば、「庶民」を新たに発見したことの一部として、話者である庶民の発話を写実的に記録する機能を発揮する会話文の確立が、近代小説の成立に必要な条件となったといえる。また、叙述者は「読者に対する作者の権威主義的態度」を除去するために、民主的態度を持ち、全ての登場人物（彼らを「庶民」として捉えてもよい）に自己を表現する権利を与えることで、「特定の人物の思考角度や発言に立脚する権利を保持する」[59]のである。そのため、方言を取り入れた会話文は、叙述者の民主的態度と客観的な叙述の要請に基づいて採用されるべき叙述戦略であるといえる。

さらに、現実描写の一環として、「叙言分離体」は、言葉の主体の交替を文学言語の内部で再現し、実際の発話場面を擬制する機能を持っている。一般論としていえば、文学テクスト、とりわけ近代小説における叙述文と会話文は、テクストの地平において「書き言葉＝文（叙述）」と「話し言葉＝言（セリフ）」との区別を反映している。しかし、この区別は発話行為がテクストにおいて書写行為へと転換するにつれて曖昧さが増していく。

バフチンは論文「ことばのジャンル」にて、言葉の表情の要因（情動、評価、態度などを含む）が、発話構成やスタイルの特質の決定に関わるとした。その上で、バフチンは個々の語そのものが、固有の感情的なトーンを有するという一般的な認識における誤解を解消している。事実上、言葉の「感情や評価や表情は、言語《ラング》としての語とは無縁である。それらは、具体的な発話のなかで語が生きて行使される過程で初めて生まれる」[60]とバフチンは指摘している。言い換えれば、言語単位としての言葉の性質は、「元来、表情を欠いていて中立的なのである」[61]。つまり、具体的な使用場面を抜きにして個々の語の表情を獲得することはできない。個々の語は中立的であり、その表情は「話者とその世界観、その評価や感情」と「話者のことばの対象と言語の体系」[62]の両者のコンテクストによって決定されるのである。

この点を明らかにした上で、小説における叙述文と会話文の議論に戻りたい。小説における叙述あるいは解説とは、とある架空世界を語る対象および言語体系を設定する過程において、叙述者とその世界観によって作り出された「自分のことば」である。これに対して、叙述者によって引用符・伝達節といった境界線で括られた「言《セリフ》」は、「自分のことば」から隔離され、様々な作中人物の表情を引き起こす一種の「他者のことば」と理解することができる。[63]その相互関係は、単文と複文のような統辞論的な関係とは異なり、言葉の主体の交替によって定まる「対話のやりとりの関係に似ている（もちろん、そっくり同じというわけではないが）[64]」と示唆されている。つまり、叙述者の「自分のことば」の導入・引用された作中人物の「他者のことば」という「叙」と「言」の交替は、対面の発話場面における言葉の主体の交替が文学テクストの内部において再現された出来事となる。

また、直接話法では、登場人物の発話をそのまま伝えることが想定され、引用符・鉤括弧、段落分けや伝達節などの文体的な差異を表明する境界線が画定される。すなわち、直接話法は現実描写を志向するものと捉えられる。この手法による叙述者は叙述文と会話文の垣根を表面化することで、言葉の主体の交替を明確に表現することができる。

伝統的・前近代的な白話小説の語りは、講談師の口調や表情を模倣することで叙述行為の合法性を確立させる必要がある。中里見敬によると、いわゆる講談師の口調は、「説話人」（叙述者）が「看官」（読み手）に対して語る講談の場を擬制した形式をとり、「看官」（読者に対して呼びかける言い方）、「原来」（実はと申せば）などの標識によって「説話人—看官」（叙述者—読み手／聞き手）の関係が前面に出てくる伝統的な白話小説の語りであると指摘している。[65]

叙述者の顕在化を伝統的な白話小説の語りの特徴と捉えるとすれば、近代小説の成立は叙述者の非人格化と叙述行為の抽象化に基づくものであるといえるだろう。[66]坂井洋史は近代小説における叙述者の特性について次のように述べている。

> そもそも叙述者というのは、姿を見せることなくストーリーの外部に棲息して、テクスト内部で生起する可視／不可視の事件全てを透視し得る万能の主宰者ともいうべき存在だが、そのような叙述者は決して方言を

使用しない、方言は、必ず話者が音声で発声する場面のみに使われているのだ。[67]

登場人物／話者の発話をそれにふさわしい個性的な口調で引用する手法は、叙述者が果たしている機能の一部である。物語世界外から登場人物の視点を媒介せずに物語を叙述することこそが、叙述機能の中心に据えられたものである。これらの叙述機能をさらに細分化すると、前述のような「文化エッセイ」と小説の物語に挿入される、都市に関する文化記号の如実な解説や、全知的視点を通して現実世界のあらゆる細部を透視し得る風景描写（王安憶『長恨歌』の冒頭における都市を眺める描写、また王小鷹『長街行』の美文調に委ねられていた情景描写）などが挙げられる。これらの叙述機能を遂行するためには「姿を見せることなくストーリーの外部に棲息」する万能の叙述者が必要である。

しかも、そのような物語世界外に棲息する叙述者は、「その操る言語が、会話者の操る言語と異なるのも当然」[68]である。登場人物が操る方言は、あくまで意思疎通や日常のコミュニケーションのため、歴史的に形成された生活言語である。生活言語というのは、「『文学的』な比喩や象徴的な手法を」用いて「自分の周囲に自然と存在する風景を、あえて描述する必要性をそもそも持たない」[69]言語である。

つまり、生活の周囲に自然に存在するものである以上、生活言語は、目に馴染みのある街並みや服装、耳に馴染みのある言葉遣いなどの事象（抽象的にいえば「文化記号」）を独立したカテゴリーとして抽出し解説する必要性を持たない。さらにいえば、自然に目に映った風景や耳に入ってきた言葉などの直接知覚できる身近な事象を、あえて歴史や文化など、日常の相対化と一般化が要請される視点から伝達することに、生活言語は向かないものであるといえよう。

そのため、「一般化」された描写や解説から、自己の相対化を要請する内面化や、一定の抽象性を要請する価値判断や理論的言述など、重層的な叙述機能を遂行しなければならない近代小説の叙述文においては、書記化された生活言語の文学言語への取り入れがその「境界」をもたらした。換言すれば、文学テクストにおける方言使用の射程は、複雑な機能を担う叙述文によって原理的に制限されている。そうであるならば、引用符で括られた会話文は、実は方言使用の「境界」を示しているのである。

しかし、方言使用は「境界」を全く越えられないわけでもない。「境界」を越えるために、叙述者は自分の姿を隠して中立性・客観性を保持する要請や、様々な機能を担うテクスト内部（叙述機能）と外部（現実への従属など）の圧力から離れる必要があるとの仮説が浮上してきた。この仮説の検証は次章で行うが、本章で分析した「叙言分離体」に属する文学テクストにおいても方言使用の「境界」を越える契機も見られる。

前述したように、夏商の長編小説『東岸紀事』と任暁雯の短編小説集『浮生』において、方言語彙が引用符という境界線をはみだす使用例・修正例は皆無ではない。特に、「実詞」に分類することができる罵り言葉や熟語は叙述文における使用が目立つ。このことは、叙述者の姿もそれに伴って顕在化していくことを意味する。叙述者はそれによって登場人物の言動や性格を評価し、さらにその語が体現できる行動を描いて解説を直接加えたり、あるいは繰り返し使用したりすることで、方言語彙に馴染みのない受容者にも理解できるようにしている。

このような受容者または読者は、当然、方言語彙の情報を共有していない、言語的な共同体によって要請される中立的かつ脱地域的な者と想定される存在である。しかし、罵り言葉や熟語などの方言語彙をあえて叙述文に反映させる叙述者は、上述した引用符付きの会話文によって地域言語を操る登場人物の発話と一線を画すことで、自分の姿を隠した中立性・客観性を持つものとは異なる存在といえるだろう。そのような引用符で括られた会話文の境界線を越える方言使用を、「方言の越境」と筆者は称する。本章で分析した版の改訂例は、基本的には、境界線を明確に意識した「叙言分離体」を基礎としているが、「方言の越境」が局所的に見られるということを明らかにした。その現象は何を意味しているだろうか。この問題については、次章で考察していきたい。

まとめ

本章は第二章に引き続き、「解説される方言」と「再現される方言」という二つの表現手法とそれらの併用から、夏商の『東岸紀事』の改訂事例を中心に、上海文学における方言使用を考察してきた。その上で、「版本批評」のアプローチを上海文学における方言使用の分析に導入することで、作者の文学言語における版本間の修正実態と文体的特徴を把握してきた。『東岸紀事』における、「方言」そのものを作中の情報や主題として扱う「解説される方言」は、上海語自体を細分化し、方言・アクセント間の重層的なヒエラルキーを相対化することで、それらの混合的かつ流動的な関係を示していることを明らかにした。

また、「再現される方言」のレベルにおいて、『東岸紀事』の文学言語に関する修正の施された箇所は、会話文における単独で意味を有する「実詞」を規範化された表現から方言語彙へと置き換えることに集中している。一方で、叙述文においては方言語彙への修正が施された箇所は少ないが、家族・親戚の呼称・罵り言葉や熟語といった限られた種類の語彙はそのまま保持されている。その修正されていない特徴から見ると、作者は基本的に、叙述文に規範化された表現を使用し、会話文に方言語彙を当てはめようとする修正の方針が貫徹されていることがわかる。そのように文体の様式分化をとげた「叙言分離体」は、『東岸紀事』を含め、王小鷹『長街行』や任暁雯『浮生』など、方言語彙を通じて地域色を醸成させようと標榜する諸作品が用いた、最も一般的な文体といえるだろう。

では、「叙言分離体」はなぜ作家の修正過程において徹底され、上海文学において多用されるのか。本章は上海文学の分析にとどまらず、「叙言分離体」成立の歴史的な系譜とそれがいかに近代文学のメカニズムによって再編成されたのかを考察してきた。「叙言分離体」、あるいはより一般化していえば、文学言語における様式分化は、「雅と俗」「支配階級と庶民階級」「抽象と現実」などの枠内において認識されうる。

一方は、洗練され誤解を生ずる余地がない、高度な論理性と抽象性が要求される支配階級による書記言語である。他方は、リアルな庶民の語り口を導入することで具体的な情景を繊細に再現し、庶民の趣向に適合する現実描写志向の文学言語である。両者はそれぞれ競合しながらも異なる機能を分担しあう混合した関係を示していることを明らかにした。受容者のレベルでも描写される対象のレベルでも、庶民の発見や個人による内面の表白を特徴とする近代文学は、言うまでもなく、より正確な現実描写を志向とする目的に由来している。現実描写志向の一歩として、「叙言分離体」は、叙述者と発話者間、また複数の発話者間の、言葉の主体の交替を文学言語の内部に再現するという、実際の発話場面を写実的に描く機能を持っている。

しかも、近代文学はこれまでにない国民国家を単位とする広範な読者群を想定するため、その読者群が理解しうる均質的な文学言語を操る比較的客観かつ中立な立場に置かれる叙述者が要請される。それと同時に、「他者のことば」である登場人物の会話文において、その出身に相応しい現実味を向上させるために、方言語彙の取り込みが限られた引用符の範囲内で認められる。

上海作家が創作時や修正時に執着した「叙言分離体」とは、まさに以上のような近代文学のメカニズムから影響を受けつつも、作品の読みやすさに配慮しながら、歴史的な蓄積が乏しい上海語と各種の地域言語を取り込もうとする戦略であると考えられる。それに加え、引用符付きの会話文の境界をはみ出す方言語彙、すなわち「言語内翻訳」をすることが難しい罵り言葉や熟語などが叙述文においても散見される。

物語世界外に棲息する叙述者による、登場人物の言動に評価を与える罵り言葉や熟語にまつわる解説は、前二章で分析した文化記号を解説する動きと等価として捉えられる。そこからは、近代文学が要請する中立的かつ脱地域的な叙述者と異なる、地域言語を用いることを排除しない新たな叙述者の姿がうかがえる。ただし、本章で取り上げた作品例はあくまでも規範的な表現を機械的に方言語彙に置き換えた修正作業がほとんどであるため、真の意味で「叙言分離体」の枠組みを超えたわけではないのである。

その枠組みを本格的に超えた作品は、次章で論じる金宇澄『繁花』である。『繁花』は『東岸紀事』と同様に、短い時期に版の改訂が複数回行われたが、その文体上の独自性を生み出したのは、電子上の言論空間としての「弄堂網」で連載投稿された『繁花』の初稿である。このような、かつては存在し得なかった言論空間では、一九九〇年代以降の再都市化に伴う様々な都市問題が議論された。そうした議論もまた、作者が方言で文学を創作する動機に影響を与えたのである。次章ではこの金宇澄『繁花』初稿についての分析を行うこととする。

註

［1］郜元宝前掲書『漢語別史——中国新文学的語言問題』、二四六頁。

［2］例えば、公共のメディアや公式の場における方言の使用を見ると、実質的には北方方言に偏っており、これが方言間の格差をさらに強調していると考えられる。一九八三年から始まった中国中央テレビ局の旧正月の年越し大型番組「春節聯歓晩会」（日本の紅白歌合戦に相当）における言語使用がその典型例である。メディア研究者のデータによると、一九八三〜二〇一三年の「春節聯歓晩会」の小品（一五分ほどのお笑い劇）や相声（漫才と似た軽口話芸）コーナーでは、方言使用が容認されているとはいえ、番組中で使用される方言は北方方言が92・2%を占めている。南方方言を操る僅かなキャラクターを見ると、ほとんどが悪徳商人や大金持ちといった否定的なイメージで描かれ、明らかな差別化が図られている（紀莉、呉逸悠「口音歧視与社会群体的文化規訓——以三〇年春晩小品的口音研究為例」、『現代伝播』二〇一五年第七号を参照）。

［3］坂井洋史前掲書『懺悔と越境——中国現代文学史研究』、三五八〜三五九頁。

［4］金宏宇『中国現代長編小説名著版本校評』人民文学出版社、二〇〇四年、三〜三六頁、および金宏宇『新文学的版本批評』武漢大学出版社、二〇〇七年、一九〜六三頁を参照。

［5］夏商（旧名、夏文煜）小説家、一九六九年上海生まれ。主な作品に、長編小説『乞児流浪記』（二〇〇九年）、『東岸紀事』（二〇一二年）などがある。一九九〇年代短編小説でデビューし、『裸露的亡霊』（二〇〇一年）の作品以降、長編

小説執筆が中心である。初期の作品は「先鋒文学」（モダニズム）の色彩を帯びているが、『東岸紀事』においては写実主義へと作風を一変したとされる。二〇一八年五月「夏商小説シリーズ」という選集が出版された。

[6] ここでは、二つのレベルの「浦東」を区別する必要がある。それは行政区画としての浦東と、上述した地理概念としての浦東である。前者は一九九〇年に策定された「浦東開発・開放戦略」に基づき、一九九二年に設立された浦東新区を指す。一方、『東岸紀事』における浦東は、一九九〇年代の歴史の転換点となる前の地理概念としての浦東である。一九七〇年代や一九八〇年代の浦東は都市化がまだ進んでおらず、「国際都市」や「東洋のマンハッタン」といったイメージとはかけ離れた都市の周縁にすぎなかった。

[7] 主に夏商『回到廃話現場――夏商講談録』（華東師範大学、二〇一五年）で収録されたインタビューを参考にした。

[8] 夏商『東岸紀事』華東師範大学出版社、二〇一六年、六一三頁（以下に「前掲書」は二〇一六年改訂版を指す）。

[9] 夏商前掲書『東岸紀事』、六一四頁。

[10] 夏商『東岸紀事』華東師範大学出版社、二〇一八年、一頁。

[11] 夏商前掲書『東岸紀事』、三八頁。

原文「浦東中学落成後，延聘的首任校長是後来当過政務院副総理的黄炎培。黄炎培当時的面子在江湖上已有人買賬。教師中不乏赫赫有名的人物：陳独秀、郭沫若、沈雁氷、惲代英……学校鼎盛時有〝南浦東、北南開〟之説。学費貴得要死，来自各地顕赫人家的子弟従浦西踏上小舢板，擺渡到窮郷僻壌的六里橋。皮箱里装満了沈甸甸的銀洋鈿，拎上岸要找夥夫幫忙。蔣介石的児子経国，緯国，左聯的冤死鬼胡也頻、殷夫，拍電影的謝晉，写小説的馬識途都在此求過学。

一九四九年以後学校慢慢衰敗，不再有名師執教，面積受到蚕食――与之毗隣的六里蔬菜市場占的就是它的地皮，緊挨着白蓮涇的大片民居也是校舎与園芸被推倒後形成的――淪為一家不起眼的郷村中学。農家子弟是学生主体，校園里叽里呱啦都是郷気的浦東話。偶有市区来借読的学生都〝神抖抖〟的，而土著同学往往成為他們的擁趸，跟在後面模倣着〝高雅〟的市区口音。」

[12] 宮崎靖士「日本近代文学における〈方言〉使用の類型学――近代小説の語りの形式面との関わりから」、『日本近代文学会北海道支部会報』第五号、二〇〇四年、五四頁。

[13] チャットマンは、普遍的真実や現実の歴史的事実に言及する解説を「一般化」と称し、哲学者・ロレント・スターンに

よる次の文章を引用して「一般化」とは何かを説明している。「フィクションの文章が作りごとを述べる文章であるとは限らない。それらのなかには、まさしく次のようなことを述べる文章がある――普遍的であれ相対的であれ、明確に論理的な事実、言葉の暗示的意味、経験的な一般論、人間性の経験的法則であるとか、またこのほかに、私たちの現実世界では当然のこととして受け入れられていて、そして通常、文学作品を理解するのに必要とされるあらゆる種類の前提、などである」（シーモア・チャットマン、玉井暲訳前掲書『ストーリーとディスコース――小説と映画における物語構造』、三〇五頁）。

［14］夏商前掲書『東岸紀事』、一二七頁。
原文「黄浦江東岸行将開発的消息伝開多年，説是要変成特区，比美国曼哈頓還要繁華，進出需要特別通行証，五湖四海的人来淘金，届時上海話比香港人説的広東話還要喫香。広東話有什麼好聴，叽里呱啦的。」

［15］夏商前掲書『東岸紀事』、一二八頁。
原文「相形之下，〝上海閑話〟要好聴得多，同様是呉儂軟語，它比尾音很重的浦東土話要空霊一些，質地也更硬一些。雖不乏市民気，也透出雅致的腔調。作為一種方言，它顕然更匹配未来那個洋気的特区。所以学它的浦東人漸漸多起来，年齢大的郷音難改雙好作罷，却希望小輩趁舌頭没変硬前換一張嘴。事実上，眼下能説一口流利〝上海閑話〟的浦東孩子已不再是少数了。」

［16］夏商前掲書『東岸紀事』、九五頁。
原文：「喬喬道：〝我川沙人。〟／／農芳道：〝吹牛，一聴口音就是浦西来的，上海話講得這麼標准。〟／／喬喬愣了一下，馬上改口用浦東土話：〝没有啊，我説的是川沙話呀。〟／／川沙話比六里那一辺的浦東話郷音更重，雖然都是浦東土話，但六里特別是周家弄這一片，畢竟和市区隻一江之隔，与対岸交流多，有点改良了。」

［17］シーモア・チャットマン、玉井暲訳前掲書『ストーリーとディスコース』、三〇五頁。

［18］周振鶴・遊汝傑、岩本真理等訳前掲書『方言と中国文化』、九二～九三頁。

［19］ジャック・デリダ、守中高明訳『たった一つの、私のものではない言葉：他者の単一言語使用』岩波書店、二〇〇一年、一六～一七頁。

［20］夏商前掲書『東岸紀事』、三九頁。

［21］夏商前掲書『東岸紀事』、三八頁。

［22］この特徴は、第四章で論じる長編小説『繁花』の方言修正と類似している。つまり、言語学者・沈家煊が述べているように、方言修正の原則は「『虚詞』はできるだけ共通語の語彙に修正し、『実詞』はできるだけ方言語彙を保持する」ということである（沈家煊『《繁花》語言札記』二十一世紀出版社集団、二〇一七年、一二〜一三頁）。

［23］夏商前掲書『東岸紀事』、四一九頁。

［24］夏商前掲書『東岸紀事』、四三三〜四三四頁。

［25］夏商前掲書『東岸紀事』、四九八頁。

［26］夏商前掲書『東岸紀事』、四四頁。

［27］夏商前掲書『東岸紀事』、四四頁。

［28］渡辺博文「近代中国文学作品における罵倒語の使用の要因――情動による考察――」、『神奈川大学大学院言語と文化論集』第一二号、二〇〇五年、一〇二頁。

［29］「儿化」とは、漢字では「儿」と書き、その前の音節がr化する。北京方言を代表とする官話（北方方言）の多くで、習慣的に決まった語彙が、そり舌調音を伴う母音で発声されること（日本中国語学会編『中国語学辞典』岩波書店、二〇二二年、「r化」項目を参照）。

［30］上海市作家協会・王小鷹『長街行』作品研討会「上海方言与海派文学何去何从?」、『海派档案』、二〇〇九年五月二一日、URL：http://www.haipaiwenxue.com/dangan/shang-hai-fang-yan-wen-xue.html（最終確認日：二〇二三年六月二三日）。

［31］王小鷹、一九四七年江蘇省塩城生まれ。一九七八年華東師範大学中文系に入学。大学を卒業すると、『萌芽』編集部に配属になり、一九八五年に上海作家協会に移って、専業創作を始めた。代表作に長編小説『丹青引』（一九九七年）、『長街行』（二〇〇九年）、『記念碑』（二〇二一年）他。

［32］王小鷹『長街行』上海文芸出版社、二〇〇九年、三頁。

［33］王小鷹前掲書『長街行』、七〜八頁。

［34］任曉雯『浮生二十一章』北京十月文芸出版社、二〇一九年、四頁。

[35]「跟弟」という名における、「弟」の字は当該の人が男であることを意味しない。蘇北移住者の間で「弟」の字は女児の名前によく使われた。「跟弟」という名は、娘が生まれた際に両親が「次に生まれる（「跟」は後について行くの意）子供は男を切望する」を意味し、生まれてきた娘に対し「男児期待」を願った名前である。また同じ類の名前は「招弟」（弟を招く）「盼弟」（弟を待ち望む）などがある。任暁雯はそのヒロインの名前によって彼女が男尊女卑の家庭に生まれたことを示唆している。

[36] 任暁雯前掲書『浮生二十一章』、一六頁。

[37] 任暁雯前掲書『浮生二十一章』、四〇頁。

[38] 任暁雯前掲書『浮生二十一章』、六三頁。

[39] 胡適「『海上花列伝』序」、韓邦慶『海上花列伝』亜東図書館、一九二六年、二四頁。

[40] 日本中国語学会編『中国語学辞典』岩波書店、二〇二二年、「《海上花列伝》」項目。

[41]『海上花列伝』について、次の辞書項目を参考にした。「海上花列伝」、日本大百科全書（ニッポニカ）、JapanKnowledge。『『海上花列伝』』、デジタル版集英社世界文学大事典、JapanKnowledge。

[42] 日本中国語学会編前掲書『中国語学辞典』、「《海上花列伝》」項目。

[43] 劉復『半農雑文』星雲堂書店、一九三四年、二四五頁。

[44] 劉復前掲書『半農雑文』星雲堂書店、一九三四年、二四六頁。

[45] 胡適前掲文『海上花列伝』序、二八頁。

[46] 趙景深「海上花列伝」、『好文章』一九三七年第四期。

[47] 張愛玲「国語本『海上花列伝』訳者識」、『海上花開』上海古籍出版社、一九九五年、二頁。

[48] 小松謙『「現実」の浮上――「せりふ」と「描写」の中国文学史』汲古書院、二〇〇七年、三頁。

[49] 小松謙前掲書『「現実」の浮上』、五五～五六頁。

[50] 小松謙前掲書『「現実」の浮上』、五四～五五頁。

[51] 小松謙前掲書『「現実」の浮上』、一六九頁。

[52] 平田昌司「目の文學革命・耳の文學革命――一九二〇年代中國における聴覚メディアと『国語』の実験」、『中国文学

報』第五八号、一九九九年。

［53］その詳細は（1）中里見敬「『内面』を創出する――文体論的なアプローチ」、『日本中国学会報』第五六号、二〇〇四年。（2）張懐久・劉崇義編著『呉地方言小説』南京大学出版社、一九九七年を参照する。

［54］弾詞とは、中国の語り物の一つ。明から清にかけて流行、現在でも南方で行われ、琵琶・三弦・洋琴などを伴奏にする。通例は七字句を重ねる長編の歌詞で、男女の愛の葛藤などを語り、下層市民や女性をおもな聴衆として、それぞれの地方の曲調と方言で歌われてきた。一九五〇年代からは現代物の創作も進み、中編、短編もつくられている。〝だん‐し【弾詞】〟、デジタル大辞泉、JapanKnowledge。〝弾詞〟、日本大百科全書（ニッポニカ）、JapanKnowledgeを参照。

［55］崑曲とは、中国の古典劇。崑劇、崑腔とも。明の一五四〇年ごろ、江蘇省崑山の名曲師魏良輔が宋・元以来の南北音楽の精華を集め基礎を確立、以後清の中期に至るまで中国演劇の主流を占めた（『百科事典マイペディア』平凡社、一九九六年、「崑曲」項目）。

［56］胡適前掲文「『海上花列伝』序」、二四頁。

［57］胡適のような文学ジャンル横断的な比較は厳密ではなく、異なる文学ジャンル間の機能や語体の分野は完全に対応できないためである。

［58］小松謙前掲書『「現実」の浮上』、三頁。

［59］陳平原『中国小説叙事模式的転変』北京大学出版社、二〇一〇年、九〇頁。

［60］バフチン、新谷敬三郎・伊東一郎・佐々木寛訳『ことば　対話　テクスト』新時代社、一九八八年、一六五頁。

［61］バフチン前掲書『ことば　対話　テクスト』、一七二頁。例えば、「悲歓」という感情をもっぱら表す語が存在する。我々はこの語の意義が「悲しみ」と「歓び」という固有の情動的な色彩をもつと誤解しがちである。しかし、魯迅の「小雑感」において「人類の悲歓は通じあうものではなく、私はむしろ互いの騒音だと感じる」（魯迅『魯迅全集（第三巻）』人民文学出版社、二〇〇五年、五五五頁）という文では、コンテクストに規定される「悲歓」という語が、あくまでも一種の抽象的かつ概括的な情動であり、悲しみや歓びといった具体的な情動反応を描くのではなく、かえって「騒音を感じる」という「悲歓」の辞書的な意味とは無関係な体験を引き起こした。

〔62〕バフチン前掲書『ことば　対話　テクスト』、一七二〜一七三頁。

〔63〕叙述文と会話文とが、それぞれ独立したものであると意味するわけではない。如何なる方法で文体を区別し、他者の言語を「客観的」に引用したとしても、叙述者の表情は「この境界を貫いて他者のことばにまで及び、後者は、イロニー、憤慨、同情、恭敬の調子で伝えられることになる」（バフチン前掲書『ことば　対話　テクスト』、一七六頁）。
　このようにして、「他者のことば」としての会話文は文体論における二重の表情を有するものとなる。すなわち「それ自身の、つまり他者の表情と、そのことばをみずからのうちに宿した発話の表情の二つ」（バフチン前掲書『ことば　対話　テクスト』、一七六頁）である。そのため、語られる対象の発話は「他者のことば」として伝えられ、見かけの上で独立している会話文も実際は叙述文の射程に収まっており、会話文は叙述者の伝達なくして自らを語れないのである。

〔64〕バフチン前掲書『ことば　対話　テクスト』、一七六頁。

〔65〕中里見敬「文体としての風景：中国伝統小説における『風景』の発見以前」、『言語文化論究』第二九号、二〇一二年、七九・八四頁。

〔66〕もちろん、上述したように、「叙言分離体」は古典的な文学様式においてすでに存在しており、近代小説特有のものではないにもかかわらず、ここで強調する「叙言分離体」は、「言文一致」運動における国語（文学）または方言（文学）間の相互関係において枠付けられる文体＝思想の問題そのものである。

〔67〕坂井洋史前掲書『懺悔と越境』、四五五〜四五六頁。

〔68〕坂井洋史前掲書『懺悔と越境』、四六三頁。

〔69〕坂井洋史前掲書『懺悔と越境』、四六二頁。

コラム4

『繁花』とその周辺

金宇澄の長編小説『繁花』が、上海語の語彙を巧みに取り入れた独特な作品であることは本書において十分に語ってきたつもりである。ここでは『繁花』作中に添えられた作者直筆の挿絵と、そのリメイク作品について語りたい。

金宇澄は絵を描くことにも情熱を注ぎ、小説の中には多数の手描きイラストを添えている。若い頃に美術の教程を熱心に学んだ経験を持ち、上海の時計工場で働いていた時に機械製図を習得したことが、彼の画家としての基礎を支えている。二〇〇〇年初頭、文芸誌『上海文学』の「城市地図」コラムを担当していた彼は、小説の舞台となる地図を作者に描いてもらうというユニークな企画を考案した。これは、彼の絵心から生まれた発想なのかもしれない。

そして二〇一二年、長編小説『繁花』の出版を機に、作中に掲載された上海の日常生活を描いた金宇澄の挿絵は大きな注目を集めることとなる。近年では、各地で個展を開催したり、画集『Stories & Scene』(Acc Art Books, 2023)を出版したりと、画家としても活躍している。彼の絵画は版画が多く、都市の風景、機械、服装などを題材としたものが多く目立つ。これらのテーマは、代表作『繁花』の中でも詳細に描かれており、彼の創作活動における一貫した関心が見受けられる。

二〇二四年五月に、蘇州の黎里古鎮にある、金宇澄の曽

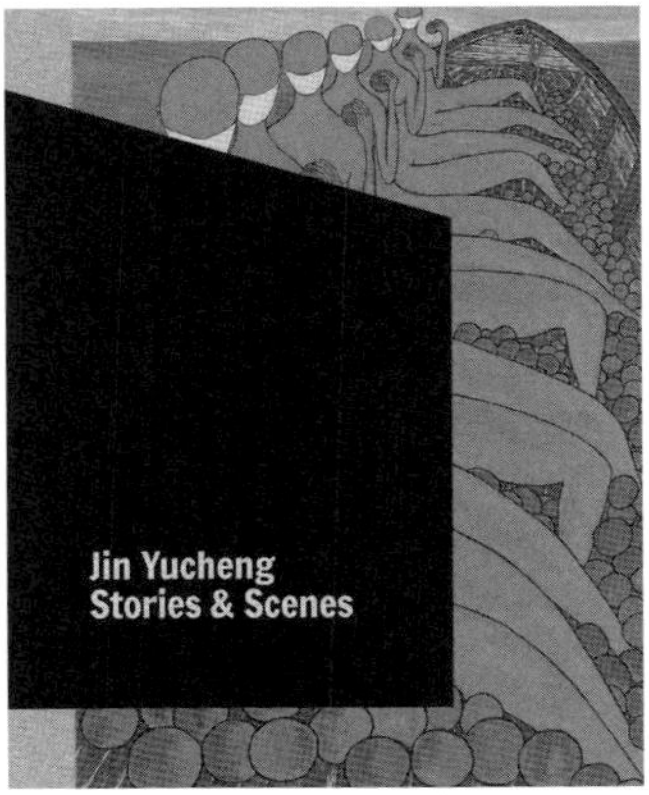

画 集『Stories & Scene』(Acc Art Books, 2023)

祖母、祖母、そして父がかつて暮らしていた古い家屋が、「繁花書房」として生まれ変わった。

五年の歳月をかけて丁寧に改装された家は、デザイナーの手によって現代的な美意識を取り入れながらも、江南地方の伝統的な民家の趣を残している。書房には、金宇澄の創作活動に関わる貴重な資料が展示されている。その中には、小説『繁花』の草稿や挿絵の原画はもちろんのこと、ポスター、舞台写真、手描き図、グリーティングカードなど、ファン垂涎の品々が揃っている。

また、『繁花』は近年、戯曲・舞台劇・ラジオやテレビドラマなど、様々なメディアで上演・放送され、多くの人々に親しまれている。

『繁花』が誕生して以来、読者が自主的に上海語で朗読した音声コンテンツがインターネット上で数多く広まっている。もともと「初稿」の段階では、視覚的に読まれるための工夫が凝らされたテクストが、朗読によって再度音声化されているのである。この現象は、テクストの表現形式が視覚から聴覚へと変化する過程を考察する上で実に興味深いことである。同時に、これらの音声コンテンツは現在、上海語を学ぶための教材としても活用されている。

二〇一八年一月から『繁花』は舞台劇として新たな命を

蘇州の黎里古鎮にある「繁花書房」

舞台劇『繁花』における食事シーン

吹き込まれ、現在までに二期シーズンが不定期に上演されている。舞台では役者たちが上海語でセリフを交わしながら演じ、舞台上方に設置されたLEDスクリーンでは標準語の字幕が流れている。舞台劇『繁花』で最も特徴的な点は、舞台中央に設置された回転装置を使った演出である。『繁花』には食事シーンが度々登場するが、舞台では食事の場面中この回転装置によって丸いテーブルがゆっくりと回される。登場人物たちの微妙な緊張感が巧みに表現され、観客は物語の世界に引き込まれるような臨場感を味わうことができる。私が実際に観劇した際に目撃したのだが、劇場は上海語を話す人はもちろんのこと、他地域の方言話者やアクセントを持つ観客で満席であった。『繁花』の舞台が、今後も多くの人々を魅了していくことは間違いないだろう。

二〇二四年一月、ウォン・カーウァイ監督のドラマ『繁花』が中国大手の動画共有プラットフォームであるテンセントビデオで配信開始され、大きな反響を呼んだ。中国本土では昨今、高品質のドラマ作品が非常に少ないことが嘆かれていることもあり、本作品の質の高さとその影響力は否定できない。ただし、『繁花』の「素晴らしさ」は、私が見る限り、監督の一貫した高水準の撮影技術によるものであり、原作の物語をうまく翻案した「素晴らしさ」とはいえなかった。ドラマ化の発表を知った後、『繁花』の研究者としてレビュー記事を執筆しようと意気込んでいたが、視聴したドラマの内容が原作の物語をほとんど踏まえず、人物設定や背景の一部を借りただけの全く新しい別物語だったので、私はレビュー記事投稿を見送った。

原作の『繁花』は、一九六〇年代から七〇年代の文化大革命期、そして八〇年代以降の経済成長の時代という二重のタイムラインが交互に語られる。特に文化大革命期の物語は高く評価されている。上海で育った主人公の一人であ

ドラマ『繁花』のポスター

る少年時代の阿宝はブルジョア階級の出身で、旧フランス租界に建てられた西洋風の家屋に住んでいた。しかし、文革の階級批判によって家財は没収され、幼なじみの女友達もお手伝いさんも姿を消してしまった。家族は上海近郊の労働者階級向けの団地に強制的に引っ越しさせられ、プライバシーのない生活を余儀なくされる。その時経験が伏線として敷かれ、後に成長阿宝の虚無的な恋愛観や彼の人生観に大きな影響を与える。特にその後の一九八〇年代を舞台とした物語において阿宝の言動を理解する上で、文化大革命の物語は背景として絶対に欠かせない。

しかし、ドラマ『繁花』が文革期のタイムラインをほぼ削除してしまったことで、経済成長期の物語で登場する阿宝は、単に追い風に乗って対外貿易で成功した投資家という、当時の上海における典型的な成金像として描かれてしまっている。原作小説の阿宝は文革時代に経験した彼のルーツを伴うことで、その後の経済成長期における彼の商人としての成功には、全く違う動機を読者は見出すことができた。

こうしたドラマ『繁花』の阿宝の人物像の修正には、文化大革命の歴史をタブー視し、その後の中国の改革開放政策や一九九〇年代の「上海浦東開発・開放戦略」による、中国社会全体の急速な発展を「大きな物語」として賛美しようとする作品の意図を強く感じる。このような傾向は原作小説が一九九〇年代というタイムラインが具体的な背景を意図的に隠しながら、登場人物たちが食事会をする場面を延々と描き、物語の筋が不明瞭なまま虚無的な終わりを迎えるという原作の流れとは大きく異なっている。

小説がドラマ化される際、原作の物語が必ずしも忠実に再現されるとは限らない。しかし、原作で最も高く評価された部分が丸々削除され、原作の核心である物語に通底する「虚無感」が国家の発展を肯定する大きな物語にすり替えられてしまったことにより、このドラマは「全く新しい作品」だと言ってもよい。ドラマ『繁花』のような高品質な作品は、確かにお目にかかることが稀である。しかし中国経済の発展と社会の進歩を伝えようとする公式の「主旋律」を謳う物語は、決して稀なものではなく、むしろ溢れかえっている。

原作の独特の気質がドラマ化で再現されないことはよくあることで、さらに現在の中国の言論状況や出版物の検閲を考慮すると、次期シーズン制作への期待は、控えめに持つ方が賢明かもしれない。

第四章　『繁花』初稿の誕生と方言使用
――「弄堂網」と投稿の前期段階を中心に――

はじめに

　第三章で述べたように、均質的な言語で書かれた中立的な叙述文と、引用符の範囲内で方言語彙を取り込んだ会話文との混在を文体として要請する「叙言分離体」は、近代以降、地域言語の書記、文学言語への取り入れについてのイデオロギー的な対応として広く採用されてきたものである。物語世界外に棲息する作者／叙述者は、それらの要請を受けて基本的に引用符内に方言の様々な要素を取り入れたり修正を加えたりすることを指摘してきた。

　前章で残された問題は、「本質としての地域性」を前提とした現実への要請や、「引用符付きの会話文」という境界を越え、叙述文中でも地域言語の使用を厭わない、新たな叙述者の姿と、それに伴う文学言語は成立するかということである。この問題を考察するために、本章では上海独自の言語・文化などの地域情報を共有する電子掲示板「弄堂網」にて連載投稿された長編小説『繁花』の初稿を検討対象とする。この小説の投稿過程を明らかにすることで、作者の言語意識と『繁花』の方言修正の特徴から、文学における方言使用の新たな可能性を探る。

まず『繁花』に関する基本的な情報を紹介する。金宇澄の長編小説『繁花』は、一九六〇年代から一九七〇年代にかけての「文化大革命期」と、その後の一九八〇年代以降の「改革開放期」、経済成長の時代という二重のタイムラインが交互に語られる。それは上海の移りゆく都市で育った三人の少年である阿宝、滬生、小毛を主人公とし、個々のエピソードごとに中心人物が頻繁に入れ替わる中で、現在と過去を行き来しながら、当時を生きる平凡な人々が繊細な筆調で描かれている。

『繁花』の始まりは電子掲示板「弄堂網」への書き込みからである（表4.1参照）。作者である金宇澄は二〇一一年から「独上閣樓」[1]というハンドルネームで他の掲示板ユーザーと雑談を交えながら、書き込みを半年ほど連載投稿していた。この掲示板にて発表された最初の形態を、本章では今後「初稿」と略称する。

「初稿」が完成した後、文芸誌『収穫』の「長編小説特集号・二〇一二年秋冬巻」に大幅に改訂や修正を加えた改訂版が収録された（以下「『収穫』版」と略称）。この『収穫』版は「初稿」に比べ約五万字が削除されているが、これは上海語に不慣れな読者のために、馴染みのない表記や難解な言葉を平易な表現に改めた結果である。

しかし、その後二〇一三年に上梓された単行本『繁花』では、一部の上海語を復活させるなど、改訂や加筆が再度行われた（以下「単行本」と略称）。共通語に近づけようと意図する中で、三度にわたって改訂された『繁花』は、結果として地域言語の語彙や表記が独自に改造され、今までにない個性的な文体が確立されたのである。同年、単行本が上海文芸出版社から出版されると、作品の評価はさらに高まり、遂には二〇一五年に中国で最も権威のある長編小説賞として広く認められている茅盾文学賞を受賞するに至る。上海語を使用した他の小説に比べ完成度が高く、地域色に溢れていることで好評を博した。

『繁花』への研究および評論は、単行本の出版後ただちに文壇批評[2]において数多く発表されたものの、その対象は「単行本」版である文学テクストとしての完成版、つまり作品としての最終形態に基づいたものがほとんど

表 4.1 『繁花』版本の変遷

年	版本（出版社）	修正に関する説明
2011 年	電子掲示板「弄堂網」で連載された「初稿」	上海語により即興で書かれたものが多いこと
2012 年	文芸誌『収穫』版（『収穫』長編小説特集号・2012 年秋冬巻）	長さを圧縮し、上海語に不慣れな読者のために馴染みのない、難解な言葉表現を平易な表現に改めたこと
2013 年	単行本の初版（上海文芸出版社）	挿絵追加、一部を上海語に戻す改訂や加筆
2014 年	単行本の改訂版（上海文芸出版社）	登場人物関係図の追加
2022 年	浦元里花の邦訳（早川書房）	叙述文を標準語で、会話文を関西弁で翻訳

図 4.1 『繁花』の表紙（図左から『収穫』版、単行本の初版、日本語版上下巻の順）

である。最初の形態である「初稿」がいかなる文学の場で投稿されたのか、どのようにその場の読み手に浸透していったのか。そして『繁花』の改訂における修正の実態がいかなるものであるか、といった問題意識に着目したものは少ない。

　管見によれば、「初稿」とその後の改訂に関する論文は、発表順に整理すると以下のとおりである。

　まず曽軍[3]が、「弄堂網」の実態を紹介した上で、「初稿」の執筆過程の概略を整理している。

　次に、羅先海[4]が、「初稿」、『収穫』版、「単行本」の二〇一三年初版と二〇一四年改訂版を出版順に整理し、その改版時に加えられた修正内容を分析している。さらに彼の論文では『繁花』を例とし、デジタル時代の現代文学研究において、電子掲示板やブログなどの文章を、デジタル文献資料と見なし、その扱い方を改めるべきだと主張している。

そして、劉進才が、[5]「初稿」と二〇一四年版「単行本」を対照させて、修正の特徴を読み解いている。修正が加えられた「単行本」の特徴を、通俗的な上海語で書かれた登場人物の会話文と、古風で上品な言葉で書かれた情景描写の混在形態であるとし「通俗的な物語を上品な言葉遣いで語る（原文：俗話雅説）」ものだと指摘している。

顧星環が、[6]「初稿」の連載中に交わされていた、投稿者と他のユーザーとの掲示板での交流に注目し、後の改訂版と比べ「初稿」の魅力である、作品が醸し出す庶民的な雰囲気と、「初稿」で使用された方言にあふれる文体のオリジナリティを評価している。出版されたテクストに限らず、多方面から作品を分析したこの論文は、多様性や包容性を重んじるインターネット空間（以下「ネット空間」と略称）だからこそ「初稿」は誕生することができたのだと強調している。

『繁花』は「インターネット文学」（以下「ネット文学」と略称）と称されるデジタル媒体の「初稿」から始まり、紙媒体へと移っても重版が繰り返された。上記の論者はこうした点を踏まえた、作品の辿った変遷や修正された経緯を重視している。

しかし、これらの先行研究には共通する問題点がある。それは、いずれの論者も初稿を「復刻版」に基づき分析してしまっていることである。この「復刻版」とは「弄堂網」の編集者である「段段」が取捨選択して整理したものである。また、微信《ウィチャット》の公式アカウントである「弄堂longdang」に再掲載されており、投稿当時のウェブページではない。[7]「初稿」と「復刻版」とでは文章のレイアウトや、掲載された他のユーザーのやりとりや画像に相違がある。

そのため、「初稿」を対象とする研究として、「復刻版」のみに依拠したアプローチは厳密といえない。[8]筆者は

「初稿」連載当時の「弄堂網」から今の「弄堂longdang」まで長期にわたって編集を担当してきた段段と直接連絡を取り、「初稿」が保存されているウェブページの閲覧許可を得た。[9]初稿の書式・画像・書き込みがそのまま全て保存され、合計八四七の書き込み数／四三頁を有する（二四四〜二四五頁の図4.5右上にある「1#」と「1／43頁」がそれぞれに当たる。以下は〔書き込み番号〇#、頁数〕で出典を示す）。また、アーカイブ閲覧サービスを提供するウェイバックマシン[10]により、過去の「弄堂網」の一部も閲覧することができた。それらは、初稿の創作現場であった当時の「弄堂網」の文化的な雰囲気を考察する際の手がかりであり、重要な資料である。

したがって本章では、「初稿」が誕生した言論空間である「弄堂網」の特徴や、「初稿」執筆当時の掲示板の雰囲気について検討し、さらに「初稿」投稿時オリジナルのウェブページを確認することで、著者が掲示板への書き込みを始めたきっかけとその投稿意図を考察する。

そもそもの問題意識である、空間と言語の均質化に抵抗する「地域性」が、いかにして生成されるのかという問いを明らかにするために、具体的には、次の三点に注目する。一つ目は、「弄堂網」という地域的な言論空間の沿革と特徴の検討である。二つ目は、「初稿」の連載前期における書き込みを通じ、「初稿」を投稿したきっかけを明らかにする。三つ目は、「初稿」における方言表記をめぐる議論から『繁花』の方言修正について検討する。

第一節　『繁花』誕生の場である「弄堂網」

二〇一九年、ネット文学の研究者である邵燕君・高寒凝が編集した『中国網絡文学二十年・好文集』では、ネット文学の佳作として「初稿」を抜粋し、推薦の言葉として「通常の意味での商業的に類型化されたネット文学ではなく、類似した文化的な属性を持つ人々が自発的に集まった対等な立場での交流を行う空間であった」[11]と評している。ただし、同書は「初稿」の基本的情報しか紹介していないため「商業的に類型化されたネット文学」が具体的に何を指すのか、「初稿」が具体的にどのような文学の場で生まれたのかについて言及していない。いわゆる「商業的に類型化されたネット文学」は、二〇一一年以降、大手資本が主導する『起点』や『閲文』といったビジネスモデル[12]によって形成された。このモデルでは、作家がプラットフォームである投稿サイトと直接連載契約を結び、有料購読を選択する読者から利益を得る仕組みが採用されている。作家は作品の連載を持続的に更新することで読者からの購読料や投げ銭で収入を得る。そのため、効率良く収入源を確保するため、作家が読者に迎合してしまう傾向も強い。ひとたび人気作品が登場すると右へ倣えとばかりに同様の作品が濫造され、物語の展開は類型的なものになってしまうのである。これが、いわゆる「商業的に類型化されたネット文学」にあたる。

今のところ、中国で「ネット文学とは何か」について、学界の定論は形成されていない。しかし、文学生成の媒体として着目する邵燕君によると、「ネット文学とはネットを媒体として生成され、そして読者に浸透していくという特性を持つ文学」となる。また、「ネット空間は単なる文学投稿のプラットフォームであるばかりではなく、文学生成の空間としても機能するものである」と指摘している。[13]つまり、ネット文学とは作者と読者が相互に交流し影響し合うネット上の言論空間であると同時に、その空間自体が文学生成の場でもあるのだ。筆者はこの定義に基づき、本節では『繁花』の「初稿」誕生を醸成した「弄堂網」が、どのような特徴を持つ言論空間であったか考察する。[14]

中国ネット文学の草創期とは一九九〇年代末から二〇〇〇年代にかけてである。[15]この時期「弄堂網」のような電子掲示板への投稿を通じて小説を連載することは、実はそれほど珍しいことではなかった。「弄堂網」以外にも「天涯社区」[16]や「猫撲」[17]といった大規模な無料電子掲示板サイトを筆頭に、多様なサイトが数多く存在した。

ネット文学研究者の喬煥江は、電子掲示板は「初期のインターネットユーザーが集まり、作者と読者が自由にコミュニケーションできる主要な拠点として、長期的な交流を経て、そのグループ特有の言語スタイルと価値観が徐々に現れていった」[18]と指摘している。作者と読者の直接的かつ自由な交流を通じた創作活動によって、草創期のネット文学は形成されたのである。

一般的に、電子掲示板は特定の地域、話題や趣味といったカテゴリー別に様々なコーナーが設けられ、利用者がそれぞれ目当てのコーナーに自主的に集まる空間である。このように趣味嗜好を共有する同好者が集合する環境の中では、特定の職業、世代、地域、生活様式を共通点に、グループ内においてのみ通用する顔文字、略語や隠語、および限られた地域で通じる方言を使用する傾向が強い。同様に「弄堂網」のユーザー間のやりとりは、基本、方言が中心であるが、それを理解できることはグループに参加するための暗黙の了解である。投稿者は自らの文章が他の閲覧者から判読可能か否かをそもそも気にする必要がなく、自然と文学的表現に方言を大胆に取り入れ、また地元民しか知り得ないローカルな話題に言及することが多い。

「弄堂網」は二〇〇二年の創設以来、小規模な運営方針を維持してきた。「弄堂網」の設立理由について、段段は「立ち上げの初志は、ネット上に自分の作品を展示し、知り合いや親友と感想や世間話をするための場所を作りたいという思いがあるだけだった。ある話題を探して、私たちはみんな上海人で、上海本土の文化にも興味があるので、そのサイト名を『弄堂』と呼ぶことにした。『弄堂』に、商業的な目的や背景は全くない。サイトはすべて興味本位で開設した」[19]と語っている。

初期の「弄堂網」は、創設者の老皮と段段、そして数人の関係者が主導し、上海の文化と歴史を主題とした写真および漫画を展示するサークル活動的な場所であった。段段によると、大手資本が参入しやすいネット空間において、自身の純粋な創作活動を維持するため、新規会員登録を制限し、会員登録には、まず既存ユーザーからの招待を必要とした。この招待制によって、「弄堂網」のユーザー層はおのずと限定され、共通する特徴を有していた。ユーザーの年齢層は一九五〇年代から一九八〇年代の生まれであり、上海語を母語とする上海出身者が中心であった。招待制による運営を続けることにより、掲示板には上海地元民の同好者が集まり続け、「弄堂網」は他にはない独自の活気を呈していた。

しかし「弄堂網」の開設から五年後、とある事件が全ユーザーに衝撃を与え、これまでの掲示板の雰囲気を一変させた。二〇〇七年の中国インターネットポリス（網絡警察）による電子掲示板「小衆菜園」[20]の摘発である。完全実名制で運営される「小衆菜園」は、その最盛期には上海のエリート知識人層、例えば陳村・呉亮・趙麗宏・孫甘露・孔明珠・木葉・朱建新などの作家・批評家・画家など約三百人がユーザーとして名を連ね、掲示板上でのオリジナル作品の投稿をはじめ、文芸批評や社会情勢の批判など幅広い話題が網羅されていた。

当時、「弄堂網」のコーナーの管理を担当していた作家の孔明珠によると、上海作家の陳村が運営する掲示板「小衆菜園」では、国内では報道されない中国の政治情勢に関する海外メディアの報道がよく掲示板に投稿され、時折話題となっていた。「小衆菜園」の利用者は海外在住のユーザーが多く、情報の統制管理を無意味化する存在となっていた。この状況に対して、インターネットポリスの監視が強化され、この年ついに「小衆菜園」は政府の検閲により摘発された。摘発後「小衆菜園」は、そのまま閉鎖されると誰もが考えていたのだが、そんな「小衆菜園」が何と「弄堂網」のサブコーナーに移転し継続することになったのである。

「小衆菜園」の移転により、「弄堂網」は現役で活動する上海文化知識人の新たな活動拠点として利用され、上海の文化界や文学界に関わる多くの人々が「弄堂網」の存在を知ることとなる。「弄堂網」の掲示板は最盛期を迎え、上海に関する様々な話題が議論され、ユーザーは積極的に自らの創作物を他者と共有し、上海独自の地域色豊かな新たな文化空間が形成された。さらにオフ会目的に不定期の懇親会や忘年会が開催され、ユーザー間のつながりは、オンラインとオフラインの双方ともに重視された。

「弄堂網」の成立と沿革の話はここまでとし、では実際の「弄堂網」のユーザーたちは、主にどのような投稿内容に関心を持っていたのだろうか。掲示板のコーナーは随時更新されているが、[21]主なトピックとして日常的な雑談が掲示板上で交わされる「上海生活」コーナーがまず挙げられる。「新老照片」コーナーでは上海の過去から現在にわたる写真がアップロードされ、文化大革命の「批判闘争」の記録写真、民国期の競馬場・江南造船所といった建築物や街並み、取り壊された弄堂・スラム街などのスナップ写真も含め、膨大な写真が展示された。そして「文字域」コーナーにおいて「初稿」を代表とする、上海方言を取り入れたエッセイや小説などが投稿され、その他には上海風麩の煮込み・上海ガニ・焦がしネギ醤油の油そばといった上海の家庭料理やレシピを紹介する「上海小菜」コーナー、道路・学校・住宅・有名人などに関する逸話、過去の地方誌を収録した「上海典故」コーナーなどが挙げられる。

図4.2　弄堂網のホームページ

残念なことに、現在、過去のコーナーのほとんどはアクセス不可であり、インターネットアーカイブを通じても閲覧できる内容はごく一部にしかすぎない。そのため、次に挙げる具体例は、最終確認日の時点で閲覧可能な投稿内容から選定したものである。

まず「弄堂網」の「上海歴史」コーナーにおいて掲載された「上海の命名と町の歴史」「旗袍の変遷」「オールド上海の外国語」「オールド上海のバス」といったトピックであるが、これらは第二章において蘇北・揚州からの移住者が多く従事した職種「三把刀」を解説する

「上海業界——揚州三把刀」のように、上海の歴史や文化を紹介した短い文章が収録されている。

さらに電子掲示板では、上海語に関する資料の整理や議論も多数行われていた。例えば、「上海閑話」コーナーでは、上海語の注音法・表記・童謡・笑い話・試験問題および方言の将来に関する様々な話題が議論されていた。コーナー最上部には「上海語入力法正式リリース　無料ダウンロード提供開始」という、管理者の段段によって二〇〇八年七月二九日に投稿された次の書き込みを見ることができる。

二年間の努力の末に、上海大学中文系の銭乃栄教授、彼の大学院生と協力者たちは、今月、ようやく上海語入力法の開発を完了させた。注目すべきは、この入力法には「中派」と「新派」の二つのバージョンが含まれていることである。四五歳以上の上海人と若者世代の上海人はそれぞれ自分に合った「タイピングの方法」を見つけることができるだろう。[22]

上海語は普通話の影響とともに時代ごとに変化し、世代によって発音習慣が変化したため、それに適合するには異なる入力法のバージョンが必要であった。この上海語入力法が「弄堂網」ユーザー間にどれほど浸透していたのか、現在ではその実態を検証することはほぼ不可能であるが、当時の掲示板内での反応は「これからの方言入力がどんどん便利になるね」といった声もある一方、否定的な声も少なくない。「銭先生が制定した拼音方案が好きではない」「複雑すぎて入力スピードが遅い」などと一部のユーザーは評価している。

そういった批判に対して、段段も黙っておらず、彼は上海語入力法開発の意義を「民間や学術界では、様々な呉語の注音法が開発され、条件があえばその注音法に基づいた入力法も開発されている。それぞれ独自の特徴を持ち、一派を成している。方案は異なるものの、それぞれが独自の利点を持っているが、共通の目的がある。それは呉語方言の正書法と正しい発音を確立し、文化を保護し伝えることである」と返信している。上海語入力法の開発を促進させることは、利便性の向上という実用重視だけではなく、方言そのものの保護に必要な手段であると段段は認識していたのだ。

それに加え、段段と他の管理者は上海語の日常用語や古くて馴染みのない言葉をアルファベット順に羅列・解説し「弄堂網」の「上海話」コーナーの特集に収録した。その日常用語リストにおける各言葉には、電子掲示板の投稿内容から整理された文章が実例としてリンクされている。

例えば、次頁の図4.3が示す「白相」という言葉には、使用頻度を表す星が、最も高い評価を意味する「星五つ」が付けられている。「白相」の意味について、「もともと『孛相』と呼ばれ、蘇州人が子供の遊びや戯れなどを指す語であったと言われている。誤記により『白相』となり、言葉が使われる対象や範囲も変化した。現在では子供だけでなく、時には大人に対しても使用される」と解釈し、続いて「白相」の用例や文章、およびその派生語「白相人」(「遊び人」の意)と「白相倌」(「玩具」の意)が紹介されている。このように、掲示板ユーザーが使用する日常用語の解釈、使い方やその裏にある文化などが紹介されている。

以上のような地域的知や方言語彙に関わる文化記号から展開された解説は、前述した程乃珊の「上海辞典」や夏商の『東岸紀事』で挿入された「辞書」タイプのものを連想しやすい。現在は、当時の「弄堂網」の投稿内容全てを見ることができないものの、そのコーナー設置とアクセスできる一部の投稿内容から推察すると、「弄堂網」には上海語や「オールド上海」に関心を寄せるユーザーが集まり、古い写真・ハガキ・映像・地図・文学作品などの資料や情報を共有することで、上海の逸話、風土や歴史、言語と文化などについて議論を行っていたようである。

以上が『繁花』誕生の場である「弄堂網」の沿革と内容面の特徴の紹介である。現在アクセス可能な投稿内容が極めて限定されているため、比較的散漫に感じられるが「オールド上海」や方言への関心は、前述した二〇世紀末以降の「上海ノスタルジア」の流行と関連すると見ることができるのではないだろうか。

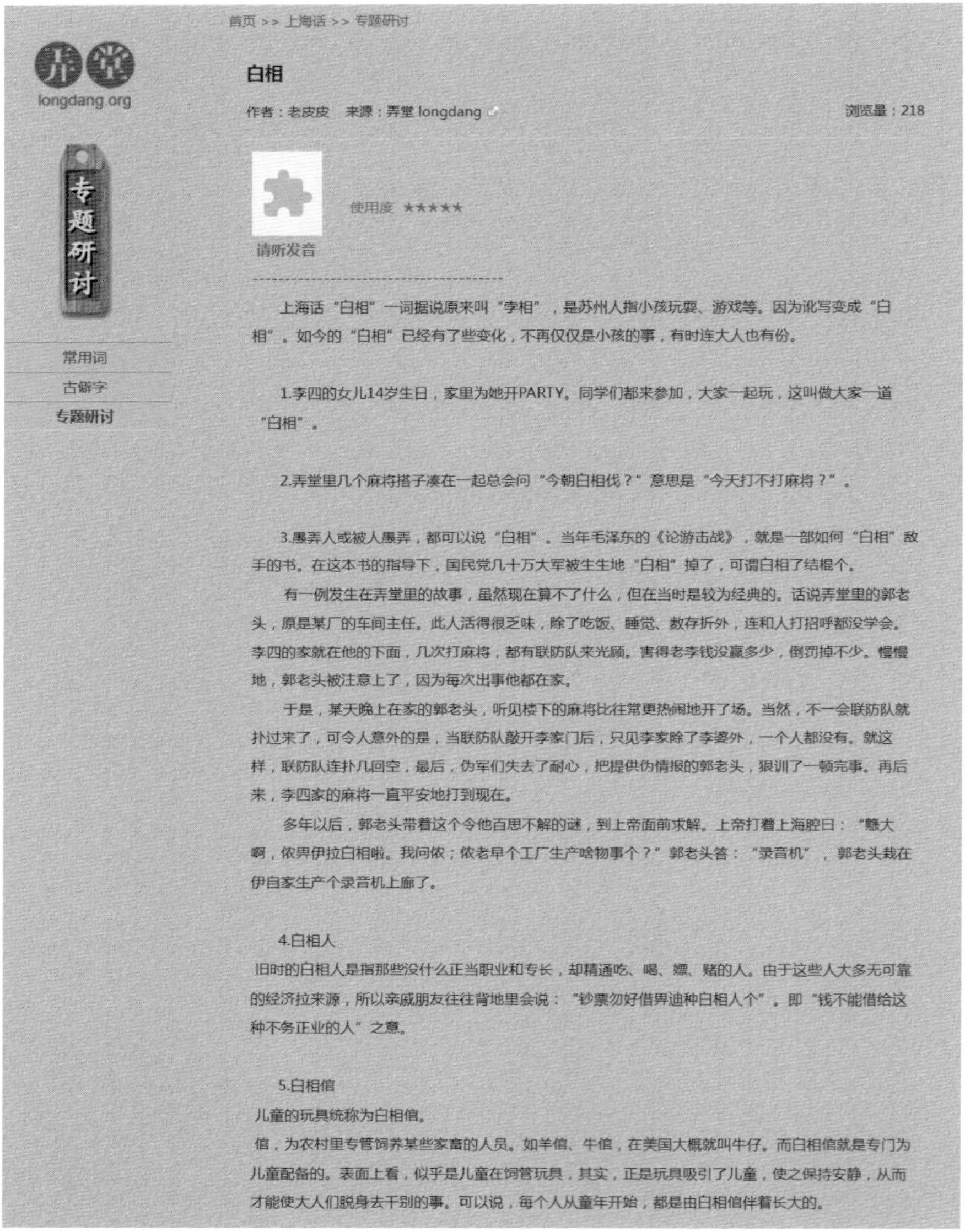

首页 >> 上海话 >> 专题研讨

弄堂
longdang.org

专题研讨

常用词
古僻字
专题研讨

白相

作者：老皮皮　来源：弄堂 longdang　　浏览量：218

使用度 ★★★★★

请听发音

上海话“白相”一词据说原来叫“孛相”，是苏州人指小孩玩耍、游戏等。因为讹写变成“白相”。如今的“白相”已经有了些变化，不再仅仅是小孩的事，有时连大人也有份。

1.李四的女儿14岁生日，家里为她开PARTY。同学们都来参加，大家一起玩，这叫做大家一道“白相”。

2.弄堂里几个麻将搭子凑在一起总会问“今朝白相伐？”意思是“今天打不打麻将？”。

3.愚弄人或被人愚弄，都可以说“白相”。当年毛泽东的《论游击战》，就是一部如何“白相”敌手的书。在这本书的指导下，国民党几十万大军被生生地“白相”掉了，可谓白相了结棍个。

有一例发生在弄堂里的故事，虽然现在算不了什么，但在当时是较为经典的。话说弄堂里的郭老头，原是某厂的车间主任。此人活得很乏味，除了吃饭、睡觉、数存折外，连和人打招呼都没学会。李四的家就在他的下面，几次打麻将，都有联防队来光顾。害得老李钱没赢多少，倒罚掉不少。慢慢地，郭老头被注意上了，因为每次出事他都在家。

于是，某天晚上在家的郭老头，听见楼下的麻将比往常更热闹地开了场。当然，不一会联防队就扑过来了，可令人意外的是，当联防队敲开李家门后，只见李家除了李婆外，一个人都没有。就这样，联防队连扑几回空，最后，伪军们失去了耐心，把提供伪情报的郭老头，狠训了一顿完事。再后来，李四家的麻将一直平安地打到现在。

多年以后，郭老头带着这个令他百思不解的谜，到上帝面前求解。上帝打着上海腔曰：“戆大啊，侬畀伊拉白相啦。我问侬；侬老早个工厂生产啥物事个？”郭老头答：“录音机”，郭老头栽在伊自家生产个录音机上廊了。

4.白相人

旧时的白相人是指那些没什么正当职业和专长，却精通吃、喝、嫖、赌的人。由于这些人大多无可靠的经济拉来源，所以亲戚朋友往往背地里会说：“钞票勿好借畀迪种白相人个”。即“钱不能借给这种不务正业的人”之意。

5.白相倌

儿童的玩具统称为白相倌。

倌，为农村里专管饲养某些家畜的人员。如羊倌、牛倌，在美国大概就叫牛仔。而白相倌就是专门为儿童配备的。表面上看，似乎是儿童在饲管玩具，其实，正是玩具吸引了儿童，使之保持安静，从而才能使大人们脱身去干别的事。可以说，每个人从童年开始，都是由白相倌伴着长大的。

図 4.3 「上海話」コーナーにおける言葉の解釈と説明

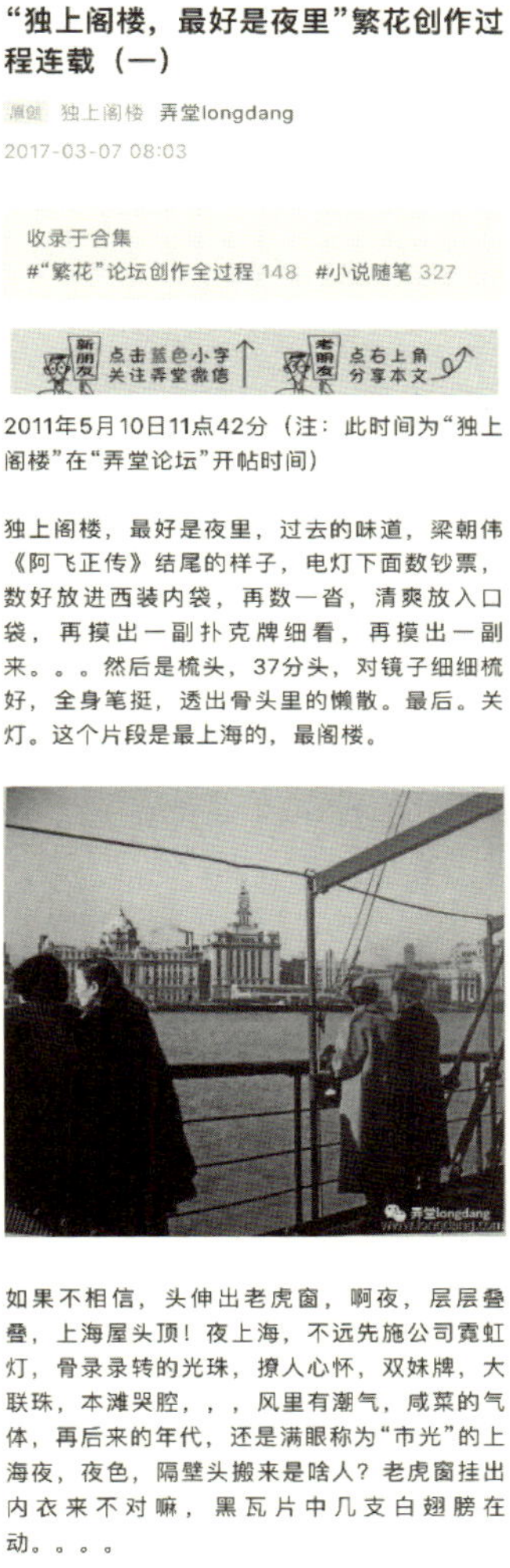

"独上阁楼，最好是夜里"繁花创作过程连载（一）

独上阁楼 弄堂longdang

2017-03-07 08:03

收录于合集

#"繁花"论坛创作全过程 148 #小说随笔 327

2011年5月10日11点42分（注：此时间为"独上阁楼"在"弄堂论坛"开帖时间）

独上阁楼，最好是夜里，过去的味道，梁朝伟《阿飞正传》结尾的样子，电灯下面数钞票，数好放进西装内袋，再数一沓，清爽放入口袋，再摸出一副扑克牌细看，再摸出一副来。。。然后是梳头，37分头，对镜子细细梳好，全身笔挺，透出骨头里的懒散。最后。关灯。这个片段是最上海的，最阁楼。

如果不相信，头伸出老虎窗，啊夜，层层叠叠，上海屋头顶！夜上海，不远先施公司霓虹灯，骨录录转的光珠，撩人心怀，双妹牌，大联珠，本滩哭腔，，，风里有潮气，咸菜的气体，再后来的年代，还是满眼称为"市光"的上海夜，夜色，隔壁头搬来是啥人？老虎窗挂出内衣来不对嘛，黑瓦片中几支白翅膀在动。。。。

図4.4 「弄堂longdang」での復刻版

しかし、二〇一一年以降、「弄堂網」は経済的な事情[23]などにより不安定な運営時期を迎え、停止や再開を幾度も繰り返すようになってしまう。筆者自身もその後の利用経験として、アクセスエラーが頻発していたことを記憶している。「弄堂網」は二〇一七年に掲示板の終焉を余儀なくされるのだが、段段はその理由について「弄堂網で議論された話題が特殊な性質を持っていた」とし、「私自身の理想や性格が影響し、サイト運営に関してあまりにも多くの人が参加することが受け入れにくく、外部資本を導入すると、両刃の剣になり、今後のことが予測できなくなる」[24]と語っている。その代わり、二〇一三年以降は低コストでの運営が可能な公式アカウントとしての「弄堂longdang」が開設された。つまり二〇一三年から二〇一七年にかけては、「弄堂網」と「弄堂longdang」が並行して存在していた時期である。その時期に、段段は旧「弄堂網」から厳選した投稿や貴重な資料を、「弄堂longdang」における特集コラムの形[25]で整理して保存している。

その中で、旧「弄堂網」にて「初稿」も二〇一七年に当時の発表順に再掲載されたが、それがすなわち「初稿」の復刻版（図4.4）である。上述したように、復刻版は掲示板閉鎖後、厳選した投稿として段段が再編集したものである。段段は作成した復刻版「総目録」の註釈で、「初稿」復刻版の作成意図について、次のように述べている。

ここでは、あの時、実際に創作過程を経験できなかった読者にも、『繁花』がもたらしてくれた即時にやりとりできる電子掲示板のような体験を、一緒に味わってもらいたいと思います。そこで「弄堂longdang」は二〇一七年三月七日から、基本的に独上閣樓が一日一篇投稿したペースを踏まえ『繁花』の創作過程、独上閣樓と弄堂網ユーザーの交流、および投稿時期に作者がさまざまな工夫をこらして修正した軌跡を振返ってみます。掲示板の初稿と正式に出版された単行本との違いについては、非常に大きな違いがあるとしか言えませんが、読者の方々はご自身で実感してください。

『繁花』の創作過程は二〇一七年八月三日に公式アカウントで連載完了しました。ここでは簡単な総目録を作成し、検索や閲覧しやすいようにしました。[26]

復刻版は、「初稿」の投稿順に沿って整理番号付きで（「連載一」から「連載一百四十七」まで）掲載されている。また、段段は連載文章の要約を加え、例えば「連載一」から「連載三」について「独上閣樓は弄堂網で『繁花』連載のスレッドを作り投稿した。その内容は上海の市井の姿をありありと浮かび上がらせる雰囲気になっている」[27]と、わずかな言葉で当該連載の大筋を提示している。スマートフォン閲覧に最適化するため、編集者が取捨選択し整理した復刻版では、投稿時のやりとり、表情マークや画像が当時のままの状態で復元されたわけではなく、編集者の判断[28]によって、保存価値が見出されたものしか掲載されていない。これは復刻版の作成が「初稿」連載時の交流や雰囲気を厳密に再現するのではなく、読者に掲示板「弄堂網」において『繁花』という作品が誕生する様子を追体験させることを目的としたものであった。

次の節では、「初稿」連載時の「弄堂網」に戻り、段段から閲覧許可を得た「初稿」のウェブページに基づき、投稿者とユーザー間の雑談を通じた交流の雰囲気を考察した上で、これらのコミュニケーションの中で「初稿」がどのように作り上げられていったのかを検討する。

第二節 「オールド上海」を振り返る「雑談部分」

通常、中国作家協会主催の「茅盾文学賞」の受賞対象となるいわゆる「純文学」作品は、誌上で発表された後、単行本として出版される過程が一般的である。しかし『繁花』は「弄堂網」という掲示板への書き込みと、その修正からでき上がった作品である。金宇澄は『三聯生活週刊』のインタビューで『繁花』誕生のきっかけについて次のように言及する。

上海語で小説を書き始めた当初はかなり複雑で、本来は偶然のきっかけで「弄堂網」に入り、掲示板ではみんな上海語で交流したり投稿したりしているから、私も皆と同じように、上海語を使って投稿するようになった。[29]

「初稿」の誕生は、その地域だけで通じる言語を使い、自由に交流できる言論空間と切り離せない関係があると金宇澄は強調している。このような言論空間で生み出された『繁花』について、一体どのような契機で「初稿」が投稿されたのか、また上記で整理した「弄堂網」の内容・特徴とどのように関係しているのかについて、その投稿経緯を整理することで検討していく。ただし、「初稿」は膨大なテクストを有するために網羅的に全てを把握することはほぼ不可能である。本来は連綿と続くテクストを、本章では分節化して紹介せざるを得ないこ

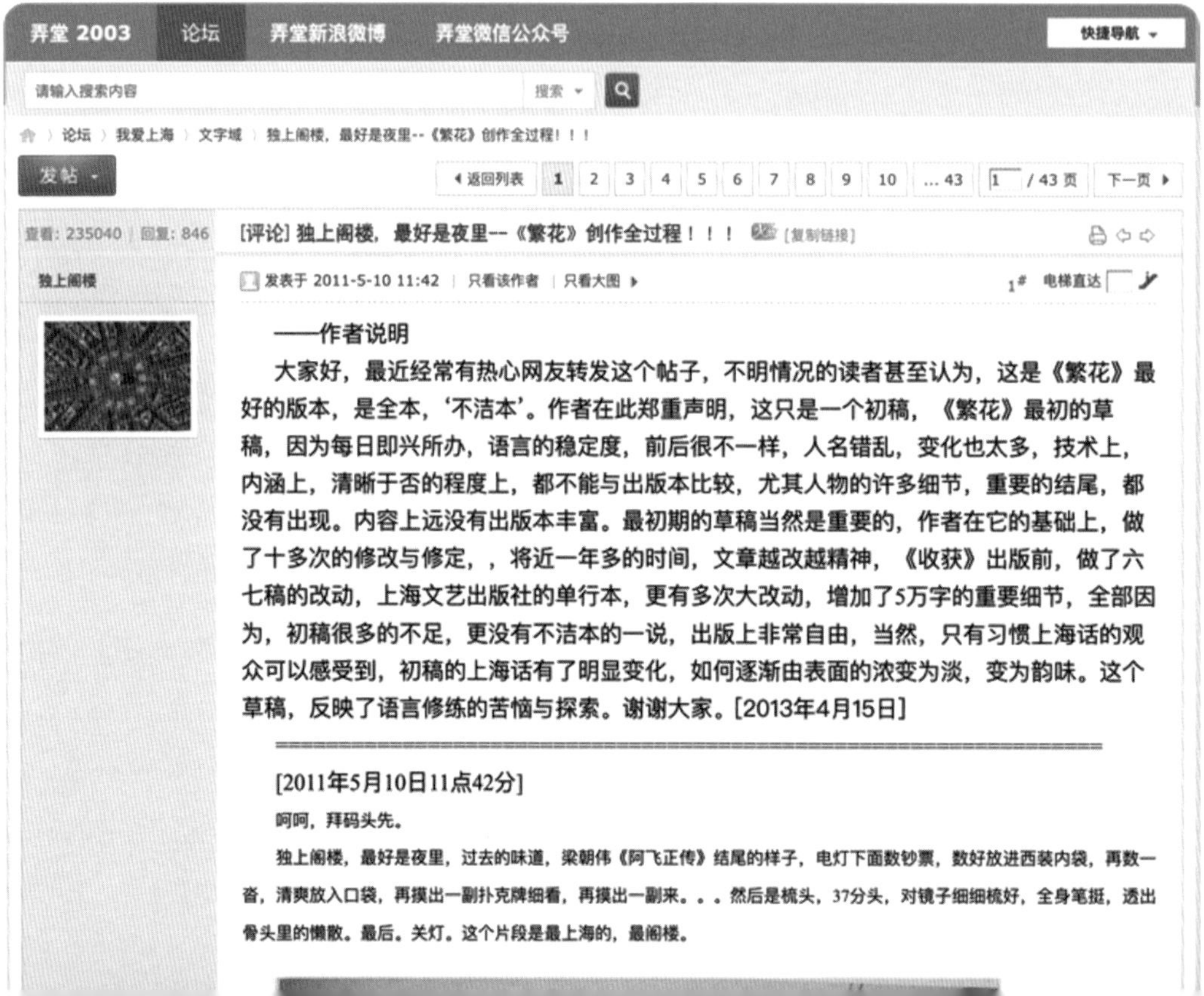

弄堂 2003　论坛　弄堂新浪微博　弄堂微信公众号　快捷导航

请输入搜索内容　搜索

论坛 › 我爱上海 › 文字域 › 独上阁楼，最好是夜里--《繁花》创作全过程！！！

发帖　返回列表　1 2 3 4 5 6 7 8 9 10 … 43　1 / 43 页　下一页

查看：235040 | 回复：846　[评论] 独上阁楼，最好是夜里--《繁花》创作全过程！！！　[复制链接]

独上阁楼　发表于 2011-5-10 11:42 | 只看该作者 | 只看大图　1#　电梯直达

——作者说明

大家好，最近经常有热心网友转发这个帖子，不明情况的读者甚至认为，这是《繁花》最好的版本，是全本，'不洁本'。作者在此郑重声明，这只是一个初稿，《繁花》最初的草稿，因为每日即兴所办，语言的稳定度，前后很不一样，人名错乱，变化也太多，技术上，内涵上，清晰于否的程度上，都不能与出版本比较，尤其人物的许多细节，重要的结尾，都没有出现。内容上远没有出版本丰富。最初期的草稿当然是重要的，作者在它的基础上，做了十多次的修改与修定，，将近一年多的时间，文章越改越精神，《收获》出版前，做了六七稿的改动，上海文艺出版社的单行本，更有多次大改动，增加了5万字的重要细节，全部因为，初稿很多的不足，更没有不洁本的一说，出版上非常自由，当然，只有习惯上海话的观众可以感受到，初稿的上海话有了明显变化，如何逐渐由表面的浓变为淡，变为韵味。这个草稿，反映了语言修练的苦恼与探索。谢谢大家。[2013年4月15日]

=====================================

[2011年5月10日11点42分]

呵呵，拜码头先。

独上阁楼，最好是夜里，过去的味道，梁朝伟《阿飞正传》结尾的样子，电灯下面数钞票，数好放进西装内袋，再数一沓，清爽放入口袋，再摸出一副扑克牌细看，再摸出一副来。。。然后是梳头，37分头，对镜子细细梳好，全身笔挺，透出骨头里的懒散。最后。关灯。这个片段是最上海的，最阁楼。

如果不相信，头伸出老虎窗，啊夜，层层叠叠，上海屋头顶！夜上海，不远先施公司霓虹灯，骨录录转的光珠，撩人心怀，双妹牌，大联珠，本滩哭腔，，，风里有潮气，咸菜的气体，再后来的年代，还是满眼称为“市光”的上海夜，夜色，隔壁头搬来是啥人？老虎窗挂出内衣来不对嘛，黑瓦片中几支白翅膀在动。。。。

80年代，上海人聪明，新开小饭店挖地3尺，一层店面多出一层，多摆几只台子，阁楼的延伸，那段时期乍浦路啊黄河路等等都是这样两层结构，进贤路也是，常常走进去，不好抬头多看，栏杆里几条玉腿或丰子剀称为的肉腿高悬，人家是在上头吃饭，加上通风不好的镬气，男人感到了莺声燕语效果，吃饭也就无心思。

****

阁楼兄的大作甫上弄堂，便是一片叫好声，弄友争相告之。最近主帖又被海外兵团抄起，皆因此帖发佈时，正值海外兵团无缘拜读。今已有洁净版刊在70楼。原汁原味，一气呵成，欢迎闻讯者或欲重温者阅读。 阿七头

図 4.5 「初稿」の最初の書き込み

とを読者にはご了承願いたい。

筆者は「独上閣樓」がエピソードの展開や方言使用の模索を経て、投稿開始から約二ヶ月、遂に本を出す意欲が浮上してきた時点までを投稿の「前期段階」とし、それ以降を「後期段階」と定義する。投稿の後期段階では、「独上閣樓」の投稿意識が将来の作品出版を目指して文章を投稿する意識が明確となる。連日の連載により文章は増え続け、おそらく最新話の投稿スピードに追いつけるユーザーが少なくなったためか、読者による作品への返信数は徐々に減少している。そのため「独上閣樓」とユーザーの議論を明らかにするために、本章では主に投稿の「前期段階」に焦点を当てる。

二〇一一年五月一〇日、「弄堂網」のユーザーである「独上閣樓」は、「独上閣樓，最好是夜里」（「一人屋根裏部屋に上るのは、夜がいちばんいい」の意、図4.5）と題した新しいスレッドを、「評論」コーナーで作成した。「弄堂網」の「小説」コーナーではなく「評論」コーナーに投稿した理由は、「独上閣樓」がこの時点ではまだ小説執筆を意識していなかったためであろう。金宇澄は『繁花』を主題にしたシンポジウムで、投稿をはじめた当時の気持ちを次のように語っている。

> 投稿のきっかけは無名の庶民たちの物語を書きたい思いがあったからです。そして、ハンドルネームを使ってスレッドを作成することにしました。（中略）読者からの最初のコメントはこんな感じでした。「おじさん、うまく書いたね。おもしろいね。その後はどうなったの？結末はどうなったの？期待を裏切らないでよね。」徐々に書くことに没頭していくと、これまでの創作経験がどうであろうとも、すべて忘れ去ってしまいます。読者とはお互いあまり相手のことに深入りはせず、それでいて親しい人がすぐそばにいるように感じながら交流できたおかげで、私は活力を引き出すことができました。だんだん投稿が増えるにつれて、このまま続けると、もう長編小説の規模に及ぶことにようやく気づきました。[30]

つまり、「独上閣樓」は最初から計画的に投稿していたのではなく、書き込みやユーザーへの返信を一つずつ投稿する過程を繰り返すうちに、それらの断片的なやりとりをつなぎ合わせると小説になる可能性があると気付いたのである。[31]

五月一一日から五月一四日までの三日間、小説本文に入る前までの「独上閣樓」による書き込み数は合計三三件であった。この最初の書き込みは『繁花』出版後の二〇一三年四月一五日に貼り付けられたメモ（図4.5「作者説明」の部分）と、単行本の目録の前のプロローグとして書き換えられた文章（図4.5区切り線の下の部分）で確認することができる。このメモは『繁花』の修正と版の改訂についてであり、「初稿」は『繁花』の決定版ではなく「ただの初稿で、『繁花』の最初の草稿です。日々の即興によるもので、言語の風格が前後で大きく異なります。人物の名前の混乱や多くの変化があります。技術的にも内容的にも、わかりやすさの程度においても、正式版と比べられません[32]」と執筆開始当時を振り返っている。

この最初の書き込みを除き「独上閣樓」による他の十三件の投稿は、後の『収穫』版と単行本には未収録である。ここでは、それらの小説本文に入る前の書き込みを「初稿」の「雑談部分」と名づける。この部分は、他のユーザーと雑談する投稿が多く含まれ、「独上閣樓」の執筆動機を辿る上での別の切り口であると筆者は考える。

「独上閣樓」と読者は上海語で雑談、読者は「独上閣樓」の真の姿を知らぬものの「閣樓爺叔」や「閣樓阿叔」（上海語での「閣樓お爺さん、またはおじさん」の意）などと、上海語にちなんだニックネームで親しく呼び、一方、「独上閣樓」は読者を「老兄」（貴兄）、「阿弟」（年下の親しい者に対する呼称）や「佳麗美人」（「お姉さん」、女性に対する呼称）などと語りかけ返信をした。次に、雑談内容を、以下の一覧表を通じて確認していく。

表4.2で、投稿者である「独上閣樓」が散漫な形で思いつくままにユーザーと交わしていた雑談を整理した。先に紹介した曽軍の論文では、この「初稿」の「雑談部分」から『繁花』の特徴を「（一）上海に関する個人的な

表4.2「雑談部分」における書き込みの一覧表

書き込み番号 と投稿時間	おおよその内容	備考
〔1#、1頁〕 （2011年5月10日）	◎ウォン・カーウァイの『欲望の翼』（阿飛正伝）のトニー・レオンの扮する男が登場したラストシーンから上海の昔の姿を見出した。 ◎天窓から伺う夜の上海の描写。 ◎1980年代、地面を掘り起こし、地下へ店を拡張して一部を2階式にした地下のロフト構造に関する思い出。 テーマ：「オールド上海」の思い出	◎2013年4月15日、『繁花』出版後、「初稿」から単行本までの経緯を簡単に紹介する「作者説明」を追加した。 ◎小説に登場する飯屋「夜東京」は、地下にロフトがある構造を持っている。 ◎修正後、同書き込みは、『繁花』単行本の目録の前の文章にあたる。
〔3#、1頁〕 （2011年5月10日）	◎1970年代後半、「思想解放」の時代を迎え、上海の各業界における西洋古典名著を読む風潮が広がった。 テーマ：「オールド上海」の思い出	
〔5#、1頁〕 （2011年5月10日）	◎友人が亡くなり、心に溢れた「生と死」に対する思考。 ◎大自鳴鐘という地域に住んでいた友人E君の家で過ごした享楽的な生活の思い出。 テーマ：過去の友人	◎E君の生き方は庶民社会の縮図であり、後の『繁花』の主人公の一人である、同じく大自鳴鐘に住む小毛のモデルとなる。書き込み〔116#、6頁〕では、「独上閣樓」が小毛のモデルがE君であることを明らかにしている。
〔12#、1頁〕 （2011年5月11日）	◎「オールド上海」の風情を復元したいというWさんへの思い出。 ◎上海の旧租界の雰囲気から、街本来の魅力を破壊する現在の大規模な再開発、例えば、道路拡張計画、駐車場の用地選定などに対する不安。 テーマ：過去の友人、「オールド上海」の思い出、都市計画	

〔14#、1頁〕 〔16#、1頁〕 〔18#、1頁〕 〔21#、2頁〕 〔23#、2頁〕 （2011年5月11日）	◎書き込み〔12#、1頁〕の話題に続き、上海地下鉄の宜山路駅、中山公園駅での乗り換えの不便さや上海の副都心である五角場の都市計画に対する不安。 テーマ：都市計画	◎この五つの書き込みは、他のユーザーへの返信。
〔24#、2頁〕 （2011年5月12日）	◎書き込み〔12#、1頁〕の話題に続き、作家・張愛玲の旧居である常徳公寓付近にあったトロリーバスの車庫や弄堂が取り壊され、立体駐車場と高級ホテルが新しく建てられたこと。 ◎張愛玲の旧居付近に住んでいた友人・小金人という人物に関する思い出。 テーマ：都市計画、友人	
〔27#、2頁〕 （2011年5月13日）	◎「改行が少なく、一つの段落が長すぎる」というユーザーからのメッセージを引用し、はじめて投稿文の改行姿勢の変更に言及した。 ◎題名「独上閣楼，最好是夜里」の意味説明。 ◎ある小さな店の前でおばあさんが話した「搞腐化」（「生活が堕落したこと」の意）という上海語の古い言葉を聞いたこと。 テーマ：方言	
〔29#、2頁〕 〔32#、2頁〕 〔33#、2頁〕 （2011年5月13日）	◎書き込み〔27#、2頁〕とユーザーの返信〔28#、2頁〕に続き、「搞腐化」という言葉から一連の思い出。 テーマ：方言	◎「雑談部分」は書き込み〔33#、2頁〕までと見なす。
〔34#、2頁〕 （2011年5月14日）	作中人物である膩先生と陶陶が登場した物語を語り始めた。	単行本で収録された「小説本文」に入る。

思い出」、「（二）断片的でカジュアルな上海語の言葉」「（三）『上海のアイデンティティ』と『上海ノスタルジア』に基づく文学の場」と指摘している。[33] ただし、曽軍の論文は特徴の指摘にとどまり、具体的な解説がなされていないため、「独上閣樓」が実際に何を語っているのかについて原文を基に確認していく。

まず「独上閣樓」が過去の友人に関する断片的な思い出を振り返る話である。これは、書き込み〔5#、1頁〕で書かれた、三年前に亡くなった友人のE君の話である。大自鳴鐘という地域の三階建ての建物に住んでいた彼は「完全に底辺の享楽的な人間」であったそうだ。「毎日楽しく暮らしたい、他は何もしたくないのだ。紹興酒をちょいと飲んで、四如春（※上海老舗の飲食店名）の豚の唐揚げを食べて、本当においしそう！」[34]とE君は言っていたと「独上閣樓」は語っている。このような作者が思い出すままに語る自らの友人の逸話に対し、「焦ることなくゆったりと過去を懐かしむ時間というものは、暑い日に木陰で涼みながら、誰かとおしゃべりする時間よりも素晴らしい」[35]と読者は評価している。

もう一人の友人の話は、書き込み〔12#、1頁〕（図4.6）で書かれたWさんについてである。

> Wさんはずっと信じていた。自分の努力によって、一九三〇年代の上海の亭子間（※「弄堂」の階段の途中にある狭い部屋）人文的な風景が少しでも回復するだろうと。彼は部屋で『夜上海』や『玫瑰我愛你』（※どちらも一九三〇年代から四〇年代に流行した上海の歌）といったレコードを聴いたり、古い家具を部屋に置いたりするわけではないが、上海文化を復興させようとする彼の思いは揺るがなかった。
>
> もちろん、彼も太平洋戦争が勃発して以来、租界は消滅し、その他の素晴らしい景色も衰え、もう二度と戻らないことを知らないわけではない。
>
> 上海の一部の知識人、例えば、陳子善や陳建華【陳建華は上海出身であり、現在は香港で教授】などは、上海における最も優れた人文時代は一九二〇年代の十年間であると考えている。[36]

独上阁楼

白面老开

发消息

楼主 | 发表于 2011-5-11 17:13 | 只看该作者 12#

谢谢各位捧场。
现在来说一下W先生。
此人力比多相当充沛，近期预备邀请一批外地高手来上海小住3月，享受一段悠闲沪上好时光，体验上海味道，摇笔写写上海，但是计划难办的地方是，住市区太贵，住郊区则太远，味道不对，经费上比较难。。。

W先生一直相信，经过他一己努力，多少会恢复一点上海30年代亭子间人文的好风景，虽然他屋里不听《夜上海》《玫瑰我爱你》唱片，没一件阿蛋壳旧家生，复兴上海文化雄风之心总是不死。
当然他也不是不知道，自从太平洋战争爆发，租界就消失了，其他的好景象，一并式微，再也不会有了。
海上一些理论家，比如陈子善、陈建华【上海人，现在香港教授】都认为，上海最好的人文年代是20年代这十年；今年纪念辛亥一百年，对岸认为，民国最有建设成就的是1911——1921十年，
总之，这都与当年上海租界有密切关系，但这只可解释为天时地利人和之因，现在的说法——不是一般情况的横翻辣子【请马将高手解释】那么容易，历史的玄机与腾挪，一说就是错。
香港是最好例子，当时拿了一块荒地，还过来是一粒光芒万丈东方明珠【书面讲---经过劳动人民艰苦奋斗努力】，
有几位方家，研究租界的自由，
简单比方说，租界，也就是吴江路那种小吃街的生态，有它小小的环境，通达标致的姿态，出脚便当，城管来捉，无数大小里弄可匿可笑，闹猛，也是家常，各抱地势，各不相干，土洋结合，景像和民生交关好，霞气好。可以响一响粗喉咙，发一发妹妹嗲，五花八门，批判地说，藏垢纳污，民族耻辱。
讲到这里，偏题说点现在，
如今吴江路搭子背后大中里，已经一概拆除干净了。
笔者看到了将来规划，欧也——石门一路、二路要拓宽拉直，阿爹拉娘，这两条路相隔一家转角百货店【请网友提供】，一家新华书店，一条弄堂【有个落雨深夜，我与Y跑进弄堂，爬上楼梯拜见美女，听她弹琴讲张，如今算来她已仙逝7年矣】。
这样不相干的拉直，算是兰州拉面，拉得也太随便了，好看伐？上海人是想不出来的，吴江路地块，密集上海生态，蒸发掉了，水清无鱼，一览无余，
将来南京西路当中拦腰一条八车道以上大马路，直达恒丰路桥、新客站，一通到底，等于一个女人没有曲线，一眼看到底，一点蕾丝花边也没得，透视装是啥味道。崇明司机是看得前方明白，想跑得快，但城市不是只让戆司机跑路的。
关于马路改造，本埠不开听证会，设计者想必是北面人，气魄大，其勇可嘉，拿上海的六朝繁华宝地跑马【跑马，呵，上海老男人晓得】，想想北方大马路再大再宽，照样塞车，法国人一百年前就晓得路越宽越堵。。。不免想到了租界，它的精神的代表，是小马路曲曲弯弯的情致，有遮有盖，有骨有肉，回眸之媚，绿肥红瘦。如今上海新马路，有衡山饭店门前的6路相交，美丽辐射的设计吗？没有，东湖路翠华那边星型设计也属法式马路好例子【只法式面包直棍一条】，新浦东世记大道大阳伞大转盘算上一个好伐？不过，这种大路考小路考设计，全国不少，贫困县级市也要造；
写到这里也是奇怪，虽然不懂规划设计，聚拢人气道理，闹市概念，是懂的，具备一块有进深的错杂的小马路空间就可，问题不复杂，不必经常出国考察。我只是可惜，吴江路规划，如果请香港人来做，可改造到铜锣湾翻版，静安寺背后愚园路胶州路一带也改造掉了——久光背后建造了骇煞人的一幢公交汽车立体车库，搞伐？也是错失了铜锣湾的闹猛良机，想想冷笑，将来啥人会到立体排废气大房子周围荡马路白相。
关于城市决定者，文化嘛就不要谈了，上海味道，仅仅外观上，先就是这样逐渐流失。

再续前言，请外地客人的省铜细好办法，我告诉了W先生——登报做广告就可以。
比如，"现有国内文人高手男、女若干，欲短期租借沪上老派弄堂亭子间、三层阁【含假三层】若干，吁请上海老弄堂住家，体现社会责任感，接纳一两位陌生文化人，体验文人遗风，书香墨韵，一道登楼赏月，草草杯盏，共话平生【牵扯其他绮伲佳话，这里不提】"。。。估计这么一来，不需付3押一，男女新老居民们，无偿提供房源大有人在，
因为，到底是上海人。

図4.6　書き込み〔12#、1頁〕

（※【】内は、「独上閣樓」による注記で、注釈的説明の際に用いられる）

「独上閣樓」のWさんに関する思い出は、失われた過去の上海の情景を懐かしく想起し、その時代の人文的な雰囲気に回帰することを欲する、上海人のノスタルジックな願望を表している。Wさんの思い出に続けてすぐ「独上閣樓」は、上海の知識人が言及した「人文的な雰囲気が一番濃厚な時代は租界時代の一九二〇年代だ」という指摘に話を逸らし、二〇年代より後の、旧租界時代の上海になぜ自由な空気が満ちていたのかを都市空間の配置に結びつけて語っている。

簡単に説明すると、租界には呉江路などの屋台街のように、独自の生態系や洗練された街並みがあった。そこは外出にも便利であり、都市官吏の取り締まりの際も、さまざまな裏路地に身を隠すことができた。非常に賑やかであるが、そこは同時に日常的な雰囲気もある。複雑な争いごとが起こっても、お互い無関係に暮らしている。土着と洋風が融合し、風景と市民生活が絡み合い、空気感が良かった。張り上げた声や、女性の甘ったるい声を聞いたり、多種多様なものだった。しかし、批判的にいえば、そこは汚れや不潔さを隠し持つ、民族の恥辱でもあった。[37]

細い路地が縦横に入り組んだ屋台の街を例にして投稿者が示唆しているのは、旧租界時代の文化的ハイブリッド性である。このように重層的で混沌とした都市空間は、公共的空間として見知らぬ人々が集まり、多様な商業や文化活動が営まれ自由な空気が醸成された。「独上閣樓」は、その風景こそ在りし日の「オールド上海」の姿だと考えた。

ここまで「独上閣樓」が思い出すままに語った過去の友人の話から「オールド上海」の租界についての彼の認識を整理した。次に、現在の上海の都市化に伴う様々な問題について焦点を当てて確認する。「オールド上海」の街並みや建築が徐々に消えていく現在に対し「独上閣樓」は不満を募らせ、次のように吐露している。

呉江路という繁華街には、上海の多様な文化を織り交ぜていたが、今は消えてしまった。「水清ければ魚棲まず」「一覧すれば余りなし」と言うように、餌も隠れる場所もない綺麗な水に魚が棲めないのと同じで人は整いすぎた場所には近寄りがたいもので、また一見しただけで全てがわかってしまう所には味わいも何もない。(中略)上海の味わいは、都市の外観に限って見ても、徐々に失われつつある。[38]

その後、都市問題に関する彼の話が続く。次の書き込み〔14#、1頁〕では、上海地下鉄の宜山路駅での乗り換えの不便さに対し、

今日の新聞を読むと、「宜山路駅で三号線から九号線へ乗り換える際の新しいルートが導入されたらしい。そのせいで、乗客は上り下りで、八百メートル以上も余分に歩く必要がある」との不満が述べられている。設計者がこの反応を見たら、どんな感想を持つのか分からないけれど。都市の建設といっても、その評価はひと言では言い尽くせないものだ。[39]

と不満を述べると、すぐにユーザーからも共感の声が上がった。「毎日、中山公園駅で乗り換えて二号線から三号線へ、四階分の階段を登るはめになり、強制的に運動させられ、本当に疲れ果ててしまったんだ」[40]「閣楼お爺さんのお話は、全くそのとおりだと思う。現在、都市計画者は、上海の文化的な底力を全くわかっていないんだ」[41]などの返信が来ている。

それらのやりとりから、親しみに溢れた街並みが再開発の波で消え続け、整いすぎた均質的な都市空間が氾濫するようになる中で、「独上閣樓」とユーザーは、地元の文化や人間に対する都市計画者の基本的な配慮の欠如や、上海が歴史的に形作った街並み・言語・文化など、諸分野の特徴が消失することに不安を感じていたことを垣間見ることができる。

ユーザーが批判した空間の整備に携わる者は、ド・セルトーが述べた「複製の類似物」、つまり均質的な都市空間を製作するものであり「人びとの日々の暮らしの複雑なもつれあいなどあずかりしらず、そんなことには縁なき存在」[42]と共通しているのではないか。また、そうした昔の記憶と現在の不満が入り交じった心境にいる「独

上閣樓」の姿は、ここまで読了した読者にとって、それほど馴染みのない存在ではないはずである。それは、およそ一〇年前に上海の様々な場所に庶民的な物語を織りなそうとした『城市地図』の編集志向とかなり共通しているからである。

このように、身近で日常的な経験から実感する「いま・ここ」にある都市空間の均質化が進む一方で、その対立軸を構成する要素となるのが「オールド上海」という「過去」である。「独上閣樓」と「弄堂網」のユーザーは、「いま・ここ」の外側にある「他の時間・空間」、すなわち「オールド上海」の租界とそれに根付いて共存していた重層的な文化をノスタルジアの対象としていた。ここでは「上海ノスタルジア」は地域の均質化に対する抵抗の手段として捉え直すことができるのではないだろうか。

地域の均質化に対する抵抗は、「初稿」の雑談から読み取れた特徴の一つである。もう一つ注目すべきは、「独上閣樓」が断片的なエピソードの連載投稿を開始し、その書き方を模索していた「前期段階」にある。この「前期段階」では、小説の構成や使用する言語について投稿者が検討を試みた痕跡を読み取ることができる。それらの痕跡から「独上閣樓」／金宇澄がどのような言語意識を持っているのか、そして「初稿」の連載は、どのように『繁花』の方言使用のありようを規定していったのかを次節で考察していく。

第三節　前期段階の模索

上述したように、「初稿」は雑然としたコミュニケーションの中で作り上げられたために、多くの問題を内包しているが、本節では、次の二点に焦点を当てて議論を進めていきたい。

まず、「初稿」が採用する非線形的構造と語りについての考察である。次に、この構造と語りが一部のユーザーにとっては困惑の種となっていたことを踏まえ、投稿者である「独上閣樓」がどのようにユーザーの意見に対応しながら、自分の投稿姿勢を試行錯誤していったのかについての考察である。

五月十四日の〔34＃、2頁〕（図4.7）から、「独上閣樓」は次のような断片的なエピソードを毎日投稿し始めた。

（傍線は上海語を、網掛けは導入部を表す）

道路沿いに並んだ野菜を売る屋台が街の主役になっていたが、みんなまだ覚えているだろうか。南昌路、烏魯木斉北路、巨鹿路、諸安浜路、膠州路、閘北区の開封路などの通りにある野菜を売る市場は同じ構造を持っている。屋台が道路の両側に陣取り、歩行者はその真ん中を通行する。弁護士の友達である膩さんの思い出によると、一九八〇年代のある日、市場を通りかかった時、屋台から誰かに呼ばれたような気がした。声の主は陶陶、以前付き合っていた女の家の近くに住む若僧だ。今はカニを売っている。（中略）陶陶は膩さんを手招きし、屋台の中に座らせようとした。「膩さん、寄っていってくれ、ちょっと座ってくれないか」と陶陶。「いや、用事があるから」と膩さん。「大丈夫だよ、遊びに寄ってくれ」と陶陶。「何か面白いことでもあるっていうのか」と膩さん。「見に寄ってくれ、屋台の中は違うよ、雑談ができて、眺めもいい、寄ってくれ」と陶陶。〔34＃、2頁〕

原文：馬路菜場唱市面，各位阿記得。南昌路，烏魯木斉北路，巨鹿路，諸安浜路，膠州路。閘北開封路小菜場等等一様，両面擺攤，路中行人。律師朋友膩先生回憶，八〇年代有次到菜場，一個攤頭里有人叫他名字，原来是長遠不見的小赤佬，前女友的隣居陶陶，在売清水大閘蟹。（中略）陶陶招手，要膩先生到攤位里厢入坐，陶陶説：膩老師，儂進来好来，進来坐歇嘛。膩先生説，做啥啦，有啥事体伐。陶陶説，没事体，進来白相呀。膩先生説，有啥白相頭啦。陶陶説，進来看呀，里厢跟外頭不一様的，談談講講，風景好看，儂進来呀。

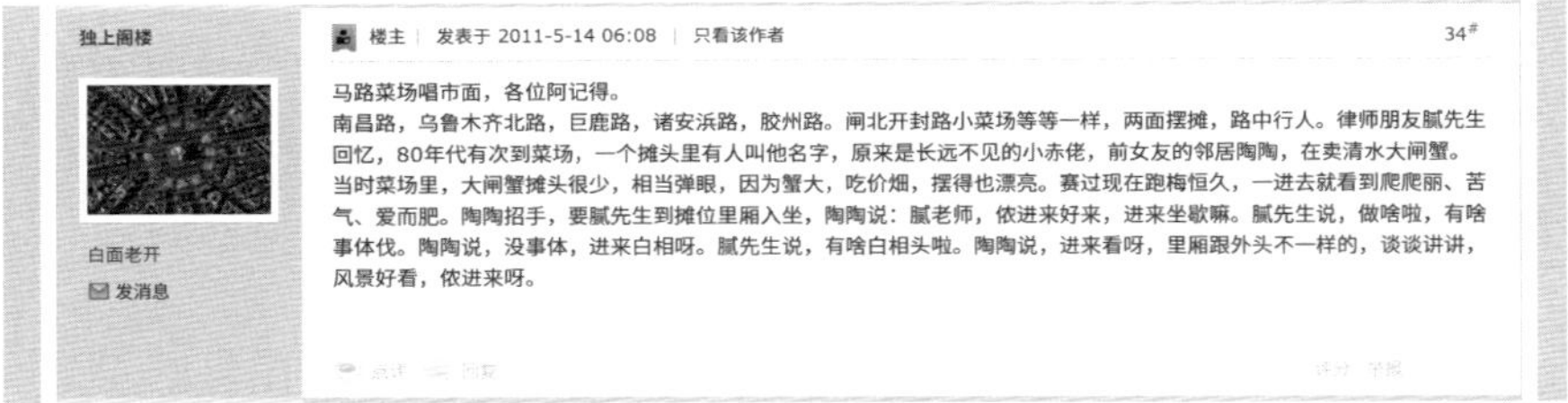
独上阁楼

白面老开

发消息

楼主 | 发表于 2011-5-14 06:08 | 只看该作者 34#

马路菜场唱市面，各位阿记得。
南昌路，乌鲁木齐北路，巨鹿路，诸安浜路，胶州路。闸北开封路小菜场等等一样，两面摆摊，路中行人。律师朋友腻先生回忆，80年代有次到菜场，一个摊头里有人叫他名字，原来是长远不见的小赤佬，前女友的邻居陶陶，在卖清水大闸蟹。当时菜场里，大闸蟹摊头很少，相当弹眼，因为蟹大，吃价畑，摆得也漂亮。赛过现在跑梅恒久，一进去就看到爬爬丽、苦气、爱而肥。陶陶招手，要腻先生到摊位里厢入坐，陶陶说：腻老师，侬进来好来，进来坐歇嘛。腻先生说，做啥啦，有啥事体伐。陶陶说，没事体，进来白相呀。腻先生说，有啥白相头啦。陶陶说，进来看呀，里厢跟外头不一样的，谈谈讲讲，风景好看，侬进来呀。

図4.7　書き込み〔34#、2頁〕

ここでは、上海の狭路近辺にある市場がいくつか列挙され、ある日、カニを売るようになった友人の陶陶に呼び止められた主人公の一人である膩さんの様子が語られている。思い出深い地名や街の情景とともに綴られる二人の会話は、過去の記憶と現在が交錯する点であり、表4.2で整理した書き込みで取り上げられた関心事にもつながっている。

この文章では、同時に様々な上海語の使用が目立つ。例えば、「儂」という二人称代名詞、「小赤佬」という罵り言葉、「事体」（用事）、「里厢」（内側）、「攤頭」（露店や屋台）といった名詞、および「伐」「啦」「嘛」「呀」といったカジュアルな会話で使われる語尾などが挙げられる。

ここで特に注目すべき箇所は、「馬路菜場唱市面，各位阿記得」（道路沿いに並んだ野菜を売る屋台が街の主役になっていたが、みんなまだ覚えているだろうか）という文である。この導入部では、親しみやすい言葉遣いで「かつての街の日常が今も記憶に新しいか否か」を読者に問いかけている。その中で使われる「各位阿記得」は、読み手に対しての語りかけであり、物語る場面を擬制した口調を踏襲する叙述文である。「阿記得」という表現は、共通語にすると「記不記得」（まだ覚えているかどうか）になる。述語の前に補助的な副詞「阿」[43]が置かれることにより、作者の文体に親しみが込められていると判断することができるのである。

『繁花』は先に登場した膩さん（後に「滬生」と改名）を含め、阿宝、小毛という三人の主人公を軸に物語が展開される。しかし『繁花』は、これらの人物の成長とともに経験を重ねる過程を描き、一般的な成長小説のように時系列に順を追って語られる「線形物語」ではない。作者はあえて時系列をぼかし、複数の書き込みをもとに独立しているように見える会話のシーンをつなぎ合わせることで、断片的なエピソードを集積させている。物語の大部分は、会話が連なり、その中で触れられた出来事や人物が新たな会話シーンを次々と生み出すという「非線形的構造」を採用している。

この非線形的構造は、例えば膩さんと陶陶との会話からも見て取れる。二人のやりとりは、一見したところ単なる日常の会話にすぎないが、実際には過去の記憶や未来の伏線を織り交ぜながら、次第に過去の重要な人物や出来事へとつながっていく。二人の会話シーンが終わった後の書き込み〔53#、3頁〕にて、新しい人物が登場する。

昔、膩さんはよく新聞路に彼女であった梅瑞に会いに行った。そこは新式の弄堂で、かつて映画界のクイーンと呼ばれた阮玲玉が住んでいた。[44]

膩さんと新たに登場した人物である梅瑞の交際経験を振り返るエピソードが五つの書き込みにまたがって展開され始める。その中で、膩さん、梅瑞と阿宝、三人が一緒に食事する場面が挿入されるのだが、これはその後の梅瑞と阿宝の間の感情のもつれという展開の伏線を張るためのものである。このような非線形的構造は、登場人物の会話やその背景に散りばめられた記憶を通じて次々と新たなシーンや人物関係を提示し、読者にとって予測不能な展開を生み出す効果を持っている。

非線形的構造を採用する背景には「初稿」の創作環境が深く関わっていると考えられる。「独上閣樓」はユーザーの投稿催促に対し、自分が仕事で忙しいため「気の向くままに書いているので、毎朝一時間しか時間がとれないんだ。ご勘弁ください」[45]と説明している。このように日々の隙間時間を利用して遊び半分で一日一篇投稿していたため、それらの投稿をつなぎ合わせた後の全体像まではまだ考えず、連続性のある長編を一気に構成するよりも、断片的なエピソードを積み重ねる形が自然と選ばれた。金宇澄は『繁花』出版後の「創作談」においてもこのことを次のように述べている。

『繁花』の創作状況は異なる。長編小説は、ふつう密室で書くものである。『繁花』は、毎日書いたばかりの一節を投稿しているので、連載に相当する。民国期の張恨水や、イギリスのディケンズの小説も、このように連載されていた。[46]

「弄堂網」での創作状況は、新聞や雑誌での連載と似ているが、「初稿」の投稿過程はそれとは異なり独自の特徴がある。

まず、執筆現場である電子掲示板という媒体では、紙面と異なるのは当然だが、好みで文字サイズを調整するなどの専用機能も持たない簡易的な文字入力しかできず、[47]一つの投稿で切れ目なく続く長い物語を書き込むことよりも、短い雑談を挟みながら断片的に投稿する形式が適していた。『繁花』の「初稿」で行われていた取り留めのないエピソードの連続は、電子掲示板の形式によって導き出されたものである。

次に「初稿」の連載投稿の当初の目的は、出版社や新聞社、または投稿プラットフォームといったメディア業界との間で収益化を目的とした執筆契約を結ぶためのものではない。批評家の東浩紀が日本のネット文学の創作環境について論じる際に指摘しているように、マンガやアニメといったコンテンツが同じ読者層をターゲットにする競争相手に対抗するために、作家は連載や刊行の間隔を短くし、作品の読みやすさを優先しなければならない状況がある。このような環境は、ネット文学の生産と消費の速度を加速させ、過剰な競争を招き作品の内容や形式が創作スピードを優先するために制限されてしまう。[48]

中国のネット文学も同様に、作者は競争の激しい環境の中で創作しながら、読者の要望に応えることが求められる。これが「初稿」と他の商業的な執筆契約を伴うネット文学との最大の違いである。上述したように、「弄堂網」の管理者である段段は収益化を目的とせず、より穏やかな交流が可能な環境を提供していた。そのため、投稿者は自らの創作姿勢を犠牲にし、ユーザーに迎合する必要がない。むしろ自身の創作意欲に忠実であり続けることが目的であったため、読者にとって馴染みのない新たな作品の書き方へ挑戦する余裕が生まれた。非線形的構造を持つ「初稿」のような独特な作品が登場する背景には、このような「弄堂網」創作環境が保証されていたからである。

『繁花』の断片的な物語の展開は、特定の主人公に焦点を当てた一貫したストーリーラインに慣れ親しんだ読者にとって、確かに複雑に入り組んでいると感じられていた。投稿の「前期段階」から、この独特な書き方についてユーザーからの意見がしばしば寄せられており、例えば、ユーザー「海平線」は「ストーリーが取り留めのない感じがします。もう長いこと読んでいますが、男女の主人公が何人いるのか、まだはっきりわからないです[49]」とコメントしている。

次の引用は、「海平線」からのコメントが寄せられる前に、「独上閣樓」が投稿したものであるため、「海平線」のコメントに対する直接的な返答ではない。しかし「独上閣樓」は『繁花』における自身の書き方の意図をすでに間接的に示しており、ユーザーに対し理解を求めようとしていた姿勢がうかがえる。

さっき膩さんが阿宝に電話をかけた。「弄堂網」における「独上閣樓」の投稿について議論した。ひとくだりごとにひとつエピソードがあって、それはまとまりがないと思わないかい。「閣樓のお好きなように。私には関係ないだろう」と阿宝。「エピソードがとりとめなく続き、張三が李四の話を語って、李四が王五の話を語って、王五が劉六の話を語るかのように、物語はひとつの出来事が次の出来事につながり、移り変わりが激しく展開された」と賦さん。「彼に書かせてあげなさいよ。昔の話本も、ひとりやひとつのエピソードをずっと話し続けることができたんだ」と阿宝。「適当に言ってみただけで、結局、彼の好きにするしかないわけだ」と賦さん。『海上花列伝』はよんだことあるかい。いきなり東へ、いきなり西へ、脈絡のない話がいっぱいで、素晴らしかったと思う」と阿宝。[50]〔105＃、6頁〕

ここで着目すべきは、表面上は取り留めのないように見える非線形的構造が、実際には前例がないわけではないという点である。前章で述べた清末の長編小説『海上花列伝』も、このような構造を採用しており、「弄堂網」に投稿された物語はその流れを汲んでいると表明されている。

「初稿」の非線形的構造は、中国小説と西洋小説の根本的な相違を示すものとして、金宇澄によって特に重視されている。彼によると、西洋小説では「物語の中心となる人物が存在し、内容的に一つのテーマに集約される」のに対し、中国小説では「一人が描かれたすぐ後に次の人が現れ、多くの人間の動きや織りなす人間関係が重視される」[51]というスタイルが主である。このような見解は、西洋小説や中国小説の慣習をただ提示するのではなく、以下に述べるように中国の読者に深く浸透している小説に対する古典的な認識への挑戦、またその均質化への抵抗の意志を表している。

私たちの教育は、五四運動をはじめとする様々な文学運動の影響下にある。一九四九年以降、私たちは「長編小説というものは明確な規定がある」と学んできた。これはトルストイを手本とする「長編小説は一つの大きな木であり、本筋という幹から枝葉末節の話が伸びている」という定説である。しかし、西洋の長編小説では、様々な実験的手法が早くから試みられ続けている。それにもかかわらず、教育の場ではそのごく一部のみが紹介されていた。（中略）

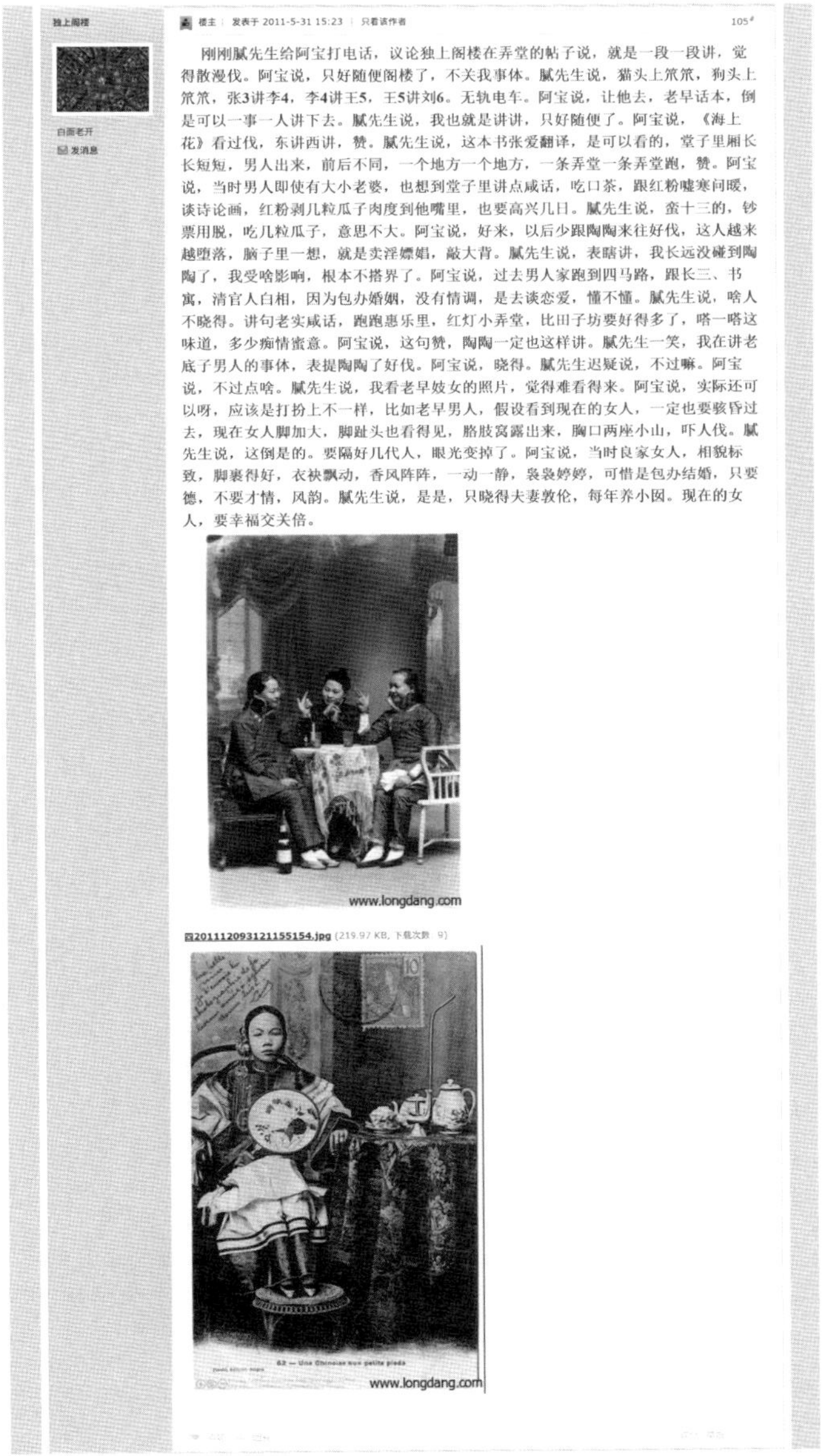

独上阁楼

白面老开

发消息

楼主 | 发表于 2011-5-31 15:23 | 只看该作者 105#

刚刚腻先生给阿宝打电话，议论独上阁楼在弄堂的帖子说，就是一段一段讲，觉得散漫伐。阿宝说，只好随便阁楼了，不关我事体。腻先生说，猫头上笊笊，狗头上笊笊，张**3**讲李**4**，李**4**讲王**5**，王**5**讲刘**6**。无轨电车。阿宝说，让他去，老早话本，倒是可以一事一人讲下去。腻先生说，我也就是讲讲，只好随便了。阿宝说，《海上花》看过伐，东讲西讲，赞。腻先生说，这本书张爱翻译，是可以看的，堂子里厢长长短短，男人出来，前后不同，一个地方一个地方，一条弄堂一条弄堂跑，赞。阿宝说，当时男人即使有大小老婆，也想到堂子里讲点咸话，吃口茶，跟红粉嘘寒问暖，谈诗论画，红粉剥几粒瓜子肉度到他嘴里，也要高兴几日。腻先生说，蛮十三的，钞票用脱，吃几粒瓜子，意思不大。阿宝说，好来，以后少跟陶陶来往好伐，这人越来越堕落，脑子里一想，就是卖淫嫖娼，敲大背。腻先生说，表瞎讲，我长远没碰到陶陶了，我受啥影响，根本不搭界了。阿宝说，过去男人家跑到四马路，跟长三、书寓，清官人白相，因为包办婚姻，没有情调，是去谈恋爱，懂不懂。腻先生说，啥人不晓得。讲句老实咸话，跑跑惠乐里，红灯小弄堂，比田子坊要好得多了，嗒一嗒这味道，多少痴情蜜意。阿宝说，这句赞，陶陶一定也这样讲。腻先生一笑，我在讲老底子男人的事体，表提陶陶了好伐。阿宝说，晓得。腻先生迟疑说，不过嘛。阿宝说，不过点啥。腻先生说，我看老早妓女的照片，觉得难看得来。阿宝说，实际还可以呀，应该是打扮上不一样，比如老早男人，假设看到现在的女人，一定也要骇昏过去，现在女人脚加大，脚趾头也看得见，胳肢窝露出来，胸口两座小山，吓人伐。腻先生说，这倒是的。要隔好几代人，眼光变掉了。阿宝说，当时良家女人，相貌标致，脚裹得好，衣袂飘动，香风阵阵，一动一静，袅袅婷婷，可惜是包办结婚，只要德，不要才情，风韵。腻先生说，是是，只晓得夫妻敦伦，每年养小囡。现在的女人，要幸福交关倍。

201112093121155154.jpg (219.97 KB, 下载次数 9)

図 4.8　書き込み〔105#、6 頁〕
(文中では、中国でかつて行われていた女性の足を布で縛り小さく変形させる「纏足」という風習に言及しており、その風習に従った女性の図像が挿入されている)

我々が（中国文学が）今なお常識とする「様々な人間像をひとつの人物像に統合して描写すること」はもはや時代遅れの手法である。我々はこの定説を常識として信奉し続けるが、これはソビエト文学の影響であり、私たちがそれに従った教育を受けた結果である。[52]

金宇澄はこの引用で、自らの文学の形式や文体についてのこだわりを表明し、あえて『海上花列伝』のような章回小説の展開や語りの口調を借用することで、一九四九年以降に一般的とされてきた、壮大な歴史を背景としたリアリズム小説の枠組みや、均質化された認識に対して抵抗しようとしている。

また、上記の引用箇所には、物語世界の外部にあるはずの「独上閣楼」が、物語内部で直接的に言及されて登場するという点も注目されたい。これは、膩さんと阿宝との会話場面を通じて、物語外の存在が物語内で自己言及する形で描かれている。

ここで、膩さんは取り留めのない展開に慣れていない読者の声を代弁し、阿宝は作者の視点を持ってそれに反応し、読者が納得のいく弁明を伝える役を演じている。この会話場面は、物語の進行方法に対する一部の読者を作者が考慮しながらも、あえて継続することを表明している。また、物語の構造を意図的に解析することで、メタフィクション的な要素が取り入られていることを示唆している。このように、物語内での自己参照的な対話を通じて、語り自体のスタイルや書き方について議論することは、作者が連載を進める過程で展開方法を模索し、読者の受容性を配慮している証左ともいえる。このメタフィクション的な要素を含む会話場面のさらなる事例は、次の投稿でも述べられている。

数年後、陳丹青の『多余的素材』が出たばかりの頃、閣楼は阿宝と会ったことがある。最初、閣楼は何もいわなかった。「この本、読んだかい」と阿宝。「ちょっとめくってみた」と閣楼。「この本の中で、淮国旧

独上阁楼

白面老开

发消息

楼主 | 发表于 2011-5-30 06:59 | 只看该作者 101#

多年以后，阁楼有次跟阿宝碰头，陈丹青《多余的素材》刚面世，阁楼一言不发。阿宝说，书看过伐。阁楼说，翻过一翻。阿宝说，这本书里，淮国旧后门一篇，赞。阁楼说，是伐。阿宝说，淮国旧背后小马路，叫啥路。阁楼说，小马路想不起来，长乐路，好像也不是，当初堆满旧家生，现在叫金陵路，过去叫红云路，背后，再过去就是红云里，对面是新城隍庙。阿宝说，好了。没这样远，淮海路成都路一边的弄堂里，1967年也堆满钢琴。阁楼说，提也表提了，现在没有了。阿宝说，1967年，一个小姑娘，跑到钢琴堆里去寻自家的钢琴。一个人，开琴盖，弹一弹，又开另一个琴盖，周围没有声音，下午3点的小马路，一个人也没有，钢琴轧在一道，样子高贵，也可怜。阁楼说，嗯，越来越有想象了，一部文艺电影。阿宝说，做电影的人，眼睛戳瞎，一部好电影，有这个小姑娘，钢琴，已经足够，只要有人做，我出资。阁楼说，犯得着烧钞票伐，赞是赞，通得过伐。阿宝转了转酒杯说，《辛德勒名单》一开始，也一个小姑娘在犹太区里走路，红衣裳，红帽子，周围全部做灰，犹太人党卫军全部灰色，赞。阁楼说，表多想了，寻钢琴的小囡，比蓓蒂要小得多，大概七八岁样子。阿宝说，我没有讲蓓蒂呀。阿宝说，七八岁小姑娘，是最好的形象，十三岁，就太懂事体，不大对了。阿宝说，音乐也想好了，文革电影交关，这种情调有伐。阁楼说，真是看不到，一般比较土，这叫泥土气。阿宝说，洋派一点大概也是拍不好的，阁楼说，故事讲不好，中国导演讲故事，不是太虚，就是太实，力道太大，以为是拗手劲。阿宝说，是呀，要做洋派，容易异洋八搭。阁楼说，这句对的，导演比较土，容易洋腔怪调，做不好。阿宝说，不谈了。阁楼说，是呀。蓓蒂的事体，还是过去算了，自家也是五十多的人了。阿宝说，我早就不寻啥了，表老是提蓓蒂蓓蒂好伐，我是讲事体。

図4.9　書き込み〔101#、6頁〕

（※淮海路にある国営の中古店）の裏口を描いたあの文章が、素晴らしかったよ」と阿宝。[53]

この場面では「独上閣樓」という作者の存在が「閣樓」として直接登場し、先の引用よりもさらに物語世界の内部に入り込んで、阿宝と会話を繰り広げている。会話のきっかけは、二〇〇三年に画家・陳丹青によって出版されたエッセイ集『多余的素材』に収録されたとある文章であり、特に淮海路にある国営の中古店の裏口を描いた部分に触れている。阿宝が言う「あの文章」では文化大革命の動乱年代において、ブルジョア階級の象徴と見なされて没収されたピアノが山積みにされていた場面が描かれていた。

この会話場面は、ただ思い出の場所をめぐる雑談のようでありながらも、同時に「閣樓」と阿宝のエピソードとしての側面も持ち合わせている。二人の口調が混在しているのは、一方でユーザーとの直接的な交流を行い、もう一方で物語に深く入り込み、自らの物語を紡ぎ出す「（独上）閣樓」としての二重役を演出するためである。これにより、語り手の創作インスピレーションが直接作品に反映し、メタフィクション的な要素を読者は強く感じとる場面となっている。

通常、メタフィクション[54]的な要素は物語の外へ読者を導き、作品への感情移入を妨げるとされがちである。しかし、ここでは、電子掲示板で雑談を挟んだ連載投稿としての「初稿」と、紙媒体の小説との構造的な差異が浮上してくる。「初稿」の読者／ユーザーは、ここで打ったスラッシュが示すように、二重役を有している。ユーザーは小説を読む者として視点人物に同一化する前に、雑談を交える形式を通じて、すでに思い出を懐かしく語る「独上閣樓」に親しみを感じている。言い換えれば、物語が開始される前から、叙述者／投稿者への感情移入を遂げているのである。このように物語の内外を行き来する二重役は、読者／ユーザーに叙述者／投稿者の存在を意識してもらうメタフィクション的な要素として、物語への感情移入を妨げるどころか、それをさらに強化する役割を果たしていると考えられる。

当然ながら、物語世界に介入するメタフィクション的な要素は、意図を説明する手段の一つであるが、物語世界に介入せずに、独立した投稿で説明する場合もある。例えば、連載開始から一週間後の投稿で、誤字や表記に関するユーザーからの指摘を引用し、漢字の方言表記についての見解を「独上閣樓」は展開している。この方言表記の議論は、次節でさらに深掘りする。

連載の「前期段階」において散見されたメタフィクション的な要素は、投稿を重ねて創作意識が徐々に明確になるにつれて、見られなくなった。この変化を最も明確に示したのは、連載開始から二ヶ月後の二〇一一年七月一二日の投稿である。その日「蔥油餅」というユーザーが「独上閣樓」の投稿した全ての書き込みを一つのファイルにまとめ、プリントアウトする自身の習慣について言及した。彼は「それは主に私自身の癖だから。素晴らしい文章に出会えば、それを紙に印刷してじっくり読む。そうしないと、素晴らしい作者への尊敬の念が足りないのではないでしょうか[55]」とコメントしたのだが、これに対して「独上閣樓」は次のように返信している。

> 餅兄、本当に恐縮ですが、先に大雑把に読んで構いません。これらの文章がいずれ本になることを考えると、その時にきちんとご指導をお願いします。ここの電子掲示板の良いところは、訪れる人が少なく、いつでも修正できることです。以前の投稿は今のものと比べると味わいが薄いので、全体を通して修正し統一感

を出す必要があります。[56]

このやりとりから「独上閣樓」がすでに投稿の前後期の文体や言葉遣いの違いをはっきりと認識しており、将来的にその違いを調整し、一冊の本として出版する方向を目指していたことがわかる。つまり、連載を開始してから約二ヶ月後、自由にそして自発的に書き綴ってきた文章を、小説や単行本として形にする意識が芽生えてきたのである。

独上阁楼
白面老开
发消息
楼主 | 发表于 2011-7-12 11:33 | 只看该作者 262#

阁楼爷叔好！

伐晓得人家哪能，我是把侬迭篇文章专做了个文档，侬有更新我就再更新再保存，一点不脱班。主要是我怪癖，看到好的文字不习惯无纸，非要打到纸面慢慢交看才觉得自家对好作者够尊重。

所以爷叔哪天侬万一文档找不到了，我还有备份的。

候车时看，飞机上看，哪怕偶尔离上海远，眼里有这些字，也觉得跟上海还在一起的。

爷叔文字里的细节，有的看了真是掏心掏肺的亲切，心里搭搭动、又无从说起，未免就对爷叔的创作感激起来。

葱油饼 发表于 2011-7-12 09:56

饼兄，实在不敢当，其实只要先看看，等此文出书，一定要奉上指教。此地好在人少，另外是可以随时改动。前面部分，味道上面不如现在，因此最后要统一下。

図4.10　書き込み〔262#、14頁〕

第四節　「方言辞書」への疑問視

投稿開始からの一ヶ月余り後の二〇一一年六月一七日、金宇澄は掲示板に〔158#、8頁〕「弄堂網はなかなか良いね。毎日一編のペースで書くように促されたおかげで（中略）この一ヶ月間は北方語の束縛から解放されて、上海語で考えることができた。また、上海の言葉に隠された本当の奥深さを実感できるようになり、かなり満足している」[57]と書き込んでいる。この投稿文からもわかるよう、金宇澄は「弄堂網」ユーザーからの執筆催促に応じることで、上海語による思考や執筆を次第に習熟していった。

さらに、金宇澄は自身の投稿過程を振り返り、次のように述べている。

「弄堂網」では現在も『繁花』の初稿の投稿が全て公開されている。初稿の前半では濃厚な上海語を使っていたが、全体の四分の一ほどを書き終えた頃、自分の書いているものが小説になり得ると気づいた。それから早速、あらすじや構成、登場人物リストの整理に取りかかった。この時、私が考えていたことは「この作品を上海人のみならず全国の読者も読むことができる作品にしなければならない」ということだ。私はこれまで『上海文学』の編集者として二〇年以上の経験を持つ。投稿された原稿を編集する際は、常に方言使用に注意を払い、読みやすさを確保するため、必要に応じて修正や変更を行ってきた。[58]

実際「初稿」では、作中の方言の誤字や表記の揺れと思われる箇所が数多くあると複数のユーザーが指摘し、上海語の文字化や表記についての様々な議論が、投稿の前期段階において交わされていた。この過程で「独上閣樓」も方言使用に関して独自の見解を示しており、ユーザーと積極的に交流していたことがうかがえる。本節では、これらの議論を通じて「独上閣樓」／金宇澄の言語意識を明らかにし、「初稿」と、その後の『繁花』の修正実態を考察していくこととする。

第一節で詳述したように、「弄堂網」では上海語の語彙、ローマ字表記法、馴染みの薄い文字表記に関するコーナーが設けられている。上海出身者が多いユーザーは、方言語彙の入力方法、語彙の歴史や語源、固定表記のない言葉の表記方法や正書法の確認について活発な議論を交わしていた。

特に方言表記に関する議論は「独上閣樓」と読者にとって重要な関心事であり「初稿」の投稿最中においても常に議論され続けていた。なぜ方言表記がこれほどまでに重要視されるのか。その理由は第二章で述べたように、漢字が持つ「構造的な言文分離」という特性にあり、これは同時に中国語に真の意味での言文一致が存在しないことを意味する。表意文字である漢字表記を媒介とした転写では、「言」と「文」の乖離が大きく、仮に表音文字を用いたとしても、中国全ての方言発音を転写することは極めて困難である。

では他の言語では、方言表記をどのように実践しているのだろうか。インド・ヨーロッパ語族では、単語の綴りを正しい形から俗語的または意図的に不正確な形に変える「視覚方言」[59]という手法が知られている。例えば、疑問詞「何」を意味する英語「what」は、方言表記では「wot」と表記されることがある。またアポストロフィ「'」を使用し「誤植ではなく意図的に文字が省略されていることを示す。同時に、欠落した文字をどこに挿入すべきかを読者に示す役割も果たす」(例えば「h」抜きを表す場合「I'aven't'ad smoke or chew'」という表現がある)[60]。これらの技法は、正書法を柔軟に解釈しつつ、方言使用における音声を忠実に再現するための修辞技法として成立している。

対照的に、文字造形が固定された漢字表記システムでは、こうした修辞技法を適用することは困難であり、特定の地域の音声言語を正確に再現することが難しいとされている。こうした事情から、方言を文字に書き表すための表記漢字の選定や置き換えは、中国文学テクストにおける方言使用の基礎に据えられている。そのため、「独上閣楼」／金宇澄は、いかにして方言を文字表記に反映させるかに苦心し、『繁花』の修正作業に多大な労力を注いだのである。

『繁花』の方言表記に関する議論は、連載開始からわずか一週間後の二〇一一年五月一九日の投稿にまで遡ることができる。まず「独上閣楼」が、旧友から言及された「投稿で使用される方言表記が規範に沿っていない」との指摘を紹介し、漢字による方言表記について自身の見解を詳述した(図4.11を参照)。

ある旧友が、私の投稿文に誤字が多く、規範に合っていないと批判している。例として、「上海『咸』話」(※「上海語」の意)の表記は誤りで、正しくは「上海『閑』話」である。「『霞』気好」(※「非常によい」

独上阁楼

白面老开
发消息

楼主 | 发表于 2011-5-19 17:18 | 只看该作者　66#

老兄评点仔细，赞。

刚刚上午，接弄堂一位老友消息，称阁楼帖子还可以看看，有人对阁楼的来历猜东猜西。阁楼晓得，各位指鹿为马，最后还是搞不清爽的，上海人交关喜欢打听消息，表这能好伐，等于依吃子一只茶叶蛋荷包蛋，生蛋草窟啥地方，啥地方鸡？毫无意义。改革领袖说过，只要让伊生出蛋来，白鸡黑鸡无所谓，就可以来。

另外，老友称我的白字比较多，不够规范。比如，上海“咸”话是不对的，一定要上海“闲”话，“霞”气好是不对的，一定要“邪”气好。我问，做啥不可以？他说是有规定的，他有上海话词典几种可查。老友不说就算了，一提《上海话词典》，阁楼就气闷胀。

上海话一向是不大通文的，近20年里，好事者编辑了交关多的《上海话词典》，其实根本不具备准确性、权威性，比照30年代上海文人灵活自如运用上海话，阁楼最看不起这种浪费纸浆的行为。

举上海话“急吼吼”的吼字，文意极不妥当，不懂上海话的读者，一定以为描写对象在吼叫、大喊，是胸毛张飞。其实，这话含义非常丰富，经常可使用于上海人的文静，美好的状态中，比如“三太太在吃茶，轻声细气地说：阿宝，侬急吼吼点啥啦？”三太太用的是宁静的语气，但字面上却如此夸张和焦燥。原因是，用字不当，各么，“急吼吼”改成啥等样字，才恰当？阁楼表示，这句上海话，没有合适的中国文字可以用，用了蛮难看，帮倒忙，用就是错，也就是最好不用。上海话里，有很多是不合适书面使用的，这是方言不大通文的局限性。

过去写上海话的好手，选用的每句上海话，其实都有审美意识，有思考与选择，如〈上海的早晨〉写上海话多少精彩，具备唯美精神，字字细心斟酌。当然了，俗气小报纸小通讯，大可以随便用。

上海话“霞”气好，是阁楼的提倡，如果写风景，美人，用此字最佳，加强美好的一个句型，赞。看上去，既是贴切，聪明，也幽默。如要按照笨蛋〈上海话词典〉，形容美人“邪气好”，字面极端悖反，外地读者就很吓，胃口全无。只有描写强奸犯、歹人抢银行的语言，用“邪气好”才合适。

本帖我多次用上海“咸”话，不用“闲”话，其实是带了点调侃和暗喻，因是讲一点花花草草，特殊题目，上海话也因为当年广东介入的痕迹，过去有咸肉庄，咸水妹，咸湿等词，虽然阁楼并无低俗念头，老上海话讲，也就是胡调，但是比〈上海词典〉要正经交关。

図4.11　書き込み〔66#、4頁〕

の意）も誤りで、必ず「『邪』気好」であるべきだと彼は指摘した。その理由を尋ねたところ、彼は「書き方にはルールが存在するのだし、そもそも上海語の辞書が複数あるのだから参照すれば良いではないか」と答えた。このように旧友に指摘されるまで気づかなかったが、私は『上海語詞典』を手に取るたびにある種の不快感を覚えるのだ。

　上海語はこれまで長らく文字化されておらず、ここ二〇年で『上海語詞典』なるものが趣味で編集され始めたが、その権威にだけでなく、解説の正確性にも欠けている部分が多いと感じる。一九三〇年代の上海知識人は流暢に上海語を使いこなしていたにも関わらず、今になってわざわざ上海語の辞書を編纂するとは紙の無駄遣いでしかなく、このような

表 4.3 『繁花』表記の修正例

「初稿」	『収穫』版	2013 年単行本版	日本語版
引用 a. 王老師説，現在不肯做功課，将来哪能参加革命工作，好小囡，表做逃兵。〔123#、7 頁〕	王老師説，現在不做功課，将来哪能参加革命工作，好小囡，不要做逃兵。（13 頁）	王老師説，現在不做功課，将来不可以参加革命工作，好小囡，不要做逃兵。（17 頁）	「今、勉強しぃひんかったら、大人になったとき革命のための大事なお仕事ができひんのよ。ええ子やからね。逃亡兵になったらアカンのよ」と王先生。（上巻 46 頁）
引用 b. 隔日，陶陶来電話，問有没有興趣，一淘開辦旅館，地址在火車站附近恒豊路橋下面，利潤絶対豊厚。〔48#、3 頁〕	三天後，陶陶来電話，想跟滬生合辦旅館，地点恒豊路橋，近火車站，利潤超好。（6 頁）	三天後，陶陶来電話，想与滬生合辦小旅館，地点是恒豊路橋，近火車站，利潤超好。（3 頁）	三日後、陶陶が電話をかけてきた。自分と小さな旅館を経営しないかと言うのだ。場所は恒豊路橋、駅の傍だから、儲けもいいらしい。（上巻 14 頁）

行為を私は一番軽蔑する。[61]

この投稿からは（一）「初稿」に誤字と考えられる箇所が多く含まれていること。（二）方言表記は規範に従うべきだと主張する読者が存在すること。（三）「独上閣楼」自身は方言辞書の権威と必要性に疑問を持っていること。以上の三点が示されている。

「初稿」は作者の思いのままに即興で書かれた部分が多く、校正が行き届いておらず、方言表記の揺れや混用が多い。例えば、二人称代名詞である上海語の「儂」が普通話の「你」と混用されている。

また、方言の発音に当て字を利用して転写する表記も、投稿の前期段階では頻出しており、これは一般的な規範に適合していないと見なされることが多かった。これらの具体例について表4.3でまとめ、該当する箇所に下線を引いて紹介する。

先行研究も指摘しているとおり、『繁花』における方言修正は「多くの方言語彙を標準語に書き換えた」[62]という特徴を持っている。引用aとbの修正箇所を照らし合わせると「哪能→不可以」（「できない」「してはいけないこと」）「表→不要」（「しないで」）そして「一淘開辧→合辧」（「共同で経営する」）といった修正例がこの特徴と合致する。

特に注目すべきは、規範的でないとされる当て字の使用である。例として、引用aの「表覅逃兵」（逃亡兵にならないで）の「表」は、共通語の「不要」（しないで）に相当し、二つの文字の音が合わさって一つの音を形成する合音字である。この文字は、後述する「覅」という呉語独自の漢字と同様の語彙である。

また引用aで使用された「一淘開辧旅館」（「一緒にホテルを開業しないか」）の「一淘」は「一緒に（～をする）」という意味で用いられている。この時「淘」の字を当て字に選択した理由は、一八九四年に出版された『海上花列伝』で使用された表記を踏襲したものと考えられる。しかし、後の投稿や『収穫』版および単行本で、「一淘」の語は使用されず、代わりに「一道」という表記が使用されている。「一道」の使用の先駆けは一九五〇年代から一九六〇年代に発表された周而復の長編小説『上海的早晨』（上海の朝）であり、その後、広く定着した表記である。「初稿」ではこうした「一淘」や「一道」という二つの表記が混在し、表記の揺れが指摘されるが、これは「独上閣楼」の独創や誤字ではなく、彼が「初稿」を執筆するにあたり歴史的な文献や他の小説に由来する慣習的な表記に基づくよう心がけていたことを示している。

このように、方言を文学言語に取り入れる際、慣習的に用いられてきた当て字や俗字を踏襲する方法は珍しいことではない。「独上閣楼」が参考とした『海上花列伝』の作者、韓邦慶は次のように語っている。

蘇州の土語、弾詞（※江南地方で古くから親しまれていた語り物）を表記する際、多くの俗字を使っているが、こうした表記は皆が知る長く親しまれたものであるため、あえてそのまま使用することにした。そもそも演義や小説が厳密な考証に囚われる必要はないだろう。[63]

この韓邦慶の発言からわかるように『海上花列伝』における方言や土語の表記も、作者の創案ではなく、弾詞で使用された俗字の踏襲である。これら仮借字の使用は学問的な語源考証に耐えうるものではないかもしれないが、小説においてはそのような根拠に囚われる必要はない。また「皆が知る」〔原文：人所共知〕という主張からも、呉語圏において弾詞とその文字化されたテクストが広く共有され、一定の影響を及ぼしていたことがうかがえる。つまり『海上花列伝』が指向した方言使用は、表記の規範化や均質性を追求する「言語的近代」とは異なる方向を目指していたことが示されている。

ここでいう「言語的近代」とは、言語の領域内における庶民の発見の一環として「当該言語共同体の最下層の成員に至るまで、読み書きの世界に参加させ、『国民』（nation）のインテグラルな構成部分として、中央集権的国民国家を形成するための必須不可欠な条件」[64]である。この過程において、生活世界で形成された恣意性をもつ人間の話し言葉は、言語規範を固定するための「辞書」などの書物によって記録され、標準化されている。辞書の編纂作業は、単に語を選んで記述するだけでなく、言葉の標準化や規範化を推進する役割を果たしている。

そのため「方言辞書の編纂」という行為は、文学言語に方言を取り入れる作業にとっては、むしろ矛盾した存在となってしまう。方言辞書を編纂する目的の一つは、消失しつつある方言を記録保存し、次世代へ継承し広めるためである。しかし、方言を辞書に記録するためには、方言の〈規範化〉が欠かせない。ここで方言の〈規範化〉に山括弧をつけて用いる理由は、方言を標準語化・共通語化する規範化と区別し、方言の正しい表記法や読み方、語義、および規範的な言語との対応関係を明らかにするプロセスを指すために使用するものである[65]。

上海語の場合、固有の文字が存在せず、あるいは本字を考証することが困難な語が多いため、正書法が確立されていない。そのため方言を文学言語に持ち込む際には規範的言語との対応と置換関係を踏まえつつ、方言の正書法を確立する〈規範化〉が欠かせないのである。方言辞書による〈規範化〉を、方言を文字化する際の重要なプロセスと見なすことは至極当然である。

しかし同時に「辞書」が持つ言語的権威を疑問視すべきであるという見解もある。安田敏朗の言葉を借りれば、「『辞書的なもの』が『辞書』の権威性を相対化するかというと、そうではなく、日常生活に規範が入り込み、それ以外の選択肢を奪う可能性が強い」[66]ということである。こうした理由から、先に紹介したように「独上閣楼」は「『上海語詞典』なるもの」の編纂に否定的なのである。方言の辞書化とは、すなわち方言使用における正誤に基づく排他的な言語規範を作り出す恐れがある。

さらに一般的に言うならば、方言辞書による〈規範化〉とは、方言を書記言語に転換する際に起こる多様な使用法の選択肢と可能性を、現実の強制力に従属させ統合しようとする理論的要請であるとも考えられる。この統合性を追求する理論的要請は、文学テクストにおける方言の取り入れ方にも介入し、多様性に向かうべき文学言語の志向を阻害する恐れがある。

第五節　「通文性」から「方言の越境」へ

「独上閣楼」の一見矛盾する「上海語の表記を模索し、方言の〈規範化〉を形成する上海語辞書の編纂を拒否する」という見解は、彼の言語観の重要な手がかりとして浮かび上がる。それは文学テクストにおける方言使用の「通文性」を重視すべきだという見解である。「通文性」の定義について「独上閣楼」は明示していないが、筆者はこれを、「方言表記の正書法に拘泥せず、文脈に応じて漢字表記を柔軟に変換し、共通語と融合させた混成的な表記を創出すること」と捉えておく。次に、具体例とそれに伴う修正例を分析することで、これについて考察を行う。

一つ目の例は、投稿の前期段階に「独上閣楼」がユーザーとのやりとりで言及した「眠床」という語を用いた場面である。「眠床」は上海語で「ベッド」を意味するとされている。「独上閣楼」は投稿の中で「小毛はベッド

図4.12　書き込み〔125#、7頁〕と〔126#、7頁〕

に腹ばいになった」〔116#、6頁〕という表現に「眠床」の語を使った。創設者である「老皮皮」は、それが上海語ではなく閩南語の表現であることに気づき「閣楼お兄さんは福建出身なのか」[67]と質問したのだが、「独上閣楼」はその質問に対して次のように説明している。

　上海語での「ベッド」は、音が「迷床」に近く、「棉床」、「綿床」にも通じるだろう。しかし、「眠床」が最も字義として通じるのではないか。[68]

「眠床」は標準的語彙として通用するどころか、上海語の語彙とすら見されないほど馴染みのない表現であった。もし上海語発音に近い「迷」の字を使い「迷床」と表記すると、発音は似ているかもしれないが、今度は「迷」の字が持つ「迷う」や「意識がはっきりしない状態」などの意味を連想させてしまうため、「ベッド」の語義に相応しくない。

一方「棉」あるいは「綿」と表記した場合は「ベッド」そのものよりも「材質が綿であるベッド」を連想させるため、同様に不適切であった。ここでは「眠床」という表記こそ文脈上、単に「ベッド＝寝る場所」という意味を表すため適合するとしている。このように「独上閣楼」の方言語彙表記の選定方法は、規範的な表記ではなく、コンテクストに最も合う漢字を厳選していることがうかがえる。

また「独上閣楼」と「老皮皮」のやりとりの続きによると、古代の「床」は主に座る時に使う座臥具を指していたが、就寝の際、横たわる「ベッド」の利用が普及した後、座る「床」と区別するために「迷／眠」などの限定語が加えられ、「ベッド」を指す「眠床」の語が登場した。

しかし「眠床」という語彙は、今日ではやや古風な表現でもあるという。二〇一三年版単行本では「ベッド」を示す際、一般的な語彙である「床」を用いる場合がほとんどであるが、例外的に「眠床」の表記は六つの箇所で使用されている。それは時代を感じさせるために選択された表記であり、使用される箇所は全て時間軸が一九六〇年代から一九七〇年代だけであり、物語上の過去の話に限定されている。

「通文性」の二つ目の例は、下記の引用文において「独上閣楼」が創作した「非常に」の意を表す副詞「邪気」という語である。これは方言辞典にも収録されている。[69] しかし「邪」の字義は「よこしま」という否定的な意味を持つ。そのため、「邪気」が副詞として「非常によい」という賛美の意を表す場合、例えば「邪気好」のように後ろに肯定を意味する形容詞が続くと、「邪」の否定的意味と「好」の肯定的意味との間で矛盾が生じる。

そのため、「独上閣楼」は「邪」のかわりに、上海語の「邪《しゃっ》」と同じ発音をする「霞《しゃっ》」の字に置き換え、「霞気好」と表記することを提案した。「霞」の字からは「朝焼けや夕焼け」などの風光明媚な印象を連想することができ、文章を読解する上で字面に違和感を覚えることもなく、コンテクストにより適合した表記となっている。「霞気」という作者独自の表記は、「初稿」から『収穫』版と二〇一三年単行本版の修正を経て、表4.4の二箇所で保持されている。

一つ目の引用は、夫と別れた梅瑞の母親が香港からの若い男性・小開（「定職を持たない金持ちの息子」を意

表 4.4 「通文性」の修正例

「初稿」	『収穫』版	2013 年単行本版	日本語版
梅瑞説，姆媽講，不是爆発，是叫第二春。名字好伐，等于一年開両次桃花。康総説，等于杭州一年採両次明前茶。梅瑞説，姆媽講到第二春，就是霞気好，霞気贅。我就講，姆媽，還有四季如春的来。	姆媽講，不叫爆発，叫第二春可以吧，等于一年開兩次桃花。康総説，等于一年採両次明前茶。梅瑞説，当時我講，第二春好，霞気好，但如果小開想搞四季如春，哪能辦。（19頁）	姆媽講，不叫爆発，叫第二春，可以吧，等于一季開兩次桃花。康総説，等于一年採両次明前茶。梅瑞説，我講了，第二春好，霞気好，交関好，但如果小開心里，一直想“四季如春”呢，這哪能辦。（39頁）	「爆発って言わへんのやったら、第二の春って言うたらエエわ。一つの季節に桃の花が二回咲くのと同じや」 「第二の春やったらそれはエエ事やけど、もし若旦那の心の中が一年中春やったらどうすんの」（上巻98頁）
白萍曽経寄回不少彩色照片，有一張照片背後写了字，“美麗的人児在遠方。”阿宝当時看這套照片，張張美麗働人，凹凸有致。阿宝一直微笑不語，等看到照片背後的這段藍顔色円珠筆字，阿宝説，最近関係還好吧。〔428#、22頁〕	当時滬生，已収到白萍八張彩照，其中一張照片背後，白萍写了一行字，美麗的人児在遠方。阿宝看看照片説，一出国，女人就漂亮。上海人講，霞気漂亮。滬生看看照片里的白萍，神清気爽，凹凸有致。（95頁）	当時滬生，已収到白萍八張彩照，其中一張照片背後，白萍写了一行字，美麗的人児在遠方。阿宝看看照片説，女人一出国，就変得漂亮，老上海人講，変得登様，標致，交関漂亮，霞気漂亮。滬生看了看照片里的白萍，神清気爽，凹凸有致，等読到了照片背面的這句文字，阿宝忽然不響了。（262頁）	それまでに滬生は白萍から写真を八枚受け取っている。カラーだった。そのうちの一枚は裏にこんなことが書いてあった。“遥か彼方から——” 写真を見た阿宝は感心した。「女は外国に行ったら綺麗になるもんやなぁ。昔からよう言うよな。環境が変わったら、ホンマに人が変わったみたいにメチャクチャ綺麗になるって。ホンマにそのとおりや」 さわやかな雰囲気、美しい曲線美。写真を見ていた滬生が裏に書かれたその言葉を口にした途端、阿宝は口をつぐんだ。（下巻118頁）

味する上海語）と出会い、自身に再び春が訪れたことを梅瑞に話している場面である。梅瑞は新たな男性との出会いで浮かれる母親に、とりあえず「霞気好（「非常によかった」／「エエ事だ」）」と喜ぶ素振りを見せるが、本音では小開が遊び人であり浮気性ではないかと心配している。「初稿」では梅瑞は「霞気好，霞気賛」と副詞である「霞気」を反復していたが、『収穫』版では「霞気好」の一言に変わり、二〇一三年単行本版では「霞気好，交関好」（どちらも「非常に良い」の意）に書き換え、副詞の反復を再び採用している。

二つ目の引用は、滬生が外国に渡りしばらく会っていない妻、白萍の最近の写真をもらった際のやりとりである。白萍の写真を見た阿宝が「霞気漂亮（メチャクチャ綺麗になった）」などと滬生の気持ちもよそに気楽に褒め言葉を述べている。「初稿」では使用されていなかったが、『収穫』版では「霞気漂亮」の表記が登場し、二〇一三年単行本版になると「登様」「標致」「交関漂亮」など、容姿が綺麗な人を形容する上海語の表現が複数付加えている。

この二つの引用からみると、形容詞を強調する副詞「霞気」（「非常に〜」）は、肯定的な表現を修飾する際に使われている。しかし先に説明したように「霞気」という表記は作者の金宇澄すなわち「独上閣楼」による独自の創作であるため、読者にとって馴染みのない表現である。そのため、二〇一三年単行本版では類似した表現である「交関漂亮」（「非常にきれい」）、「交関好」（「非常によい」）、「登様」（「モダン」）、「標致」（「美しい」）といった表現を先に連続して使用し、最後に「霞気」の表記をすることで、初見の読者でも容易に意味を汲み取れるよう工夫され、意味を解説する注釈の役割を果たしている。

三つ目の「通文性」の例は「初稿」投稿時のやりとりでは直接議論されていなかったが、後の『繁花』の修正版によって定着し、上海文学テクストにおける方言使用のシンボルにさえなっている語彙である。それは『繁花』の作品中、二千回近くも使用される「不響」という上海語である。この語は、前後の文脈によって複数の意味を持つが、共通語で訳すならば「不吭声」（声を出さずに）や「沈黙」（黙っている）などを意味する。

前文で言及した『海上花列伝』から踏襲した上海語の表記習慣に基づくと、それは「覅響」「弗響」あるいは「勿響」[70]とすべきである。しかし「通文性」や可読性に配慮した上で「覅」という呉語特有の虚字、また「弗」「勿」というやや文言調の虚字が共通語である「不」の字に意味と音声が近いため、そのまま共通語表記を優先させている。一方「響」の字は、共通語では一般的に物理的音声や話し声の高さを意味する場合がほとんどであるが、上海語では人が意図的に口を閉ざしたり、話さないことを意味している。つまり「不響」という語は、いわゆる規範的な正書法を批判的に検討した上で、上海語の語彙と共通語の表記を融合させた混成的な造語であると見なすことができる。

この語は、『繁花』の作品中に「〇〇不響」（誰が黙っている）という主述文の構文で頻用され、登場人物が交互に会話する途中で挿入されている。以下、「不響」の修正実態と繰り返し使用される際の特徴を考察するために、やや長い会話シーンを引用する。この場面は、膩さん／滬生と、彼が通った小規模な私立小学校の担任である宋先生との会話である。

（傍線は引用者によるもの）

「**初稿**」

宋老師説，失敗，逃跑，害怕的蟋蟀，不想奮斗的蟋蟀，上海叫〝膩先生〟対不対。膩先生説，嗯。宋老師説，這也太難聴了，不覚得嗎。膩先生悶一会説，不是同学取的，是王老師這様叫我的。宋老師説，王老師的做法是不対，她爸爸是蟋蟀迷，毎年養蟋蟀賭博，她就把家里這種習慣帯到学校来講，随便給小朋友取綽号，很不応該。膩先生低頭走了一程，説，没関係的。宋老師説，你真的没一点難為情呀。膩先生説，没有。宋老師説，怎麼老師覚得挺害臊，挺難為情的。膩先生説，真的没有什麼。宋老師停下来説，講老実話給老師聴好嗎。膩先生説，講什麼。宋老師説，功課開紅灯、逃学，你不難過嗎。膩先生不響。宋老師説，講出来吧。膩先生摒了好久，低頭説，我隻是暁得，再好的蟋蟀，斗到最後，還是要逃的，一樣的。宋老師呆了長久，嘆一口気説，唉，你這小家夥，講話厲害嘛。要把老師気死嗎。〔129#、7頁〕

「『**収穫**』**版**」

宋老師説，班里叫滬生〝膩先生〟，啥意思。滬生不響。宋老師説，講呀。滬生説，不暁得。宋老師説，上海人的事体，老師不懂。滬生説，斗敗的蟋蟀，上海叫〝膩先生〟。宋老師不響。滬生説，第二次再斗，一般也是輸的。宋老師説，不想再奮斗了。滬生説，是的。宋老師説，太難聽了。滬生説，是黄老師取的。宋老師説，黄老師的爸爸，搜説每年養這種小虫賭博，派出所已経掛号。滬生不響。宋老師説，随便跟同学取綽号，不応該。滬生説，不要緊的。宋老師説，滬生是失敗胆小的蟋蟀。滬生説，是的。宋老師説，不覚得難為情。滬生説，是的。宋老師説，我覚得難為情。滬生説，不要緊。宋老師説，考試開紅灯，逃学，心里一点不難過。滬生不響。宋老師説，不要怕失敗，要勇敢。滬生不響。宋老師説，答応老師呀。滬生不響。宋老師説，講呀。滬生説，蟋蟀再勇敢，斗到最後，還是輸的，要死的，人也一樣。宋老師嘆気説，小家夥，小小年紀，厲害的，要気煞老師対吧。（一三頁）

「**二〇一三年単行本版**」

宋老師説，班里同学叫滬生〝膩先生〟，是啥意思。滬生不響。宋老師説，講呀。滬生説，不暁得。宋老師説，上海人的称呼，老師真搞不懂。滬生説，斗敗的蟋蟀，上海人叫〝膩先生〟。宋老師不響。滬生説，第二次再斗，一般也是輸的。宋老師説，這意思就是，滬生同学，不想再奮斗了。滬生説，是的。宋老師説，太難聽了。滬生説，是黄老師取的。宋老師説，黄老師的爸爸，每年養這種小虫，専門賭博，搜説派出所已経掛号了。滬生不響。宋老師説，随随便便，跟同学取綽号，真不応該。滬生説，不要緊的。宋老師説，滬生同学，也就心甘情願，做失敗胆小的小虫了。滬生説，是的。宋老師説，不覚得難為情。滬生説，是的。宋老師説，我覚得難為情。滬生説，不要緊的。宋老師説，考試開紅灯，逃学，心里一点不難過。滬生不響。宋老師説，不要怕失敗，要勇敢。滬生不響。宋老師説，答応老師呀。滬生不響。宋老師説，講呀。滬生説，蟋蟀再勇敢，牙歯再尖，斗到最後，還是輸的，要死的，人也是一様。宋老師嘆気説，小家夥，小小年紀，厲害的，想気煞老師，対不対。（一七〜一八頁）

日本語訳

「クラスのみんなは滬生のことを膩さんって呼んでるけど、どういうことなん」と宋先生。滬生は答えない。「言うてよ」と宋先生。「わからへん」と滬生。「上海人同士の呼び方、先生ほんまにわからへんわ」と宋先生。「上海人は負けたコオロギをみんな膩さんて呼ぶんです」と滬生。宋先生は黙っている。「何回ケンカしても負けるんです」と滬生。「っていうことは、滬生はもう頑張らへんていうことなん？」と宋先生。「はい」と滬生。「いややなぁ」と宋先生。「黄先生につけられた渾名です」と滬生。「黄先生のお父さんは毎年コオロギを飼うてるらしいわ。それもバクチのためだけに。もうおまわりさんに目ぇつけられてるらしいけど」と宋先生。滬生が口をつぐんだ。「勝手に生徒に渾名なんかつけて、ほんまにアカンわ」と宋先生。「かまへんのです」と滬生。「滬生くん、そんな言われるままにしてたら、負けてばっかりで弱虫の意気地なしになってしまうわ」と宋先生。「はい」と滬生。「いやなことないん？」と宋先生。「はい」と滬生。「そんなん可愛そうやわ」と宋先生。「どうもないんです」と滬生。「テストは赤点、授業もサボってばっかりで、これではアカンとか思わへんの」と宋先生。滬生は口をつぐんだ。「失敗するの怖がってたらアカンのよ。勇気出さなアカン」と宋先生。滬生は黙ったままだ。「約束して」と宋先生。滬生はどうしても答えない。「なんとか言いなさい」と宋先生。「コオロギはどれだけ勇気出してもどれだけ歯が強うても喧嘩していつかは負けて死んでしまうんです。人間も一緒です」と滬生。宋先生は溜息をついた。「ほんまにもう、子供やのにすごいこと考えてるんやなぁ。先生に怒らせたいん？」と宋先生。（上巻四七〜四八頁）

「初稿」では「膩さん」と呼ばれていた主人公だが、実はこの呼称は上海語の罵倒語である「負けたコオロギ」を意味している。少年時代の登場人物の名前にあてがうには少々不適切だと考えられ、後に「滬生」（「上海生まれ」）という名前に変更されている。上海語に詳しくない宋先生[71]という目上の立場の人物から問いつめられる中で、滬生はしばらく沈黙した後、この渾名の由来をしぶしぶ白状するくだりである。

このわずか五百字未満の会話文で「不響」が六回も登場し、そのうち、小学生である滬生の描写に五回、宋先生に一回使われている。この場面では、宋先生の前で緊張し、怖気づく滬生が、目上の立場から理屈を押し付けられることに耐えかねて感情が爆発する様子が描かれている。「不響」という表現が幾度も繰り返されているが、（その日本語訳にも示されるように）「不響」の語にはそれぞれ異なった感情やニュアンスが含まれており、多様な「不響」（「沈黙」）の姿を通じて登場人物の内面の変化を読み取ることができる。

この「不響」という表現が果たす叙述上の機能は、複数の先行研究においても言及されている。例えば、陳暁明は『繁花』において登場人物自身の語りによって物語が語られる場面でこの「不響」の語を用いることにより、会話文が冗長になることを防ぐと同時に、会話の空白を埋める役割を果たすとしている[72]。また、張旭東は「不響」が会話文と叙述文の間に挟まれることにより、言外の意味を読者に感じさせる機能を持つとしている[73]。これらの分析は、「不響」の語が果たす叙述上の機能に関する重要な指摘である。

しかしながら「不響」が「通文性」に即して作り上げられた作者独自の上海語の語彙であるという事実を鑑みると、さらなる解釈もあり得るのではないだろうか。方言語彙をあえて叙述文にまで取り入れることを試みた金宇澄は、前章においてこれまでに言及した「叙言分離体」（地域的な言葉の使用を引用符付きの会話文に限定する）を採用し、客観性を保持しようとした通常の叙述者とは異なる存在といえよう。金宇澄のように、引用符で括られた会話文の境界を越えて方言を使用するスタイルを「方言の越境」と筆者は命名する。本章で分析した『繁花』からは、このような「方言の越境」の使用実態が見えてくる。

滬生と宋先生の会話シーンからもわかるように『繁花』の会話文は、叙述者の存在を示す引用符が全て外され、伝達節のみが保持される自由直接話法に属している。[74] この話法により「叙言分離体」で必須とされた叙述文と会話文の境界線が曖昧なものとなり、方言使用は会話文の境界線に限定されることなく自然に「越境」し、叙述文にまで浸透することが可能となっている。[75]

また、会話文間に挿入される短い叙述文「〇〇不響」（〇〇は黙っているなど）は、登場人物の発話と沈黙が頻繁に切り替わる標識として、対面の場面における言葉の主体の交替（ここでは滬生と宋先生の交替）を示し、文学テクスト内で会話の流れを擬制する機能を果たしている。

その上「〇〇不響」はかなり短い叙述文ではあるものの、叙述者が全知の視点から登場人物に焦点を当てつつ、反応や「内面」を読み手に伝達する解説を同時に行っているのである。ここで「内面」という語に鉤括弧で示す理由は、『繁花』において、登場人物の「内面的描写」が直接的に透明ではなく、しばしば発話の不在から推測される不透明なものであるからである。『繁花』の文体的特徴として、発話主体の交替が頻繁に行われる会話文が長く続く中で「〇〇不響」という叙述文は読者に登場人物の内面を感じさせる重要な役割を担っている。

先ほどの分析において、滬生が先生の理屈っぽい話に耐えられなくなり感情がついに爆発したという読解は、あくまでも繰り返し使用された「滬生不響」というテクストの表層的な特徴に基づく推測にすぎず、実際には叙述者は直接的な内面情報を書き表していないのである。この意味で、「〇〇不響」はその語が挿入された文脈、つまり外部から「内面」を察知するテクストの「窓」でありながらも「内面」を遮断するテクストの「ブラックボックス」でもある。登場人物の様々な「内面」は、「〇〇不響」という二千回近くも使用される同一の方言語彙によって象徴的に凝縮されている。この手法により、方言使用を妥協せずに徹底させようとする叙述者は、書記に適さない地域言語が不得意とした、詳細な内面描写を求める圧力から逃れることが可能になる。

さらにいえば、文体横断的な「方言の越境」が成立するための条件として、方言使用を排除しない叙述者が、地域言語の書記や文学言語への取り入れに対するイデオロギー的な対応（例えば、方言の〈規範化〉）から解放される必要がある。これはまた、近代小説が要請する中立化や内面化といった重層的な叙述の「責任」からの解放をも意味している。

ただし、文体横断的な「方言の越境」が従来の「叙言分離体」に比べて、理想的な方言使用の最終形態であると、安易に結論づけるわけではない。もし仮にそのような純粋な方言使用の理想的な形態が成立するならば、それは規範化された共通語に基づく均質的な言語使用と同様に、方言の本質性の存在を前提とし、排他性を持たなければ成立し得ないのである。そういう意味で「方言の越境」は「叙言分離体」の文体様式の分化を乗り越えたとしても、それはある種の「中間地帯」に存在する混成的な使用状態であると考えられる。

以上が、「通文性」に即した文学テクストにおける方言使用の使用例と修正例から導き出す、「方言の越境」という新たな手法の可能性の提示である。

「通文性」という見解からは、方言辞書が制定した〈規範化〉[76]に抵抗する傾向を確認することができる。この〈規範化〉の志向は、グーテンベルクの印刷革命以降、技術的に複製された言語メディアを効果的に読み取らせるための必須の要請であり、言語ナショナリズムを基本原理とし、近代国民国家が全国民に共通語と定めた言語の使用・普及促進の一環でもある。また、地域的な言語は、規範化された共通語を構築する際に言語的な資源として部分的に吸収されながらも、同時に排除される傾向にあったのではないだろうか。

ある地域言語が辞典編集によって〈規範化〉される際、言語学あるいは言語間の力関係で規範と考えられる「正しい」とされる部分は吸収されるが、規範にそぐわないと見なされた「正しくない」部分を排除する作業が必ず訪れる。中国語圏のメディア用語を研究する学者エドワード・ガンは、「各地域の言語や方言は、規範的な言語が構築した一連の対立と同様に、文化的ヘゲモニーを形作った地域的ヒエラルキーにも参与していることを覚えておくことが重要である」[77]と述べている。つまり方言辞書の編集もそのような特定の地域内における新たな文化的ヘゲモニーを形成するための活動として認識できるだろう。「独上閣楼」が引用した旧友からのメッセージによる、辞典を踏まえて表記の正誤判断を下し、正しくない表記を排除することは、辞書の本来的に見える〈規範化〉という性質を示している。

しかし、前述のように、方言を保護し継承するための方言辞書の編纂と、それを踏まえた〈規範化〉された方言を取り入れた文学を制作することの意義は、あくまで言語学（方言学）における理論的意義でしかない。それは文学テクストにおける方言使用とは異なる次元の問題であるといえる。

野家啓一は『物語の哲学』において現実組織に属する「理論的テクスト」と虚構組織に属する「文学的テクスト」を区分している。「理論的テクスト」は、「常に知覚的記述との同一性を要求することによって現実組織との密接な関わりを確保しうるのに対し、文学的テクストの方はそのような手がかりをもたない」[78]とされる。続けて、野家啓一による「文学的テクスト」の特性に関する指摘はさらに示唆的である。

それゆえ、「虚構の言述」は日常言語の単なる二次的あるいは派生的用法に留まるものではなく、それ自体として独自の意義と価値をもつ言語の創造的使用だと考えねばならない。

虚構の言述は現実組織の強制力（「真理」への従属を強いる圧力）から「遮断」されることによって、同時に既成の言語規範の制約からも身をもぎ離す。それは制度化され硬直化した言語コードから逸脱する自由をもち、言語使用の新たな可能性を示唆することによって、日常的な言語使用に埋没し惰性化した言語行為を営むわれわれの常態を覚醒せしめる力をもつのである。[79]

この虚構の文学テクストに対する一般化した論説を方言使用の視点からさらに考えるならば、「通文性」観念に基づく文体横断的な「方言の越境」が示唆する新たな可能性を見て取ることができるだろう。

つまり文学テクストにおける方言使用は、いわゆる一般大衆や人民といった一定の言語的均質性を前提とする「共同体の声」の再現や、あるいは排他性に彩られた「本質としての地域性」の反映を期待する圧力から、また地域言語を保護・継承し、さらに方言の〈規範化〉を目指す現実的な責任から逸脱することによってはじめて、文学言語ならではの「言語の自由」を獲得することが可能であるのだ。

この「言語の自由」は、文学テクストにおける「方言使用の自由」「方言の越境」の自由とも言い換えられる。これは会話文の引用符を越える自由であり、また方言語彙や構文を柔軟に使用することで、言語の惰性化した辞典的な使い方や表記を打破する自由である。さらに排他的な強制力と距離を保ちつつ、文学言語の多様で混成的な形態を追求しつづける自由でもある。これらの「言語の自由」を獲得することにより、より個性豊かな文学言語の誕生、またそうした文学言語の発想に基づいて「言語的均質化・規範化」に抵抗する新たな「地域性」観念の構築さえ期待できるのではないだろうか。

まとめ

本章は「初稿」を生み出した旧「弄堂網」の原資料、ならびに編集者や関係者から得た情報を踏まえて、「初稿」が誕生したきっかけ、「弄堂網」の沿革、およびその投稿内容から看取し得る特徴について検討した。

「弄堂網」は、外部の商業資本を導入せず小規模な運営で、地域色に富んだ投稿内容を掲載した電子上の言論空間であった。そこには際立つ個性や趣向を持つユーザー群が集まり、特有の言語スタイルが形成された。そしてユーザーは、目まぐるしく変貌しつつある上海に対して不安を覚え、雑談や記録写真の添付、自作の文章の公開など、多彩な形式で上海の日常生活、歴史、社会、文化や言語などを幅広く議論していた。「独上閣樓」を含め「弄堂網」には様々な世代、地域、文化的なバックグラウンド、および上海の歴史や文化に対する共通した関心事を持つユーザーが集まった。

このような条件の下、一定の文化的均質性を備えた言論空間において、グループ特有の言語、すなわち上海語を用いた意見交流や情報共有をする環境が形成された。「弄堂網」のユーザーは、二一世紀初頭、都市化に伴う地域や言語の均質化が進む上海で暮らしている。人間の移り変わり、建物や街並みの変貌、および地域文化を支える物理的な形態の消失など、急激な都市化がもたらした危機を地元住民たる「弄堂網」ユーザーは実感していた。そして、眼前の現実における原風景の喪失を補完するかのように、「弄堂網」で都市の歴史や日常生活に視線を注ぎ、落ち着く居場所を作っていたのである。

こうした自由に意見交換や情報共有を行える場があったからこそ、「独上閣樓」がスレッドを作成して方言で投稿し続けることができたのである。そしてまた、「弄堂網」のユーザーたちは、自分の参加しているコーナーがまもなく『繁花』という書籍の土台になるとは思いもせず、その誕生に立ち会っていたのである。「雑談部分」の内容分析を通じ、投稿者の「独上閣樓」は「オールド上海」に対する思い出を熱く語り、そして現在の都市化に伴う地域の均質化に批判的な視線を投げかけていたのである。

また本章では、投稿の前期段階を中心に「独上閣樓」の投稿経緯を整理してきた。彼は、上海が独自に育くんできた歴史・言語・文化など諸方向の特徴の消失を痛感し、ユーザーの共感を得ることで「オールド上海」に関する集団的な記憶を喚起するとともに表面化させた。それらの雑談こそが『繁花』執筆の端緒であった。「初稿」は会話文を中心にして断片的な物語を牽引する非線形的構造を採用し、その構成は電子掲示板の投稿様式にも、そして地域色を醸成するために様々な人物や場所に物語を紡ぐことにも適したものであった。ネットという媒体そのものが、小説の構造に深く関わっていたのである。

それと同時に、非線形的構造の使用は、一般読者が小説に対して持つ古典的な認識によって要求されてきた均質化に対し、抵抗する戦略として捉えることができる。そして「独上閣樓」は自らの意図を説明するため、物語世界のレベルを超えてメタフィクション的な要素を持つ会話シーンを複数作成する。これらのシーンでは、叙述者が作中人物として直接登場し、あるいは作中人物が語り行為についてコメントする。「独上閣樓」は物語世界の内外を行き来する二重役を担い、自らの創作意識を模索し、常に読者に正対し納得してもらおうとする姿勢を心がけていたのである。

さらに本章は「初稿」における方言表記をめぐる議論から『繁花』の方言使用について考察を加えた。金宇澄は方言辞書によって規定する〈規範化〉の要請を疑問視し、文学テクストにおける方言使用の「通文性」観念を提起した。すなわち慣例的表現や正書法に拘泥せず方言を文脈に応じて独自に漢字変換し、共通語と融合させた混成的な表記を創出すべきとする観念である。

この観念は、文学言語における方言保護・伝承、さらに方言の〈規範化〉という方言学の課題からも離脱することで、混成的な表記や構文を通じて言語的な均質化に抵抗しようとする発想に基づくものであると考えられる。特に「不響」という「通文性」観念に即して作られた方言語彙は『繁花』の自由直接話法による会話の間に頻繁に挿入される方言を用いた短い叙述文として、会話文と叙述文の境界線を曖昧にする役割を果たした。この使用によって、近代小説が要請する中立化や内面化といった重層的な叙述の「責任」から離れ、叙述者の客観性を際立たせる「叙言分離体」が前提としていた規範的な言語の優位性を相対化し、文体横断的な「方言の越境」の域までに到達したことが明らかになった。

このような生成の過程を辿った『繁花』のテクストは、「方言の越境」という、新たな混成的かつ個性豊かな文学言語を創出しうる可能性を示すものと考えられよう。

註

［1］「独上閣樓」とは、「ひとり屋根裏部屋に上る」の意。以下は、『繁花』作者のことを、「初稿」の場合に「独上閣樓」と表記し、単行本やメディアのインタビューの場合には本名である「金宇澄」と使い分ける。

［2］『繁花』単行本刊行直後の代表的な評論として、張定浩「擁抱在用言語所能照明的世界：読金宇澄『繁花』」（『上海文化』二〇一三年第一期）、黄平「従『伝奇』到『故事』——『繁花』与上海叙述」（『当代作家評論』二〇一三年第四期）、項静「方言、生命与韻致——読金宇澄『繁花』」（『中国現代文学研究叢刊』二〇一四年第八期）などが挙げられる。

［3］曽軍「地方性的生産——『繁花』的上海叙述」、『華中師範大学学報（人文社会科学版）』二〇一四年第六期、一一〇〜一一九頁。

［4］羅先海「当代文学的『網—紙』互聯——論『繁花』的版本新変与修改啓示」、『当代作家評論』二〇一八年第五期、二三〜三二頁。

［5］劉進才「俗話雅説、滬語改良与声音呈現——金宇澄『繁花』的文本閲読与語言考察」、『中国文学研究』二〇一九年第三期、一三七〜一四六頁。

［6］顧星環「数字化時代的呉語叙事——以《繁花》網絡初稿本為例」、『揚子江文学評論』二〇二一年第九期、一〇一〜一〇六頁。

［7］両者の相違について、復刻版が掲載された公式アカウントは、スマートフォン閲覧向けであるため、「初稿」のレイアウトやフォントなどが変更されている。他の小説であるならば、その影響はさほど大きくないかもしれない。しかし、改行にこだわる『繁花』という小説の場合、異なる閲覧体験を読み手にもたらすことになる。

［8］例えば、前掲顧星環の論文は、ウィチャット公式アカウントを基にした復刻版を作者投稿時の媒体と誤認したので、公式アカウント文章の後ろについた「投げ銭機能」は、作者の収入源であり、両者が緊密な関係を持っていたと指摘して

いる。しかし、実際には、「投げ銭機能」は二〇一七年から公式アカウントで導入されたばかりで、「独上閣樓」投稿時の電子掲示板にはそのような電子決済機能がまだ搭載されていなかったため、投稿者がユーザーから投げ銭を受け取ることはあり得ないのである。顧星環前掲文「数字化時代的呉語叙事——以《繁花》網絡「初稿」本為例」、一〇二～一〇三頁。

[9] 初稿のURLは現在管理者の内部閲覧用のため公開できないので、以下は必要な内容をスクリーンショットの形で載せる。

[10] ウェイバックマシンとは、過去に公開されたウェブページが保存・閲覧することができるインターネットアーカイブである（URL：https://archive.org/web/。最終確認日：二〇二三年六月二七日）。

[11] 邵燕君、高寒凝編『中国網絡文学二十年・好文集』漓江出版社、二〇一九年、一五九頁。

[12] 「起点」とは、二〇〇三年に発足した中国初の小説投稿サイト「起点中文網」である。「閲文」とは、騰訊傘下の電子コンテンツ大手であり、様々な文化製品を中心とした版権を運営している閲文集団である。二〇一五年以降、起点中文網は閲文集団の傘下サイトとして運営されている。「起点」と「閲文」のビジネスモデルについては、邵燕君の論文「網絡文学的「断代史」与「伝統網文」的経典化」（『中国現代文学研究叢刊』二〇一九年第二期、四～六頁）を参照。

[13] 邵燕君「網絡文学的『網絡性』与『経典性』」、『北京大学学報（哲学社会科学版）』二〇一五年第一期、一四四～一四五頁。

[14] 本節の弄堂網の沿革に関する考察には、「弄堂longdang」で掲載された資料のほか、筆者と段段とのウィチャットでの断続的な交流、作家である孔明珠への電話インタビューから得た情報を整理したものも含んでいる。

[15] 邵燕君『新世紀第一個十年小説研究』北京大学出版社、二〇一六年、第八章を参照。

[16] 「天涯社区」は、一九九九年三月設立。二〇二三年五月運営終了。中国国内外ニュース・事件の情報掲示板を中心に、幅広い話題のコーナーを有するユーザーの言論空間。

[17] 「猫撲」は一九九七年十月設立。ゲーム、小説、サブカルチャーなど、エンターテインメントの話題を中心とする電子掲示板（URL：http://tt.mop.com/。最終確認日：二〇二二年一二月四日）。

[18] 喬煥江「網生文化与網絡文学的早期生態」、『天涯』二〇二二年第一期、一八七頁。

[19] 段段「弄堂創始人・段段・解読・繁花」、「弄堂longdang」公式アカウント、二〇一八年一月一〇日（URL：https://mp.weixin.qq.com/s/W5b5FAt9_K2QZX_5s8iBHg。最終確認日：二〇二二年一二月八日）。

[20] 電子掲示板「小衆菜園」については、邵燕君、陳村「我以為先鋒的東西，網絡併没有出現」（『文学報』公式アカウント、二〇一八年六月二五日）を参照のこと（URL：https://mp.weixin.qq.com/s/mC66n_9Hp3RX4OWyW7bFiQ。最終確認日：二〇二二年一二月四日）。

[21] ここでは、アーカイブ閲覧サービスを利用し、それによって保存された「弄堂網」二〇一三年一月六日のウェブページを参考にした。URL：https://web.archive.org/web/20130106092358/http://www.longdang.org/bbs/index.php（最終確認日：二〇二三年五月三〇日）

[22] ここでは、アーカイブ閲覧サービスを利用し、それによって保存された「弄堂網」二〇一二年七月一一日のウェブページを参考にした。URL：https://web.archive.org/web/20120711084846/http://www.longdang.org/bbs/thread-10757-1-1.html（最終確認日：二〇二三年五月三〇日）

[23] 掲示板の閉鎖理由について、段段が「関于『弄堂』的一些問題集中解答以及賛賞款賬目全公開」（「弄堂longdang」公式アカウント、二〇一七年五月二日。URL：https://mp.weixin.qq.com/s/O8f5hb5u4McxD2yjRB2x1w。最終確認日：二〇二三年六月二七日）において、「歴史データが増えるほど、持続運営のサーバコストが増え、収益化が難しくなる」という経済的な理由を挙げているが、実際には、「小衆菜園」のように言論検閲の関係もあると筆者は推測する。

[24] 段段前掲文「弄堂創始人・段段・解読・繁花」。

[25] 段段「弄堂longdang・部分内容回顧」、「弄堂longdang」公式アカウント、二〇一九年六月二九日（URL：https://mp.weixin.qq.com/s/Xt87LCRQU353tmfRWzObIg。最終確認日：二〇二二年一二月八日）。

[26] 段段「独上閣樓，最好是夜里：『繁花』創作全過程（連載総目録）」、「弄堂longdang」公式アカウント、二〇一七年八月四日（URL：https://mp.weixin.qq.com/s/kwHjyREdEObko5KYQHUALQ。最終確認日：二〇二二年一二月四日）。

[27] 段段前掲文「独上閣樓，最好是夜里：『繁花』創作全過程（連載総目録）」、原文「独上閣樓弄堂論壇開帖『繁花』，活脱脱上海市井。」

[28] 段段からのメッセージによると「全ての投稿を公式アカウントの内容として掲載すると、つまらないものが多いし、各

文章が長すぎるため、スマートフォンで閲覧している読者を混乱させてしまう恐れがあるから」とされる。

〔29〕金宇澄「方言一直自由自在、吐故納新」、『三聯生活週刊』二〇二〇年第五一期。

〔30〕徐穎「金宇澄『繁花』昨挙行研討会――三〇万字滬語小説引熱議」、『新聞晨報』二〇一三年三月二七日（URL：http://www.chinawriter.com.cn/wxpl/2013/2013-03-27/158033.html。最終確認日：二〇二三年一月二八日）。

〔31〕金宇澄によると、それまでの何気ない投稿文の積み重ねではなく、一つの作品として完結させることを志した時期に関する公式の発言は複数ある。

例えば、二〇一四年に上海文芸出版社から出版された『繁花』ハードカバー版には、〔122#、7頁〕までの「初稿」が収録されている。収録された「初稿」の最初の頁で、金宇澄は二〇一四年四月一四日に次のメモを残している。「以下は『繁花』のネット上の初稿である。この節を書いた時に、これが長編小説になることに気づき、その後、改めて構成と人物表を作り、昼も夜も頑張り続け、前後六ヶ月かけてようやく草案が完成した」（四三七頁）と述べている。ここでの「この節」とは〔122#、7頁〕までの部分を指すならば、小説にすることを意識し始めた時期は、投稿開始から一ヶ月未満の六月三日である。

しかし、「『繁花』創作談」では、「四分の一程度まで書いて、それが小説だということに気づいた」（『小説評論』二〇一七年第三号、七七頁）と述べており、この時点では前述の六月三日よりも遅い時期であることが示唆されている。

このように投稿意図が変化した時点を、必ずしも作者の公式発言のみに基づいて判断することはできない。作者の記憶はともかく、テクストレベルの相違から「小説本文」と前後を区分する線引きは、五月一四日の書き込みからであると筆者は考えられる。その根拠として、まず、これまでの書き込みとは異なり、頻繁な改行が控えられるようになったこと。次に『繁花』の作中主要人物である膩さんと陶陶がはじめて登場し、後の書き込みに彼らの人物描写に関するエピソードが続いたことが挙げられる。

〔32〕ID「独上閣樓」〔1#、1頁〕

〔33〕曽軍前掲文「地方性的生産――『繁花』的上海叙述」、一一一頁。

〔34〕ID「独上閣樓」〔5#、1頁〕、原文「他是徹底的底層享楽者，他説，他要過好每一天，其他是不想的了，喫喫小老酒，四如春炸猪排賛伐！」

[35] ID「阿福」〔6#、1頁〕、原文「篤悠悠匆温匆躁格回憶，賽過勒熱天乗風涼辰光嘎三胡。」

[36] ID「独上閣樓」〔12#、1頁〕、原文「W先生一直相信，経過他一己努力，多少会恢復一点上海30年代亭子間人文的好風景，雖然他屋里不聴《夜上海》《玫瑰我愛你》唱片，没一件阿蛋殻旧家生，復興上海文化雄風之心総是不死。／／当然他也不是不知道，自従太平洋戦争爆発，租界就消失了，其他的好景象，一併式微，再也不会有了。／／海上一些理論家，比如陳子善、陳建華【上海人，現在香港教授】都認為，上海最好的人文年代是二〇年代這十年；」

[37] ID「独上閣樓」〔12#、1頁〕、原文「簡単比方説，租界，也就是呉江路那種小吃街的生態，有它小小的環境，通達標致的姿態，出脚便当，城管来捉，無数大小里弄可匿可笑，鬧猛，也是家常，各抱地勢，各不相干，土洋結合，景像和民生交関好，霞気好。可以響一響粗喉嚨，発一発妹妹嗲，五花八門，批判地説，蔵垢納汚，民族恥辱。」

[38] ID「独上閣樓」〔12#、1頁〕、原文「呉江路地塊，密集上海生態，蒸発掉了，水清無魚，一覧無余（中略）上海味道，僅僅外観上，先就是這様逐漸流失。」

[39] ID「独上閣樓」〔14#、1頁〕、原文「今天看報紙，宜山路地鉄三号転九号線採用新法出站――旅客抱怨因此上、下、転彎要多走八百多米，不知設計者看到這反映是什麼感受。講到城市建設，真実一言難尽。」

[40] ID「一氧化二氫」〔15#、1頁〕、原文「宜山路站麼去過，但天天在中山公園転車，二号転三号，爬四層楼，〝被鍛錬〟，実在七伐消！」

[41] ID「喵喵」〔20#、1頁〕、原文「閣楼爺叔講得到位／／現在的城市設計者啥地方有一点上海人的文化底蘊啊？」

[42] ミシェル・ド・セルトー、山田登世子訳前掲書『日常的実践のポイエティーク』、二三五〜二三六頁。

[43] 「阿」は動詞述語文または形容詞述語文の述語に用いられて、現在または将来のことについて尋ねる。おおむね「嗎」の疑問に相当する（宮田一郎編著『「海上花列伝」語彙例釈』汲古書院、二〇一六年、一頁）。

[44] ID「独上閣樓」〔53#、3頁〕、原文「以前，膩先生経常去新閘路看女朋友梅瑞，這是条新式弄堂，曽経住過電影皇後阮玲玉。」

[45] ID「独上閣樓」〔80#、4頁〕、原文「原諒閣樓事体多，因為是随便写，毎早也就有一個鐘頭空閑。」

[46] 金宇澄「『繁花』創作談」、『小説評論』二〇一七年第三号、七六頁。

[47] この点も小説の改行の問題に関連している。『繁花』は改行のない大きな段落が多数あるということがよく知られてい

る。「初稿」の際、電子掲示板では自分の好みでレイアウト調整ができないため、読みにくいから改行するように、などのユーザーからの指摘を「独上閣樓」は幾度となく受けた。「独上閣樓」がそれらの指摘に応じ、「改行版」を遊び半分で一度作成したことがあるが、最終的に「改行を入れる会話文だと、脚本みたいな感じがして、味わいも失われてしまう」(97#、5頁)と理由を述べ、以後改行しない体裁を一貫させた。

〔48〕東浩紀『ゲーム的リアリズムの誕生――動物化するポストモダン2』講談社、二〇〇七年、三五~三六頁。

〔49〕ID「海平線」(135#、7頁)、原文「好像故事線索有点散，看了老半天，還没看清楚幾個男女豬脚(=主角、引用者注)。」

〔50〕ID「独上閣樓」(105#、6頁)、原文「剛剛膩先生給阿宝打電話，議論独上閣樓在弄堂的帖子説，就是一段一段講，覚得散漫伐。阿宝説，隻好随便閣樓了，不関我事体。膩先生説，猫頭上笊笊，狗頭上笊笊，張三講李四，李四講王五，王五講劉六。無軌電車。阿宝説，譲他去，老早話本，倒是可以一事一人講下去。膩先生説，我也就是講講，隻好随便了。阿宝説，《海上花》看過伐，東講西講，贊。」

〔51〕金宇澄、浦元里花訳前掲書『繁花』、下巻五五七~五五八頁。

〔52〕金宇澄「『繁花』創作談」、『小説評論』二〇一七年第三号、八一頁。

〔53〕ID「独上閣樓」(101#、6頁)、原文「多年以後，閣樓有次跟阿宝碰頭，陳丹青《多余的素材》剛面世，閣樓一言不発。阿宝説，書看過伐。閣樓説，翻過一翻。阿宝説，這本書里，淮国旧後門一篇，贊。」

〔54〕例えば、第三章で述べた、講談の場を擬制するための使い古された常套句は、叙述者の存在を際立たせ、読者を物語の外部に連れだすものとして、メタフィクション的な要素を含む古典的な様式と見なすこともできるだろう。

〔55〕ID「蔥油餅」(260#、13頁)、原文「主要是我怪癖，看到好的文字不習慣無紙，非要打到紙面慢慢交看才覚得自家対好作者夠尊重。」

〔56〕ID「独上閣樓」(262#、14頁)、原文「餅兄，実在不敢当，其実隻要先看看，等此文出書，一定要奉上指教。此地好在人少，另外是可以随時改動。前面部分，味道上面不如現在，因此最後要統一下。」

〔57〕ID「独上閣樓」(158#、8頁)、原文「弄堂蛮好，也多虧弄堂，督促閣樓毎日写一段。(中略)一個月下来，閣樓感覚自家可以脱離北方語言束縛，用上海語思維，曉得上海字骨頭里的滋味，交関欣慰。」

〔58〕金宇澄前掲文「『繁花』創作談」、七七頁。

〔59〕Jane Hodson, *Dialect in Film and Literature*, Red Globe Press, 2014, pp. 95–98.

〔60〕Jane Hodson, op. cit., p. 98.

〔61〕ID「独上閣楼」、〔66#、4頁〕、原文「另外，老友称我的白字較多，不够規範。比如，上海〝鹹〟話是不対的，一定要上海〝閑〟話，〝霞〟気好是不対的，一定要〝邪〟気好。我問，做啥不可以？他説是有規定的，他有上海話詞典幾種可査，老友不説就算了，一提《上海話詞典》，閣楼就気悶脹。

上海話一向是不大通文的，近二〇年里，好事者編輯了交関多的《上海話詞典》，其実根本不具備准確性、権威性，比照三〇年代上海文人霊活自如運用的上海話，閣楼最看不起這種浪費紙漿的行為。」

〔62〕羅先海前掲文「当代文学的『網―紙』互聯」、二七頁。

〔63〕韓邦慶『海上花列伝』人民文学出版社、一九八二年、一頁。原文「蘇州土白，弾詞中所載多糸俗字，但通行已久，人所共知，故仍用之，蓋演義小説不必沾沾于考拠也。」

〔64〕イ・ヨンスク「朝鮮における言語的近代」、『一橋研究』第一二巻第二号、二〇一三年、八二頁。

〔65〕ただし、方言を標準語化や共通語化する規範化と、方言辞書による〈規範化〉とは本質的に共通の基盤の上に成り立つプロセスである。つまり、言語や方言の一貫性を高めるために、文法・語彙・表記などの使用方法を統一することを目的としていることは共通している。

〔66〕安田敏朗「安田敏朗氏に聞く『辞書の政治学』：ことばの規範を問い直す」、『図書新聞』二〇〇六年四月一五日、一〜二頁。

〔67〕ID「老皮皮」、〔125#、7頁〕、原文「閣楼兄是福建人？」

〔68〕ID「独上閣楼」、〔126#、7頁〕、原文「上海話床，擬音迷床【也通】，棉床，綿床，隻有眠床，最通文，阿対？」

〔69〕例えば、銭乃栄・許宝華湯珍珠編著『上海話大詞典』（上海辞書出版社、二〇〇七年、二九四頁）には「邪気」を収録。

〔70〕「覅」「弗」「勿」は、それぞれ「〜するな」「するに及ばない」「しない」の意を表す語である。特に、「覅」は、「勿要（〜するな）」という合音字であり、上海語／呉語特有の漢字である（『中日辞典（第三版）』小学館、二〇一六年、「覅」項目を参照）。当然、方言を保護し、その純粋さを保つべきだと主張した人々からすれば、そのような書き換えは誤っ

た表記に過ぎない。

［71］宋先生の出身は版の改訂とともに変更されている。「初稿」では「北方から人」であるが、『収穫』版以降は「もともと上海出身であったが北方から帰ったばかり」という設定になっている。

［72］陳暁明前掲書『無法終結的現代性』、第十四章を参照。

［73］張旭東「如果上海開口説話――《繁花》与現代性経験的叙事増補」、『現代中文学刊』二〇二〇年第五期、一四頁。

［74］自由直接話法について、ジェフリー・N・リーチとマイケル・H・ショートの『小説の文体』は次のように定義している。直接話法には、叙述者の存在を示す二つの特徴がある。つまり、引用符と導入の動きをする伝達節である。したがって、これらの特徴の一方あるいは両方を取り去って、自由直接話法と呼ばれる、より自由な形式を作り出すことが可能である（ジェフリー・N・リーチ、マイケル・H・ショート、筧寿雄監修、石川慎一郎・廣野由美子・瀬良晴子訳『小説の文体』研究社、二〇〇三年、二三八頁）。

［75］その特徴の形成は、『繁花』は最初から電子掲示板において、作者である「独上閣樓」が上海語話者のユーザーと雑談しながら、上海語でエピソードを連載投稿していた創作環境と関連していると考えられよう。そうした創作環境の中では、物語世界外部の投稿者と物語世界内部の叙述者という二重役を果たした語りは、雑談と創作の位相を行き来する中で互いに浸透しあい、方言使用を妥協せずに徹底していくことが可能である。

［76］周知のことであるが、（方言）辞書が志向する表記の〈規範化〉・均一化は、方言の習得、記録、保護などの面における一定の意義がある。衰退にとどまらず、ひいては消滅の危機に直面する方言を保護する手段として、語の収集、記録と解釈などを行う方言辞典の編纂は有効かつ必要であることは事実である。ただし、現代では文字だけではなく録音などといった音声を直接的に再現可能な媒体に記録するなど、多様な手法による記録が可能であり、方言の文字化および表記の〈規範化〉が、もはや方言を記録・保存するための唯一の手段ではなくなっている。

［77］Edward M. Gunn, *Rendering the Regional: Local Language in Contemporary Chinese Media*, University of Hawai'i Press, 2006, p. 4

［78］野家啓一『物語の哲学』岩波書店、二〇〇五年、二二七頁。

［79］野家啓一前掲書『物語の哲学』、二二八頁。

終章　新たな「地域性」の可能性へ向けて

本書の目的は、一九九〇年代以降の上海文学における「上海ノスタルジア」「蘇北叙述」と文学言語を検討対象とし、その分析を通じて、均質化が要請される「近代」という空間的・言語的・制度的構造に対して批判・抵抗する新たな「地域性」の可能性を究明することにあった。

本書はまず、議論の基盤となる上海の近代史を鳥瞰し、その歴史的文脈を提示することからはじまる。

上海は一八四〇年代の開港以降、グローバルな西洋列強・帝国主義による「近代」を経て、被植民地体制に甘んじながらも世界都市として最初の繁栄を経験する。一九四九年以降の反都市主義に支持された特殊中国的な「近代」により、上海は皮肉にも繁栄の道が閉ざされ、歴史は断絶してしまう。以降、長きにわたり停滞と空白に苦悩し続けた上海だが、二〇世紀末から国策の大転換による再都市化と、それに伴う国際的なグローバル資本の流入が連動し、再び国際都市として現在は復活を果たしている。「上海ノスタルジア」は、目前で上海が再都市化する様を当地の作家たちが目撃することから始まる。その流行は文学にとどまらず、「上海ノスタルジア」は社会に旋風を巻き起こす一大ブームであった。歴史の断絶を経験した上海だが、そもそもグローバル化の記憶を象徴する旧租界エリアの「内部」とそれ以外の「外部」という独特な空間配置が形成されており、この配置を基軸に、複数の多義的な近代的言説によって価値秩序が繰り返し編成され続けてきた。

一九九〇年代以降の「上海ノスタルジア」には、当初、中国の基本原則とされた反都市主義に抵抗しようとする姿勢がうかがえる。上海作家たちは、自らの記憶と経験を、文学のナラティブを通じて表現し、植民地時代の文化記号を復活させることで、都市／上海の歴史の断絶の修復を試みた。

「上海ノスタルジア」が読者から多くの支持を集める一方で、ノスタルジア一色で上海を美化する流行を危惧する作家も数多く存在した。特に「オールド上海」がレトロな魅力に満ちた対象としてばかり描かれることに対し、「歴史を単純化して書き換えることにほかならず、グローバリゼーションの消費文化で形作られた表面的な『殻』によって、『本物の上海』が隔てられてしまう」と批判した。作家が言及する「本物の上海」とは、固有の地域性が上海のいずれかに確かに存在することを前提としている。この思考は、未だ関心を向けられることの領域、すなわち「歴史の残り＝空白」が常に存在すると想像する観念に基づくものであろう。

一方、上海文学における地域性に注目する、従来のいわゆる「地域文学」研究は、「地域性」すなわちその地域のみが内包する「自然的要素＝物質」と「人文的要素＝精神」といった諸要素が、文学テクストでいかに再現・表象され得るのかという問題に注目してきた。ここで注目される地域性とは、「往々にして作家や作品に先立つ所与の存在として、他地域との差異性に基づき、その地域の文学をはじめ、言語状況や文化民俗などのあらゆる側面に浸透するもの」と想定される「本質としての地域性」である。

このような「本質としての地域性」が再現されている文学作品は、往々にして一定の純粋性を保持しているが、徐々に近代性や近代的な都市に蚕食されてゆく「郷土」が作品の舞台として選ばれる。あるいは都市を舞台としながらも、都市の中で「本質としての地域性」が未だに生き残る純粋な部分（例えば、上海の「外部」）だけが対象とされる。これまでの地域文学研究において検討された地域性が、概ね「郷土文学」の範疇に集約されていることは、「地域性＝郷土性」という暗黙の了解を前提に生み出されたものであると考えることができよう。例えば、呉語小説に対する序章での記述では、この小説の舞台は呉語が主要言語として使用される郷土であることする認識は、意図的か否かに問わず都市の複雑な言語環境を見過ごしてしまっている。

この前提を踏まえると、地域的な言語としての方言は、おのずと近代都市の言語環境から切り離され、固有で不変な本質性を備えた「近代言語」によって吸収されたり排除されたりする言語的リソースと定位されてしまう。このような立場から行われる文学テクストにおける方言使用の考察は、「本質としての地域性」を特定・識別するためだけの考察と等号を引く作業になってしまう。

さらに、「本質としての地域性」は、排他性に彩られたその地域への帰属感とそれを基礎とするアイデンティティの自覚と親縁性を持つが故に、その作品内における探究は、作家あるいは登場人物の帰属感を確認するアプローチにとどまりがちである。つまり、地方的な特色を具えた文学作品と作家の文学活動は、「本質としての地域性」から影響を受けた結果であるとの反映論的な結論に収斂され、作品や作家の独自性などは相対的に軽視されることになる。

そのため、本書では、文学テクストにおける文学言語を何らかの「地域言語」に属すると同定し、それらをある種の自然的または人文的要素と結びつけるような作業はしなかった。その代わり、「本質としての地域性」を反省しつつ、方言語彙や構文を、文学テクストに取り入れる際の表記や文体として分析対象とした。

本書は、方言が郷土文学のみに限定される従来の観点を脱却し、都市文学においても新たな地域性を創出する可能性を探るものである。上海は、多層的な地域空間を持つ恰好の近代都市であり、その上海を舞台に、方言を用いた文学作品が、地域固有の文化や歴史を越えつつ、流動と混在に満ちた都市の様相をいかに表現し、読者に訴えかけるかについての考察である。

そのため、本書では、以上のような排他的な地域意識と「本質としての地域性」を対象化し、一九九〇年代以降の上海文学の事例に対する検証を重ね、上海の新たな「地域性」を提起しようと試みた。以下、論文の構成に従い、各章の内容を簡単に振り返る。

本書の前半、第一章と第二章は、それぞれ上海の「内部」と「外部」をめぐる双方言説の両極を代表する、「上海ノスタルジア」と「蘇北叙述」を分析した。

第一章では、「上海ノスタルジア」を題材とする文学作品について、それらの作品が「内部」に関する歴史の断片の「解説」を集約し、都市・上海の文化記号の「辞書」の項数を積み上げることで、反都市主義に遮蔽されていた上海の歴史と文化を再び文学テクストに織り込もうとする試みの一環であると位置づけた。その位置づけから「上海ノスタルジア」には「反省的なノスタルジア」の側面を持つことを指摘し、「上海ノスタルジア」はノスタルジアを利用した国家による反都市主義政策に対する抵抗であることを確認した。

一方で、「上海ノスタルジア」と同じコンテクストを持つ短編小説集『城市地図』には、「場所の移動」を取り入れた様々なエピソードを通じて、「外部」と「内部」に分けられた空間に暮らす人々の葛藤や、また両者の格差に伴うアイデンティティと価値観の揺らぎが描かれている。確かに『城市地図』は「外部」と「内部」という、上海における明快な地域区分を読者に示している。しかし、作中で描かれた上海の異なる認識の競合には、再都市化に直面する上海に「外部」と「内部」という単純な二項対立の図式だけでは捉えることができない、混種的で流動的な部分がその中間に存在することを明らかにしたと指摘した。

第二章では、上海の文化論的言説において排除された「蘇北」を文学のナラティブに取り入れた「蘇北叙述」が、どのように移住者のアイデンティティや集合的記憶、職業像と言語使用を表象しているのかを考察した。「蘇北叙述」に属する諸作品において、上海における蘇北移住者は、統合的なアイデンティティや、あるいは特定の共同体への帰属意識を持たないことが特徴とされている。それは移住者が主に従事した職業が都市部の広範な各層の人々と接触する機会を必要とする、家政婦や靴修理人、理髪師といった職種が影響している。その結果、同郷コミュニティの共同性を相対化しうる流動的な「個人」として上海の日常生活に緩やかに溶け込んでいる姿が「蘇北叙述」は描写されている。

次に「蘇北叙述」の諸作品が、第一章における『城市地図』と類似する点を指摘する。「蘇北叙述」はもともと「内部」の言説に抗う「外部」を象徴する小説であり、蘇北移住者の視点を通じて、上海の「本質としての地域性」を見出すことを期待された。しかし、実際の「蘇北叙述」では蘇北に限らず、上海に集まる様々な地域を出身とする移住者たちが登場する。「蘇北叙述」は移住者たちの提携と競合に着目し、その複雑な交流過程が描写されることにより、新たな文化接触が生み出される可能性を提示したものであると解釈した。

また、「解説される方言」と「再現される方言」を通じて、移住者で構成される上海社会における言語／方言のバリエーションが巧み表現されていることも「蘇北叙述」テクストの特徴であることを指摘した。こうした「蘇北叙述」を通じた上海の描写により、「上海文学は『上海語』で書かれ、土着の『上海人』の何らかの特性を反映すべき」という「本質としての地域性」観念に基づいた従来の固定観念を、「蘇北叙述」は超越していることを明らかにした。

以上の事例から、本書が構想する新たな「地域性」とは、反省的かつ流動的な視点で捉えられる概念であろうことが予想されるに至る。それは、従来の上海文学が抽出しようとした「地域性」が意味する、本質化されがちな地域文化的言説の枠内に潜む保守的で排他的な傾向とは異なる。本書が見出そうとする新たな「地域性」とは、文学のナラティブによって異質性を可能な限り包摂しようとする反省的かつ流動的な「地域性」であり、そのような「地域性」とは、安定した構造体として捉えられる観念ではない。新たな「地域性」は、多様な移住者や重層的な文化のるつぼにおいて、摩擦や軋轢を生みだしながらも、様々な文化が互いに浸透し合う「中間地帯」にこそ見出されるものであり、終始自己更新し続ける文化形式によって表象されうるとの仮説が浮上した。

本書の後半は、前半で立てられた「地域性」の仮説に対する論証である。第三章と第四章は、従来の地域研究における「本質としての地域性」を表象する方言ではなく、共通語による「言語的均質化」に抗う表記や文体としての方言が、どのように上海文学のテクストに持ち込まれたのかという問題に焦点を当てる。

第三章では「版本批評」の方法論を導入し、上海出身の作家・夏商の『東岸紀事』の改訂事例を中心に、任曉雯『浮生』、王小鷹『長街行』を参照しながら作品の方言使用、表記、話法、規範的言語と方言の融合、叙述文と会話文の配置といった文体的特徴を考察した。その結果『東岸紀事』では、家族・親戚の呼称・罵り言葉や熟語といった種類の語彙で方言を使用するが、作品の叙述文では共通語による規範化された表現を使用し、会話文において方言語彙中心の文体を使用する様式分化を行う「叙言分離体」の修正方針を貫徹させていることがわかった。

さて「叙言分離体」成立の歴史的経緯の整理を通じて、叙述文と会話文はそれぞれ抽象性と具象性を目指し、競合しながらも異なる機能を分担しあう混合した関係を示していることが確認された。均質的な言語で書かれた中立的な叙述文と、引用符の範囲内で方言語彙を取り込んだ会話文との混在を文体として要請する「叙言分離体」は、近代以降、地域言語の書記、文学言語への取り入れについてのイデオロギー的な対応として広く採用されてきたものである。しかし『東岸紀事』などの作品において、叙述文にすら浸透していく限られた種類の方言語彙の存在からも、「叙言分離体」の規定性を越える方言使用の試み、すなわち「方言の越境」という現象が局所的に見られることを指摘した。

第四章では、作家・金宇澄の言語意識と『繁花』の「初稿」を検討対象とし、「初稿」が掲載された電子掲示板「弄堂網」の解説と作者の投稿契機や執筆意識、および方言表記をめぐる掲示板内での議論から金宇澄の言語意識と『繁花』の方言修正について検討した。

まず「初稿」は本来、一定の文化的均質性を前提とする電子上の言論空間において、異質な存在であった「弄堂網」の掲示板内で誕生したものである。この掲示板は上海語を用いて意見交流や情報共有が行われていた。筆者は『繁花』執筆の契機を探るべく「弄堂網」の管理人である段段と直接連絡を取り、『繁花』が執筆開始された当時の掲示板の投稿ログを調査した。その結果、二〇一一年に執筆の端緒となったのは、都市化に伴う地域の均質化に批判的な視線を投げかけ、「オールド上海」に関する集団的な記憶を表面化させようと試みる「独上閣樓」／金宇澄と掲示板ユーザーたちの投稿を確認した。

次に、「初稿」の投稿前期段階において、作者・金宇澄が自らの小説投稿の意図を掲示板内の読者に了解してもらうため、メタフィクション的な要素を持つ会話シーンを別に作成していたことを確認している。

また、掲示板内では方言表記をめぐる議論において、金宇澄は方言を漢字表記する際、慣例的表現に囚われないことを言明している。彼は方言を文脈に応じて独自に漢字変換し、共通語と融合させた混成的な表記を創出すべきとする、方言使用の「通文性」観念を提起している。この観念は、文学言語は方言保護・伝承さらに〈規範化〉という方言学の課題からも離脱することで、混成的な表記や構文を通じて言語的な均質化に抵抗しようとする発想に基づくものであると考えられる。「通文性」観念に即して作られた方言語彙と自由直接話法の使用によって、『繁花』はこれまでの「叙言分離体」が前提としていた規範的な標準化言語の優位性を相対化することに成功し、文体横断的な「方言の越境」の域までに到達したことを明らかにした。

このような「方言の越境」を可能にする条件は、方言使用を排除しない叙述者が、地域言語の書記、文学言語への取り入れについてのイデオロギー的な指摘に応じないこと。そして、近代小説が要請した中立化や内面化といった重層的な叙述の「責任」や、地域文学が目指す「共同体の声」の再現、さらには排他性に彩られた「本質としての地域性」の反映を期待する圧力から逸脱する必要があると考えられる。

以上の事例から、新たな「地域性」とは、「言語的均質化・規範化」に対して抵抗的な姿勢を示す観念であることを明らかにした。従来の上海作家には、方言を使用する試みに対し、「本質としての地域性」によって管理すべきとする認識が存在した。つまり、変貌する上海の言語状況に対する危機感が彼らの言語意識に直接な影響を与え、そして方言を保護・伝承するために、積極的に文学テクストに方言を取り入れるべきとしていた。しかし、これは創作活動に対し言語学的制約を混同する、かなり単純化した認識と言わざるを得ないだろう。これに対し、本書が明らかにしてきた「方言の越境」という新たな文体の創出は、文学の言語使用の枠内において既存の言語的ヒエラルキーを転覆させ新たな文学言語の創出の可能性を示すものである。とはいえ、それは上海語を上位に置いて新たな言語的ヒエラルキーの正当性と権威を構築することを目的とするものではないことも合わせて指摘しておきたい。

本書では上海文学を中心に、方言を使用する際、文体の様式分化が明確な「叙言分離体」から文体横断的な「方言の越境」への転換を把握した。とはいえ、筆者はこの転換が進む先に文学言語の「最終状態」へ到達するという「進化論」「終末論」的な観点に与するつもりはない。なぜなら「最終状態」を想定しまうと、新たな言語的ヒエラルキーの構築、言語仕様の規範化、もしくは地域意識の優位性を基礎にしなければならないからである。そもそも文学言語とは終始排他的な力関係と距離を保ちつつ、語彙・構文・文体の競合と融合、また言語的制度性との対話関係の中で混成的な形態を目指す「言語の自由」を追求し続ける存在ともいえる。

さらに原理的に追求すると、地域言語に関する無数の断片的な事実をかき集め、それらの断片を辞書的に規範化・均一化し、安定したカテゴリーに収めるという自己拡張の過程を「近代」の特質と捉えるならば、「地域性」とは、そもそもそれらの普遍的で均質的な言語を意味生成の現場に取り戻し、それらを独創的に使用するという文学的テクストならではの特質なのではないか、と筆者は考える。

最後に、本書に残された課題、および今後の研究課題を述べていく。

まず、資料収集の制限が原因で本書に取り込めなかった微視的な課題が二つ残っている。一つ目は、長編小説『繁花』を原作とするオーディオブック、舞台劇、評弾[1]といった口頭で表現される「耳の文学」についての考察である。これらの音声芸術が、「目の文学」としての『繁花』をどのように改作したのか。何よりも「方言の越境」により書面化された方言を、どのように再び音声化しているのか、という「目の文学」と「耳の文学」との比較に関する課題について、引き続き考察を重ねたい。

二つ目は、方言使用を試みて「弄堂網」に投稿された『繁花』以外の作品についての検討である。「弄堂網」での投稿から出版された小説はわずかであるが、今後は未刊行の作品を含めてそれらの作品の方言使用について考察を行いたい。筆者が今回閲覧許可を得た原資料は『繁花』の初稿のみである。他の作品の一部はウィチャットの公式アカウント「弄堂longdang」では確認することができるが、ウェブページに保存された原資料は未確認であるため、資料収集が完了次第、さらに考察を続ける。

次に、本研究の方法論についてだが、本書ではあえて作家論と作品論を採用しなかった。その理由として、同じ分析対象を扱う先行研究には、すでに作家の伝記的な整理や作品の美的な効果の分析を行ったものが複数存在するからである。しかも、それらの先行研究が上海文学を、すなわち上海の地域性の反映として容易に結論づけたものばかりである。例えば、王安憶の『長恨歌』における「弄堂」の描写を抽出して「弄堂」こそ上海の地域性の反映だと見なすものや、金宇澄の『繁花』が表現した「不響」の美的効果を分析し、それを上海人の特質の反映としてそのまま位置づけるといった論じ方である。

このような「本質としての地域性」に作品の全てを還元するアプローチが多数存在するが、そうした研究の中にも参照すべき知見が含まれることを十分に意識しつつ、本書は、複数の作家や作品を横断的に検討することで、より抽象的な次元で文学研究における新たな「地域性」を構築する可能性を見出すことを企図したものである。しかし、研究の中では、現在も不断に更新され続ける文学的な動向を常に把握し、眼前の事象を歴史化することの困難が実感された。また、作家間・作品間の差、また作品内部の豊富さと複雑性をある程度捨象せざるを得なかった。

さらにいえば、上海作家の個人的な体験にも、新たな「地域性」の分析と概念規定に役立つ部分がないわけではない。例えば、上海作家の一部には「中間地帯」に置かれ、混成的で曖昧なアイデンティティの存在が作家の経歴上、明らかな場合があることが挙げられよう。具体的には、王安憶や陳丹燕のことを指すのだが、彼女らは、共産党政権の幹部家庭の出身で幼少期より上海に定住していたが（すなわち「南下幹部」の家族）、地元の生活習慣と言語環境から終始一定の距離を保っており、そこには自らを「地域」から浮いた存在と自認するアイデンティティの揺らぎが見られるのである。同様に程乃珊も長い香港滞在歴を有するため、上海と香港の関係を敏感に感じ取ることができ、自身のアイデンティティの全てを上海に求めようとはしていなかった。金宇澄ももともと蘇州出身であり、回顧録『回望』において移住者である自分とその家族のルーツについて語っている。何よりも一九六〇・七〇年代反都市主義の政治運動一環として実施され、上海の都市部青年層を半ば強引に内陸部や辺境に移住・下放させる「上山下郷運動」は、その世代の上海作家の言語経験や移住者層に対する認識などに、多大な影響を与えている。以上のような特定の主題に絞って考察された作家論は、今後、本書が主題とする新たな「地域性」への探究をさらに立体化させることに貢献すると考える。

加えて、巨視的なレベルから見ると、本書は一九八〇年代以降の海派文学を起点として、地域文学研究が前提としてきた「本質としての地域性」を対象化している。ただし、地域や地域性の文学史・観念史的な位置づけなどをより一般的に考察する余地が依然として存在することを筆者は自覚している。序章で言及したように、上海の辿った歴史とは、グローバル化を志向する第一の「近代」と、社会主義革命を基本原理とする第二の「近代」によって翻弄され、激変した。このような初期の近代化＝グローバル化と、後の社会主義による革命的な理想に向かう趨勢の中で、「郷土」を主な対象とする「地域／地方」という主題は、中国の新文学発生以来、各時期に様々な形で議論されている。例として、一九二〇年代の民間歌謡を採集して文字化する運動や、一九四〇年代初期の戦争動員の一環として民間の口頭叙述による文芸様式の再発見などが挙げられる。

それらは近代国民国家の自己拡張の要請のもと創造されたものであり、無数の断片的な事実により構成された各地域の「郷土」を再発見し続けることにより、「地域性＝郷土性」という固定観念が構築された。筆者は本書の準備段階において、地域や地域性に関する文学史・観念史的な考察を試みたが[2]、それらの論証のすべてを本書に取り入れることはできていない。本書で提起した鉤括弧付きの新たな「地域性」と、従来の文学史・観念史における地域性との関係性については、さらなる検討を進める必要がある。このように残された上記課題を解決することで、「地域性＝郷土性」という固定観念を対象化し、「地域性」観念をより多面的に捉えることが可能になると期待される。

本書は、一九九〇年代以降の上海文学を考察対象とし、文学言語の分析、特に方言使用の分析と文体論やナラトロジー、版本批評、さらに文体形成の観念などの側面を融合させることで、文学研究における硬直化した「地域性」観念に新たな見解を付与すべく執筆したものである。より大きく言及するならば、この硬直化した地域性の中心には、「排他性」というイデオロギー的な構図に由来する観念が据えられている。共通語や民族主義といった排他的言説は、国民国家の構築と近代文学の確立と密接に結びついており、現在もなお政治権力の支配的言説として強い生命力を示し、文学研究と文学創作に大きな影響を与えている。本書では、流動性・混合性・批判性などの要素を持つ新たな「地域性」の構築を通じて、このような排他的言説とは異なる方向性と可能性が示唆されることを期待している。

註

［1］評弾とは、呉語方言地域の説唱芸能で、評話と弾詞との合称。評話は語りが主で、一人称は説書人、三人称は作中人物と使い分け、説書人の喜怒哀楽と作中人物の動作もしぐさのうえで分けられている。弾詞は三弦、琵琶を主楽器とする弾き語りで、一人、あるいは二人、三人の掛け合いでも謡われ、連続で演じられることもある。評話と弾詞で一つの団（評弾団）を形成し、公演を行うことが多い（〝評弾〟、日本大百科全書（ニッポニカ）、JapanKnowledge）。

［2］その研究成果として、次の論文が掲載された。

（1）拙稿「方言文学における『叙言分離体』——五四時期の文学言語の変容に関する議論を中心に」、『中国：社会と文化』第三七号、二〇二二年。

（2）拙稿「『小写』的方言実践与地方性主体——重思茅盾方言文学論述与当代文学滬語実践」、『茅盾研究』第一八号、二〇二二年。

付録

私の精神的な故郷である上海

――『繁花』邦訳者・浦元里花との対話

近年、中国現代文学の日本での翻訳紹介が進み、閻連科や劉震雲といった純文学の作家から、劉慈欣や郝景芳などSF文学の作家まで、日本の出版市場に次々と登場し、評価されている。二〇一八年末、筆者は上海のネットメディア「澎湃新聞」の報道で、茅盾文学賞を受賞した金宇澄の『繁花』の日本語版が早川書房から出版される予定であり、その翻訳者に浦元里花氏（以下、敬称略）が起用されることを知った。このニュースには意外な点が三つある。

まず、近年やや変化が見られるものの、長らく日本の出版市場において中国現代文学の作品は翻訳紹介が遅れがちであり、学界における中国現代文学の評価も比較的保守的なものが多かった。そうした中、二〇一二年に単行本が出版された『繁花』が短期間で翻訳されたのは異例のことだといえる。

次に、早川書房は主に欧米の大衆文学を取り扱うことで知られているが、今回、地域色が強い『繁花』に目を向けたのは非常に稀有なことである。また、『繁花』はもともと文字数が多く、日本語に翻訳して縦書きにすると、原文の約1.5倍の文字数になる可能性があり、出版社にとって大きな挑戦となる。

さらに、『繁花』は普通話と上海方言を巧みに組み合わせ、伝統的な話本の叙述技法を多用して独自の言語スタイルを形成していることが広く知られている。この特性が、『繁花』の海外での翻訳を困難にしている。特に、作品の中で「不響」という上海語が二千回近くも使われており、それをどのように日本語に翻訳するか、そして日本の読者がこの作品のどのような点に注目するかなど、多くの疑問が生じる。これらの疑問を持ちつつ、筆者は二〇一九年八月二七日に滋賀県大津市で、『繁花』の邦訳者である浦元里花にインタビューを行った。

浦元里花は京都出身であり、立命館大学で中国語を専攻し、長年にわたり大学で中国語教育と中国現代文学の研究に従事している。標準中国語だけでなく、上海語や蘇州語も独学で習得している。大学卒業後、大阪の中国書籍専門店に勤務し、その間に蕭紅の読書会を主催したこともある。その後、立命館大学の大学院に進学し、修士課程では蕭紅と蕭軍に関する研究を行い、一次資料を得るために蕭軍と書簡で交流した経験もある。二〇一九年の時点で、立命館大学を含む複数の大学で中国語講師を務めている。

今回のインタビューでは、『繁花』の翻訳過程で直面した具体的な困難についてより深く理解することを目指した。また、『繁花』が日本でどのように受け入れられるかを追跡することも目的とした。このインタビューは二〇一九年八月に行われたものであり、筆者は和光大学の中国現代文学研究者である加藤三由紀を通じて浦元里花と連絡を取った。浦元里花は喜んでインタビューの依頼を引き受けてくれたが、同時に大学の中国語講師として多忙なスケジュールを抱えており、ほぼ全ての時間を『繁花』の翻訳に捧げていることを伝えてくれた。彼女はインタビューの内容を翻訳に限定し、抽象的かつ広大な議論に展開することは避けたいという意向を示した。

浦元里花とのインタビューを通じて、筆者は彼女がこの作品に注いでいる情熱と努力を強く感じた。それは単なる翻訳の課題を超えた、深い情熱が原動力となっているのである。浦元里花はインタビューの際に時折上海語が飛び出すことがあり、その親しみやすさに驚かされた。

インタビューの当日、夏のこぬか雨がそぼ降る琵琶湖畔の穏やかな環境の中で話を聞いた。彼女は、豊子愷の絵が表紙に描かれたノートを持参しており、そこには上海語を学んだ際のメモが記されていた。『繁花』の書評で、金宇澄を「二一世紀の豊子愷」と表現しており、両者に対する深い愛情がうかがえた。

筆者自身、学部生の頃から『繁花』の研究を始め、修士・博士課程を通じてその研究を継続し、中国現代文学の日本での翻訳紹介にも注目してきた。このインタビューは、翻訳研究の一環として翻訳活動を追跡し、意識的に資料を収集・整理する機会でもあった。そのため、筆者は浦元里花の翻訳作業が進行している中でインタビューを行い、その時抱えていた生々しい思考を捉えることができた。

本インタビューの書き起こしは、筆者が翻訳・整理・編集した後、インタビュイーに内容を確認してもらったものである。以下はその全文である。

賈海涛（以下、賈）：浦元里花先生、お忙しい中、本日のインタビューをお受けいただき、誠にありがとうございます。二〇一八年一二月、中国のオンラインニュースメディア「澎湃新聞」で金宇澄『繁花』の英語および日本語訳に関する最新情報がはじめて報じられました。

この報道では金宇澄氏へのインタビューが引用され、先生が以前から彼の作品を翻訳されていたことが述べられていました。この報道をきっかけに、私は加藤先生を通じて浦元先生と連絡を取ることができました。金宇澄が二〇一二年の『繁花』の出版を機に、作家として再び文壇に登場したことを知っていましたが、『繁花』以前に、先生は他の中国作家のどのような作品を翻訳されているのでしょうか。

浦元里花（以下、浦元）：これまでに、いくつかの小説を翻訳してきました。興味深いことに、これらの小説は全て「馬」に関連しています。閻連科の日本語訳を行った谷川毅教授が主宰する中国文学雑誌『火鍋子』に掲載されました。私は修士課程で東北の作家である蕭紅の研究をしていたため、同誌に彼女の長編小説『馬伯楽』（図１参照）の翻訳を連載しました。

図１『馬伯楽』の翻訳が連載された雑誌『火鍋子』

この小説は、特に好きな作品の一つで、主人公の馬伯楽は、抗日戦争中に青島から上海に逃れます。小説の描写を通じて、私は上海という都市に強い興味を抱くようになりました。一九九〇年代にはじめて上海を訪れた際、街並みや都市の空間は小説で描かれたものとは大きく異なっていましたが、馬伯楽の足跡を辿るように上海を散策しました。

このような都市を歩く体験は、その後に『繁花』を読んだ際の感覚と不思議なほど一致していました。その後、王安憶の短編小説『弄堂裏の白い馬』（『火鍋子』第七五巻）

も翻訳しました。また、二〇一三年には金宇澄のエッセイ『馬語』を翻訳しました。これは、彼のエッセイ集『洗牌年代』の一篇で、私の訳文は『火鍋子』第八〇巻に掲載されました。

賈：二〇一三年に翻訳された『馬語』は、日本ではじめて紹介された金宇澄の作品でしょうか。その時、『馬語』を翻訳することになった経緯を教えていただけますか。

浦元：『馬語』の翻訳は谷川先生からの依頼によって始まりました。タイトルに「馬」という文字が含まれていたことが、私にこの仕事が回ってきた理由です。これはまさに偶然の出会いでした。翻訳を進める中で、老金（金宇澄）と知り合い、彼に翻訳に関する多くの質問をメールで送りました。彼は非常に親切で、質問に対して一つひとつ丁寧に答えてくださいました。

賈：実際、『繁花』の単行本は二〇一三年にすでに出版されていましたが、その時点で翻訳の計画はありましたか。

浦元：その頃、私はたまたま『収穫』誌で『繁花』を見かけました。これもまた偶然でしたね。『馬語』の日本語版を発表した後、加藤三由紀先生から『東方』誌に『繁花』の書評を書くよう依頼されました（図2参照）。そのコラムのタイトルは「今読みたい同時代中国の作家たち」というものでした。私は「二一世紀の豊子愷——読者と歩む金宇澄」という書評を書き、二〇一四年三月に発表しました。

おそらく二〇一三年頃だったと思いますが、上海で老金と会い、彼から『繁花』を一冊贈られました。その場でこの作品を翻訳したいと申し出ましたが、老金はそれは非常に大きな挑戦になると感じていたようです。最初はただこ

図2 『繁花』書評掲載の雑誌『東方』

の小説をしっかり理解したいという思いから、読み進めながら翻訳をはじめ、学習の一環として取り組んでいました。出版できるかどうかは、その時点ではあまり考えていませんでした。その後、中国語教育の仕事をしながら、翻訳作業に没頭し、気がつけば五、六年が経過していました。

これまでに翻訳した小説は、主に主人公が一つの物語の筋を絶えず進行させるものばかりでしたが、『繁花』は全く異なります。この作品は、あらゆる要素が詰まった大きな坩堝のようで、二つの主筋が並行して進行し、登場人物も数えきれないほど多いです。翻訳作業では、多くの専門家の助けを借りました。

例えば、作中の上海語の部分は、上海出身の同僚に確認してもらい、古典詩に関する部分は漢学者に相談し、キリスト教や仏教の用語については信者から教えてもらいました。これら各分野の専門家たちは、まるで私の周囲の「繁花」のようでした。

賈：なぜこの過程を「繁花」と呼ぶのでしょうか？

浦元：それは、この作品のタイトルに対する私の理解に基づいています。「繁花」という言葉は、様々な物語や登場人物の多様性を象徴していると思います。

『繁花』には特に印象に残っている場面が二つあります。一つは、阿宝の父親の友人である欧陽の妻、黎先生の話（『繁花』第二五章）で、盲目の彼女が、かつての日本降伏時の歓喜を語るシーンです。もう一つは、金妹と師匠が、男性が風呂を覗く話をする場面（『繁花』第一三章）で、非常にユーモラスです。これらのエピソードから、『繁花』は悲しみと喜びが絶妙に混ざり合っていると感じています。

賈：実際、『繁花』が日本語に翻訳されると聞いたとき、私は興奮と不安が入り混じった感情を抱きました。近年、多少の進展はあるものの、長い間、日本の出版市場において中国現代文学の翻訳紹介は活発ではありませんでした。特に、『繁花』のように地域色が強く、普通話と方言が調和している長編小説については、中国国内でも地域によって受け入れ方に差があります。それが海外市場である日本において、どのように受け入れられるか、翻訳者として、日本の読者に対し『繁花』はどの点が魅力的だとお考えですか。また、方言の魅力をどのように伝えるつもりですか。

浦元：『東方』誌に掲載した記事は、日本の研究者や一般読者向けに書かれたもので、手描きの地図や挿絵、会話と方言、そして小説に登場する悲喜劇の二つの場面に言及し、『繁花』の魅力を紹介しました。これらはすべてこの小説の重要な特徴です。例えば、手描きの地図や挿絵は、物語の舞台となる街や店、登場人物の住居を視覚的に示す役割を持っています。上海に行ったことがない日本の読者でも、これらの挿絵を通じて、上海の街を散策しているかのような感覚を味わえると思います。

次に、方言の問題ですが、多くの方が関心を持つ点であり、翻訳における大きな挑戦の一つでもあります。老金からは、方言にこだわりすぎず、むしろ日本の読者にとって読みやすい流暢な口語で翻訳することの重要性を指摘されました。この作品の特色を表現するために、私は上海語の部分を日本の関西弁で再現しています。最初にこの小説を読んだとき、その言葉の感じが関西弁に似ていると感じたからです。

日本では、標準語以外の方言といえば、まず関西弁が思い浮かぶでしょう。私は京都出身ですが、関西弁は抑揚が豊かで、音楽のメロディーのように感じられ、親しみやすく面白いと思います。多くの日本のお笑いも関西弁で行われています。このため、関西弁と上海語には共通の魅力があると考えています。関西には漫才があり、上海には滑稽劇があります。

上海の友人たちと一緒にいるとき、彼らが話す上海語を聞いて学んでいます。上海語の音やリズムがとても気に入っており、耳に心地良いです。私にとって上海は精神的な故郷のような存在です。

賈：上海語の翻訳は、この小説における大きな課題の一つだと思います。翻訳の過程で直面した具体的な困難について、例えば、作中に二千回近く登場する「不響」をどのように日本語に訳したのか、教えていただけますか。

多くの人が『繁花』の外国語への翻訳に否定的な見方をする理由の一つに、「不響」の持つニュアンスを再現することが難しいという点があります。

浦元：確かに、困難な点は非常に多く、「不響」もその一つです。私は大抵の場合、これを省略符号や、省略記号の独立した段落の形で翻訳しました。このような句読点や分段の形式により、日本の読者にその場面のニュアンスを十分伝えることができると思います。

実際、人間関係のやりとりには多くの共通点があり、日本の読者も理解できると考えています。もちろん、場合によっては「黙り込む」といった表現を使うこともありますが、全てを動詞に翻訳してしまうと日本語としての流暢さが損なわれます。この点で、私はまず日本語の流暢さを最優先する方針を守っています。

もう一つの大きな問題は、『繁花』では会話の記述方法が独特であることです。一般的に引用符を使用せず、話し手と発言内容を区別するために句読点のみを使用しており、さらに対話の密度が非常に高く、段落分けがされていません。例えば、「陶陶が言った、私は困っている。滬生が言った、余計なことを言うな。陶陶が言った、夜になると芳妹が悩むんだ。滬生が言った、何?」(『繁花』プロローグ)というように、人物の発言が次々と詰め込まれています。これを全て「誰が言った、……。誰が言った、……。」という形式で翻訳してしまうと冗長になります。そこで、まず引用符を復元し、二人の対話の場合は段落を分けて引用符を加えることで、余分な導入部分を省略しました。

それでも、食事の席での会話など、登場人物が多い場面では依然として処理が難しいです。このような場面に直面した時は、情景を想像することが助けになります。例えば、喧嘩の場面や食事の場面を視覚化し、その文脈を理解することで翻訳がよりスムーズに進みます。これは、小説を読む際に地図や挿絵を見ながら、上海の街を歩いているかのように想像する思考と似ています。つまり、この小説の翻訳には具体的な経験と結びついた具象的な思考が必要です。

賈：上記の表現の問題以外に、さらに深いレベルで日中間の文化的な違い、あるいは両国の言語の違いが翻訳に影響を与える問題についてもお聞かせいただけますか。例えば、『繁花』の一三八頁には、主語や述語が大幅に省略され、多くの名詞句を使って労働者の集合住宅における日常的な場面を描写していますが、このような部分は、どのように翻訳されていますか。

浦元：このような文の翻訳は確かに難しいです。例えば、この部分では多くの名詞句が「有（ある）」の目的語として捉えられることから、「夫を罵る人や、笛を吹く人がいる」といった形で翻訳しています。日本語では「体言止め」の技法もありますが、主にニュースの見出しで使用されることが多いです。小説の中でも時折見られますが、文を補足しすぎて長くなることを避けるため、名詞句をそのまま保持し、類似する名詞句を、順序を変えてまとめることもあります。

次に日中間の言語差に関してですが、明らかな問題の一つとして、中国語には厳密な意味での敬語体系が存在しない点があります。したがって、登場人物の会話を日本語に翻訳する際には、いつくだけた言い方を使い、いつどの程度、敬語を用いるかを考慮しなければなりません。

そのため、登場人物同士の関係がどのようなものかを理解し、長幼の序や上下関係、友人や同輩などの関係を整理するのに多くの時間を要しました。特に一九九〇年代のストーリーラインにおけるシーンでは、多くの食事の席での会話が登場するため、その都度、人物関係を整理し、それに応じて言葉遣いを決める必要がありました。登場人物が多く、会話の密度が高い『繁花』のような作品では、こうした整理作業が大変です。

敬語や方言に関連する話題として、個人的に東野圭吾の作品が好きです。彼の作品は中国でも広く翻訳されており、人気を誇っています。彼の初期作品では実際に関西弁が多用されているので、これらが中国語でどのように対応されているのかは、興味深い問題だと思います。

もう一つの問題として、日中間の文化的な違いが挙げられます。例えば、一九九〇年代の物語には「盗墓」(墓荒らし)に関するエピソードがあります(『繁花』第二二章)。それは、ある都市部の人々が仲介者に依頼して、地方に行って墓を掘り宝を探すという話です。都市部の人々は食事の席で値段交渉を行い、最終的に金銀財宝であれ、ガラクタであれ、掘り出されたものは全て依頼者のものとなります。最初、私はこの「盗墓」と食事の席の関係がよく理解できず、老金に尋ねました。彼は、墓を掘る人々が電話で食事の席にいる人々と連絡を取り、その場で価格交渉が行われるという説明をしてくれました。原文をそのまま翻訳しても、日本の読者には理解が難しいと感じました。日本では、このような話は聞いたことがなく、中国のような長い「盗墓」の歴史が文化的に共有されていないため、理解しやすいように補足する必要がありました。

賈：翻訳作業におけるご自身の習慣や原則について教えてください。また、『繁花』の翻訳において、直訳と意訳のバランスをどのように取っていますか？

浦元：実際のところ、直訳と意訳は相反するものではないと感じていますし、特にその点についてこだわることはありません。すべては原文の表現に応じて、適切かつ柔軟に対応することが重要だと思っています。この点で、硬直的な対応は避けるべきです。

基本的に、翻訳作業は二つの段階を踏んで進めています。第一段階では、原文の意味を正確に把握し、翻訳可能な部分をまず粗訳します。第二段階では、その粗訳を基に、文化や言語の微妙な違いを踏まえ、訳文をさらに精緻化します。私が目指すのは、読者が翻訳調を感じることなく、まるでその国の作家が書いたものであるかのように自然に読める作品です。中国の小説を読んだことのない読者でも、その魅力を感じ取れるような翻訳を目指しています。

この点で、谷川毅先生が翻訳された閻連科の作品を気に入っています。それを読むと、原作が中国語であることを忘れさせるほど自然で、「翻訳臭」が全く感じられません。これは私が学び、目指すべき翻訳の理想形です。

賈：その二段階の手法は、長年の翻訳作業の中で培われたものですね。現在、『繁花』の翻訳作業はどの段階にありますか。また、出版の予定はどうなっていますか。

浦元：第一段階である粗訳の部分は、ほぼ完了しています。現在、第二段階の精訳と再加工の作業を行っており、全体の約半分が進行中ですが、まだ解決すべき多くの問題があります。これらをクリアするために、引き続き作者と密接に連絡を取り合っています。出版については、出版社が二〇二一年を予定しており、来年中には翻訳作業の完了を目指しています。

賈：今回、『繁花』の版権は早川書房が取得しました。二〇一八年に早川書房が出版したケン・リュウ編集の中国SF作家アンソロジーの日本語版が市場で好評を博しました。また、今年七月には、劉慈欣の『三体』第一部の日本語版が出版され、初週で十回の増刷が行われるなど、海外翻訳作品の販売記録を更新し、日本の多くの読書家から推薦されました。日本の読者も、ソーシャルメディアを通じて翻訳者の大森望氏に対して『三体』の続編を早く出してほしいと要望しています。

このような出版界での成功は、これまでの中国小説には前例がなく、『繁花』の日本語版にも大きな期待が寄せられています。そこで、日本では早川書房がどのような出版社であると認識されているのか、また、なぜこの出版社を選んだのか教えていただけますか。

浦元：早川書房は、日本の中で比較的大きな出版社であり、長年にわたり海外の推理小説やSF小説などのジャンル小説を専門に出版しています。今回、『繁花』が早川書房から出版されることになりましたが、これは非常に貴重な機会だと思います。

最終的に早川書房と契約に至ったのは、私が『東方』誌に書いた書評を読んだ同社の人たちが、作品そのものに強い興味を持ったことがきっかけでした。彼らはこの作品が質の高いものだと認識し、出版を決定しました。近年、早川書房は中国の書籍の翻訳出版にも力を入れていますが、以前は主に欧米の小説を翻訳していました。

賈：確かに、早川書房のような出版社と契約できたことは驚きです。では、『繁花』の後、上海語で書かれた他の小説を翻訳する予定はありますか。それとも、他の翻訳プロジェクトを計画していますか。

浦元：現在は『繁花』の翻訳に専念していますので、特に他のプロジェクトについての具体的な計画はまだありません。ただ、将来的に機会があれば、金宇澄の初期のエッセイ集『洗牌年代』を翻訳したいと考えています。この作品集は、小説として扱うべきか、それともエッセイとして扱うべきか悩むほど、独特な文体を持っています。『繁花』との深いつながりも感じており、以前に『馬語』の翻訳を行った経験があるので、今後、この作品を翻訳していきたいと思っています。

初出一覧

第一章　「地域性」を再考する「上海ノスタルジア」
「辞書的解説と地方的主体の生成――一九九〇年代以降の上海文学と文体論の交錯」、『日本中国当代文学研究会会報』第三六号、二〇二二年十二月

第二章　上海文化論的言説としての「蘇北叙述」
「場所の記憶と原風景――二十一世紀の変わり目の文学表象から見る蘇州河西段」、『言語社会』第十四号、二〇二〇年三月
「上海文学における「蘇北叙述」論――文化論的言説の再構築として」、『言語社会』第十七号、二〇二三年三月

第三章　方言修正による「叙言分離体」の浮上
「方言文学における「叙言分離体」――五四時期の文学言語の変容に関する議論を中心に」、『中国：社会と文化』第三七号、二〇二二年七月

第四章　『繁花』初稿の誕生と方言使用
「『繁花』初稿の誕生――「弄堂網」と投稿の前期段階を中心に」、『野草』第一一一号、二〇二三年九月

付録

（中国語）「対話《繁花》日文訳者浦元里花：上海是我的精神故郷」、『東方翻訳』第四号、二〇二〇年八月

あとがき

本書は、二〇二三年に提出した博士論文『新たな「地域性」の構築—一九九〇年代以降の上海文学におけるノスタルジア・蘇北叙述と文学言語—』（一橋大学大学院言語社会研究科）を土台に加筆したものである。

本研究の端緒は、今から約十年前の大学三年生の夏休みに遡る。母校である華東師範大学で開講された都市文学に関する夏季集中講座をきっかけに、私は金宇澄の長編小説『繁花』と出会った。振り返れば、この講座は単位取得という実利的な目的ではなく、純粋に知的好奇心を満たすための受講であったからこそ、思いがけない収穫を得られたのだと思う。難解な作品ではあったが、読み進めるうちに、私は不思議な魅力に惹き込まれていった。『繁花』の素晴らしさを語るには、本書で語った以上に枚挙にいとまがないが、研究対象とした最大の理由は、作中に描かれた空間と私自身の生活空間が奇妙に重なり合い、これまでに感じたことのない読書体験を得たことにある。私が上海で暮らした小学生の頃、蘇州河沿いの通学路からは蘇北方言が飛び交い、当時の町並みは取り壊しを待つばかりのスラム街であった。そして私が通う高校を囲んでいたのは、あの曹楊新村である。これらの場所は、『繁花』における「文化大革命」のストーリーラインと重なる空間であった。

研究者は、自らの研究に多くの「意義」を見出すことが求められる。口頭試問の場でも、研究費を申請する際にも、その研究の普遍的かつ社会的な「意義」を示し、多くの人々にその価値を理解してもらわなければならない。ただし、ここで言わんとすることは、いかなる人文研究も、その出発点は自らの純粋な好奇心と興味、とりわけ「自己の発見」にあるべきだということである。学部の最終年から始まり、博士論文を書き上げ、そして本書を出版するに至るまでの原動力も、まさにそこにあった。

本書で取り上げた多くの歴史的事実や都市空間は、私個人や家族と密接な関わりを持っている。私の祖父母世代は党の「辺境支援」政策により、一九五〇年代末に上海から中国広西チワン族自治区へ移住し、両親、そして私はその移住先で生まれた。幼き日の朧気な記憶であっても、移住者である私たち家族が経験した当時の言語的な多様性をよく覚えている。そこでは日常生活の場で上海語や広東語を使い分け、教育の場では共通語である普通話が飛び交うという多言語・方言環境が存在していた。どの言語を使用するかによって自分の所属を示すことにはあまり意味を持たず、むしろ自分がどこにも属さないという「文化的な混在性」が私にとって当然のことであった。今振り返れば、この時の経験こそが、自分の立場を対象化しながら異なる文化・言語や考え方の「差」を尊重し、理解しようと試みる視点を自ずと得られる貴重な機会だったと感じている。

祖父母世代が上海から移住するきっかけとなった「辺境支援」政策が実施されたのは毛沢東時代である。その当時、上海の都市化は停滞し、さらに党の呼びかけで始まった「上山下郷運動」により、多くの知識人や若者が、自由意志あるいは強制的に中国の内陸部や辺境へと移住させられた。私は祖父母や両親からこの「移動」の歴史に関する経験を繰り返し聞かされてきたことで、時々、一九九〇年代生まれではなく、一九五〇年代、ひいてはそれ以前の時代に生まれたような感覚を抱くことさえある。

本書で論じた多くの作家たちも、上海以外の地域へ移動し、そこで暮らした経験を持っている。私と彼らとでは世代も時代背景も異なるが、家族から聞かされた思い出と、自らが経験した重層的な地域性や地域言語に関する記憶を共有している点で、不思議なつながりが感じられる。少し大げさで感傷的な表現かもしれないが、私個人の記憶は家族や上海出身の移住者たちの歴史によって「植民化」されているともいえるだろう。彼らの経験や語り継がれてきた物語が、私の記憶の奥深くに根を下ろし、私自身のものの見方や考え方に影響を与え続けている。だからこそ、本文では述べる機会のなかった、より個人的な意見を、この「あとがき」という場を借りて、本書の研究意義の一つが「自己の発見」にあったのだと、ようやく明言できるのである。

「自己の発見」という目的を常に意識し、研究上のコンフォートゾーンから脱すること、研究の可能性を広げることに留意しながら、本書を執筆した。とはいえ、本書によって中国現代文学の研究に何らかの新しい見解や視座を与えようなどと、大それた望みは抱いていない。本書は研究上の普遍性と中立性を求めつつも、新型コロナウイルス感染症の影響で、私が四年ほど上海に帰省できなかった時期に執筆したという、特殊な事情に基づく産物であることは否めない。本書の一部の考察、そして最終的に「言語の自由」というキーワードに至ったのも、こうした現実的な背景があったからこそである。

本来の計画であれば、博士号取得後、何年もかけて本研究を加筆を重ねた上で、重厚感のある書物を書き上げてから出版するつもりであった。しかし、これまでの研究に一区切りをつけなければ、私もなかなか新しい研究へと進むことが難しい。しかも、時間が経つにつれて、出版への意欲が減退してしまうことも、多くの研究者が共感できる点ではないだろうか。

そのような折、幸運にも、私が現在所属している神奈川大学の彭国躍先生と孫安石先生から出版助成に関する情報をいただき、同大学の言語研究センターより出版助成を受けることができた。本書を「言語研究センター叢書」の一冊として出版していただけることに、改めて心より感謝申し上げる。

また、本書の出版に至るまでには、実に多くの方々にお世話になった。この場を借りて、以下、各位に感謝の意を表す。

まず、大学時代にご指導いただいた鳳媛先生（華東師範大学教授）に感謝を述べたい。学術への入門に際し、先生は私の未熟な論文を丁寧に添削し、確かな基礎力を鍛えてくださった。先生が仰った「文学研究は資料や文学テクストを着実に踏まえて進めていくべきである」という先生の指摘は、常に私の心に留めている。

次に、来日して大学院に入学後、修士課程の指導教官であり、博士論文の審査をしていただいた鈴木将久先生(東京大学教授)に感謝を述べたい。鈴木先生は、長年にわたり、私の研究に関する悩みや疑問に熱心に耳を傾け、的確な助言を与えてくれた。特に博士論文の計画段階において、「地域性」を「地域への愛着」という偏狭的な考え方に結びつけてしまうことに対する指摘は、私にとって常に念頭に置くべきことであり、本書の執筆を進める上でも大変役に立った。本書のキーワードである「流動と混在」は、先生のご指摘を反映した概念である。

そして、博士課程の指導教官であり、博士論文の主査を引き受けていただいた坂井洋史先生(一橋大学名誉教授)に感謝を述べたい。先生には長年にわたり、厳しく論文をご指導いただき、特に論文の抽象的な論理という面で高い要求を課してくれたことは、私にとって大変有益であった。先生の著書『懺悔と越境―中国現代文学史研究』における「文学言語」と中国の近代批判に対する刺激的論述からは、多くの示唆を受け取った。

さらに、副指導教官および博士論文の審査をしていただいた三原芳秋先生(東京大学准教授)に感謝を述べたい。先生のゼミを受講したことで、大学時代から抱いていた文学理論への興味を深めることができ、英語圏の理論に関しても、先生から多くの助言を受けた。本書では、一貫して特定の理論に依拠することは避けつつも、先生から学んだポスト・コロニアルやナラトロジーの理念を多く取り入れ参考とさせていただいている。

とりわけ、本書で扱った『繁花』に関する「弄堂網」の原資料を共有してくれた段段氏。私のインタビューに応じた作家の孔明珠氏、『繁花』の邦訳者である浦元里花氏。そして、多忙の中、私信でお願いした質問に回答した、また本書の表紙に自身の絵画作品の使用を快諾した『繁花』の作者である金宇澄氏に心から感謝を申し上げたい。

これまでに研究を進める中で、学会誌や紀要に論文を投稿し、学会で口頭発表を行う際に、多くの有益なアドバイスをいただいた。特に中国文芸研究会、日本中国当代文学研究会、中国社会文化学会の先生方、そして匿名査読者の方々に感謝を申し上げる。博士論文のラストスパートにあたり、渥美国際交流財団からの奨学金を取得したことで、執筆に専念することができた。同財団の学問的なネットワーク構築への意気込みに深く感銘を受け、今後関口グローバル研究会の一員として、さらなる研究活動に邁進していきたいと考えている。また、本書は、日本学術振興会科学研究費（研究活動スタート支援）「〈呉語〉使用の小説におけるパラテクストの多面的研究」（課題番号：24K22475）の成果の一部でもある。

思えば、研究者にとって外国語で論文を執筆することは、非常に労力を要する作業である。しかし、母語で執筆する際の曖昧な表現や、言葉を濁すことが難しくなるからこそ、自らの思考をより明確かつ簡潔に言語化しなければならない。こうした意味で、外国語での執筆は、自身の思考を鍛えて吟味する有効なアプローチになり得ると認識している。博士論文の執筆段階では同期の郡司祐弥氏に、本書の原稿修正・校正段階では梅原啓氏および外部の校正者の方々に、日本語の丁寧な修正・校正いただいたことに、心から感謝を申し上げたい。また、本書の編集と出版に際しては、ひつじ書房の森脇尊志副編集長にお世話になった。

最後に、学問の道を歩むことを決意し、日本への留学を選択した私の考えを常に尊重し、経済的にも支援してくれた両親に心から感謝の意を伝えたい。特に、博士論文執筆の最中、その提出を楽しみにしてくれていた父が、新型コロナウイルス感染症と持病により他界したことは、私の人生における大きな転換点となり、ある重要な決断を促す契機にもなった。本書を謹んで天国の父に捧ぐ。

二〇二五年一月二九日　東京・吉祥寺にて

University of California Press, 2004

Tim Cresswell, *Place: a Short Introduction*, Blackwell Publishing, 2004

Edward M. Gunn, *Rendering the Regional: Local Language in Contemporary Chinese Media*, University of Hawai'i Press, 2006

Marie-Claire Bergère, translated by Janet Lloyd, *Shanghai : China's Gateway to Modernity*, Stanford University Press, 2009

Bertrand Westphal, *The Plausible World: A Geocritical Approach to Space, Place, and Maps,* Palgrave Macmillan, 2013

Jane Hodson, *Dialect in Film and Literature*, Red Globe Press, 2014

Lena Scheen, *Shanghai Literary Imaginings-A City in Transformation*, Amsterdam University Press, 2015

Lu Pan, *In-Visible Palimpsest: Memory, Space and Modernity in Berlin and Shanghai*, Peter Lang Gmbh, 2016

Robert T. Tally Jr., *Topophrenia: Place, Narrative, and the Spatial Imagination*, Indiana University Press, 2018

水声社、2014年
佐々木敦『あなたは今、この文章を読んでいる。――パラフィクションの誕生』慶應義塾大学出版会、2014年
日高勝之『昭和ノスタルジアとは何か――記憶とラディカル・デモクラシーのメディア学』世界思想社、2014年
周振鶴・遊汝傑、内田慶市・沈国威監訳、岩本真理・大石敏之・瀬戸口律子・竹内誠・原瀬隆司訳『方言と中国文化』光生館、2015年
松村志乃『王安憶論――ある上海女性作家の精神史』中国書店、2016年
マルク・オジェ、中川真知子訳『非―場所――スーパーモダニティの人類学に向けて』水声社、2017年
桑島由美子『九十年代文化批評――「文化転換」をめぐる新思潮と審美モダニティ』汲古書院、2017年
菅原祥『ユートピアの記憶と今――映画・都市・ポスト社会主義』京都大学学術出版会、2018年
ウェルズ恵子編『ヴァナキュラー文化と現代社会』思文閣、2018年
三原芳秋・渡邊英理・鵜戸聡編著『クリティカル・ワード 文学理論 読み方を学び文学と出会いなおす』フィルムアート社、2020年
橋本陽介『中国語における「流水文」の研究』東方書店、2020年
石田英敬『記号論講義――日常生活批判のためのレッスン』筑摩書房、2020年
シーモア・チャットマン、玉井暲訳『ストーリーとディスコース――小説と映画における物語構造』水声社、2021年
ミシェル・ド・セルトー、山田登世子訳『日常的実践のポイエティーク』筑摩書房、2021年
若林幹夫『ノスタルジアとユートピア』岩波書店、2022年
アストリッド・エアル、山名淳訳『集合的記憶と想起文化――メモリー・スタディーズ入門』水声社、2022年

【洋書】（翻訳書を含む）

Lehan Richard, *The City in Literature: An Intellectual and Cultural History*, University of California Press, 1998
Maurice J. Meisner, *Mao's China and After: A History of the People's Republic*, Free Press, 1999
Svetlana Boym, *The future of nostalgia*, Basic Books, 2001
Shu-mei Shih, *The Lure of the Modern: Writing Modernism in Semicolonial China, 1917~1937*,

M・アルヴァックス、小関藤一郎訳『集合的記憶』行路社、1989年
前田愛『都市空間のなかの文学』筑摩書房、1992年
バフチン、新谷敬三郎・伊東一郎・佐々木寛訳『ことば 対話 テクスト』新時代社、1988年
アンソニー・ギデンズ、松尾精文・小幡正敏訳『近代とはいかなる時代か？　――モダニティの帰結』而立書房、1993年
土田知則・神郡悦子・伊藤直哉『現代文学理論 ―― テクスト・読み・世界』新曜社、1996年
バフチン、伊東一郎訳『小説の言葉』平凡社、1996年
中里見敬『中国小説の物語論的研究』汲古書院、1998年
奥野健男『文学のトポロジー』河出書房新社、1999年
田中克彦『「スターリン言語学」精読』岩波書店、2000年
ジャック・デリダ、守中高明訳『たった一つの、私のものではない言葉：他者の単一言語使用』岩波書店、2001年
前田愛『近代読者の成立』岩波書店、2001年
ジェフリー・N・リーチ、マイケル・H・ショート、筧寿雄監修、石川慎一郎・廣野由美子・瀬良晴子訳『小説の文体』研究社、2003年
野家啓一『物語の哲学』岩波書店、2005年
坂井洋史『懺悔と越境 ―― 中国現代文学史研究』汲古書院、2005年
安田敏朗『辞書の政治学 ―― ことばの規範とはなにか』平凡社、2006年
ロラン・バルト、保苅瑞穂訳『批評と真実』みすず書房、2006年
東浩紀『ゲーム的リアリズムの誕生 ―― 動物化するポストモダン2』講談社、2007年
小松謙『「現実」の浮上 ――「せりふ」と「描写」の中国文学史』汲古書院、2007年
東浩紀『文学環境論集 東浩紀コレクションL』講談社、2007年
吉原直樹『モビリティと場所 ―― 21世紀都市空間の転回』東京大学出版会、2008年
榎本泰子『上海 ―― 多国籍都市の百年』中央公論新社、2009年
ホミ・K・バーバ、磯前順一・ダニエル・ガリモア訳『ナラティヴの権利 ―― 戸惑いの生へ向けて』みすず書房、2009年
林少陽『「修辞」という思想 ―― 章炳麟と漢字圏の言語論的批評理論』白澤社、2009年
鈴木将久『上海モダニズム』中国文庫、2012年
陳培豊『日本統治と植民地漢文：台湾における漢文の境界と想像』三元社、2012年
岩間一弘・金野純・朱珉・髙綱博文『上海：都市生活の現代史』風響社、2012年
橋本陽介『物語における時間と話法の比較詩学 ―― 日本語と中国語からのナラトロジー』

陳平原『中国小説叙事模式的転変』北京大学出版社、2010年
張新穎・坂井洋史『現代困境中的文学語言和文化形式』山東教育出版社、2010年
蔡翔『当代文学与文化批評書系・蔡翔巻』北京師範大学出版社、2010年
羅崗・許紀霖等『城市的記憶』上海書店出版社、2011年
張鴻声『文学中的上海想像』人民出版社、2011年
趙毅衡『苦悩的叙述者』四川文芸出版社、2013年
趙毅衡『当説者被説的時候』四川文芸出版社、2013年
張鴻声『城市現代性的另一種表述』北京大学出版社、2014年
楊剣龍『都市文学：都市文化研究読本』上海人民出版社、2014年
曽一果『中国新時期小説的“城市想象”』北京大学出版社、2014年
王中『方言与20世紀中国文学』安徽教育出版社、2015年
邵燕君『新世紀第一個十年小説研究』北京大学出版社、2016年
趙毅衡『符号学――原理与推演』南京大学出版社、2016年
劉禾『語際書写：現代思想史写作批判綱要』広西師範大学出版社、2017年
李歐梵、毛尖訳『上海摩登――種新都市文化在中国（1930～1945）』浙江大学出版社、2017年
郜元宝『漢語別史――中国新文学的語言問題』復旦大学出版社、2018年
陳暁明『無法終結的現代性』北京大学出版社、2018年
盧漢超、段錬・呉敏・子羽訳『霓虹灯外――20世紀初日常生活中的上海』山西人民出版社、2018年
于海『上海紀事：社会空間的視角』同済大学出版社、2019年
葛亮『繁華落盡見真淳：王安憶城市小説書寫研究』（香港）中華書局、2019年
文貴良『以語言為核――中国新文学的本位研究』人民出版社、2020年
張旭東『批判的文学史』上海人民出版社、2020年
許子東『重読二十世紀中国小説』（香港）商務印書館、2021年
靳路遙『上海文学的都市性（1990～2015）』上海文芸出版社、2021年
文貴良『文学漢語実践与中国現代文学的発生』北京大学出版社、2022年

【和書】（翻訳書を含む）
奥野健男『文学における原風景――原っぱ・洞窟の幻想』集英社、1972年
篠田浩一郎『都市の記号論』青土社、1982年
池上嘉彦『記号論への招待』岩波書店、1984年
イーフー・トゥアン、山本浩訳『空間の経験』筑摩書房、1988年

　夏商『東岸紀事』上海文芸出版社、2013年
　夏商『東岸紀事』華東師範大学出版社、2016年
王承志『同和里』上海文芸出版社、2016年
任暁雯『好人宋没用』北京十月文芸出版社、2017年
任暁雯『浮生二十一章』北京十月文芸出版社、2019年
任暁雯『薬水弄往事』上海文芸出版社、2021年

辞書・事典類

ジェラルド・プリンス、遠藤健一訳『物語論辞典』松柏社、1991年
天児慧等編『岩波　現代中国事典』岩波書店、1999年
岩間一弘・金野純・朱珉・髙綱博文『上海：都市生活の現代史』風響社、2012年
宮田一郎編著『「海上花列伝」語彙例釈』汲古書院、2016年
北京商務印書館・小学館編『中日辞典（第3版）』小学館、2016年
横浜国立大学都市科学部編『都市科学事典』春風社、2021年
日本中国語学会編『中国語学辞典』岩波書店、2022年

著書類

【中国語書】（翻訳書を含む）

高名凱・姚殷芳・殷徳厚『魯迅与現代漢語文学言語』文字改革出版社、1957年
北京大学中国語言文学系言語学・漢語教研室編『"文学言語"問題討論集』文字改革出版社、1957年
呉福輝『都市漩流中的海派小説』湖南教育出版社、1995年
張懐久・劉崇義編著『呉地方言小説』南京大学出版社、1997年
劉禾著『語際書写：現代思想史写作批判綱要』上海三聯書店、1999年
戴錦華『隠形書写：90年代中国文化研究』江蘇人民出版社、1999年
エミリ・ホニグ（韓起瀾）、盧明華訳『蘇北人在上海、1850～1980』上海古籍出版社、2004年
申丹『叙述学与小説文体学研究』北京大学出版社、2004年
陳映芳編『棚戸区：記憶中的生活史』上海古籍出版社、2006年
陳恵芬『想象上海的N種方法』上海人民出版社、2006年
呉義勤『王安憶研究資料』山東文芸出版社、2006年
趙園『地之子：郷村小説与農民文化』北京大学出版社、2007年
張新穎・金理編『王安憶研究資料』天津人民出版社、2009年

主要参考文献

主要参考文献は引用された最初の版の出版年順に単行本を中心に並べ、複数版がある場合は初版の下に**インデント**で示す。

作品類

花也憐儂、汪原放句読『海上花列伝』亜東図書館、1926年
　韓邦慶、典耀整理『海上花列伝』人民文学出版社、1982年
　韓邦慶、張愛玲訳『海上花开』北京十月文芸出版社、2012年
　韓邦慶、張愛玲訳『海上花落』北京十月文芸出版社、2012年
　（邦訳、太田辰夫訳『海上花列伝』平凡社、1994年）
王安憶『紀実与虚構』人民文学出版社、1993年
王安憶『長恨歌』作家出版社、1995年
　王安憶『長恨歌』人民文学出版社・学習出版社、2019年
　（邦訳、王安憶、飯塚容訳『長恨歌』アストラハウス、2023年）
陳丹燕『上海的風花雪月』作家出版社、1998年
　陳丹燕『上海的風花雪月』上海文芸出版社、2015年
　（邦訳、莫邦富・廣江祥子訳『上海メモラビリア』草思社、2003年）
蔡翔『神聖回憶』東方出版中心、1998年
王安憶『富萍』湖南文芸出版社、2000年
　（邦訳、飯塚容・宮入いずみ訳『富萍——上海に生きる』勉誠出版、2012年）
　金宇澄編『城市地図』文匯出版社、2002年
　程乃珊『上海 Lady』文匯出版社、2003年
　金宇澄『洗牌年代』文匯出版社、2006年
　金宇澄『洗牌年代』文匯出版社、2015年
程乃珊『上海 Taste』上海辞書出版社、2008年
金宇澄『繁花』、『収穫』長編小説特集号・2012年秋冬巻、2012年
　金宇澄『繁花』上海文芸出版社、2013年
　金宇澄『繁花』上海文芸出版社、2014年
　（邦訳、浦元里花訳『繁花』〈上・下〉早川書房、2022年）
夏商『東岸紀事』、『収穫』長編小説特集号・2012年春夏巻、2012年

な行

は行

ま行

や行

ら行

索　引

あ行

か行

さ行

た行

【著者紹介】

賈海涛（か　かいとう）

〈略歴〉1993年生まれ。中国上海出身。華東師範大学中文系卒業。一橋大学言語社会研究科修士課程修了、同研究科博士課程修了。博士（学術）。現在、神奈川大学外国語学部中国語学科外国人特任助教。

〈主な著作〉「『繁花』初稿の誕生――「弄堂網」と投稿の前期段階を中心に」（『野草』第111号、2023年）、「方言文学における「叙言分離体」――五四時期の文学言語の変容に関する議論を中心に」（『中国：社会と文化』第37号、2022年）、「「小写」的方言実践与地方性主体――重思茅盾方言文学論述与当代文学滬語実践」（『茅盾研究』第18号、2022年）ほか。

神奈川大学言語研究センター叢書　3

流動と混在の上海文学

都市文化と方言における新たな「地域性」

Mobility and Hybridity in Shanghai Literature: Reimagining Vernacularity through Urban Culture and Dialect

Jia Haitao

発行　2025年3月22日　初版1刷

定価　6200円＋税

著者　© 賈海涛

発行者　松本功

装幀　坂野公一（welle design）

印刷・製本所　株式会社精興社

発行所　株式会社 ひつじ書房

〒112-0011　東京都文京区千石2-1-2 大和ビル2F

Tel.03-5319-4916　Fax 03-5319-4917

郵便振替 00120-8-142852

toiawase@hituzi.co.jp　https://www.hituzi.co.jp/

ISBN978-4-8234-1285-1